O céu
de Galileu
romance

Copyright do texto © 2010 Gilberto Henrique Buchmann
Copyright da edição © 2010 A Girafa

Todos os direitos desta edição foram cedidos à
Manuela Editorial Ltda. (A Girafa)
Rua Caravelas, 187
Vila Mariana – São Paulo, SP – 04012-060
Telefone: (11) 5085-8080
livraria@artepaubrasil.com.br
www.artepaubrasil.com.br

Editor	**Revisão**
Raimundo Gadelha	Jonas Pinheiro
	Alexandre Teotonio
Coordenação editorial	
Mariana Cardoso	**Capa, projeto gráfico**
	e editoração eletrônica
Assistente editorial	Vaner Alaimo
Ravi Macario	

Impressão
Gráfica Edições Loyola

Dados Internacionais de Catalogação na Publicação (CIP)
(Câmara Brasileira do Livro, SP, Brasil)

Buchmann, Gilberto
  O céu de Galileu: romance / Gilberto Buchmann.
– São Paulo: A Girafa, 2010.

  ISBN 978-85-99629-29-1

  1. Romance brasileiro I. Título.

10-01443   CDD-869.93

Índices para catálogo sistemático:
1. Romances: Literatura brasileira 869.93

Impresso no Brasil   Obra em conformidade com o Acordo
Printed in Brazil   Ortográfico da Língua Portuguesa

GILBERTO BUCHMANN

O céu de Galileu
romance

A GIRAFA
São Paulo, 2010

Nota do autor

Este romance se passa basicamente na Itália. Por isso, foi mantida a grafia original dos nomes de todos os personagens italianos (reais ou fictícios) que aparecem na obra. Dessa forma, temos Giovanni (João), Giuseppe (José), Galileo (Galileu), entre outros.

"Falar obscuramente qualquer um sabe; com clareza, raríssimos."
Galileo Galilei

Sumário

Capítulo I – *Arcetri, 25 de dezembro de 1641* 11

Capítulo II – *Roma, 1642* 23

Capítulo III – *Pisa, 1592* 45

Capítulo IV – *Roma e Florença, 1642* 55

Capítulo V – *Pádua, 1609* 75

Capítulo VI – *Florença e Roma, 1642* 93

Capítulo VII – *Pádua e Florença, 1610* 115

Capítulo VIII – *Roma e Florença, 1642* 131

Capítulo IX – *Roma e Florença, 1611-1614* 157

Capítulo X – *Roma, 1642* 177

Capítulo XI – *Florença e Roma, 1615-1616* 197

Capítulo XII – *Roma, Castel Gandolfo e Florença, 1642* 217

Capítulo XIII – *Roma, 1623-1624* 239

Capítulo XIV – *Roma e Pisa, 1642* 253

Capítulo XV – *Florença e Roma, 1630-1632* 275

Capítulo XVI – *Roma, Pisa e Florença, 1642* 293

Capítulo XVII – *Roma, 1633* 317

Capítulo XVIII – *Florença, 1654* 343

Capítulo XIX – *Arcetri, 24 de dezembro de 1641* 363

Capítulo XX – *Cambridge, 13 de julho de 1687* 377

A Reabilitação 395

Capítulo

Arcetri, 25 de dezembro de 1641

Quando a carruagem parou, Galileo Galilei preparou-se para a penosa tarefa de descer. Sentia dores por todo o corpo e, nos últimos tempos, uma hérnia viera juntar-se à já longa lista de males que o afligiam. "Sei que dizem que sou hipocondríaco", pensou, "mas só eu sei as dores que sinto". Apenas a profunda fé que tinha em Deus e a importante decisão que estava prestes a pôr em prática haviam feito com que pedisse autorização para assistir à missa de Natal. A pequena viagem até a igreja local, distante apenas alguns quilômetros de Il Gioiello (A Joia), nome que tinha a casa onde residia desde 1631, na qual fora morar por instâncias de sua querida (e já falecida) Virginia, era para ele repleta de dificuldades. Mesmo assim, estava satisfeito por ter ido à missa, o que fez apesar dos protestos de Pietra, sempre tão preocupada com ele. Já não tinha dúvidas quanto ao que devia fazer. Pedira a Deus uma resposta e acreditava tê-la encontrado no sermão do padre Rossini.

Com a mão esquerda, apoiou-se firmemente no braço de Viviani, que praticamente o pegou no colo para tirá-lo da carruagem. Estremeceu de frio. O inverno estava rigoroso naquele ano, contribuindo para agravar o reumatismo que o acompanhava havia mais de três décadas e já deformara sensivelmente os dedos de sua mão direita. Mas nem a dor era capaz de tirar-lhe a satisfação que esperava ter em breve. Se conseguisse o que pretendia, triunfaria definitivamente sobre todos os inimigos, lançando-os no ridículo e no descrédito.

Apesar de conhecer bem a casa, e a cegueira não o impedir de se deslocar por ela como quisesse, deixou-se guiar por Viviani, foi até a sala e sentou-se na poltrona de couro onde passava horas pensando. A ciência estava em seu sangue, jamais a abandonaria, nem mesmo por ordem da Inquisição. Pedira a Pietra que preparasse um almoço especial, que pretendia partilhar apenas com ela e Viviani, discípulo a quem estimava como filho. Enquanto esperava, imaginava-se redimido, os adversários derrotados, o Santo Ofício desmoralizado. Era apenas uma esperança, sabia, mas desejava cultivá-la enquanto pudesse. Ela lhe daria forças para suportar as provas que a vida, talvez, ainda guardasse para ele.

O almoço foi servido, e ele comeu com apetite. Falou com loquacidade durante a refeição, o que surpreendeu Pietra, que há muito não o via tão animado. Perguntou por novidades das redondezas e mostrou-se interessado em coisas do cotidiano, que costumavam estar absolutamente ausentes de seus pensamentos. Na verdade, procurava aproveitar ao máximo aquele momento tão simples, mas que marcaria, se conseguisse o que desejava, o ressurgimento de alguém que todos julgavam derrotado, o reaparecimento súbito e triunfal do cientista humilhado pelo Santo Ofício. Havia perdido o interesse por quase tudo, porém agora sentia-se de novo ligado ao mundo; eis por que queria saber fatos da vida simples das pessoas de Arcetri. Permitiu-se até beber dois copos de vinho, hábito quase abandonado e que lhe lembrava os bons tempos.

"Galileo", dizia-se, "é um grande apreciador de vinhos e da boa mesa". Agora comia frugalmente, mas este era um dia especial. Renunciou inclusive à sesta costumeira. Precisava falar com Viviani, ansiava por saber se ele concordaria em cumprir a missão de que pretendia encarregá-lo. E se não aceitasse? Teria de encontrar outra pessoa, algo bastante difícil, mas acreditava firmemente que a resposta do jovem seria positiva.

– Vou para o terraço – disse a Pietra assim que se levantou da mesa.

– Mas, senhor Galilei, está muito frio lá fora – rebateu ela, a preocupação estampada no rosto. – O senhor pode ficar de cama de novo.

– Sei disso, Pietra, mas quero arriscar. Por razões muito importantes para mim, a conversa que vou ter com Viviani precisa ser no terraço. Traga cobertores, vários cobertores, e o frio ficará suportável.

Pietra não discutiu. Era inútil, ela sabia. O gênio dele era difícil, e ele detestava ser contrariado.

Quando Galileo se instalou confortavelmente no terraço, rosto voltado para o jardim, Viviani sentou-se em frente dele. O homem mais velho fechou os olhos, como se isso fizesse alguma diferença, e ficou longo tempo pensativo. O discípulo não ousou interromper, apesar de estar curioso. Estava com Galileo havia dois anos e meio e sabia que ele tinha algo verdadeiramente importante a lhe dizer. Limitou-se a esperar. O mestre falaria quando julgasse conveniente.

– Caro Vincenzo – começou Galileo –, ontem à noite, apesar do frio, passei mais de duas horas neste terraço. Daqui, durante muitas noites e ao longo de vários anos, olhei para o céu e extasiei-me com um espetáculo indescritivelmente belo, que eu tive a honra de ser o primeiro homem a ver. E agora, por uma cruel ironia da vida, estou completamente cego, e este céu, esta Terra, este Universo, que eu, por maravilhosos descobrimentos e claras demonstrações, alarguei cem mil vezes além da crença dos sábios da Antiguidade, se reduzem, daqui por diante, para mim, a um diminuto espaço preenchido pelas minhas próprias sensações corpóreas. Imagine o que significa levantar agora os olhos para o céu e não ver nada, quando antes via mais longe do que qualquer pessoa. Ao dizer isso, levantou efetivamente os olhos, contemplando o invisível. Depois, voltou o rosto para a direção de Viviani e prosseguiu:

– Minha saúde é frágil e meu corpo, velho e cansado, encontrará brevemente a paz da morte. Antes, porém, ainda tenho uma missão nesta Terra e, uma vez que não posso cumpri-la pessoalmente, desejo confiá-la a você, caro Vincenzo, a única pessoa que está à altura da tarefa. Você tem sido um amigo leal e dedicado, uma pessoa que Deus e o grão-duque colocaram em meu caminho. Vincenzo era o nome de meu pai, nome que também dei ao meu filho. E agora você, outro Vincenzo, me serve de guia na escuridão em que vivo. A missão que pretendo confiar-lhe é arriscada. Pode recusar, se quiser, e então entenderei que Deus não quer que a execute.

Viviani, que tinha o rosto entre as mãos, olhou para Galileo, aquele homem que tanto admirava e a quem servia da melhor maneira de que era capaz. O tom dele era solene, sinal de que lhe pediria algo verdadeiramente especial.

– Pode falar, mestre. Se o que deseja de mim estiver ao meu alcance, esteja certo de que o farei.

Galileo exibiu o que esperava fosse um sorriso. Aquele jovem o compreendia, era-lhe leal, seria capaz de se arriscar por ele.

– Vincenzo – continuou –, o que desejo é que você pegue o último manuscrito que eu lhe ditei, aquele sobre a inércia e a força da gravidade, e o leia para mim. Preciso certificar-me de que não cometi erros, de que minha teoria está certa. Depois de revisarmos o livro, quero que você vá a Leiden, nos Países Baixos, e entregue o manuscrito à família Elzevir, que publicou meus *Discursos...* há três

14

anos. Tenho certeza de que eles concordarão em imprimir este livro também, e então será dado o golpe de misericórdia no geocentrismo, esse modo equivocado de ver o mundo, essa falsa ciência, fruto da ignorância de Aristóteles e de Ptolomeu. Quando o mundo compreender que a Terra gira ao redor do Sol porque há uma força nele que a atrai, quando todos souberem que essa força está presente em todo o Universo e explica todos os movimentos dos astros que meus telescópios me mostraram desde 1609, então não haverá mais argumentos, nem mesmo bíblicos, que justifiquem essa crença imbecil de que a Terra não se move. Será o triunfo da verdadeira ciência, mas também será o meu triunfo pessoal, a vitória de um homem que a vida inteira lutou pela verdade e que, obrigado pela Inquisição a serviço de inimigos inescrupulosos, teve de mentir e trair a própria consciência. Mas a verdade está comigo, e hei de prová-la ao mundo neste livro.

Enquanto dizia essas coisas, Galileo gesticulava, o rosto assumindo a expressão irascível que lhe era característica nos momentos de exaltação. Dominava-o uma energia que acreditava já não possuir, voltava-lhe a combatividade com que sempre enfrentara aqueles que se opunham às ideias que defendia. Passados alguns segundos, recompôs-se e assumiu outra vez uma expressão serena.

– Desde abril, quando terminei de ditar esse manuscrito, quase não penso em outra coisa a não ser em publicá-lo. Hesitei até agora por medo da Inquisição, mas é chegado o momento, porque não me resta muito tempo. Espero apenas viver o suficiente para ter em mãos um exemplar impresso e assistir daqui, da remota e querida Arcetri, à minha vitória inquestionável.

Galileo fez uma pausa. Agora vinha o momento mais importante, a diferença entre esperança e desespero, triunfo e fracasso, vida e morte. Respirou fundo, fixou os olhos sem vida em Viviani e perguntou:

– Vincenzo, você aceita esta missão? Fará isso por mim, apesar de todos os riscos?

Viviani teve medo. Se fosse preso no caminho para Leiden, seria acusado de cúmplice de um condenado pelo Santo Ofício e por certo teria de responder por isso. Era protegido pelo grão-duque da Toscana, como Galileo, mas não tinha ilusões. Não receberia o mesmo tratamento, não contaria com a benevolência do papa. E havia ainda a guerra, essa carnificina que, durante as últimas duas décadas, vinha colocando frente a frente católicos e protestantes, num conflito religioso-político que já causara incontáveis mortes. Teria de atravessar regiões perigosas e podia, mesmo sem querer, ver-se no meio de uma batalha. Para ele, havia muito em jogo, quem sabe a própria vida. Por outro lado, se tivesse êxito, talvez essa missão influísse no futuro da ciência.

– Sim, mestre, eu tentarei – respondeu Viviani, com uma expressão preocupada que Galileo não podia ver. – Farei o melhor que puder.

O cientista desembaraçou-se dos cobertores e ergueu-se para abraçar Viviani.

– Obrigado, meu filho – disse com voz embargada. – Então vá buscar o manuscrito.

Enquanto Viviani desaparecia no interior da casa, Galileo pensava no sermão do padre Rossini, ouvido àquela manhã na missa. Ele falava do nascimento de Cristo e do possível renascimento dos homens. Sim, os homens podiam renascer, dissera o padre, bastando para isso que se entregassem à fé. E Galileo tinha fé. Acreditava em Deus e não culpava a Igreja Católica pelo que lhe havia acontecido. Mas tinha fé, acima de tudo, na ciência, que ainda revelaria, estava certo disso, muitas maravilhas ao homem. E ele, Galileo, reinterpretando o sermão matinal, renasceria na ciência, provaria que nada é capaz de deter aquele que busca a verdade.

Voltou o rosto para a esquerda, onde sabia estar, colina a cima e bem perto, o Convento de São Mateus. Ali sua adorada filha Virginia passara, reclusa, os últimos vinte anos de sua existência. Aquela filha fora, não tinha dúvida alguma, a maior bênção

16

que a vida lhe dera. Pensar nela agora trazia um misto de dor e vontade de lutar ainda. Ele a perdera, já não podia mais receber o conforto daquela criatura que tantas vezes lhe devolvera a esperança perdida, mas a ideia de que ela ficaria radiante com a sua vitória renovou-lhe as forças. Guardava mais de 120 cartas dela em casa, que costumava ler e reler outrora, antes de a cegueira lhe tirar até mesmo este pequeno prazer. Agora, por vezes, pedia a Viviani que lesse algumas dessas cartas. Elevou o rosto e fez uma prece por Virginia.

Mas por que Viviani estava demorando tanto? Poderia ele não ter encontrado a chave do baú? Estava a ponto de chamar por ele, perguntar o que estava acontecendo, quando sentiu a presença de alguém. "Finalmente", pensou, enquanto esperava que Viviani falasse. Mas o silêncio persistia.

– Vincenzo, é você? – perguntou Galileo, não podendo conter-se mais.

– Sim, mestre, sou eu.

– E por que não fala?

– Mestre, aconteceu uma coisa horrível. O manuscrito não está no baú. Procurei no seu gabinete de trabalho, mas não achei nada. Simplesmente desapareceu.

Uma espécie de choque percorreu todo o corpo de Galileo. Não podia ter ouvido bem. Devia haver algum engano.

– Como assim, desapareceu? – ele explodiu, levantando-se bruscamente e jogando para o lado os cobertores. – Quem poderia ter tirado o manuscrito do baú? Será que fui roubado dentro da minha própria casa? Vincenzo, chame Pietra, imediatamente!

Passado um instante, ela surgiu no terraço, e bastou-lhe um olhar de relance para ver no rosto de Galileo a cólera que muitas vezes a assustava.

– Pietra, você tirou aquele manuscrito do lugar? Você o guardou em alguma outra parte da casa?

– Claro que não, senhor Galilei. Jamais mexo nas suas coisas.

O cientista acreditou nela. Confiava demais em Pietra para pensar que ela mentia. E o mesmo valia para Viviani, de sorte que apenas a ideia de roubo permanecia.

– Alguém estranho entrou aqui em casa ultimamente? – perguntou, o rosto voltando-se ora para um, ora para o outro. – Vocês se lembram de alguém ter ficado sozinho dentro desta casa, enquanto eu dormia, por exemplo?

Antes que um dos dois respondesse, uma expressão de puro assombro estampou-se no rosto de Galileo. Se estivesse certo, alguém da alta hierarquia católica, possivelmente vinculado ao Santo Ofício, havia ainda uma vez destruído seus planos.

– O padre Corsetti! – exclamou, irado. – Além de vocês dois, ele foi a única pessoa a quem falei do manuscrito. E essa transferência estranha, em outubro! Pietra, o padre Corsetti ficou sozinho nesta casa nos últimos meses?

– Sim – respondeu ela, num fio de voz, confirmando as suspeitas de Galileo. – Um dia, ele chegou para fazer uma visita. Eu disse a ele que o senhor estava dormindo, e ele se sentou na sala para esperar. Algum tempo depois, disse-me que havia se esquecido de dar um recado urgente ao sacristão e perguntou se eu levaria uma mensagem escrita para ele. Concordei, e então o padre pediu pena e papel. Escreveu alguma coisa às pressas, dobrou o papel e me entregou, dizendo que me despachasse logo. Quando voltei, ele já não estava mais aqui.

– E quando foi isso? – interveio Viviani.

– Não sei bem, faz uns dois meses.

– Outubro! Neste mês, ele foi misteriosamente transferido – completou Viviani, a fisionomia transtornada.

– Maldito seja esse padre e toda a sua família! Maldita seja a pessoa que está por trás de toda essa infâmia! Que vão todos para o inferno!

Enquanto gritava essas palavras, Galileo agitava os braços freneticamente. Uma onda de frustração, um sentimento avassalador de impotência tomou conta dele. O triunfo, que parecia próximo há pouco, estava agora tão distante quanto as estrelas cuja verdadeira natureza descobrira. Os inimigos, desta vez ocultos na sombra do anonimato, perpetravam mais um golpe, levando-lhe a última razão que ainda tinha para viver.

– Vou procurar esse manuscrito – disse Viviani, devolvendo o cientista, momentaneamente, à razão. Alguém sabe para onde o padre Corsetti foi transferido?

– Com certeza, não – respondeu Pietra –, mas há boatos de que foi para Roma. As pessoas comentam que a transferência foi estranha, sem qualquer aviso prévio ou despedida.

– Roma! – repetiu Galileo, a mente tentando encontrar uma solução. – Faz todo o sentido. Alguém de lá, provavelmente uma pessoa ligada ao Vaticano, soube da existência do manuscrito e ordenou ao padre que o roubasse. Como ninguém mais em Arcetri, além de nós três e do padre Corsetti, sabia da existência desse livro, deve ter sido ele quem contou a alguém do Vaticano. Ele pode ter sido, ao longo desses últimos anos, um espião do Santo Ofício, alguém colocado aqui expressamente para me vigiar. E eu fui tolo o suficiente para confiar nele e contar tudo!

Para Galileo, as peças do quebra-cabeça estavam encaixadas. Não tinha grandes dúvidas acerca do ocorrido.

– Vincenzo – falou, com voz vacilante –, você disse há pouco que procuraria o manuscrito. Estaria disposto a ir até Roma? Você correria um risco tão grande para me ajudar? Se alguém do Vaticano estiver mesmo envolvido, pode estar certo de que a missão será dificílima, que todos os obstáculos possíveis serão postos em seu caminho. Mesmo assim, você aceita tentar?

O medo que Viviani sentira ao lhe ser confiada a tarefa de levar o livro a Leiden voltou, mas não podia decepcionar Galileo. Compreendia o caráter sórdido daquele roubo, indignava-se mesmo com a perspectiva de que fosse roubada do cientista a teoria sensacional que formulara, a qual, também compreendia, causaria outra revolução na ciência. Sem argumentos para derrotar seu mestre no campo científico, os adversários dele haviam primeiro recorrido à força bruta, obrigando-o a se calar, a negar publicamente tudo aquilo em que acreditava. E agora, não satisfeitos com isso, apelavam ao roubo puro e simples.

– Sim, mestre, vou tentar. Sei que corro riscos, mas vou tentar.

Voltaram para o interior da casa e Galileo, dizendo sentir-se mal, foi para a cama. Recusou o jantar e fechou-se num silêncio quase total. Respondia com monossílabos às perguntas preocupadas de Pietra, deixando bastante claro que desejava estar sozinho.

Nos dois dias seguintes, uma violenta chuva abateu-se sobre Arcetri, impedindo Viviani de partir. Galileo, que não saíra da prostração em que havia mergulhado no dia do Natal, estava agora de cama. Febre intermitente e tremores pelo corpo denunciavam o precário estado de saúde do cientista.

Viviani temeu pela vida dele e, no terceiro dia, embora ainda estivesse chovendo, decidiu partir. Numa tentativa de confortá-lo, aproximou-se da cama, pegou-lhe na mão e disse que iria a Roma.

– Tenha cuidado, Vincenzo – disse Galileo. – Meus adversários são poderosos e não têm o menor escrúpulo. Você é jovem e esperto, mas é preciso se precaver de todas as maneiras. Não confie em ninguém, faça tudo com discrição. Você, Vincenzo, é a minha última esperança. Espero ainda estar vivo quando você voltar.

– Farei o melhor que puder. Assim que encontrar o manuscrito, voltarei imediatamente para que possamos revisá-lo juntos. Mas o senhor precisa fazer a sua parte: alimentar-se, ter fé, lutar. Se não fizer isso, como revisaremos o livro?

– Você tem razão, meu filho. Vou rezar, pensar em Virginia e esperar. Vá com Deus.

Viviani selou um cavalo, colocou nos alforjes alguma comida preparada por Pietra e partiu. Nos primeiros dois dias depois da partida do discípulo, Galileo ainda tentou animar-se. Saiu da cama, andou por Il Gioiello apoiado numa bengala, comeu mesmo sem apetite. A partir daí, porém, a febre voltou, obrigando-o a permanecer na cama. Pietra velava, estava sempre ao lado dele, procurava antecipar-se às suas necessidades.

Capítulo II

Roma, 1642

Fazia quatro dias que Viviani havia partido. Ainda não totalmente refeito da febre, ia sem pressa, observando os detalhes da paisagem como se nunca os tivesse visto. Lembrava-se da advertência de Galileo para que tivesse cuidado e por isso retardava-se, com medo de chegar a Roma. Por outro lado, não tinha ainda uma estratégia definida. O que faria quando entrasse na cidade? Como descobrir onde e com quem estava o manuscrito? Eram muitas as perguntas, e Viviani não encontrava as respostas à medida que prosseguia em seu caminho. Havia feito a promessa de procurar o livro perdido, mas ainda não sabia como cumpri-la. Concordara num impulso, aceitara sem refletir, atitude típica de um jovem de dezenove anos que se sentia capaz de enfrentar qualquer adversidade. Estava com receio, sim, mas não recuaria. Encontraria algum jeito de realizar o grandioso, e por certo último, sonho de seu mestre.

Já devia estar em Roma, mas um contratempo atrasara a viagem em três dias. Nas proximidades de Poggibonsi, ao passar diante de uma taberna, ouviu um vendedor apregoando que ali se podia comer o melhor peixe da região. Apesar de estar levando comida preparada por Pietra, deixou-se convencer pelo vendedor e parou para almoçar. Pouco depois de retomar a marcha, começou a sentir-se mal. Quando chegou a Siena, quase não era capaz de se manter sobre o cavalo. Já havia estado naquela cidade antes, embora apenas de passagem, e a primeira coisa que lhe ocorreu foi dirigir-se à Basílica de São Domingos de Gusmão, onde, sabia, sempre havia Irmãs dominicanas rezando numa capela consagrada à Santa Catarina de Siena. Na entrada da basílica, deixou-se escorregar do cavalo e, depois de haver entrado, perdeu os sentidos.

Acordou no que lhe pareceu uma enfermaria, pois havia ali outros doentes. Cobertores envolviam-lhe o corpo, e suava profusamente. Sentia-se fraco, tinha sede e não se julgava capaz de continuar a viagem. Alguns minutos depois, aproximou-se dele uma freira, que lhe falou num tom de voz bondoso.

– Bom-dia, meu filho. Sou a Irmã Regina. Como se sente?

– Estou cansado e tenho sede. O que aconteceu?

– Você foi encontrado na basílica, deitado perto da porta principal. Teve febre, muita febre, e agradeça o seu restabelecimento à Santa Catarina de Siena. Esteja certo de que ela intercedeu por você.

Viviani fez então uma refeição leve e voltou a adormecer. Dormiu muitas horas e, quando despertou, disse a Irmã Regina que já podia partir. Preferia ter ficado um pouco mais, porém já perdera tempo demasiado. Três dias haviam se passado desde que deixara Il Gioiello, e aquele era, portanto, o último dia do ano de 1641. Trouxeram-lhe o cavalo, e ele saiu pensando na abnegação de seres humanos que, como aquelas freiras, dedicavam suas vidas a ajudar as pessoas, pedindo em troca unicamente orações e agradecimentos a Deus.

Por isso, quatro dias depois de ter saído de Arcetri, tinha ainda um caminho considerável a percorrer. Por se sentir ainda fraco, evitou tabernas e estalagens, preferindo passar a noite anterior na casa de uma família de camponeses, que lhe oferecera, em troca de algumas moedas, um jantar simples mas delicioso. Pediu hospitalidade ali porque desejava a companhia de uma família, não queria dormir aquela noite numa estalagem. Tratava-se de um casal com dois filhos apenas, coisa rara numa época em que a taxa de natalidade era alta. Viviani procurou interessar-se pela realidade deles – colheita, criação de gado, impostos –, e o homem da família pareceu feliz em ter um interlocutor atento, disposto a escutar as dificuldades por que passavam. Tanto que, apesar dos protestos do visitante, o camponês mandou que os filhos fossem dormir no estábulo e ofereceu ao viajante a cama que os meninos partilhavam.

Mas o momento de convívio familiar havia passado. Depois de um café da manhã composto de pão caseiro e leite, despediu-se, selou o cavalo e partiu num trote suave. Pôs-se a pensar em Galileo. Teria ele se recuperado? Resistiria a mais esse golpe? Admirava aquele homem, a quem fora servir por recomendação de Ferdinando II de Medici, grão-duque da Toscana. Com ele aprendera muito sobre matemática, geometria e mecânica. Mas ficou verdadeiramente impressionado com a lucidez e a genialidade colocadas no manuscrito que agora procurava. *Sulla gravità* (*Sobre a gravidade*), era este o nome. Nele havia conceitos inéditos, explicações claras sobre o movimento dos planetas e uma ideia revolucionária sobre as leis da Física. Galileo demonstrava haver compreendido o Universo como ninguém antes dele e estava destinado à consagração total, não fosse esse roubo vil de que fora vítima. Tais pensamentos devolveram a Viviani a energia momentaneamente enfraquecida. Acelerou o passo do cavalo e retomou a marcha de maneira resoluta.

Quando chegou à ponte Centino, que marcava o início dos domínios papais, lembrou-se do episódio vivido por Galileo nove anos antes. Devido a uma epidemia de peste em Florença, o cientista fora retido ali por mais de duas semanas. Mas agora não havia barreiras. Viviani foi autorizado a passar e compreendeu que havia chegado a um ponto crucial da missão de que estava incumbido. A partir dali, precisava ter cuidado extremo. Podia estar contrariando interesses de pessoas importantes e, sobretudo, influentes. Era possível que os inimigos estivessem ocultos em qualquer parte, prontos para agir.

De sua casa em Arcetri, Fabrizio Ferrari observava Il Gioiello. Sabia que Galileo estava gravemente doente, segundo alguns às portas da morte. Mas não via qualquer sinal de Viviani. Isso lhe pareceu estranho, porque estava acostumado a ver o jovem quase todos os dias, sozinho ou com Galileo, passeando pelo pátio daquela magnífica casa. Podia estar à cabeceira do mestre, logicamente, pois era de domínio público que gostava muito dele, mas a Ferrari parecia que Viviani não estava ali. Se estivesse certo, para onde teria ido? Teria sido encarregado de alguma missão especial?

Tomou a decisão de escrever ao seu benfeitor, em Roma. Não tinha nada de concreto a dizer, mas deixaria isso bem claro na carta. Preferia errar por excesso de zelo a ser acusado de omissão. Afinal, estava sendo pago para vigiar Il Gioiello. Era um trabalho simples, que exigia atenção, mas nada de esforço. Não podia correr o risco de perder aquele posto.

Portanto, sentou-se à mesa e começou a escrever ao Jesuíta. Contou o que sabia: verdades, boatos e suspeitas. Chamou Andréa, o cavalariço que o servia, e despachou-o para Roma, com a recomendação expressa de que a carta fosse entregue exclusivamente ao destinatário. Confiava nele. Ambos serviam ao mesmo patrão.

O padre Guido Corsetti ouviu quatro pancadinhas na porta. Era a senha, e ele largou o livro que estava lendo. O corpo reagiu, antecipando o que viria. Era padre, e aquelas coisas estavam teoricamente vedadas para ele, mas antes de tudo era um ser humano. Não podia refrear os instintos.

– Tem certeza de que ninguém viu você vindo para cá? – perguntou à jovem mulher, trancando a porta assim que ela entrou.

– Tenho. Já disse que sou muito cuidadosa.

– Pode ser, mas precisamos mudar o local dos nossos encontros. Se formos vistos juntos aqui, terei problemas sérios.

– Tudo bem, mas isso fica por sua conta. Quando me disser para onde devo ir, farei o que me pede. Você tem vinho?

Corsetti assentiu, indo buscar uma garrafa. A mulher estendeu a mão para ela, mas o padre a deteve.

– Espere um pouco, Bianca. Preciso de um pequeno pagamento em espécie, uma fração do que virá depois. – Ao dizer isso, apertou firmemente o corpo da jovem contra o dele, beijou-lhe a boca e segurou com a palma da mão o seio direito. Largou-a com esforço, preparando-se para servir o vinho.

Conhecera Bianca logo que chegara a Roma, em outubro, trazendo para o Jesuíta o manuscrito tirado de Il Gioiello. Havia sido fácil enganar Pietra, mulher ingênua e devota, que jamais desconfiaria de um padre. Reconhecia que o plano fora bem arquitetado. Primeiro o Jesuíta obtivera a sua transferência para a capital e depois pedira-lhe que trouxesse o manuscrito. A negociação não havia sido fácil. Foi necessário manter-se irredutível até conseguir o dinheiro que queria. Pelo interesse que o Jesuíta demonstrara naquele livro, deveria ter um alto valor comercial, ou talvez sentimental, e ele, Corsetti, não podia perder aquela oportunidade. Junto com o dinheiro, obtivera a promessa de uma transferência para Ferrara, sua terra natal, onde esperava reencontrar Veronica e reatar a relação interrompida quando ele foi mandado para o seminário. A transferência ainda não fora efetivada, e Corsetti estava dividido em relação a ela. Uma parte dele queria ir, mas outra desejava ficar, por causa de Bianca. Veronica podia estar casada, não querer mais nada com ele. "Chega de pensar em Veronica", disse a si mesmo. "Aproveite Bianca."

Pegou a mão livre da jovem (a outra segurava o copo de vinho) e a fez deslizar pelo corpo dele. Entregava-se com volúpia ao contato daquela mão macia e sensual. Quando vira Bianca numa taberna romana, ficou imediatamente fascinado com sua beleza. Teria uns dezoito anos, cabelos longos e negros, exatamente como ele gostava, e os olhos eram de um azul intenso. O corpo perfeito, com belíssimas curvas, atraiu tanto a atenção de Corsetti que, uma hora depois de a ter visto, estava na cama com ela.

Voltou ali mais algumas vezes, porém era arriscado. Os religiosos romanos não eram conhecidos exatamente pela vida casta que levavam, mas ele era um simples padre, alguém na escala inferior da hierarquia eclesiástica, o tipo perfeito de pessoa para punir como exemplo de moralidade. Propôs a Bianca instalá-la numa casinha fora de Roma, mas ela rejeitou categoricamente a oferta. Era bonita, sabia disso, e tinha clientes ricos. A única alternativa para Corsetti foi, portanto, pagar pelos serviços dela na casa onde morava. Contudo, esse procedimento também envolvia um risco enorme e, além disso, o dinheiro recebido do Jesuíta estava acabando. Ela cobrava caro e certamente não continuaria com os encontros quando ele não pudesse mais pagar. Era urgente encontrar uma solução, porque aquela jovem exercia sobre ele uma atração irresistível. Não sabendo quantas vezes ainda a teria, resolveu agir.

– Agora chega, Bianca. Depois você bebe mais.

Começou a tirar-lhe a roupa, peça por peça, como gostava de fazer. Depois, pegou-a no colo e levou-a para o quarto. E então o comedimento deu lugar à urgência dos instintos. Colocou-a na cama e jogou-se sobre ela, deixando-se levar sem reservas pela luxúria.

Quando, duas horas mais tarde, Bianca saiu da casa do padre, dois homens a observavam, protegidos pela escuridão.

Antonio Barberini, camerlengo e sobrinho do papa, entrou nos aposentos do tio, localizados no Palácio Apostólico. Urbano VIII largou o rosário que estava desfiando e pediu ao recém-chegado que se sentasse.

– E então, meu filho, como vão as coisas?

— Como sabe, Santidade, nossa incursão no Ducado de Castro foi bem-sucedida. Mas o duque Odoardo I Farnese conseguiu reunir tropas, invadiu os domínios papais e tomou a cidade de Acquapendente.

Urbano VIII ficou preocupado.

— Isso é mau, muito mau. Você pensa que existe a possibilidade de eles chegarem a Roma?

— Não creio, Santidade. Eles não têm dinheiro. A ideia de proibir Odoardo de continuar obtendo rendimentos da venda de cereais para Roma e adjacências foi magistral. Depois disso, ele não teve mais como pagar os empréstimos contraídos junto a credores romanos, e isso nos serviu de pretexto para invadir o ducado no ano passado. Ele está blefando, tentando nos intimidar. Age com desespero, o último lance de um jogo já perdido. Penso que não devemos transigir e é por isso que solicitei essa audiência.

— Vejamos se entendi. Nós temos homens no Ducado de Castro e Odoardo conseguiu invadir os nossos domínios. Ou seja, estamos lutando em duas frentes, atacando e defendendo ao mesmo tempo. É isso?

— Exatamente. Pode parecer estranho, mas deve confiar em Taddeo. Ele está fazendo um bom trabalho. — Referia-se a Taddeo Barberini, outro sobrinho de Urbano VIII e comandante dos exércitos papais. — Penso que as tropas que resistem a Odoardo têm condições de expulsá-lo de Acquapendente.

— Sabe, começo a achar que fomos longe demais. Ano passado eu excomunguei Odoardo e retirei dele feudos legados à família Farnese há décadas. Esses feudos vieram do tetravô do duque, o papa Paulo III.

— Santidade, acho que está certo tudo o que fizemos até agora, inclusive a excomunhão. O Ducado de Castro será nosso dentro de pouco tempo.

— Se você pensa assim, Antonio, vá em frente. Mas me avise se a situação mudar. Quero estar a par dos acontecimentos.

– Pode ficar tranquilo. Eu o manterei informado.

O papa Urbano VIII esteve, desde os primeiros anos do seu pontificado, envolvido em questões militares. Em 1626, acrescentou o Grão-Ducado de Urbino aos domínios papais, além de ter fortificado diversas construções, entre as quais o porto de Civitavecchia, no Mar Tirreno, e o castelo Sant'Angelo, situado nas proximidades do Vaticano. Tornou-se impopular ao remover as vigas de bronze existentes neste castelo e fundi-las para a construção de canhões, a ponto de circular em Roma um ditado segundo o qual "o que os bárbaros não fizeram, Barberini fez". Ademais, construiu uma fábrica de armas em Tivoli e dotou o Vaticano de um verdadeiro arsenal. Tentava agora ocupar o Ducado de Castro, dando prosseguimento à trajetória expansionista que adotou.

O papa Urbano também se notabilizou pela nomeação de parentes para os mais diversos cargos, muitos dos quais enriqueceram enormemente. O sobrinho Antonio era apenas mais um caso. Nomeado cardeal em 1627, onze anos mais tarde, outra vez por indicação do tio, assumiu o cargo de camerlengo, substituindo Ippolito Aldobrandini. O camerlengo é o responsável pela administração do patrimônio e da receita da Santa Sé, embora do ponto de vista estritamente formal a sua principal função seja determinar oficialmente a morte do papa.

Para isso, deve seguir um ritual previamente estabelecido. O primeiro gesto desse ritual é bater gentilmente com um martelo de prata na cabeça do pontífice, chamando o nome dele. Depois, o camerlengo declara a morte do papa, removendo-lhe do dedo o Anel do Pescador e cortando-o com uma grande tesoura na presença de cardeais. Com o mesmo martelo, quebra o selo papal existente no anel, simbolizando o fim da autoridade daquele pontífice. Feito isso, notifica alguns oficiais da Cúria romana e o decano do Colégio dos Cardeais, dando início aos preparativos para as exéquias e para o conclave que elegerá o sucessor do sumo pontífice falecido. Até que um novo papa seja eleito, o camerlengo exerce a função de chefe de Estado atuante do Vaticano, mas se ocupa essencialmente dos aspectos práticos do governo, sem tomar decisões que modifiquem dogmas ou posturas da Igreja, prerrogativa reservada exclusivamente ao papa.

— Antonio — disse o pontífice, quebrando o silêncio —, como sabe, nossas finanças também não andam nada boas. Os constantes incrementos militares que o Vaticano vem implementando estão arruinando nosso Tesouro. E lembre-se: você é o responsável por ele. A guerra contra Odoardo pode ser uma fonte de renda, se vencermos, mas também pode significar uma situação econômica praticamente insustentável.

O camerlengo mexeu-se na cadeira, sentindo-se desconfortável. Percebia a crítica do tio, que a princípio fora contra a guerra. Ele e Taddeo, que se sentiram insultados por Odoardo durante uma visita deste a Roma, haviam-no convencido a dar início às hostilidades. Não tinha a certeza da vitória que procurava demonstrar, mas precisava do apoio (e sobretudo do dinheiro) de Urbano. Por isso, tentou tranquilizá-lo.

— Efetivamente, se perdermos a guerra, ficaremos em uma situação extremamente difícil. Mas isso não vai acontecer. A situação está sob controle.

— Espero que esteja mesmo. E desejo que essa guerra não se prolongue. Esforce-se para que sejamos os vencedores. Formule um plano para expulsar os inimigos dos nossos domínios. Quando tiver algum, venha falar comigo.

O papa pegou outra vez o rosário, indicando claramente ao sobrinho que a audiência estava terminada. Este levantou-se, fez uma reverência e saiu. Não gostava de pensar nisso, mas o semblante do tio, que já estava com 73 anos, lhe parecia o de um homem cansado.

Em seu quarto, o Jesuíta lia pela segunda vez a carta de Fabrizio Ferrari. Concordava com ele: provavelmente, Galileo já se dera conta do desaparecimento do manuscrito. E o fato de

Viviani não ter sido visto em Il Gioiello nos últimos dias podia, sim, significar que ele estava a caminho de Roma. Talvez até já estivesse na cidade.

Mas o que poderia ele fazer para tentar encontrar o manuscrito? Procurar o padre Corsetti parecia a única possibilidade. Afinal, era fácil deduzir quem tirara o livro de Arcetri. A transferência de Corsetti lhe parecia agora ter sido uma atitude estúpida. Em sua exaltação, desejando evitar que Galileo ressurgisse espetacularmente, havia concordado com as condições impostas por Guido, um homem, sabia agora, ambicioso e sem escrúpulos. Prometera-lhe uma transferência para Ferrara e felicitara-se por ainda não ter providenciado isso. Ao menos ali, em Roma, podia vigiar-lhe os passos, controlar-lhe os movimentos.

E a conduta de Corsetti estava deixando muito a desejar. Havia recebido uma soma considerável ao entregar o manuscrito, mas estava gastando todo o dinheiro com uma prostituta chamada Bianca, conforme diversos relatos de Silvio e Leonardo. Precisava tomar providências. Não podia deixar que a indiscrição de Corsetti pusesse tudo a perder. Tudo bem que tivesse uma amante, como muitos clérigos romanos tinham, mas recebê-la na própria casa era inadmissível. Isso demonstrava que o padre, além de indiscreto, era também estúpido. Acreditava mesmo que não seria descoberto? Não imaginava que, sendo um simples sacerdote vindo de um vilarejo remoto, poderia facilmente ser punido?

E agora, se Viviani fosse mesmo procurar Corsetti, havia mais um problema a resolver. Precisava evitar aquele encontro, mas sabia que devia agir com cuidado. Viviani, assim como o seu mestre, era protegido do grão-duque da Toscana.

Levantou-se e foi até a janela. A partir dali, podia ver a Praça de São Pedro, com seu enorme obelisco central de quarenta metros de altura, incluindo a base e a cruz do topo. Demorara anos para chegar ao posto que ocupava no Vaticano, o que conseguira graças à amizade com Antonio Barberini. Filho de um mercador florentino, havia sofrido discriminações dos colegas ao entrar para a Companhia de Jesus. Não tinha ascendência nobre, não vinha de família tradicional italiana, e isso lhe trouxera dificuldades para se integrar ao grupo. Não deveria ter sido assim, pensava muitas vezes, mas havia ocorrido com ele. A Companhia fora criada para difundir por todo o mundo o Evangelho e a palavra de Deus, e não devia haver lugar para questões tão insignificantes como origens familiares.

Apesar de todas as dificuldades, ele jamais desistiu.

Depois de ser ordenado, fez parte de uma missão diplomática secundária enviada a Paris. Ao voltar a Roma e prestar contas a Urbano VIII, conheceu o sobrinho do papa, que simpatizou com ele e se tornou seu protetor. Nomeou-o professor do Colégio Romano e, depois de se tornar camerlengo, obteve para ele um cargo de conselheiro do papa, com direito a residência no Vaticano. Devia emitir pareceres sobre assuntos os mais diversos, embora duvidasse de que fossem levados em conta. Suspeitava inclusive que sequer eram lidos.

Mas o Jesuíta não se importava com isso. Conhecia suas limitações intelectuais e considerava-se feliz por ter prestígio (afinal, formalmente ocupava um cargo importante) sem precisar fazer quase nada.

Os problemas que enfrentava agora eram, sabia, exclusivamente culpa sua. Não havia a menor necessidade de ter se apoderado do manuscrito de Galileo. Fizera isso levado por velhas questões de família, que já deveriam estar ultrapassadas. Por que ele, tantos anos depois, acabara por se envolver, mesmo que indiretamente, numa disputa iniciada pelo pai e Vincenzo Galilei? Fora insensato, dava-se conta, mas lamentar não resolvia nada. Precisava agir.

A primeira dificuldade que vislumbrava era o fato de não conhecer Viviani pessoalmente. Fabrizio Ferrari tivera o bom senso de incluir na carta uma descrição física do jovem, mas isso não garantia que fosse capaz de reconhecê-lo. Poderia, portanto, passar por ele na rua sem saber disso. Viviani, por outro lado, tinha a vantagem de conhecer Guido Corsetti. O padre havia servido em Arcetri por vários anos e fora um frequentador assíduo da casa de Galileo. Abriu uma gaveta e tirou uma folha de papel. Copiou cuidadosamente a descrição física feita por Ferrari e a guardou no bolso. Felizmente, Leonardo sabia ler. A carta foi para um cofre embutido na parede, onde também estavam o manuscrito e as cartas de Domenico.

Soltou um suspiro. Aquelas cartas lhe traziam lembranças dolorosas. Eram a representação material dos melhores momentos que tivera na vida, que nunca mais se repetiriam. Pegou uma para ler, mas parou nas primeiras linhas. Não podia entregar-se agora a recordações nostálgicas. Tinha coisas mais urgentes a tratar.

Tocou uma campainha e, quase que imediatamente, Aldo, o seu criado pessoal, apareceu.

– Chame Silvio e Leonardo – disse o Jesuíta – e diga que venham depressa.

Em Arcetri, Galileo continuava de cama. Intercalava delírios febris, durante os quais se referia constantemente à filha Virginia, com momentos de lucidez, em que os acontecimentos dos últimos dias vinham-lhe à mente com todos os detalhes. Uma frustração enorme, misturada com raiva impotente, tomava então conta dele. Em outros tempos, teria revirado Roma e brigado com meia cidade, se fosse necessário, para recuperar o manuscrito. Mas agora não passava de um velho, incapaz até mesmo de se levantar da cama, uma pálida sombra do homem enérgico que um dia fora.

Não podia ver Pietra, mas sabia que ela estava ali, ao alcance de um simples chamado. Era uma criatura meiga, totalmente dedicada a ele, sempre pronta a servi-lo em tudo. "Minha boa Pietra", murmurou baixinho, pensando em como teriam sido aqueles difíceis últimos anos sem ela.

E onde estaria Viviani? Por certo já teria chegado a Roma e procurava, provavelmente com mais boa vontade do que eficiência, o livro que os inimigos lhe haviam roubado de dentro da própria casa. O jovem representava a última possibilidade que tinha de triunfar sobre aqueles que o haviam humilhado. E era a esse tênue fiozinho de esperança que se agarrava com as derradeiras energias que lhe restavam. A espera era longa e angustiante. A todo momento, parecia-lhe ouvir Viviani chegando. Se as coisas tivessem corrido bem, já deveria estar de volta. Mas a tarefa era difícil, ele mesmo havia dito ao rapaz antes de ele partir. "Preciso acreditar, ter fé", pensou. "Enquanto ele não chegar, devo cultivar a esperança."

Quando Viviani entrou em Roma, a primeira coisa que fez foi procurar uma estalagem. Precisava de um lugar para ficar, mas, acima de tudo, queria livrar-se do cavalo. A tarefa que tinha pela frente devia ser executada a pé, em meio ao povo. Todos aqueles dias de viagem não lhe haviam proporcionado um plano de ação eficaz. A única coisa que lhe ocorria era procurar o padre Corsetti. Parecia-lhe um absurdo, já que, acreditava, ele dificilmente colaboraria. Tentaria um suborno. Havia trazido, com autorização de Galileo, uma boa soma em dinheiro, justamente para esse tipo de necessidade. Se não desse certo, teria de imaginar outra estratégia, mas por enquanto decidiu concentrar as energias na procura do padre.

Não demorou muito tempo para encontrar uma estalagem que lhe pareceu adequada. Ficava distante do Vaticano, algo essencial naquele momento em que não desejava ser visto pelo inimigo desconhecido. "Quem é que preciso evitar?", perguntou a si mesmo. "Quantos são? Um apenas? Muitos?" Ele deu de ombros. Só o tempo traria a resposta.

Entrou no estabelecimento, onde foi atendido por uma mulher de meia-idade, bastante magra para uma estalajadeira.

— Senhora, venho de Ferrara e gostaria de passar alguns dias aqui. Há alojamento para mim e o meu cavalo?

— Claro que há, senhor, e dos melhores! Quando eu lhe mostrar o quarto, vai ficar encantado. Quer subir agora?

Viviani seguiu a mulher através de uma escadaria de madeira. Os degraus rangiam, e em alguns deles faltavam pedaços. Uma vez no andar superior, ela virou à direita e abriu a segunda de três portas.

– Veja só, senhor, há bastante espaço, uma boa cama, um jarro com água trocada todos os dias e um baú para colocar seus pertences. É um quarto excelente, senhor, não lhe parece? A propósito, como se chama?

– Pietro Galvani.

– Ah, Galvani! Já tive diversos hóspedes com este sobrenome. Talvez algum seja seu parente.

– É possível, mas podemos falar sobre isso mais tarde. No momento, eu e o cavalo estamos com fome.

– Certamente, senhor, certamente. Espere lá embaixo, que em alguns minutos vou lhe servir a melhor refeição que já teve na vida. E vou mandar meu cavalariço tratar do seu animal.

Viviani sentou-se a uma mesa pequena, feita de madeira tosca. Estava relativamente limpa, assim como o quarto. Tudo era muito simples, mas parecia haver um cuidado básico com a higiene. A dona da estalagem não fugia ao tradicional: falava muito, sempre tentando ser simpática. Isso poderia ser bom, caso ela tivesse alguma informação útil a dar-lhe. Mas procederia com cautela. Dissera ser de Ferrara por ser esta a terra natal de Corsetti, o que era conveniente aos seus propósitos.

– Aqui está, senhor Galvani – disse a estalajadeira, colocando na mesa uma grande travessa com carne e outra com massa. Junto veio uma criada, trazendo salada, um enorme jarro de vinho e um copo. – Eu disse que seria a melhor refeição de sua vida.

Ele ficou surpreso. A comida, além de farta, era também muito boa. Ele estava faminto e raspou o prato como se estivesse polindo um pedaço de vidro. Bebeu todo o vinho, e uma ligeira névoa formou-se diante dos seus olhos. Depois do almoço, acertou as condições da permanência ali e disse que iria sair.

— Quando voltar, meu marido já estará em casa — falou a dona da estalagem, embora Viviani não tivesse perguntado nada. — O senhor vai gostar dele, tenho certeza. É um homem muito simpático e jovial. Gosta de conversar e trata muito bem os fregueses, o senhor vai ver.

Enquanto ela ainda falava, ele deixou a estalagem. Sentiu vontade de caminhar, e dirigiu-se para o sul, ao longo da margem esquerda do Rio Tibre. Andou sem prestar atenção à paisagem, concentrado que estava na missão que o trouxera até ali. Depois de meia hora, já enxergava com perfeição. A caminhada havia dissipado os efeitos do vinho. Quando caiu em si, estava diante da grande Porta São Paulo, com as duas torres que a ladeiam. Passou por ela e, uma vez transposta a Muralha Aureliana, sabia exatamente para onde estava indo. Dois quilômetros adiante, erguia-se a gigantesca Basílica de São Paulo Extramuros, com 132 metros de comprimento, 65 de largura e 30 de altura, a segunda de Roma em dimensões, superada apenas pela Basílica de São Pedro. "É uma inspiração", pensou Viviani. "Ali encontrarei uma indicação do caminho a seguir."

Ao entrar no enorme templo, não pôde deixar de se impressionar com a majestade do lugar. No altar-mor, denominado Altar Papal, por ser aquela uma das quatro igrejas patriarcais da cidade, repousavam, segundo a tradição, os restos mortais de Paulo de Tarso, o grande divulgador do Cristianismo. Ele caminhou ao longo da nave, pensando na grandiosidade da arquitetura sacra italiana. Olhou para cima, imaginando a engenhosidade necessária para construir um prédio tão grande e que se mantinha firme e sólido havia mais de mil e duzentos anos. Mas não fora por causa das características arquitetônicas que viera até ali. Escolheu um banco, ajoelhou-se e se dispôs a rezar. Se Galileo tinha fé, pensou, então Deus talvez tivesse o poder de mostrar-lhe o caminho a seguir. O mestre, que havia visto o céu em toda a plenitude e compreendera o Universo como ninguém antes dele, permanecia fiel a

Deus, atribuindo a ele a criação de todas as maravilhas que tivera a oportunidade de contemplar com seus instrumentos ópticos. Pensando assim, Viviani foi tomado de um fervor sem precedentes, entregando-se à oração como nunca antes na vida. Quando deixou a Basílica, não tinha a resposta que procurava, mas sentia-se em paz e confiante. Talvez essa fosse a resposta, pensou, antes de retomar o caminho para voltar à estalagem.

Amparada por Tommaso, o cocheiro, Bianca desceu da carruagem. Aquela viagem havia sido mais longa do que a anterior, e as costas lhe doíam. Quando o condutor lhe retirou a venda dos olhos, percebeu que não tinha a menor ideia de onde estava. O cliente dela preferia assim e nunca usara o mesmo lugar mais de duas vezes. Isso havia ficado claro desde o primeiro encontro. Ele decidiria quando e onde. Ela viria quando fosse chamada, sempre vendada, para que não pudesse apresentar provas depois, caso, dissera ele, tivesse a infeliz ideia de denunciá-lo. Ela havia concordado com as condições dele porque o pagamento era verdadeiramente generoso. Se continuasse se encontrando com ele por mais algum tempo, talvez um dia pudesse se estabelecer num lugar respeitável e assumir ares de madame. Ele não exigira exclusividade. Ao contrário, fizera questão absoluta de que ela continuasse trabalhando, de preferência, na mesma taberna. Isso evitaria suspeitas.

Como sempre, seguiu o cocheiro, que a guiou para o interior de uma casa luxuosamente decorada, a mais bonita que já visitara para encontrá-lo. Logo na entrada, viu, pintado na parede, um grande retrato da Virgem Maria. Estremeceu. Como ele ousava fazer isso naquele lugar? Mas deu de ombros. Não competia a ela julgar. Estava sendo paga, o patrão era ele.

Subiram por uma escadaria de mármore, toda decorada com figuras abstratas que formavam um conjunto muito bonito. Chegaram a uma ampla sala, em que se viam tapetes, candelabros de ouro e móveis artisticamente trabalhados. E ali estava ele, sentado num grande sofá de couro, olhando firmemente para um

38

crucifixo na parede em frente. Ela ficou parada, sem saber o que fazer, enquanto Tommaso tornava a descer as escadas e desaparecia.

Passados uns dois minutos, ele ergueu-se do sofá e a chamou com um gesto. Ela foi até ele, intimidada. Ele parecia estranho, o semblante demonstrando preocupação. Sem dizer uma palavra, abraçou-a e beijou-a na boca.

— Sente-se aqui — disse ele por fim, indicando o sofá.

Esticou a mão para uma mesinha em frente, pegou uma garrafa de vinho já aberta, encheu uma taça e tomou um grande gole. A seguir, repetiu o gesto de sempre: aproximou a boca dos lábios de Bianca e deu-lhe um beijo. Quando terminou, ela estava com a boca cheia de vinho. Não gostava daquilo, mas não ousava protestar. Para ele, ao contrário, passar o vinho de uma boca para outra parecia ter um caráter erótico, pois sempre fazia isso, e em alguns encontros diversas vezes. Tirando essa particularidade desagradável, era um amante competente e experiente, aos 34 anos de idade.

— Esta noite quero que fique aqui, Bianca. Estou com problemas e preciso de companhia.

— Que tipo de problemas, senhor?

— Nada que uma mulher possa compreender. Coisas de guerra, de política. Mas não quero falar sobre isso.

A mensagem era clara: nada de perguntas. Ele a sentou em seu colo e ficou brincando com os cabelos e os seios dela. "Exatamente como faz o padre Corsetti", pensou Bianca. "Em algumas coisas, os homens são mesmo muito parecidos."

Depois do jantar, servido por um criado devidamente uniformizado, ele a pegou pela mão e a levou para o quarto. Ali, em meio a macios lençóis importados dos Países Baixos, passaram uma agradável e intensa noite.

Na manhã seguinte, outra vez com os olhos vendados, Bianca foi levada de volta a Roma e deixada perto da entrada da cidade. Antonio Barberini, preocupado com a guerra mas esgotado pelo amor, voltou a dormir.

Viviani já estava há três dias na estalagem. Conversara longamente com o dono, mais reservado que a mulher, mas que também demonstrava certo gosto em soltar a língua. Havia mencionado Ferrara, depois mesmo o nome de Guido Corsetti, mas nem o estalajadeiro nem a mulher conheciam qualquer pessoa com esse sobrenome. Não restava muito a fazer em Roma, portanto. Decidiu permanecer ali aquela noite e, assim que amanhecesse, voltaria a Arcetri. Sentia-se frustrado e decepcionado consigo próprio, porque falhara redondamente. Teria de dizer isso a Galileo, confessar que não fora capaz de cumprir o que prometera. Definitivamente, pensou, não levava jeito para investigações. Talvez o mestre tivesse algum conselho, uma ideia que não lhe ocorrera, e nesse caso estava disposto a voltar a Roma. Falhara, era verdade, mas havia feito tudo o que pudera, o que significava nada de concreto.

Olhava em volta, à procura de um novo cliente, alguém com quem pudesse entabular uma conversação. Já que estava prestes a partir, podia ser mais audaz, não fazer tantos rodeios, mencionar logo o nome do padre. Mas não via ninguém que lhe chamasse a atenção. Já havia jantado e estava ficando com sono. Contudo, ir para o quarto significava admitir a derrota, assumir um fracasso que lhe era penoso. O quarto, aliás, não era o que parecia à primeira vista. Na primeira noite, Viviani foi acordado por um rato que, durante suas atividades noturnas, passara-lhe por cima da barriga. E também havia visto baratas, insetos que lhe provocavam asco. A estalagem não era, portanto, tão limpa como havia suposto. Decidiu ficar ali sentado mais um pouco, à espera de nada.

Estava imerso nesses pensamentos quando sentiu uma leve pancada no ombro.

– Ei, você não é Vincenzo Viviani? – perguntou uma voz bem ao seu lado.

Levou um susto tremendo. Havia sido reconhecido, apesar de ter dado um nome falso. Voltou-se para o homem que o chamara, pronto para identificar-se como Pietro Galvani, mas este se antecipou:

– Claro que é! Eu me lembro de você. Conhecemo-nos em Florença, durante um banquete dado pelo grão-duque Ferdinando II. Fomos formalmente apresentados. Sou Luigi dell'Acqua, natural de Ferrara. Não se lembra de mim?

Evidentemente, não se lembrava. Havia sido apresentado a tantas pessoas na corte da Toscana que era impossível reconhecer sequer um décimo delas. Aquele homem o havia reconhecido e, mais fantástico ainda, dissera ser de Ferrara. Ou era uma armadilha, ou a Providência decidira finalmente ajudá-lo. "Não tenho muito a perder", pensou. Na realidade tinha, mas decidiu arriscar-se.

– Sim, eu me lembro do senhor. Sou Vincenzo Viviani, mas peço que fale baixo – sussurrou. – Estou em Roma numa missão especial e não desejo ser reconhecido.

Sem ser convidado, o recém-chegado sentou-se à mesa e pediu uma garrafa de vinho.

– Traga o melhor que tiver – disse ao estalajadeiro.

Enquanto esperavam, Viviani teve a impressão de que aquele estranho o observava detidamente. Seria ele um impostor? Estaria mentindo? Nesse caso, podia estar com problemas sérios. Contudo, era tarde para recuar.

– Um brinde ao reencontro – propôs ele, erguendo a taça, depois de ter enchido também a de Viviani.

Este correspondeu, embora se sentisse inseguro. Precisava fazer o homem falar.

– E então, senhor dell'Acqua, o que tem feito da vida? Como correram as coisas depois que nos encontramos em Florença?

– Nada de especial aconteceu. Como deve recordar, eu era fabricante de vidros, mas agora sou mercador de lã. Mudei de ramo e estou em Roma a negócios. Mas e você? Disse que está numa missão especial? Será que posso ajudar?

– Talvez. Por acaso o senhor conhece, em Ferrara, alguém da família Corsetti?

– Claro que conheço! Tenho clientes nesta família. Como deve saber, os Corsetti se dedicam ao comércio em Ferrara.

– Sei – retrucou Viviani, embora não soubesse absolutamente nada sobre essas pessoas. Precisava tomar cuidado, estava entrando em terreno perigoso. Por isso, foi direto ao ponto. – Procuro por Guido Corsetti. Ele era padre em Arcetri e ouvi dizer que agora está em Roma. O senhor o conhece?

– Conheço – disse o homem – e sei inclusive onde ele mora. Estivemos juntos há dois dias.

Viviani quase podia ouvir o coração bater. Depois de ter caminhado tanto, de ter conversado com tantas pessoas, observado tantos rostos, a solução aparecia em sua mesa, sem que ele precisasse se mover. Parecia milagre.

– O senhor me levaria até lá? – perguntou, tentando imprimir à voz um tom natural. – Tenho um recado muito importante para ele.

– Será um prazer – respondeu o estranho, fazendo um sinal de positivo com a cabeça. – Amanhã de manhã, se quiser, podemos ir. Passo por aqui e vamos juntos.

– Combinado – replicou Viviani, estendendo-lhe a mão. Conversaram um pouco sobre frivolidades, e então Vincenzo, com medo de trair-se e dizer algo inconveniente, alegou estar cansado e recolheu-se ao quarto.

Foi difícil adormecer.

O Jesuíta, que havia jantado com Antonio Barberini, preparava-se para dormir, depois de ter rezado o terço. O jantar fora delicioso, estando presente o próprio papa. Amava a vida ali no Vaticano, onde dispunha de todos os confortos que o dinheiro podia comprar. Se pudesse, pretendia ficar ali pelo resto da vida. Não entrava em polêmicas, preferindo sempre concordar com os superiores hierárquicos. O que importava a opinião que porventura tivesse sobre determinado assunto? De que valia expressá-la, se isso, caso feito irrefletidamente, poderia prejudicá-lo? Não podendo brilhar pelo intelecto, fazia-se estimar pela subserviência.

O caso do manuscrito havia se tornado uma pedra em seu sapato. Representava para ele, no momento, o calcanhar de Aquiles, ponto que ameaçava fazer desmoronar o mundo confortável que havia construído para si. Mas aquela fragilidade podia estar com os dias contados. No dia seguinte, esperava ter notícias de Silvio e Leonardo. Se fossem as que esperava, estaria livre de Viviani.

Em Woolsthorpe-by-Colsterworth, aldeia do condado de Lincolnshire, Inglaterra, a jovem Hannah Ayscough estava envolvida nos preparativos para o seu casamento, marcado para breve. Aos dezenove anos, sonhava com um lar abençoado, repleto de filhos. Seria então uma esposa, assumindo o papel que se esperava de uma mulher da sociedade onde vivia. Eram tempos felizes, de sonhos e ilusões.

Capítulo

Pisa, 1592

Ao avistar a taberna, Galileo decidiu parar para almoçar. Disse a si mesmo que estava faminto, mas na realidade desejava retardar o difícil encontro que, em breve, teria com a mãe. Sabia que Giulia Ammannati não ficaria nada contente com a notícia, mas tudo já estava feito. Não se arrependia de nada, porque se limitara a dizer a verdade. Se o grão-duque não era capaz de compreender isso, que podia ele, Galileo, fazer? "Mentes curtas e paternalismo irresponsável", pensou.

Entrou na taberna e pediu um farto almoço, acompanhado de uma grande jarra de vinho. Precisava daquilo para o que, acreditava, seria um confronto. Apesar de já ter quase trinta anos, em certos momentos era delicado enfrentar a mãe, e Galileo sabia que a sua tendência para a cólera, que às vezes chegava à agressividade, fora herdada de Giulia, uma mulher que via, impotente, o marido perder-se no que julgava serem devaneios musicais, enquanto o comércio de tecidos da família definhava. Agora, sem ele, as dificuldades aumentavam ainda mais. Depois do almoço, olhou em volta à procura de algum conhecido com quem pudesse conversar, mas não viu ninguém. Portanto, não tinha mais desculpas, e o jeito era pôr-se novamente a caminho. Precisava chegar a Florença naquela tarde.

Enquanto prosseguia, pôs-se a pensar no pai. Com a morte de Vincenzo Galilei, em julho do ano anterior, recaiu sobre o filho mais velho a responsabilidade de sustentar a família. O salário que recebia da Universidade de Pisa era baixo, o que havia feito com que contraísse dívidas para pagar o dote da irmã Virginia, que havia se casado alguns meses depois do falecimento do pai. Com a partida iminente e a perspectiva de um salário bastante superior, esperava minimizar este problema.

Quando chegou a Florença, dirigiu-se imediatamente para a margem do Rio Arno. Ali, enquanto olhava para as águas que seguiam, inexoráveis, o curso que as levava ao Mar Tirreno, perdeu-se em divagações. Florença era para ele uma cidade familiar. Residira ali duas vezes: a primeira, de 1579 a 1581, depois que o pai o tirou do mosteiro de Vallombrosa; mais tarde, entre 1585 e 1589, após ter voltado da Universidade de Pisa sem concluir o curso de Medicina. Perguntava-se se veria Florença outra vez. Não sabia se voltaria algum dia a percorrer praças e igrejas que, até aquele momento, haviam feito parte da sua vida.

– O quê? Sair de Pisa? – explodiu Giulia. – Mas o que aconteceu?

– Tive um incidente com Giovanni de Medici, filho do grão-duque – respondeu Galileo, preparando-se para argumentar.

– Que tipo de incidente?

– Ele projetou e construiu uma máquina para dragar o porto de Livorno e me chamou para examiná-la. Assim que vi a máquina, percebi imediatamente que não funcionaria. Quando disse isso a Giovanni, ele tentou justificar, mas expliquei-lhe por que o projeto não daria certo. Ele discutiu comigo, mandou que eu me retirasse, e desde então o grão-duque me ignora ostensivamente.

— Estupidez! – retrucou Giulia. – Por que dizer ao filho do grão-duque que a máquina não funcionaria?

— Mãe, tenho uma reputação a zelar. Se eu desse um diagnóstico errado, quem depois confiaria nas minhas avaliações? Quem me contrataria para executar projetos mecânicos ou hidráulicos?

A mulher ficou pensativa, como que tentando digerir aquela informação.

— E nós, como ficaremos? – perguntou, deixando de lado questões de opinião e concentrando-se nas necessidades da vida cotidiana. – Como vamos sobreviver com você longe daqui? E para onde vai?

— Consegui um posto na universidade de Pádua, com um salário bastante superior ao que ganho em Pisa. Vou continuar ajudando, enviando dinheiro de lá, mas Michelagnolo já está com dezesseis anos, e espero que em breve ele possa contribuir também.

Uma expressão cética estampou-se no rosto de Giulia.

— Seu irmão é como o pai de vocês: só pensa em música. Não espero muita coisa dele em termos financeiros.

— E o comércio de tecidos? A senhora não poderia contratar alguém para gerir o negócio?

— Estou tentando, mas, depois da morte do seu pai, o mercador Paolo Dominetti está fazendo tudo o que pode para nos levar à falência. Você sabe, ele nunca gostou de nós.

— Bem, mãe, farei o que puder por vocês. Mas não posso bancar toda a família sozinho.

Galileo percebeu que a mãe estava prestes a se enfurecer e achou melhor calar-se. Como ela era diferente do pai! Vincenzo, por certo, teria sentido orgulho da atitude corajosa que o filho tivera para com Giovanni de Medici. Dele herdara, sabia, o amor à liberdade de expressão. Lembrava-se sempre de uma frase ouvida do pai: "Eu gostaria que os problemas fossem formulados e discutidos livremente, sem nenhum tipo de adulação; esta é a atitude de quem busca sinceramente a verdade".

De volta a Pisa, deu-se conta de que se sentia satisfeito por deixar aquela cidade onde nascera 28 anos antes, em 15 de fevereiro de 1564, e que considerava hostil. Desde 1589, por indicação de Guidobaldo Del Monti e nomeado por Ferdinando I, grão-duque da Toscana, lecionava Matemática na universidade local. Sentia-se, porém, desvalorizado, porque ganhava muito menos do que julgava merecer: o salário de Mercurialis, professor de Filosofia, por exemplo, era trinta vezes superior ao seu. Pádua representava, portanto, um desafio, a possibilidade de ir mais longe e de ser reconhecido. E foi com essa disposição favorável que começou a arrumar suas coisas para partir.

Dirigiu-se à universidade, onde tinha alguns objetos pessoais a apanhar. Levou consigo livros de matemática, disciplina que também ensinaria, entre outras, em Pádua. Enquanto caminhava pelo *campus* e por corredores, não pôde deixar de recordar acontecimentos vividos ao longo dos três últimos anos. Houvera desentendimentos com professores, a maioria dos quais considerava incompetentes. Também havia divergências quanto a metodologias de ensino: Galileo era dado a experimentar, demonstrar na prática o que ensinava, o que incomodava aqueles que se atinham estritamente a concepções teóricas e abstratas. Mas houve também um momento especial, uma ocasião para ele solene e que seria lembrada, tinha plena consciência, durante toda a sua vida: o encontro com o jesuíta alemão Christopher Clavius, um dos maiores astrônomos vivos e o principal responsável pela reforma do calendário ocorrida havia dez anos.

A questão do calendário foi, durante muito tempo, motivo de dor de cabeça para a Igreja Católica. Devido a pequenos erros no cálculo do tempo que a Terra leva para girar em torno do Sol, desde a implantação por Júlio César, em 46 a.C., do calendário em vigor antes da reforma, até o século XVI, vinha ocorrendo uma diferença gradual entre o calendário Juliano e o ano solar, de modo que os equinócios e solstícios já não correspondiam mais à passagem correta de uma estação para outra. Dessa maneira, a celebração da Páscoa, que, de acordo com o estabelecido no Concílio de Niceia, em 325, deveria ocorrer no primeiro domingo de lua cheia depois do equinócio da primavera, em alguns anos se dava ainda no verão. Para atenuar essa discrepância, em 1568 e 1570, o papa Pio V mandou publicar, respectivamente, um breviário e um missal, tentando ajustar as tabelas lunares e o sistema de anos bissextos, mas somente um novo calendário poderia resolver definitivamente o problema. Obedecendo a uma determinação formulada no Concílio de Trento, em 1577 foi instituída uma comissão para planejar a mudança.

Em 24 de fevereiro de 1582, por meio da bula *Inter Gravíssimas*, o papa Gregório XIII decretou a reforma do calendário, que consistiu, sobretudo, na eliminação de dez dias daquele ano. Assim, passou-se da quinta-feira, 4 de outubro, para a sexta-feira, 15 de outubro, uma solução bem mais radical do que aquela proposta pelo astrônomo e filósofo italiano Aloysius Lilius, segundo a qual essa diferença poderia ser compensada ao longo de quarenta anos, suprimindo-se os dez anos bissextos seguintes. O papa, seguindo o conselho de Clavius, optou pela eliminação numa única vez. Com outro pequeno ajuste, pelo qual deixariam de ser bissextos os anos terminados em 00 cujo número do século correspondente não fosse divisível por quatro (1700, 1800, 1900, etc.), estava promulgada a reforma e nascia o calendário gregoriano.

De início, foi adotado apenas pelos países eminentemente católicos: Itália, Espanha, Portugal e Polônia. Seguiram-se França, Luxemburgo, Áustria, Boêmia, Morávia, Hungria e partes dos Países Baixos, da Alemanha e da Suíça. Nas demais nações, continuava vigente o calendário Juliano, e os países protestantes recusavam-se terminantemente a reconhecer o calendário de um papa católico. Este era, portanto, mais um ponto de discórdia entre a

Igreja de Roma e as diversas religiões surgidas depois da Reforma de Lutero. Naquele momento, Galileo não podia sequer imaginar que, anos mais tarde, as dissidências entre católicos e protestantes desempenhariam um papel decisivo no seu julgamento pelo Santo Ofício.

Já em casa, enquanto arrumava suas coisas, ele pensava no incidente com Giovanni de Medici. Para outra pessoa, poderia representar uma desgraça, mas ele via o acontecido como um sinal da Providência, que pretendia guiar seus passos em outra direção. Isso já ocorrera duas vezes, ambas acarretando profundas modificações em sua vida: o amor pela Matemática e a descoberta da lei do isocronismo dos pêndulos.

No primeiro desses episódios, enquanto estudava Medicina em Florença, foi visitar, a pedido do pai, Ostillo di Ricci, encarregado da educação dos pajens do grão-duque, com o propósito de pedir-lhe que o supervisionasse nos estudos. Quando chegou, Ricci estava dando uma aula de matemática, que Galileo pôde ouvir pela porta entreaberta. Encantado com aquela ciência totalmente nova para ele, pediu para também ser aluno de Ostillo, contrariando por completo a vontade de Vincenzo. Este, durante uma visita a Pisa, surpreendeu Galileo numa dessas aulas, enfurecendo-se e proibindo o filho de continuar se dedicando à Matemática. Mas foi inútil. Estudou Euclides secretamente, por conta própria, e, quando o pai por fim descobriu, ficou tão impressionado com a habilidade de Galileo que compreendeu ser aquela a vocação do filho, permitindo-lhe abandonar os estudos de Medicina e consagrar-se inteiramente à Matemática. Depois de Euclides, veio Pitágoras, e as primeiras dúvidas acerca dos ensinamentos baseados em Aristóteles começaram a se formar na mente do jovem cientista.

O segundo episódio teve lugar na catedral de Pisa. Ao olhar para cima, Galileo percebeu que um grande candelabro, cujas velas acabavam de ser acesas, oscilava de um lado para o outro. Pareceu-lhe que, embora a amplitude das oscilações fosse cada vez menor, o tempo entre uma e outra era praticamente o mesmo. Entusiasmado, acompanhou o movimento do candelabro comparando-o com as batidas do seu pulso. Ao chegar em casa, repetiu a experiência amarrando cordas em pedras. E teve uma enorme surpresa ao descobrir que o tempo de oscilação variava com o comprimento da corda, mas não com o peso das pedras. Isso contradizia totalmente o conceito aristotélico de que, quanto mais pesado um objeto, mais rapidamente ele atingiria o estado de repouso, devido à sua tendência natural para cair. Algo estava errado com as ideias que, ao longo de mil e novecentos anos, vinham sendo ensinadas como verdades absolutas e inquestionáveis. Essa constatação despertou em Galileo um vivo interesse pelos movimentos dos corpos. E nascia então mais uma ciência: a mecânica.

Enquanto separava as coisas que pretendia levar, Galileo parou um instante, olhos fechados, segurando o alaúde que ganhara do pai. Aprendera a tocar aquele instrumento com Vincenzo e, em momentos de dificuldade financeira, chegou a dar aulas de música. Levava jeito, sabia tocar bem, mas a carreira musical não prosperou porque as ciências eram a sua paixão. Levaria o alaúde, decidiu. Seria uma recordação nostálgica de tempos que, acreditava ele, pertenciam definitivamente ao passado.

Sem se dar por isso, começou a tocar uma composição do pai. Não era sacra, como quase todas as canções compostas naquele tempo. Privilegiava a harmonia das notas, o arranjo musical propriamente dito, em detrimento do tema. Vincenzo, como o filho, não aceitava pacificamente os costumes de sua época. Elaborou teorias musicais que, como toda novidade, não foram reconhecidas e valorizadas. "Mas um dia serão", pensou Galileo, "e meu pai será lembrado como alguém que contribuiu decisivamente para a evolução da teoria musical."

– Senhor Galilei, está tudo pronto – disse Luigi, o jovem que ele havia contratado para acompanhá-lo até Pádua. A bagagem era pouca, passível de ser transportada em cavalos.

Ao fechar a casa, contemplou uma última vez, demoradamente, aquele que fora seu lar nos últimos três anos. A casa seria vendida pela mãe, que usaria parte do dinheiro para saldar algumas dívidas de Galileo e ficaria com o restante. Era a contribuição do momento para o sustento da família que ficava em Florença. Mais tarde, quando estivesse convenientemente instalado em Pádua, daria novos auxílios. Até lá, teriam de se arranjar.

Partiram. Luigi queria conversar, quem sabe orgulhoso por viajar na companhia de uma pessoa que, embora já não estivesse nas boas graças do grão-duque, acumulara certo prestígio nos anos passados na Toscana. Mas Galileo não estava para conversas. Havia muito em que pensar, a começar pelos diferentes estilos de vida vigentes em Pisa e em Pádua.

Pisa pertencia à região da Toscana, com capital em Florença, governada de maneira absoluta por um grão-duque, título concedido pelo Papa Pio V, em 1569, para Cosimo I de Medici e seus descendentes. Ferdinando I era o terceiro grão-duque da Toscana, tendo sucedido, em 1587, ao irmão Francesco I.

Pádua, por outro lado, pertencia à República de Veneza, governada desde o século VIII por um doge, que exercia a função de primeiro magistrado, mas cujo poder era limitado pela *Promissio Ducalis*, uma carta de princípios e promessas que devia jurar ao assumir o cargo. O texto foi fixado em 1172 (ano em que assumiu Enrico Dandolo) e posteriormente alterado, tendo a versão definitiva sido promulgada em 1229. O doge partilhava o governo da República com o Senado, encarregado de formular as leis.

Em Pádua havia, portanto, maior tolerância relativamente aos costumes e à expressão do pensamento. Galileo não sabia ainda, mas, dezoito anos mais tarde, o conservadorismo dos costumes na Toscana seria responsável por uma importante decisão em sua vida.

A transferência para Pádua não representou, portanto, uma simples mudança de cidade. Ali, Galileo passaria os anos mais felizes e produtivos de sua existência. E era rumo a esta vida nova, repleta de sonhos, projetos e ilusões, que ele se dirigia agora.

IV

Capítulo

Roma e Florença, 1642

O café da manhã estava quase intocado na mesa diante de Viviani. Havia dormido mal, e o sono fora agitado por pesadelos. No primeiro, uma horda de ratos invadia-lhe o quarto. Vinham às centenas, aos milhares, entrando por frestas da parede, descendo pelo teto. Subiram em sua cama e começaram a morder-lhe o corpo todo. Tentou levantar-se mas, quando os pés tocaram o chão, esmagou alguns deles, que guincharam e provocaram a fúria dos demais. Ele foi então atacado ferozmente por aqueles roedores enlouquecidos. Acordou ofegante e ficou alerta, tentando escutar sons produzidos por ratos verdadeiros, mas não ouviu nada. Voltou a adormecer, e pouco depois sonhou com Galileo perante o Santo Ofício. Amarrado a uma coluna, era violentamente chicoteado, o sangue escorrendo em grande quantidade pelas costas em carne viva. Ele gritava, suplicava por misericórdia, mas a resposta de Maculano, o líder dos inquisidores, era ordenar mais chicotadas, ao mesmo tempo em que chamava Galileo de herege, demoníaco, enviado de Satanás. Viviani tentou correr em auxílio do mestre, mas as pernas não lhe obedeciam. Desta vez acordou suando e já não pôde dormir.

Assim que amanheceu, abriu a janela para respirar um pouco de ar fresco. Receava ter caído numa armadilha, estar indo para a morte. Mas mantinha a decisão tomada: correria o risco, devia isso a Galileo. Quando percebeu movimento na parte inferior da estalagem, desceu lentamente as escadas de madeira velha e, desta vez, o rangido que seus passos produziram pareceu-lhe um tanto sinistro. Sentou-se à mesa e esperou o café da manhã. Não tinha pressa. Nem mesmo sabia se o homem que se apresentara como Luigi dell'Acqua viria mesmo buscá-lo para levá-lo a Corsetti. A refeição chegou, mas Viviani não tinha fome. Tentou comer, porém desistiu antes de terminar a primeira fatia de pão. Limitou-se a ficar ali sentado, imerso em pensamentos.

— A comida não está ao seu gosto? — perguntou o estalajadeiro, que se aproximara sem que ele percebesse.

— Não é isso, senhor Carpaccio. Estou sem fome, mais nada.

Sem ser convidado, o homem sentou-se também.

— O senhor está com cara de quem dormiu mal. A cama não estava boa?

— Senhor, tudo está excelente. Acontece que tenho problemas pessoais. Mulheres, o senhor sabe.

— Ah, se sei! — entusiasmou-se o outro. — Mas olhe, essas coisas passam. A gente pensa que é pra sempre, que nunca vai esquecer a mulher por quem está apaixonado, mas daqui a pouco encontra outra e tudo recomeça. E mais: as mulheres não podem ser tratadas com muita brandura, senão elas tomam conta. Se falar brusco, recebe afeto; se der flores, recebe desprezo. Ouça o que digo, senhor Galvani, aqui fala a voz da experiência, um homem de quase sessenta anos que já passou por muita coisa nesta vida.

Viviani já não prestava grande atenção ao falatório, mas, de algum modo, o estalajadeiro o distraía. Ouviu vagamente histórias da juventude dele, de conquistas e revezes amorosos, de brigas em que, naturalmente, saíra sempre vitorioso. Por fim, talvez percebendo que já não tinha a atenção do hóspede, o dono do estabelecimento foi cuidar dos seus afazeres, e Viviani continuou ali sentado, à espera.

Cerca de uma hora depois, viu entrar o desconhecido da véspera. Levou os dedos aos lábios, com medo de que ele dissesse seu nome verdadeiro. Mas o recém-chegado pareceu compreender, porque limitou-se a dizer:

– Estou às suas ordens, senhor. Podemos partir.

Uma vez fora da estalagem, o estranho tornou-se loquaz.

– Como pode ver, senhor Viviani, para mim, promessa é dívida. E também quero aproveitar para me encontrar outra vez com Corsetti. Sabe, gosto muito dele, fomos parceiros de juventude. Fizemos juntos coisas que o senhor nem acreditaria. Antes de ser colocado no seminário pelo pai, ele era dado a mulheres e fazia sucesso com elas. Seduziu várias, e há boatos de que ele tem inclusive dois filhos. Não entendo por que ele quer voltar a Ferrara. Há pessoas lá que não vão gostar nem um pouco da ideia.

Viviani não sabia nada sobre Guido, mas cogitou que aquelas histórias, ou ao menos parte delas, podiam ser verdadeiras. Ao que parecia, ele se tornara padre contra a vontade, o que combinava com a falta de caráter que revelara ao roubar o manuscrito. Sacerdotes que serviam a Deus por vocação eram honestos, pensava ele, e o passado de Corsetti parecia ser tenebroso.

O caminho era longo, e Viviani tentava prestar atenção para não se perder na volta. Não sabia até onde teria a companhia do suposto amigo de Corsetti. Estavam a pé, porque cavalos seriam um incômodo naquelas ruas estreitas, muitas das quais não passavam de vielas, tendo em ambos os lados casas cujos telhados quase chegavam a se tocar. Ouviam mulheres que conversavam aos gritos com as vizinhas ou repreendiam crianças, choros e risos dos pequenos, sons de atividades domésticas. Depois de mais de meia hora de caminhada ininterrupta, viram-se numa rua um pouco mais larga, com casas maiores e bem separadas, e o acompanhante de Viviani parou diante de uma residência pintada de azul, em melhor estado do que as outras do entorno.

– Chegamos – disse simplesmente. – Pode entrar, que eu esperarei aqui fora. Sei que tem um assunto particular a tratar com Guido, e não quero atrapalhar.

Viviani olhou em torno à procura de um ponto de referência, algo que servisse para orientá-lo caso ele tivesse de voltar ali. Do outro lado da rua, em diagonal à casa, viu uma placa onde se lia: "Carlo Maffei, ferreiro". Foi até à porta e bateu. Sentia-se apreensivo, hesitante. Qual seria a reação do padre? Admitiria o roubo do manuscrito? Mas, e se negasse, que provas tinha ele, Viviani? Nenhuma, compreendia agora, desolado. Sua única esperança era que ele confessasse e aceitasse um suborno. "Possibilidades reduzidas", pensou, dando-se conta, de forma crua, da precariedade da sua situação. Bateu de novo, já que não houvera resposta. Um minuto depois, ouviu a voz do homem que o trouxera até ali.

– Veja, a janela está aberta. Ele deve estar lá nos fundos da casa. Empurre a porta e entre.

Viviani obedeceu mecanicamente e constatou, um pouco surpreso, que a porta de fato não estava trancada. Ao entrar, olhou ao redor, mas não viu ninguém. Foi até a parte traseira e perscrutou o quintal. Nenhum sinal do padre. "Estranho", pensou. "A casa está toda aberta. Onde terá ido?" Voltou-se e chamou por ele, duas, três vezes. Silêncio. O que deveria fazer? Talvez esperar, mas estava ansioso demais. Sabendo não ser a atitude mais adequada a tomar, dirigiu-se para o que pensava ser a porta do quarto de Corsetti. Talvez ele tivesse se deitado outra vez e adormecido. Quando olhou para o interior, teve de se segurar na parede para não cair. O padre estava na cama, o corpo coberto de sangue. Viviani conteve um

58

grito e ficou ali parado, as pernas tremendo, tentando recompor-se. Passados uns minutos, aproximou-se da cama para ver melhor. O sacerdote havia sido degolado, e a cabeça estava praticamente separada do corpo. Era um quadro horrendo para um jovem acostumado a uma vida pacífica.

O primeiro impulso de Viviani foi sair correndo, mas então notou algo ainda mais sinistro. No peito de Corsetti, desenhada com sangue, havia uma enorme letra G. Um calafrio percorreu o corpo do rapaz. Aquele sinal podia ser a inicial de Guido, mas também podia significar Galileo. Neste último caso, corria um grande perigo.

Deu as costas ao cadáver e saiu correndo da casa. Porém, mal transpôs a porta, uma mão gigantesca pousou-lhe no ombro, enquanto sentia a pressão de algo frio nas costelas.

– Não faça movimentos bruscos – ordenou o homem. – Vá até aquele cavalo e monte.

Viviani obedeceu, o pavor estampado no rosto. De onde teria vindo esse cavalo? Caíra numa armadilha, não tinha dúvida agora. O homem mostrou-lhe um punhal e depois sentou-se na sela, atrás dele.

– Por ali – disse, apontando o outro que se apresentara como dell'Acqua e que estava montado num belo garanhão negro. E trazia ainda um terceiro cavalo pelo cabresto, o que deu a Viviani a esperança de que seria libertado. Percorreram um trajeto diferente, passando por regiões desertas que o jovem não conhecia. Ao chegarem às proximidades de uma estrada mais larga, o cavalo da frente parou. O de Viviani fez o mesmo, e os três desmontaram.

– Dobre à esquerda naquela estrada – disse o falso Luigi, que era indiscutivelmente o líder – e estará no caminho para Florença. E nem pense em voltar a Roma. O que acaba de ver foi um aviso. Poupamos a sua vida agora porque o chefe não quer ter problemas com o grão-duque da Toscana. Mas, se aparecer por aqui outra vez, pode estar certo de que irá pelo mesmo caminho que Corsetti. E agora desapareça, imediatamente!

A um sinal do líder, o homenzarrão que o acompanhava aproximou-se de Viviani e fez-lhe um corte no braço. O sangue escorreu, mas o rapaz conservou-se imóvel, paralisado pelo medo. E os dois homens, montando agilmente, desapareceram na imensidão de Roma.

Viviani montou também e partiu. Coisas suas haviam ficado na estalagem, bem como o cavalo em que viera, de propriedade de Galileo. Seria o pagamento da conta, que ele não pudera saldar.

Depois do alívio por ainda estar vivo, veio a frustração do fracasso. Definitivamente, havia falhado, e de maneira humilhante. Teria de contar tudo ao seu mestre, mas tinha medo da reação dele. Torcia para que fosse de cólera, já que o oposto poderia ser ainda pior.

Apesar do frio, Giuseppe Dominetti estava sentado num dos bancos dos jardins do Vaticano. Gostava imensamente daquele lugar, um amplo espaço coberto de flores, relva, fontes e esculturas. Costumava ir ali quando estava preocupado ou desejava momentos de sossego. O canto dos pássaros e o suave barulho das fontes em geral lhe traziam paz, permitindo-lhe pensar com calma nos momentos em que precisava tomar uma decisão.

Naquela manhã, havia recebido uma carta do irmão Angelo, que geria os negócios da família em Florença. Dedicavam-se ao comércio de tecidos havia décadas, desde que o pai, Paolo, se tornara mercador. Não eram ricos, mas desfrutavam de uma situação financeira suficientemente confortável para livrá-los de quaisquer preocupações materiais. A carta não trazia grandes novidades, a não ser o nascimento de mais um sobrinho de Giuseppe, filho da irmã Giulietta. Mesmo assim, recordou-lhe um episódio ocorrido mais de vinte anos antes, que o irmão, a vítima, aparentemente superara há muito, mas ele não.

Angelo, o caçula dos treze irmãos Dominetti, revelara desde cedo habilidade para a matemática. Certo dia, pediu a Galileo

60

Galilei, que voltara a lecionar na Universidade de Pisa depois de ter sido advertido pelo Santo Ofício para que parasse de divulgar ideias heliocêntricas, que lhe desse aulas particulares. Giuseppe estava presente e considerou a atitude de Galileo para com Angelo extremamente arrogante. Depois de aplicar ao irmão o que chamou de um "pequeno teste", composto por cálculos de alta complexidade, recusou-o como aluno, dizendo que ele era incapaz de chegar ao nível mais elementar da matemática e que melhor seria dedicar-se a outra coisa. Então, simplesmente virou-lhes as costas e saiu.

O jovem ficou extremamente abatido, e Giuseppe, furioso. Havia-o aconselhado a não solicitar aquelas aulas. O pai sempre lhe dissera para se manter afastado dos Galilei, uma gente que considerava desprezível. E tinha razão, concluiu Giuseppe, passando ele também a cultivar um profundo ódio pelos descendentes de Vincenzo Galilei, que passara a vida imiscuindo-se nos assuntos da família Dominetti.

Mas Galileo tivera o que merecia. A Inquisição o obrigara a descer do pedestal em que pensava estar e o confinara à prisão domiciliar na distante Arcetri. Por que então, perguntava-se, continuava sentindo aquela raiva? Por que não era capaz de perdoar, como fizera Angelo?

Levantou-se e pôs-se a passear pelos jardins. O inverno tornava a paisagem mais triste, e os pássaros abrigavam-se em seus ninhos. Mesmo assim, depois de parar por alguns instantes diante de uma fonte e contemplar o calmo movimento das águas, começava a sentir-se melhor. Talvez um dia conseguisse perdoar, desde que o nome de Galileo fosse ignorado para sempre pela História.

A taberna Rocco estava lotada. Situada numa zona periférica de Roma, era frequentada em geral por pessoas das camadas sociais inferiores, embora por vezes homens abastados também comparecessem, pensando serem menores as chances de encontrar conhecidos indesejados ali. As mesas estavam ocupadas grande parte do tempo, sobretudo nas noites, como aquela, em que havia show de dança. Uma dançarina francesa, beldade de cabelos até a cintura, andava fazendo sucesso por aqueles dias, para a satisfação de Alessandro Rocco, proprietário do estabelecimento.

Silvio, que tivera uma manhã movimentada, ocupava uma das mesas próximas ao local onde o espetáculo aconteceria. Havia chegado cedo, justamente para ver de perto aquela estrangeira de quem diziam maravilhas. O vinho corria fartamente, e ele já havia bebido mais do que planejara. "Estou comemorando", pensou. "Mandamos o padre pro inferno e expulsamos de Roma aquele borra-botas covarde." Naquele lugar conhecera Bianca, amante de Corsetti, e um desejo de triunfo completo apoderou-se dele. "Ajudei a liquidar o padreco e agora quero a mulher com quem ele dormia." Olhou em volta, mas Bianca não estava. Levantou a mão, chamando um empregado, e mandou que trouxesse mais vinho.

A voz de Rocco elevou-se acima da algazarra geral, pedindo silêncio. Anunciou solenemente o início do espetáculo.

– E agora com vocês, diretamente da França e para uma apresentação inesquecível, a incomparável Janette de Pontmercy!

A mulher que apareceu no tablado usado como palco era deslumbrante. O corpo esguio e flexível, os seios à mostra e a farta cabeleira que se agitava com os movimentos dela fizeram as delícias dos homens presentes. Dançava ao som de um violino, instrumento de quatro cordas que se tornara bastante popular nas províncias italianas, a ponto de constituir um mercado cada vez mais rentável. Duas famílias de Cremona, os Amati e os Guarneri, haviam se especializado na sua fabricação, mas uma terceira família, da mesma cidade, surgia com força, desenvolvendo uma tecnologia própria que ameaçava desbancar os concorrentes: tratava-se dos Stradivari.

Violinista e dançarina entendiam-se perfeitamente, ora acelerando o ritmo em momentos de frenesi, ora combinando acordes lentos e suaves com movimentos sensuais. O público aplaudia, gritando e pedindo mais. Na parte final, depois de exibir o corpo de forma lenta e insinuante, Janette, ao ritmo de acordes arrebatadores, ficou completamente nua e desapareceu por uma porta existente atrás do tablado.

Foi um delírio. Aplausos e gritos se sobrepunham a qualquer outro ruído, e aquele era um momento bastante esperado pelas prostitutas, que passavam a ser disputadas por homens cuja libido havia sido enormemente estimulada. Silvio sabia disso e levantou-se para procurar Bianca. Se não a encontrasse depressa, certamente perderia a oportunidade que esperava. Caminhou tropegamente entre as pessoas e então a viu, levantando-se de uma mesa na companhia de um homem. Quando compreendeu que o casal se dirigia para a saída, Silvio interpôs-se entre eles e a porta.

— Esta mulher é minha — disse, postando-se na frente de Bianca.

— Ei, o que pensa que está fazendo? — perguntou o acompanhante dela, um homem pelo menos trinta centímetros mais baixo que Silvio.

— Penso que vou levá-la para a cama. É melhor cair fora, amigo.

— Você está bêbado. Saia do caminho e nos deixe passar.

Silvio estendeu a mão para o seio de Bianca, mas, antes que atingisse seu objetivo, um violento murro o fez cambalear e cair. Tentou erguer-se, mas um pontapé no rosto o devolveu ao chão. Bianca, que sentiu uma antipatia instintiva por aquele desconhecido inoportuno, correu até uma mesa próxima, pegou uma garrafa e quebrou-a na cabeça dele. O sangue jorrou imediatamente, e a mulher ficou assustada. Não pretendia bater com tanta força e receava tê-lo matado. Alguns homens aproximaram-se e levaram Silvio, desacordado, para fora da taberna, atirando-o na rua.

Bianca ficou mais preocupada do que aliviada. Saíra ilesa, mas agira sem pensar e se dava conta de que talvez estivesse se metendo numa enrascada. Ele sabia onde ela trabalhava, poderia voltar a qualquer momento. Teve o pressentimento ruim de que encontraria aquele homem novamente. E estava certa.

O estado de saúde de Galileo agravava-se. Pietra se angustiava, temendo o pior. Sabia que precisava obter ajuda, mas o que poderia ela, uma mulher fraca e sozinha, fazer naquelas circunstâncias? Se Viviani estivesse ali, ele já teria ido em busca de auxílio. Mas não podia contar com ele, o rapaz estava longe. E nem Torricelli, que havia ido a Florença, estava disponível. Galileo mexeu-se na cama e articulou palavras desconexas. A febre era intermitente, mas os períodos que durava eram cada vez maiores. E mais uma vez ouviu o cientista murmurar o nome da filha. Decidiu que, assim que ele adormecesse, sairia para pedir ajuda. Não podia ficar ali parada, esperando o tempo passar e, quem sabe, o pior acontecer.

Ele ficou quieto outra vez. E Pietra, aproximando-se para se certificar de que dormia, deixou temporariamente Il Gioiello. Era o meio da tarde, e todos os vizinhos mais próximos, com exceção de um, estavam fora de casa, envolvidos em fainas agrícolas.

Pietra considerava Fabrizio Ferrari um homem estranho. Estava sempre em casa, parecia não ter profissão alguma, mas dava mostras de viver confortavelmente. Talvez pertencesse a uma família rica e decidira viver em Arcetri por um desses caprichos humanos sem explicação razoável. Não tinha intimidade com ele, jamais haviam trocado mais que cumprimentos, mas aquela não era hora para formalismos ou timidez.

Fabrizio aproximou-se do portão quando percebeu que ela se dirigia para a casa dele.

— Boa-tarde, senhor Ferrari — começou ela, meio sem jeito. — Nunca conversamos antes, e sei que não é recomendável pedir favores a quem não se conhece direito, mas a verdade é que preciso de ajuda.

— Acalme-se, dona Pietra. A senhora parece nervosa. Conte-me o que está acontecendo.

— É o senhor Galilei. Ele está muito doente, parece cada vez pior. E Viviani não está aqui para buscar auxílio. O senhor poderia mandar seu empregado a Florença e falar com o grão-duque? Tenho certeza de que ele vai enviar um médico.

– Claro, dona Pietra. Farei isso imediatamente. E vou também escrever uma carta explicando a situação. Pode estar certa de que Andréa partirá dentro de pouco tempo.

– Muito obrigada – replicou Pietra, começando a voltar para Il Gioiello.

Fabrizio cumpriu sua promessa. Chamou o empregado e entregou a ele uma correspondência dirigida ao grão-duque. Quando o rapaz saiu, porém, sentou-se para escrever outra carta, que julgava bem mais importante. O Jesuíta ficaria satisfeito com as novidades.

Em seu quarto, no Vaticano, o Jesuíta segurava o manuscrito de Galileo. Sentou-se à mesa que lhe servia de escrivaninha e abriu o livro, disposto mais uma vez a tentar compreendê-lo. No prefácio, o cientista dizia que aquela obra revolucionaria os conhecimentos científicos, revelando novos conceitos sobre gravidade, inércia e leis da Física. Aquelas palavras pareciam-lhe, em primeiro lugar, mais uma prova da arrogância de Galileo. "Ele sempre se considerou superior aos outros", pensou o Jesuíta, com uma expressão de desprezo no rosto. Não acreditava que aquela obra tivesse a grandiosidade apregoada pelo autor.

Durante os seus estudos, aprendera o modelo geocêntrico do mundo, com a Terra no centro do Universo. Jamais questionara essa concepção das coisas, porque os professores disseram que eram assim e porque inúmeros sábios, ao longo do tempo, acreditaram nelas. Quando Galileo começou a divulgar publicamente suas ideias heliocêntricas, a convicção aristotélica do Jesuíta tornou-se ainda mais profunda. Quem aquele florentino idiota pensava que era? Como ousara duvidar de verdades tão profundamente arraigadas no espírito humano? E como tinha coragem de dizer que as Sagradas Escrituras eram meras alegorias, devendo ser interpretadas simbolicamente? A que ponto podia chegar a soberba de um homem! Ele queria saber mais que os doutores da

Igreja, pessoas iluminadas que dedicavam vidas inteiras ao estudo dos valores cristãos.

"Eu deveria destruir esse manuscrito", disse a si mesmo. "Deveria queimá-lo, como a Igreja sabiamente fez com o herético Giordano Bruno." Em vez disso, concentrou toda a atenção no livro aberto, tentando compreender o que para ele eram complexos conceitos matemáticos. Entendia a essência dos textos, embora duvidasse das informações que continham e não percebesse onde estava a propalada revolução científica. Contudo, quando o manuscrito apresentava fórmulas matemáticas e as analisava, a mente do Jesuíta já não era capaz de acompanhar o raciocínio. Nunca se dera bem com números e equações, o que lhe havia causado imensas dificuldades durante os tempos de seminário e provocado a zombaria de alguns colegas. E entrou num círculo vicioso que o afastou para sempre da Matemática.

Sabia que, sem esses conhecimentos, jamais compreenderia o livro de Galileo. Poderia encontrar ajuda num membro da família, mas descartava essa hipótese momentaneamente, porque não sabia ainda como justificar a posse daquela obra. Precisava forjar uma história, e fabricar "provas" da sua veracidade. Até lá, guardaria o manuscrito no cofre, onde estava a salvo de olhares inconvenientes. Poucos sabiam da existência dele e, destes, um estava morto e os outros não tinham a menor ideia de onde encontrá-lo. "Meu segredo está seguro", murmurou, fechando o livro e indo colocá-lo no cofre.

Mas o Jesuíta não sabia que, dentro de pouco tempo, o cerco se fecharia perigosamente.

Ao se aproximar da casa, Bianca percebeu que algo estava errado. O silêncio absoluto, a escuridão e a ausência até mesmo de uma vela bruxuleante fez com que redobrasse a cautela. Contornou a construção nas pontas dos pés, esgueirou-se até a porta dos fundos e, como sempre, deu quatro pancadinhas leves. Esperou alguns minutos, mas nada aconteceu. Bateu de novo, desta vez com um pouco mais de força. Nada ainda. Teria ele saído?

Tinham um encontro marcado, e Bianca não acreditava que ele tivesse se esquecido disso. Estava apaixonado por ela, tinha certeza, pois só assim poderia entender que ele lhe pagasse tão generosamente, sem regatear, embora fosse pobre. A origem do dinheiro do padre era obscura, mas esse era outro problema. Bateu ainda uma terceira vez, mais forte agora. Um cachorro latiu ao longe, e Bianca se assustou.

Era a primeira vez que um encontro entre eles falhava. Então um pensamento desagradável passou-lhe pela mente. Talvez ele não tivesse saído. Poderia ter acontecido alguma coisa com Corsetti. Ficou ali parada, imaginando o que poderia fazer. Teve uma ideia. Abaixou-se lentamente e, com muito cuidado, procurou no chão duas pedras. Quando as encontrou, colocou a primeira na entrada traseira da casa e, dando a volta, pôs a segunda encostada à porta da frente. As pedras eram pequenas e não chamavam a atenção. Voltaria no dia seguinte e então descobriria se alguém havia entrado na casa ou saído dela. Não sabia ao certo por que fazia aquilo, simplesmente seguia o instinto. Colocadas as armadilhas simplórias que acabara de inventar, afastou-se da residência e desapareceu na noite.

A trote, o cavalo de Viviani entrou em Florença. Tal como ocorrera na viagem de ida a Roma, tinha receio de chegar. Sentia-se incompetente, indigno da esperança que Galileo depositara nele. Como pudera ser tão ingênuo a ponto de acreditar que simplesmente entraria nos domínios papais, encontraria o manuscrito e o traria de volta? Muitas vezes, considerava agora, vida e projetos são inimigos mortais, capazes de destruir um ao outro. Galileo dedicara grande parte da vida ao projeto de provar a veracidade do heliocentrismo e agora, ao constatar que desmoronava o maior dos projetos que já elaborara para conseguir provar isso, talvez perdesse a vida. Viviani estremeceu.

Conduziu o cavalo para as margens do Rio Arno, local onde também o seu mestre, em outros tempos, gostava de se sentar para refletir. Precisava encontrar um modo de dar a notícia o mais suavemente possível, talvez mesmo inventando algum episódio, a fim de que o cientista não perdesse de todo a esperança. Mentalmente, ensaiou discursos, definiu estratégias de abordagem, mas no fundo sabia que, assim que estivesse diante daquela figura agora tão frágil, nada sairia como planejava.

Pegou do chão uma folha e a atirou no rio. Ao ver como ela se afastava, pensou que os sonhos humanos são como uma folha jogada na água: afastam-se inexoravelmente de nós, levados pela força avassaladora do tempo. Mas havia uma diferença crucial: aquela folha, conduzida pelo rio, chegaria intacta ao oceano imenso, ao passo que os sonhos, arrastados e destruídos pelo tempo, desembocam no grande nada que é a Eternidade. Ele sobressaltou-se e fez o sinal da cruz. Aqueles pensamentos eram blasfemos, indignos de um cristão.

Por fim, deu-se conta de que permanecer ali divagando apenas serviria para retardar o inevitável. Levantou-se, soltou um suspiro, montou e começou a subir, outra vez a trote, a colina que levava a Arcetri.

Ferdinando II estava furioso. Apenas um dia depois de ter sido despachada, a carta escrita em nome de Pietra, pedindo auxílio médico urgente para Galileo, viera parar nas suas mãos. E mesmo assim por casualidade, pois decidira verificar a correspondência, o que às vezes não fazia durante dias, e encontrou entre as cartas a ele dirigidas aquela solicitação de socorro.

Quando Andréa chegou ao Palácio Pitti, não pôde sequer passar da entrada. Tentou explicar, dizer que o assunto era relativo a Galileo, mas o chefe da guarda de serviço não lhe deu ouvidos. Foi embora com a promessa de que a carta seria entregue a Manfredo, um criado pessoal do grão-duque, mas desconfiava de que nem isso ocorreria. Antes de dar as costas e sair, Andrea disse:

— Se alguma coisa acontecer a Galileo Galilei, vocês poderão ter problemas. Todo mundo sabe o quanto o grão-duque gosta dele.

Tais palavras surtiram algum efeito, pois o chefe da guarda se apressou em cumprir o que prometera. Mas Manfredo foi da mesma opinião que ele e não quis interromper a conversa que Ferdinando II estava tendo com o embaixador da Toscana em Roma. Por isso, limitou-se a colocar a carta em cima de outras que aguardavam para ser vistas e depois esqueceu o assunto.

– Você, Manfredo, é um irresponsável! – gritou o grão-duque. – Depois verei o que fazer a seu respeito. Agora, vá chamar o Doutor Farina, e depressa!

Gianfranco Farina, médico pessoal do grão-duque, apareceu em quinze minutos, trazendo a maleta de trabalho. Foi imediatamente despachado para Il Gioiello, com a recomendação de ficar o tempo que fosse necessário.

As pedras estavam exatamente nos mesmos lugares. Isso significava que, nas últimas 24 horas, ninguém havia estado na casa. "Muito estranho", pensou Bianca. "Ele não pode simplesmente ter ido embora". Se tivesse sido transferido para Ferrara, ela por certo saberia. Corsetti mencionara o assunto algumas vezes, a princípio demonstrando indignação pela demora do Jesuíta e depois... Ela estacou. O Jesuíta! Ele podia estar envolvido no desaparecimento do padre. Mais de uma vez, Corsetti dissera se sentir ameaçado. Achava que estava sendo retido em Roma, tinha medo. E tudo (Bianca se lembrava agora) por causa de um manuscrito.

De volta a seu quarto, ela tentava encaixar as peças do quebra-cabeça. Ao que parecia, o padre havia trazido um manuscrito importante para o Jesuíta e... Claro! Ali estava a origem do dinheiro com que ele lhe pagava. E, concluiu ela, este era outro motivo de preocupação para o cliente. Quando o dinheiro acabasse, o que faria? "Bem, devo me concentrar no principal", raciocinou ela.

O manuscrito devia ser mesmo importante, do contrário Corsetti não teria recebido o suficiente para pagar por todas as visitas que ela já lhe fizera. O padre podia estar se tornando inconveniente, quem sabe fazendo chantagem, e o Jesuíta talvez quisesse se livrar dele. Aquilo fazia sentido. Corsetti podia estar morto. Neste caso, o que poderia ela fazer?

Uma ideia ao mesmo tempo arriscada e muito ousada começou a tomar forma na mente de Bianca. Se estivesse certa, poderia ter um enorme lucro com a morte do padre. Mas, sabia, precisava planejar cada passo, pois estava lidando com pessoas perigosas. A primeira coisa a fazer era lembrar o nome do Jesuíta. Concentrou-se. Pensou nas conversas que tivera com Corsetti, nas coisas que ele dizia quando bebia vinho além da conta. Tentou recapitular diálogos, fechou os olhos e imaginou-o conversando com ela. Até que, num estalo, o nome veio. Ela bateu palmas de alegria. Lembrara-se apenas do sobrenome, mas já devia bastar. Era improvável que houvesse dois jesuítas com aquele sobrenome no Vaticano.

"Se ao menos eu soubesse escrever!" disse a si mesma, angustiada. "Não posso esquecer esse nome de jeito nenhum". E repetiu-o tantas vezes que, estava certa, havia ficado gravado em seu cérebro. Mas, por via das dúvidas, continuou repetindo, mentalmente e em voz alta, até estar cansada e farta daquilo.

O próximo passo seria planejar meticulosamente cada movimento. E também isso ela repetiu, procurando encontrar pontos frágeis. Quando decidiu que não os havia mais, já estava quase amanhecendo, e ela adormeceu satisfeita consigo mesma. Depois que acordasse, tinha quatro providências a tomar.

Quando Viviani entrou em Il Gioiello, viu imediatamente a carruagem do grão-duque. Teve um calafrio. Teria chegado tarde demais?

Entrou na casa, disposto a dirigir-se diretamente ao quarto do mestre. Mas parou ao ver Pietra no corredor, ao lado da porta. O rosto dela dizia tudo: as coisas não estavam indo bem.

– O Doutor Farina está lá dentro – disse ela, apontando o quarto. – Eu mandei recado ao senhor grão-duque, e ele mandou o médico particular dele.

– Pietra, resta alguma esperança? Como ele passou esses dias?

– Teve febre a maior parte do tempo. E acho que está piorando, por isso mandei avisar o senhor Ferdinando.

Viviani contou a Pietra, resumidamente, o resultado da viagem a Roma.

– Quando ele souber disso...

Os dois ficaram ali, de pé, perto da porta. Depois do que pareceu a eles um tempo enorme, o médico surgiu, fisionomia séria.

– A situação é grave. Não creio que possa fazer muita coisa.

– Doutor – adiantou-se Viviani – e eu ainda trago uma notícia ruim, péssima mesmo. Talvez fosse melhor não dizer nada.

– É muito importante para ele? – perguntou o doutor Farina.

– Sim, importantíssimo. Era todo um projeto, uma esperança.

– Então diga, meu jovem. Ele tem o direito de saber. A essa altura, nada deve ser ocultado. Não me parece justo.

E Viviani, seguido de Pietra e do médico, entrou no quarto. Galileo estava deitado de lado, imóvel, a respiração regular, mas fraca. O jovem discípulo ficou uns instantes olhando para aquele homem, que já vira tão entusiasmado, com quem aprendera tanto. Deu um passo à frente e tocou-lhe de leve no ombro.

– Mestre, sou eu, Viviani.

Galileo teve como que um espasmo, um arroubo de energia saída de algum lugar remoto de seu ser. Fez um esforço, moveu-se e conseguiu ficar de costas.

– Viviani, meu filho, você voltou! O que aconteceu em Roma? Conseguiu encontrar o manuscrito?

Os olhos sem vida do cientista fixaram-se diretamente no rosto do discípulo. E Viviani viu esperança e desespero, misturados de um modo que jamais esqueceria. Se as notícias fossem boas, talvez houvesse mesmo a possibilidade de ele se recuperar. Tentou falar, mas não pôde. A garganta se fechou, as palavras ficaram presas num redemoinho de angústia.

– Pelo seu silêncio, vejo que não conseguiu – murmurou Galileo.

Maquinalmente, o jovem colocou o rosto entre as mãos. Sentia-se frustrado, impotente.

– Não, mestre, não consegui. E mais: alguém matou o padre Corsetti. E eles fizeram questão de me mostrar isso. Um homem me levou até a casa onde ele morava, e eu vi o padre degolado, com uma enorme letra G escrita no peito, com sangue. Depois, ele e um comparsa me obrigaram a montar num cavalo e a sair de Roma. Até mesmo o seu cavalo eu perdi, mestre.

Tinha dito tudo. Sentou-se no chão, olhando para baixo, incapaz de encarar os presentes, sobretudo o cientista moribundo.

– Então eles conseguiram. Meus inimigos venceram. E usaram de uma ironia final: o G escrito com sangue. A violência superou a capacidade intelectual, a força foi superior ao argumento.

Devagar, como se isso lhe custasse um esforço sobre-humano, ele voltou a deitar-se de lado, as costas viradas para todos. E não disse mais nada inteligível. Da posição em que estava, Viviani não podia ter certeza, mas parecia-lhe que Galileo chorava. "Que triste fim para um homem tão brilhante", disse para si mesmo.

A febre voltou, desta vez para ficar. Em meio a delírios, a única coisa compreensível que dizia era o nome de Virginia, o ser que mais amara no mundo. A perda do manuscrito representou o golpe de misericórdia, o fim de qualquer esperança, o vazio absoluto. E a consciência não voltou mais.

– É melhor eu avisar o grão-duque – falou o médico, pegando a maleta e preparando-se para sair. – Tenho certeza de que ele vai tomar todas as providências necessárias. Sinto muito, fiz o que pude.

Algumas horas mais tarde, tendo Pietra e Viviani à cabeceira, Galileo deixou este mundo, que lhe fora tão hostil. Era uma quarta-feira, 8 de janeiro de 1642.

Hannah e os pais, James e Margery Ayscough, estavam sentados junto à lareira. Fazia muito frio, e o tema predominante da conversa era o breve casamento da jovem.

72

– Ontem passei pela casa. Está ficando muito bonita – disse a moça, entusiasmada. – O Isaac está fazendo um bom trabalho.

No domingo seguinte, Isaac, o futuro marido de Hannah, viria passar o dia com eles. Logo pertenceriam à mesma família. E Woolsthorpe-by-Colsterworth ganharia mais um lar.

V
Capítulo

Pádua, 1609

A carta chegou em maio. Vinha de Paris e estava assinada por Jacques Badovere, um antigo aluno.

"Temos por aqui uma novidade: um instrumento formado por duas lentes, uma côncava e outra convexa, unidas por um tubo de chumbo, que aproxima os objetos e faz com que pareçam maiores. É realmente algo curioso. Há rumores de que esse equipamento foi inventado na Holanda. Já pode ser encontrado aqui em Paris, e creio que em breve se espalhará pela Europa. Não sei que utilidade prática pode ter, mas não deixa de ser interessante. Está sendo usado, por exemplo, para assistir às óperas. O efeito é original: os artistas parecem sair do palco e se aproximar do público. Trata-se, no mínimo, de brinquedo de luxo."

Galileo voltou a ler aquele trecho da carta. Seria mesmo verdade? Tão simples assim, duas lentes unidas por um tubo? Precisava experimentar, saber exatamente do que se tratava. Dependendo do quanto as coisas ficassem maiores e mais próximas, seria possível obter visões realmente espetaculares. Como seriam, vistas através desses instrumentos, as paisagens familiares de Pádua? A que distância seria possível ver as igrejas, os monumentos, os pássaros? Que aspecto teriam as montanhas, os rios, o mar? As perguntas sucediam-se vertiginosamente naquele cérebro irrequieto.

– O que você tem? – perguntou Marina, à noite, na cama.
– Por que rola de um lado para o outro?
– Aquela carta que recebi hoje. Não consigo pensar em outra coisa. Descreve um instrumento capaz de aumentar o tamanho das coisas e torná-las mais próximas.
– Como assim? Como se consegue isso?
– Não sei bem. A descrição de Jacques me parece simples demais para ser verdadeira. Ele diz que basta ligar duas lentes a um tubo.
– Quem é Jacques?
– Um antigo aluno, a pessoa que escreveu a carta. Ele diz que este equipamento já existe em Paris e pensa que vai se espalhar pela Europa. Mas eu não posso esperar que chegue aqui.
– O que pretende fazer?
– Vou fabricar um.

No dia seguinte, foi até a loja de um artesão que vendia vidro veneziano, famoso pela qualidade.
– Preciso de dois pedaços de vidro redondos, para fabricar lentes.
– Lentes? Temos aqui algumas, veja se servem.
Escolheu duas e levou-as para casa. Eram imperfeitas e precisavam ser polidas. Foi para o seu gabinete de trabalho e começou a se dedicar a esta tarefa tediosa, que exigia paciência e concentração. Mas ele estava acostumado a isso. Tinha habilidades manuais e já havia construído, entre outras coisas, um compasso geométrico e um termoscópio, aparelho capaz de indicar variações de temperatura.

Enquanto polia as lentes, podia dar livre curso aos pensamentos, refletir sobre a imprevisibilidade da existência humana. Não sabia explicar por que, mas sentia que algo de importante estava para acontecer, que o rumo de sua vida seria outra vez alterado.

Quando chegou a Pádua, em 1592, encontrou um ambiente favorável para desenvolver seus talentos. Já não era um simples professor de Matemática, como em Pisa. Ali, passou a ensinar também Geometria, Mecânica e Astronomia. Instalou-se numa ampla e confortável residência chamada Borgo dei Vignali, onde dava aulas particulares e fazia experiências sobre o movimento dos corpos.

Mas a maior prova de sua respeitabilidade talvez tenha sido a amizade que travou com Cesare Cremonini, eminente filósofo patrocinado por Alfonso II, duque de Ferrara, que havia chegado a Pádua um ano antes dele e era considerado o professor mais brilhante da universidade. Cremonini gozava de tal prestígio que diversos reis e príncipes, com quem se correspondia regularmente, tinham o retrato dele em seus palácios.

Estava seguro de que essa amizade contribuíra decisivamente para o sucesso da sua aula inaugural, ocorrida em 7 de dezembro, à qual compareceram pelo menos mil estudantes. A partir daí, Galileo consolidou-se como professor, tendo a afluência às aulas aumentado posteriormente. Ao longo dos anos, teve alunos ilustres, como o conde de Noailles, Gustavo II Adolfo, filho e príncipe herdeiro do rei sueco Carlos IX, Paolo Sarpi, de quem viria a se tornar amigo, e Fabricius d'Acquapendente, um famoso cirurgião.

Grande parte do sucesso de suas aulas devia-se, ele sabia, à maneira original de ensinar. Enquanto os professores tradicionais se limitavam a ler suas notas, ele improvisava e, muitas vezes, fazia experimentos num laboratório que obtivera permissão para instalar. Era a valorização da ciência experimental, uma novidade absoluta num mundo caracterizado pelo imobilismo e pela obediência irrestrita a padrões consagrados. Esse novo jeito de ensinar, dando vida às aulas, trouxe-lhe admiradores, mas também lhe granjeou inimigos, que com o tempo se mostrariam bastante rancorosos.

Galileo deu por concluído o trabalho daquele dia. Sabia que as lentes ainda não estavam perfeitas, mas ansiava por experimentar o instrumento. Ajustou-as em ambas as extremidades do cilindro de chumbo, que também comprara, e saiu para o exterior da casa. Já estava escuro, e só então se deu conta de que havia passado horas naquele trabalho de polimento. Não poderia ver paisagem alguma naquela escuridão, e então apontou instintivamente o instrumento óptico para o céu.

Ficou extasiado com o que viu. A Lua parecia três vezes maior, e era imenso o número de estrelas visíveis. Seria apenas impressão, pensou ele, ou aquele simples equipamento revelava a existência de estrelas que não podiam ser vistas sem ele? Dirigiu aquela pequena luneta para todas as direções, incapaz de olhar por muito tempo para um ponto fixo da esfera celeste. Estava fascinado. O instrumento podia ser melhorado, tinha certeza absoluta, e as possibilidades de observação do céu lhe pareciam imensas.

– Vou para Veneza – disse a Marina no dia seguinte, enquanto faziam uma refeição leve.

– Mas você voltou de lá há duas semanas. Vai trabalhar em algum projeto mecânico ou hidráulico?

– Não, vou comprar lentes. Marina, aquele instrumento descrito na carta de Badovere funciona. Passei horas olhando para o céu por meio dele e penso ter descoberto coisas novas. Preciso de lentes maiores e mais perfeitas. Vou construir outra luneta.

– Mas, Galileo, onde você vai arranjar dinheiro? Virginia precisa de roupas novas. Ela já tem quase nove anos e está crescendo depressa. A maior parte das roupas dela já serve em Lívia. O dinheiro que temos está reservado para isso, lembra?

– Sei disso, Marina. Pode comprar o que for necessário. Vou falar com Paolo Sarpi, ele vai me ajudar.

Enquanto se dirigia a Veneza, pensava no que dissera Marina sobre dinheiro. De fato, ao contrário do que esperava, a vida financeira em Pádua não estava muito melhor do que em Pisa.

Perdera por completo as esperanças em Michelagnolo. Havia ido para a Polônia, onde eram muitas as oportunidades para quem tocava alaúde como ele, mas voltara sem nada. Agora estava em Munique, trabalhando para o duque Maximiliano I. Mas decidira casar-se, e gastara num luxuoso banquete todas as economias que tinha. E, durante todos esses anos, continuou fazendo ao irmão pedidos de dinheiro.

Outro duro golpe em suas finanças veio em 1600, por ocasião do casamento de Livia, a irmã mais nova. Coube-lhe pagar o dote da noiva e, para isso, pedira à Universidade um adiantamento equivalente a dois anos de salário, tendo Cesare Cremonini servido de avalista.

Por isso, via-se forçado a dar muitas aulas particulares a estudantes ricos, permitindo-lhes igualmente, mediante pagamento, morar por algum tempo na enorme residência em que vivia. Mas uma ideia começava a formar-se em sua mente. Dependendo da qualidade da luneta que estava prestes a fabricar, talvez conseguisse livrar-se desse constante aperto econômico.

O pequeno barco de Sarpi navegava placidamente pelo Grande Canal, principal via de transporte da Lagoa Veneza e de toda a cidade. Galileo estava acostumado àquele passeio. Para aquele local levara Marina Gamba pouco depois de conhecê-la. Embora a paisagem lhe fosse familiar, não conseguia deixar de admirar a imponência dos palácios Barbaro, Dario e Barbarigo, três construções em estilo gótico que margeavam o Canal e pertenciam a famílias venezianas ricas.

– Por que você acha que essa luneta aumenta o tamanho das coisas? – perguntou Sarpi, que na noite anterior havia contemplado o céu através do instrumento óptico de Galileo.

– Estive pensando sobre isso. A lente convexa, com as extremidades finas e o centro mais espesso, capta a luz e a dirige para o ponto central, reunindo todos os feixes luminosos num único lugar, a parte mais elevada da lente. Ela desempenha, portanto, um papel convergente. A luz assim captada passa, através do tubo de chumbo, para a outra lente, que é côncava, ou seja, tem bordas elevadas e a parte central mais fina. Esta lente faz o papel oposto, ou seja, o divergente, recolhendo o feixe de luz concentrado e espalhando-o por toda a superfície. Como encostamos os olhos à lente côncava, chamada por isso de ocular, chega até eles uma quantidade de luz muito maior e de um pedaço do céu bem mais amplo do que aquele que conseguimos ver sem esse auxílio. A outra lente, apontada para os objetos que queremos ver, recebe por isso o nome de objetiva.

Sarpi ficou surpreso. O amigo fora capaz, em poucos dias, de elaborar (ou ao menos de deduzir) uma teoria óptica.

– Faz todo o sentido – comentou, desviando os olhos da água para Galileo. – Mas o fenômeno em si me parece muito simples.

– Com certeza, Sarpi. É tão simples que não entendo como uma luneta dessas não foi inventada antes. Qualquer criança, brincando com duas lentes, poderia, por mera curiosidade, olhar através de ambas ao mesmo tempo e descobrir esse fenômeno. Talvez isso até já tenha acontecido, mas ninguém até agora havia sido capaz de entender as verdadeiras possibilidades de um equipamento assim. Mas eu sou capaz, caro Sarpi, e pode estar certo de que vou me tornar muito mais famoso do que já sou. A Europa inteira ainda vai ouvir falar de Galileo Galilei.

Quando passaram sob a Ponte di Rialto, o cientista não pôde deixar de pensar que, numa das inúmeras lojas existentes em ambos os lados da ponte, estavam sendo confeccionadas as lentes que, graças a um empréstimo de Sarpi, comprara para a próxima luneta. Ele mesmo supervisionara a fabricação dos moldes, tomando todo o cuidado para que as curvaturas fossem as que desejava. Dentro de algumas horas, iria buscá-las, e o processo de polimento recomeçaria.

— O jantar está na mesa — disse Marina, entrando no gabinete de trabalho de Galileo. — Há quantas horas você já está polindo estas lentes?

— Não sei, mas farei o melhor que puder. Amanhã vou experimentá-las. Só quero fazer os testes quando não conseguir mais melhorar o polimento.

Depois da refeição, ele dedicou alguma atenção aos filhos. O pequeno Vincenzo, de quase três anos, veio sentar-se em seu colo. Embora em geral os pais manifestassem preferência por descendentes do sexo masculino, com Galileo era diferente. Ele sentia um amor todo especial por Virginia, a mais velha, amor este plenamente correspondido. Apesar de ser ainda uma criança, por vezes parecia compreender que o pai era um homem superior, alguém que se distinguia dos que o cercavam. Ele tentava não demonstrar essa preferência, mas era um sentimento que não podia negar. Quanto a Lívia, a filha do meio, tinha um caráter mais rebelde e não havia entre ela e o pai a mesma atração.

Cuidadosamente, ele encaixou as lentes no cilindro de chumbo. Sentia-se ansioso, desejando que a noite chegasse depressa. Como esta luneta mostraria o céu? Haveria alguma diferença em relação à anterior?

"Meu Deus! A Lua parece oito ou nove vezes maior!", exclamou Galileo para si mesmo. De acordo com seus cálculos, aquele instrumento era três vezes superior ao primeiro. Teve uma convicção ainda mais forte de que existiam estrelas que o olho nu não revelava. A configuração aristotélica do céu precisava ser urgentemente revisada, tinha certeza. Com aquele instrumento talvez pudesse desbancar uma teoria milenar que era obrigado a ensinar na Universidade, mas na qual havia mais de uma década já não acreditava. O geocentrismo não fazia sentido. Era preciso divulgar o modelo copernicano do mundo, heliocêntrico, com o Sol ocupando o papel de destaque que a Igreja e os intelectuais pretendiam conferir à Terra.

Em 1594, durante uma enfermidade que o obrigara a passar longo tempo na cama, teve a oportunidade de ler *De revolutionibus orbium coelestium* (*Sobre as revoluções dos orbes celestes*), de Nicolau Copérnico, publicado em maio de 1543, com a decisiva colaboração do discípulo austríaco Georg Joachim von Lauchen, mais conhecido como Rheticus. Neste livro, o astrônomo polonês propõe o heliocentrismo, que coloca o Sol no centro do Universo, contrariando o geocentrismo de Aristóteles e de Ptolomeu, e simplifica a compreensão dos movimentos planetários. Aquela obra causou em Galileo uma impressão tão forte que ele deixou por completo de acreditar no geocentrismo. E neste período leu ainda outro livro que reforçou sua crença na teoria de Copérnico: *De Stella Nova* (*Sobre a Estrela Nova*), do dinamarquês Tycho Brahe, publicado em 1574, descrevendo uma "nova" estrela vista por ele, dois anos antes, na constelação de Cassiopeia. O aparecimento de novas estrelas contradizia frontalmente o modelo cosmológico de Aristóteles, que defendia a imutabilidade e a incorruptibilidade da esfera celeste. Ele mesmo havia observado, em dezembro de 1604, uma dessas estrelas que surgiam e depois deixavam de ser visíveis, a mesma vista por Kepler em outubro. E o golpe de misericórdia no geocentrismo foi dado, para Galileo, com a descoberta, feita em agosto de 1596 pelo astrônomo alemão David Fabricius, de que o brilho de uma das estrelas da constelação da Baleia variava ao longo do tempo. Isso o geocentrismo não podia explicar de forma alguma, e era frustrante para Galileo ter de ensinar em Pádua coisas que, tinha plena certeza, estavam completamente erradas.

Mais uma vez, Galileo não foi capaz de fixar seu instrumento num único ponto do céu. "Preciso sistematizar minhas observações", pensou. "Vou começar a desenhar o que vejo, fazer mapas das posições dos astros."

Antes, porém, havia algo muito importante a fazer. Se desse certo, ele passaria a ser uma celebridade.

Embora residisse na República de Veneza havia dezessete anos, era a primeira vez que entrava no Palácio Ducal, um gigantesco complexo arquitetônico de três andares, considerado uma obra-prima do estilo gótico veneziano. Passou pela famosa Porta della Carta, assim chamada porque ali eram afixados decretos e leis, e entrou no amplo pátio central circundado por arcadas. Três lados do pátio davam acesso a alas do palácio, enquanto o quarto, situado ao norte, limitava-se com uma das paredes da Basílica de São Marcos. Galileo entrou na longa passagem denominada Androne Foscari, que conduzia à Escada dos Gigantes, localizada no lado oriental, cujo nome se deve a duas grandes estátuas, em mármore, de Marte e de Netuno, representando o poder de Veneza sobre a terra firme e o mar. Chegou então à parte dedicada aos ambientes judiciários, dirigindo-se diretamente para a Escadaria de Ouro, assim chamada por causa da rica decoração que a adornava, e que levava aos pisos superiores. Subindo por ela, viu-se num amplo átrio e virou à esquerda, onde estavam os aposentos reservados ao doge, destino final daquela jornada. Ali, na Sala do Escudo, em que se via o brasão ducal e onde eram celebrados banquetes e concedidas audiências privadas, Galileo seria recebido por Leonardo Donato em pessoa. Sentia-se prestigiado, confiante de que sua proposta seria aceita. Sentiu vontade de conhecer a Grande Câmara do Conselho, principal sala do palácio, com 53 metros de comprimento e 25 metros de largura, o que fazia dela uma das mais vastas da Europa. Ali se reuniam os membros da Assembleia de Veneza, que podiam chegar a dois mil. Mas isso teria de ficar para uma próxima vez. Naquele momento, tinha coisas mais importantes em que pensar.

— Senhor Galilei, o senhor afirma que tem uma oferta a fazer à República de Veneza – disse o doge. – De que se trata?

— Sim, senhor doge, tenho. Possuo um instrumento, fabricado por mim mesmo, que faz com que os objetos pareçam maiores e mais próximos quando se olha através dele. Esse instrumento tem, a meu ver, grande utilidade militar. Com ele pode-se, por exemplo, ver um navio duas horas antes de ele ser visível a olho desarmado. A posse do meu equipamento permite visualizar o inimigo a distância, tornando possível formular estratégias de defesa e, em alguns casos, também de ataque.

– Se tudo isso é verdade – atalhou o dirigente veneziano –, as vantagens militares são realmente consideráveis. Mas o que pretende, senhor Galilei?

– Eu gostaria de fazer uma demonstração pública desse instrumento ao senhor e ao Senado de Veneza. Se ele for considerado útil, desejo doá-lo à República.

– Doá-lo à República de Veneza? Mas por quê?

– Em agradecimento à acolhida que tive aqui, vindo de Pisa. Tenho vivido em paz, desenvolvido meu trabalho, e quero expressar de algum modo minha satisfação.

O doge concordou, prometendo informar ao cientista quando a demonstração ocorreria. O local fora escolhido por Galileo.

Era 21 de agosto, uma sexta-feira. Senadores venezianos e homens importantes da cidade, muitos de idade avançada, subiam as escadarias que conduziam ao alto do campanário de São Marcos, localizado perto da entrada da basílica e num canto da praça de mesmo nome. Com 98 metros de altura, era o ponto mais alto de Veneza, proporcionando uma vista sem paralelo dos arredores.

Quando Galileo chegou, carregando a luneta com um cuidado cerimonial, houve um misto de curiosidade e apreensão. Como seria ver Veneza através daquele estranho tubo de chumbo com lentes em ambos os lados? O cientista constatou, satisfeito, que o próprio doge estava presente.

– Senhores – começou Galileo –, preparem-se para algo espetacular, nunca antes visto no mundo. Por meio desta luneta, serão capazes de ver muito mais longe do que podem imaginar.

Os monumentos da cidade, as pontes, o mar, os navios, tudo parecerá bem maior e mais próximo. E todos aqui presentes terão oportunidade de ver essas maravilhas. Serão as testemunhas de que Galileo Galilei diz a verdade.

Depois de mostrar-lhes como ajustar a luneta ao olho, sentou-se para desfrutar a admiração daqueles homens que, um a um, revelavam o seu espanto:

– Olhem só o Mar Adriático! Pode-se ver muitos quilômetros para dentro dele!

– Como Murano parece próxima! E a Igreja de Santa Maria e São Donato é visível com grande nitidez!

– Consigo ver o Rio Piave! E o Adige também!

Terminada a demonstração, Galileo pediu a palavra:

– Senhores, como acabam de verificar, este instrumento tem potencialidades imensas. Já tive a honra de dizer pessoalmente ao doge que esta luneta pode trazer enormes vantagens militares. Por isso desejo, neste momento, fazer a entrega solene deste equipamento à República de Veneza. Dessa forma, expresso minha gratidão pela maneira como tenho sido tratado ao longo dos anos em que vivo aqui.

Ouviram-se fortes aplausos, e um representante do Senado agradeceu o presente em nome da Sereníssima.

Enquanto descia as escadas da torre, ele sabia que o seu prestígio aumentara extraordinariamente. A demonstração havia sido um triunfo completo. "E foi apenas o começo", pensou ele, "porque em breve serei conhecido muito além das fronteiras dos Estados italianos."

Alguns dias mais tarde, o Senado deu provas de como havia sido grande a repercussão da demonstração pública da luneta: acolhendo uma proposta do procurador António Friuli, tornou vitalícia a cátedra de Galileo na Universidade de Pádua e duplicou-lhe o salário. Ele conquistava, assim, a tão sonhada independência financeira.

Mas a doação da luneta à República de Veneza não havia sido um gesto de altruísmo, como pareceu a muitos. Na verdade, para desespero de Marina, Galileo já trabalhava num terceiro equipamento, que esperava fosse bem mais eficiente que o anterior, devido à compreensão que vinha adquirindo acerca da curvatura correta das lentes.

– Olhe só isso, Sagredo – disse Galileo ao amigo, estendendo-lhe seu mais novo instrumento. – Este aqui aumenta vinte vezes.

– É sensacional – replicou o visitante, olhando para a Lua.

– Mas como faz para saber o número de aumentos?

– Desenvolvi um método bastante simples. Numa parede, desenho dois círculos de tamanhos diferentes. Depois, olho para o menor com a luneta e para o maior sem ela. Repito o processo até encontrar uma proporção em que os dois círculos, vistos assim, pareçam do mesmo tamanho. No caso desta luneta, o círculo maior tinha diâmetro vinte vezes superior ao do outro.

Naquele dia, Sagredo jantou com eles. Conversaram sobre os últimos acontecimentos, e Galileo comunicou que daria início a uma observação sistemática do céu.

– Agora já tenho uma luneta suficientemente boa para me permitir desenhar o que vejo. Sagredo, vou produzir mapas, ilustrações, diagramas. Depois, pretendo publicar tudo isso e mostrar ao mundo o que venho descobrindo. Quero desbancar o geocentrismo.

– É melhor tomar cuidado – advertiu o outro. Embora eu concorde com você, é preciso levar em conta que a Igreja tem interesse direto nessa questão. Duvidar do sistema aristotélico é pôr em causa algumas passagens bíblicas, e isso Roma não vai aceitar pacificamente. Veja o caso de Tycho Brahe. Apesar de ele ter feito algumas descobertas que apontam na direção do heliocentrismo, ele nunca adotou esse sistema.

– Brahe é um católico fanático e imbecil – retrucou Galileo, começando a irritar-se. – Ele percebeu que o geocentrismo está errado mas, para não contrariar a Bíblia, desenvolveu um modelo tão absurdo do Sistema Solar que duvido que ele mesmo fosse capaz de acreditar na própria teoria. Ele tentou adaptar o Universo à Bíblia, quando o contrário é que deve ser feito.

De fato, em 1583, Tycho Brahe, um dos astrônomos mais eminentes da época, propôs para o Sistema Solar um modelo híbrido, com características heliocêntricas e geocêntricas. Segundo esse modelo, os planetas (Mercúrio, Vênus, Marte, Júpiter e Saturno) giram em torno do Sol, e todos juntos, incluindo o Sol, orbitam a Terra.

Sagredo achou melhor não discutir. Conhecia bem o temperamento daquele homem, que não media as consequências do que dizia, e às vezes temia pelo futuro dele.

– Chegou um pacote para você – disse Marina, entregando a Galileo um embrulho recentemente vindo de Praga. Continha um livro e uma carta de Johannes Kepler, astrônomo alemão que também defendia o heliocentrismo, com quem se correspondia havia mais de uma década.

"Senhor Galilei, apresento-lhe meu mais recente livro, *Astronomia nova*, publicado este ano. Nele, analiso o modelo geocêntrico, o heliocêntrico e o de Tycho Brahe. E também formulo duas leis do movimento planetário, a primeira das quais pode lhe interessar, visto ser, se estiver correta, mais uma evidência a favor do heliocentrismo."

Galileo pôs-se de imediato a ler a obra. Contudo, influenciado pelo postulado copernicano da perfeição do movimento circular, rejeitou a primeira lei de Kepler, segundo a qual os planetas descrevem órbitas elípticas, tendo o Sol num dos focos.

Ele estava no pátio de Borgo dei Vignali, a luneta apontada para a Lua. Ao lado, pena, tinta e papel, utilizados para fazer o registro do que via. Pretendia anotar as posições dos astros ao longo do tempo, para determinar o movimento que executavam, bem como características peculiares de suas superfícies, caso conseguisse distinguir alguma.

Decidiu começar pela Lua, astro mais próximo que, através da última luneta que construíra, assumia um tamanho aparente verdadeiramente excepcional. Deteve-se contemplando o terminador (ou terminadouro), zona de transição entre os hemisférios iluminado e escuro, ou seja, o limite entre a parte do satélite que, em dado momento, recebia luz solar e a outra, imersa nas trevas. Por um momento, ficou paralisado com o que via. Distinguia irregularidades na superfície lunar, o que estava em total oposição com o modelo cosmológico de Aristóteles.

Segundo esse modelo, formulado no século IV a.C. por Aristóteles de Estagira, o Universo está dividido em dois estratos, um sublunar e outro extralunar. Na região abaixo da Lua ocorrem mudanças, estando as coisas e os seres vivos sujeitos à morte e à degeneração. Aí se encontram os cometas, que não passam de fenômenos atmosféricos, visíveis em forma de estrelas cadentes. A outra região estende-se para além da Lua, e nela nada jamais se transforma ou perece. Disso decorre que os planetas e as estrelas fixas pertencentes à região extralunar são regidos por leis distintas das que se aplicam à Terra e aos cometas. Para ele, além da esfera das estrelas fixas existe o *Primum mobile* (*Primeiro móvel*), acionado por Deus, o motor primordial e imóvel, e que além dele não há nem movimento, nem tempo e nem lugar. No tomo II do seu livro *De caelo* (*Dos céus*), propõe que "o Universo é finito e esférico, ou não terá centro e não pode se mover". Essa teoria cosmológica foi contestada, no século seguinte, por outro grego, Aristarco de Samos, mas sem sucesso. Quatrocentos anos depois de Aristarco, Cláudio Ptolomeu publicou, em treze livros ou partes, o *Almagesto* (grande coleção, em árabe), sintetizando todo o conhecimento astronômico da Antiguidade e consolidando o geocentrismo, tendo a Terra, imóvel, ao redor da qual tudo girava, como centro do Universo, concepção do mundo aceita praticamente sem questionamentos até a obra de Copérnico.

Mas ali estavam as montanhas e crateras lunares, mostrando-se em toda a plenitude aos olhos maravilhados de Galileo. Envolvido no mais exaltado entusiasmo, pôs-se a desenhar o que via, disposto a produzir o primeiro mapa lunar. Naquela mesma noite, escreveu uma carta ao amigo Benedetto Castelli, em Roma. Não podia conter-se e expressou o júbilo que tomava conta dele: "Sou infinitamente grato a Deus, que teve a bondade de fazer de mim o primeiro e o único observador de coisas admiráveis e que por séculos permaneceram ocultas".

Mas não podia guardar apenas para si aquela descoberta. Era preciso divulgá-la.

Galileo entrou confiante na vasta residência de Cesare Cremonini. Levava a sua luneta e mal podia esperar para ver a cara de assombro de Cremonini, um aristotélico convicto, quando visse as montanhas e as crateras da Lua.

Após algum tempo de conversa sobre o cotidiano de Pádua e sobre tendências filosóficas do momento, não pôde mais esperar e revelou o motivo daquela visita.

– Senhor Cremonini, como pode ver, trouxe hoje aqui a minha luneta, porque desejo mostrar-lhe algo simplesmente espetacular. Descobri que existem montanhas e crateras na Lua, exatamente como ocorre na Terra. Veja, por favor – disse, estendendo-lhe o instrumento.

Mas Cesare não fez qualquer movimento para pegá-lo.

– Peço que olhe, senhor Cremonini, e verá o que jamais poderia imaginar.

– Recuso-me, senhor Galilei, a utilizar este instrumento para ver o céu.

Ele não pôde acreditar no que ouviu.

– Mas por quê? Que mal pode haver em descobrir o céu como ele realmente é?

– Conheço o céu como ele é e para isso não preciso de luneta alguma. Aristóteles e Ptolomeu, homens de grande sabedoria, descreveram magistralmente tudo o que há na esfera celeste. Esses ensinamentos têm sido transmitidos ao longo dos séculos e nenhuma falsa teoria moderna será capaz de destruí-los.

– Mas não estou falando de teorias! As montanhas lunares são reais, tão reais quanto as da Terra. Se não acredita no que digo, ao menos olhe para o nosso satélite através do meu instrumento. Então poderá tirar suas próprias conclusões.

– Já tenho minhas próprias conclusões, senhor Galilei, e peço que não insista. Recuso-me, repito, a utilizar esta luneta.

– Deus do céu! – explodiu Galileo. – Até que ponto podem chegar a ignorância e a intransigência humanas! Sua atitude é incompatível com o grande filósofo que todos julgam que é. Por que não quer olhar? Tem medo de descobrir que o modelo aristotélico não passa de uma estupidez, propagado sem pensar por ignorantes que negam a realidade mais absoluta em nome de dogmas ultrapassados?

– Senhor Galilei, peço que se retire da minha casa. Não temos mais nada a dizer um ao outro.

Ele chegou em casa furioso. Lançava imprecações contra Cremonini e todos os aristotélicos fanáticos e irredutíveis. Não contava com aquela reação irracional de um homem que tinha como amigo e que o havia ajudado em outros tempos. Compreendeu que não seria fácil convencer as pessoas de que o sistema heliocêntrico era o correto. Tarefa árdua combater ideias vigentes durante séculos. Mas ele não desistiria de provar que estava certo. Outros podiam achar melhor calar-se e continuar com suas existências pacatas. Mas não ele, Galileo Galilei, que amava a verdade, tal como o pai, e que desejava ser reconhecido no mundo inteiro. Ele seguiria em frente, enfrentaria tudo e todos, mas acabaria por provar o que afirmava. Acreditava completamente nisso.

E foi neste espírito que o cientista viu chegar o fim de 1609. E o ano seguinte seria crucial em sua vida, marcando ao mesmo tempo a glória suprema e o início de graves complicações pessoais.

VI
Capítulo

Florença e Roma, 1642

A notícia se espalhou depressa pela Toscana. Histórias sobre Galileo, falsas e verdadeiras, eram contadas nas casas, praças e tabernas. Cada um desejava fornecer uma informação nova, relembrar a seu modo o que ocorrera em 1633, quando o cientista fora julgado pelo Santo Ofício. Vilão para uns, herói para outros, ele voltava a ser o centro das atenções. Causava polêmica na morte, assim como havia feito durante grande parte da vida.

O padre Camillo, responsável pela Basílica da Santa Cruz, ficou surpreso ao ver entrar Ferdinando II em pessoa. Apressou-se em ir recebê-lo.

– A que devo a honra dessa visita, senhor grão-duque?

– Padre, como sabe, Galileo Galilei acaba de falecer. Não é segredo para ninguém que sempre devotei a ele grande estima. Vou me encarregar dos funerais e gostaria que ele fosse sepultado aqui, juntamente com a filha Virginia e o inesquecível Michelangelo Buonarroti.

Em Florença, somente a Basílica da Santa Cruz é digna de receber um homem como este.

O padre fez o sinal da cruz, mas não em memória ao ilustre morto, como poderia pensar Ferdinando. Estava numa situação difícil e tentava encontrar as palavras certas.

– Grão-duque – balbuciou ele, uma gota de suor se formando na testa –, lamento muitíssimo, mas não posso fazer isso sem autorização do Papa. Galileo era um prisioneiro da Inquisição e estava cumprindo pena perpétua. Claro que merece sepultamento cristão, porque abjurou, reconheceu seus erros e não foi condenado como herege. Mas não tenho autoridade para sepultá-lo aqui, a menos que o santo padre permita.

– Isso é um absurdo! – disse Ferdinando, a voz fazendo eco na ampla nave da igreja. – Estou nos meus domínios, governo a Toscana e quero que ele seja enterrado aqui!

– Por favor, grão-duque, compreenda a minha situação. Se dependesse apenas da minha vontade, eu faria o que me pede. Mas devo obediência ao Papa. Peça a ele, tenho certeza de que a resposta será positiva.

– Vou mandar um mensageiro imediatamente a Roma. E mais: não quero uma sepultura simples. Desejo erigir um mausoléu!

Passados alguns instantes, a cólera de Ferdinando II se aplacou. E foi num tom mais cordial que perguntou:

– Padre, pode ao menos vir comigo até Arcetri? Até que chegue a autorização do Papa, desejo sepultar Galileo em Il Gioiello. Pode oficiar a cerimônia?

– Claro! – respondeu Camillo, aliviado. – Peço apenas alguns instantes para reunir o que preciso levar.

A carruagem do grão-duque, com o padre a bordo, começou a subir a colina que levava a Arcetri. Isso pesou enormemente na opinião dos indecisos, aqueles que simpatizavam com Galileo, mas tinham medo do Santo Ofício. Contudo, o governante máximo da região dava o exemplo, acompanhado inclusive da jovem grã-duquesa Vittoria delle Rovere, grávida de dois meses.

Uma multidão subiu a pé a colina. Outros foram a cavalo, mantendo-se respeitosamente atrás da carruagem ducal. Um movimento sem precedentes alterou o cotidiano tranquilo de Arcetri, convergindo para a ampla vila que, nos últimos anos, servira de residência e de prisão para Galileo. Muitos aproveitaram a oportunidade para olhar, mais interessados na casa e no jardim do que nos funerais que haviam vindo assistir. Os vizinhos também vieram, inclusive Fabrizio Ferrari, que observava tudo atentamente, a fim de poder fazer um relato pormenorizado ao Jesuíta.

A cerimônia foi simples. O padre Camillo teve o cuidado de não mencionar o Santo Ofício, ao mesmo tempo em que não louvava em demasia as virtudes do cientista. Preferiu ater-se ao futuro no Paraíso, pedindo a Deus que, em sua infinita misericórdia, acolhesse aquela alma que abandonava este mundo de atribulações e pecados. O corpo, colocado num simples caixão de madeira feito por um carpinteiro das redondezas, foi coberto de terra, e apenas uma pequena cruz, também fabricada em Arcetri, marcava o lugar da sepultura. "Não será por muito tempo, Galileo", pensou Ferdinando II. "Você terá um mausoléu, repousará num lugar digno do homem que foi."

Depois do enterro, Viviani voltou com o grão-duque para Florença. Coube a Pietra colocar de novo a casa em ordem, remover a sujeira que uma multidão, inevitavelmente, causa. E ela se pôs a imaginar o que o futuro lhe reservaria. Não podia continuar ali, vivendo sozinha numa casa tão grande. Mas para onde iria? Teria de esperar.

Bianca entrou na casa prestando atenção a todos os detalhes. Desde que tomara a decisão de mandar escrever a carta, sentia-se como se alguém a estivesse observando. "Bobagem, é claro", murmurou para si mesma. "Seria preciso que alguém lesse meus pensamentos." Encaminhou-se para um cubículo com uma mesa e duas cadeiras. Sentiu-se mais tranquila, parecia haver privacidade.

— Então você quer escrever uma carta — disse a mulher à sua frente, sinalizando o início do trabalho. — Mas vai ter de pagar primeiro. Muitos vêm aqui, eu escrevo e depois não recebo nada.

Bianca abriu um pequeno saco de couro e retirou de lá algumas moedas. Depois de contá-las, a mulher as guardou numa gaveta e pegou uma folha de papel, colocando-a ao lado do tinteiro.

— Para quem é a carta?

— Não quero escrever o nome da pessoa.

— Mas que sentido tem isso? Como o destinatário saberá que a carta é para ele?

— Isso é da minha conta. Escreva apenas "Senhor Jesuíta".

Bianca começou a ditar, repetindo um texto que havia elaborado mentalmente. Quando mencionou o nome do cardeal Antonio Barberini, a mulher suspendeu a pena e encarou-a:

— Sabe o que está dizendo, menina?

— Por favor, apenas escreva. Estou pagando e quero as coisas do meu jeito.

Mais algumas palavras, e a carta estava terminada.

— O quê? Vou ter de fazer uma cópia dessa carta? — perguntou a dona da casa, que não estava entendendo absolutamente nada.

— Não precisa. A cópia é uma mentira.

A mulher ia perguntar por quê, mas calou-se. Nada daquela história fazia sentido. Dobrou a folha de papel e colocou-a num envelope.

— Agora vai ter de colocar o nome do destinatário.

— Não precisa, eu mesma vou entregar a carta.

— Pelo amor de Deus! — explodiu a mulher. — Se vai entregar pessoalmente, por que não diz a ele tudo o que acabou de me mandar escrever?

— Mais uma vez, senhora, digo que isso é da minha conta. Muito obrigada por ter escrito.

Quando a prostituta saiu, a escritora de cartas teve certeza de que ela era louca.

A segunda tarefa de Bianca era bem mais simples, por isso podia ser realizada numa praça. Foi até um homem que também escrevia cartas, sentado num banco de madeira tosca. O serviço, mais modesto, custava bem menos. Ela estendeu-lhe o envelope fechado.

– Senhor, quero apenas que coloque neste envelope o nome da pessoa para quem vai a carta que está dentro dele.

– Claro – retrucou ele, pegando o envelope. – Qual é o nome?

Bianca disse, e o homem hesitou.

– Tem certeza?

– Lógico que tenho. Por favor, senhor, escreva.

– E como é o seu nome? – perguntou ele, quando terminou de escrever o do Jesuíta.

– Que importa isso?

– Será que não entende? Precisa dizer quem está enviando a carta. Do contrário, o destinatário pode nem abrir. Cartas anônimas nem sempre são bem-vindas.

Ela não havia pensado nisso. Se ele não abrisse a carta, estava tudo perdido.

– Monica Garibaldi – disse, por fim.

Ao sair da praça, estava satisfeita consigo mesma. Mandara escrever a carta e, mesmo assim, ninguém sabia o que estava prestes a fazer. "Dividir a informação em pedaços", pensou. "Este é o segredo."

Dirigiu-se então ao Vaticano. Nunca havia estado ali, e isso a inquietava. O que tinha a fazer era extremamente simples, mas a imponência e o poder daquele lugar a impressionavam. Ao se aproximar de um dos portões, foi imediatamente abordada por um dos guardas suíços que serviam o Papa. Já havia visto aqueles guardas nas ruas, e era impossível não notar o estranho uniforme colorido que usavam, feito de cetim azul-roial, amarelo-ouro e vermelho-sangue, cujo desenho era atribuído a Michelangelo. Estavam oficialmente encarregados de proteger o sumo pontífice da

Igreja Católica desde 1506, quase três anos depois de o papa Júlio II fazer um pedido de proteção aos nobres suíços.

– O que deseja, moça?

– Quero apenas entregar esta carta. É de interesse do Jesuíta, ele está esperando por ela.

O guarda examinou atentamente o envelope, olhou bem para o rosto de Bianca e depois fez um sinal afirmativo com a cabeça.

– Pode deixar, a carta será entregue.

Bianca saiu caminhando lentamente, simulando uma calma que estava longe de sentir. Estava fazendo uma aposta alta, a maior da sua vida até então. Não tinha certeza de nada do que escrevera ao Jesuíta. Baseava-se apenas em deduções, embora estivesse quase certa de que tinha razão. A reação dele lhe daria a resposta.

Ao chegar à primeira esquina, acelerou o passo. Não havia tempo a perder. Precisava sair imediatamente de Roma.

– Andrea, me ajude aqui! – disse Fabrizio Ferrari, enquanto terminava de arrumar suas coisas na carruagem. Estava indo definitivamente para Roma, por ordem do Jesuíta. Na carta que recebera, havia elogios ao trabalho de vigilância realizado em Arcetri. E o patrão havia ficado feliz com a morte de Galileo:

"Depois das excelentes notícias que você me envia, quero que deixe a casa onde mora atualmente e venha viver em Roma. Sua presença aí já não é necessária, e por certo você será muito mais útil aqui. Traga tudo o que tiver, e o instalarei numa residência que já está preparada para recebê-lo."

Gostava de Arcetri. A vida sossegada e as maneiras pacatas dos habitantes do lugar lhe haviam proporcionado uma tranquilidade que jamais desfrutara antes na vida de aventureiro que levava. A mudança agora seria radical. Teria de viver na grande e milenar Roma, caminhar por ruas muitas vezes apinhadas, acostumar-se ao barulho de uma cidade fervilhante. Contudo, também havia vantagens. Era muito mais fácil passar despercebido em Roma do que em Arcetri, onde todos se conheciam e qualquer mudança de conduta era logo notada. "Se a mudança é inevitável e se pode haver vantagens, devo me concentrar nelas", pensou, enquanto olhava uma última vez para Il Gioiello e se afastava.

– Pode entrar, Viviani – disse Torricelli, dando-lhe um abraço. – Sente-se e vamos beber alguma coisa.

Evangelista Torricelli, natural de Faenza, era filho de um modesto tecelão chamado Gasper. Devido às habilidades matemáticas que demonstrou desde cedo, o tio Jacopo, um monge, encarregou-se da sua educação, a princípio pessoalmente e depois enviando-o a Roma para estudar na Universidade La Sapienza, com Benedetto Castelli. Por recomendação de Castelli, tornou-se um discípulo de Galileo a partir de outubro de 1641, permanecendo junto do cientista durante os três últimos meses da vida dele.

Viviani gostava de Torricelli e apreciava-lhe a inteligência. Parecia também dedicado a Galileo, embora o tempo de convivência com o mestre houvesse sido curto. Era a única pessoa com quem desejava falar naquele momento sobre os acontecimentos vividos em Roma.

– Torricelli, não me conformo com o roubo do manuscrito. Eu falhei, embora reconheça que a tarefa era mesmo difícil.

– Você acha que o padre Corsetti morreu por causa do manuscrito?

– Tenho certeza disso. E aquele homem que me encontrou na estalagem e depois me levou até a casa deve ser um dos assassinos. Ele parece ser inteligente, ao contrário do brutamontes que estava com ele e fez o corte no meu braço com o punhal.

– E o que pensa fazer agora?

– Não sei, e é justamente por isso que vim falar com você. Não consigo simplesmente esquecer e fazer de conta que nada aconteceu. Sinto-me em dívida com Galileo. Se não pude cumprir o que prometi enquanto ele ainda vivia, recuperar o manuscrito e publicá-lo postumamente por certo seria de grande ajuda para o nosso mestre. Ele se tornaria ainda mais célebre do que já é.

Torricelli ficou pensativo. Soube do roubo do manuscrito por intermédio de Pietra e jamais pensara em envolver-se diretamente nessa questão. Mas também admirava Galileo e havia aprendido muito com ele. Agora, com a morte do cientista, corriam rumores de que seria nomeado Primeiro Matemático do grão-duque, cargo ocupado por Galileo durante três décadas. Sentiu que devia colaborar também, dar a sua contribuição, qualquer que ela fosse.

— Viviani, eu poderia escrever para Castelli contando tudo. Ele é influente, tem amigos importantes. E sempre se considerou um discípulo de Galileo, como nós. Talvez ele pudesse ajudar.

— Acho a tentativa válida. Não procurei Castelli simplesmente porque não me lembrei dele. Não o conheço, mas acho que teria me recebido se eu dissesse ao que vinha. Como vê, Torricelli, não tenho absolutamente talento algum para investigador.

— Tudo foi muito rápido — incentivou o amigo. — Talvez você tivesse pensado nisso, mas teve de sair de Roma às pressas. Acha então que devo escrever?

— Não sei, parece arriscado. Se a correspondência cair em mãos erradas, podemos nos meter em apuros. Mesmo assim, quero tentar. Se você me der uma carta de referência, eu voltarei a Roma e entrarei em contato com Castelli. É o mínimo que posso fazer.

— Talvez você tenha razão, Viviani. Vamos dar um passeio e discutir uma estratégia de ação. Depois, escrevo a carta a Castelli.

— Senhor, está aí o cardeal Francesco Barberini — anunciou o criado pessoal do grão-duque, que planejava com a esposa um passeio de barco para o dia seguinte.

— O cardeal Barberini? — estranhou Ferdinando II. — Mande-o entrar!

Teria aquela visita algo a ver com o pedido que fizera de construir um mausoléu para Galileo Galilei? A princípio, ficou contente pelo fato de o Papa ter mandado o próprio sobrinho, emissário da mais alta hierarquia eclesiástica, mas depois se deu conta de que provavelmente isso significava uma recusa ao pedido. Enviar um cardeal para dar a notícia podia representar, para o pontífice, um sinal de respeito.

Depois dos cumprimentos de praxe e de perguntas meramente formais sobre o estado de saúde dos familiares de ambos, Barberini finalmente entrou no assunto da visita.

— Senhor grão-duque, fui encarregado pelo papa Urbano VIII de lhe dizer que Galileo Galilei pode, sim, ser sepultado na Basílica da Santa Cruz. Afinal, ele morreu como cristão e nada impede que descanse em paz neste lugar sagrado. Contudo, infelizmente, não será possível construir para ele um mausoléu.

— Mas por quê? O senhor acaba de dizer que ele morreu como cristão e merece sepultura digna.

— Sim, grão-duque, sepultura digna, mas não um monumento. O papa Urbano foi enfático ao dizer que não se pode construir um mausoléu para o homem que protagonizou o maior escândalo da história da cristandade. Ele pôs em perigo a autoridade da Igreja, imiscuiu-se em questões teológicas que não lhe diziam respeito e tentou, imagine só, reinterpretar as Sagradas Escrituras. A Igreja aceitou a retratação dele, mas não pode permitir agora uma honraria como essa. Galileo morreu como um humilde penitente e assim deve permanecer para sempre.

Ferdinando II ficou desconsolado. Fosse ele mais corajoso, como Cosimo I, o fundador do Grão-Ducado da Toscana, e talvez tivesse resistido ao Papa, imposto a sua vontade. Mas ele não tinha esse temperamento. Preferia a conciliação, mesmo que por vezes fosse prejudicial aos seus interesses.

— Posso, então, providenciar o translado do corpo? – perguntou debilmente.

— Pode, mas há mais uma coisa. O Papa determinou que ele deve ser enterrado ao lado da capela das noviças.

O grão-duque ficou indignado. A capela das noviças ficava no final de um corredor que ligava o transepto sul à sacristia, um lugar secundário e quase oculto. Colocar o corpo de Galileo ali era quase como não sepultá-lo na Basílica da Santa Cruz. Tudo o que disse, porém, foi:

– Está certo. Mas, por favor, diga ao pontífice que ele trata com demasiada severidade um homem que sempre foi devoto a Deus e à Igreja. – Então, mergulhou num silêncio que demonstrava claramente ao cardeal que já não era bem-vindo.

Os restos mortais foram trazidos de Arcetri para a basílica, e o padre Camillo rezou uma missa encomendada por Ferdinando II. "Ao menos aqui você estará mais perto de Virginia", pensou o benfeitor e amigo ao sair. "Descanse em paz, Galileo."

Pietra estava de partida. Deixaria Il Gioiello, onde havia morado por diversos anos. Apesar das atribulações por que passou, foram tempos felizes. Sentia-se privilegiada em ter servido a um homem que considerava uma sumidade. Tinha a consciência tranquila. Foi-lhe útil, sabia disso, e esteve ao lado dele até o fim.

Agora iria morar com Vincenzo e a esposa, Sestilia Bocchineri. Ficaria encarregada de tomar conta do único neto de Galileo, que tinha doze anos e recebera o nome do avô. Continuaria, portanto, vivendo com a mesma família, o que a encheu de alegria. E tinha esperanças de que o jovem Galileo, uma criança ainda, seguisse, mesmo que de longe, a trajetória vitoriosa ("sim, vitoriosa!") do antepassado famoso que acabava de deixar este mundo. Caminhou uma última vez por Il Gioiello, como se quisesse dizer adeus àquela vila por onde haviam passado, nos últimos anos, duques, embaixadores, cientistas e pessoas ilustres de toda ordem.

– Estou pronta – disse ao cocheiro de Vincenzo. – Podemos partir.

– Chegou uma carta para o senhor – disse Aldo, estendendo um envelope ao Jesuíta. Este examinou-o e ficou surpreso: "Escrita por uma mulher? Não conheço nenhuma Monica Garibaldi."

Foi para o seu quarto, a fim de ler com privacidade. Quase soltou um grito quando passou os olhos pelas primeiras linhas.

102

"Senhor Jesuíta:

Fui testemunha ocular do assassinato do padre Guido Corsetti. Sei quem o matou e por quê. Duvida? Então leia até o fim, caso contrário o cardeal Antonio Barberini será informado imediatamente."

O que significava aquilo? Quem havia escrito a carta? Releu o trecho inicial, pensando que os olhos podiam tê-lo traído. Mas não havia engano algum. O segredo tão zelosamente guardado havia sido descoberto. "Deus do céu!", murmurou para si mesmo, continuando a ler.

"O padre Corsetti trouxe para o senhor um manuscrito importante, pelo qual pagou muito dinheiro. Só assim se pode explicar o fato de ele andar com prostitutas."

O Jesuíta empalideceu. Até isso a mulher, ou quem quer que tivesse escrito a carta, sabia. Portanto, não se tratava de um blefe.

"Ultimamente, ele estava lhe causando problemas, e o segredo ameaçava transpirar. Então mandou matá-lo, pensando que estaria livre de transtornos. Seja franco: estou certa, não estou?

Bem, mas um erro ocorreu, e uma testemunha sabe de tudo. Como deve ter percebido, não estou brincando. E pode acreditar também que tenho como manter contato com o cardeal Barberini. O cocheiro dele se chama Tommaso, não é mesmo?"

Todas as esperanças do Jesuíta se foram. Definitivamente, mais alguém sabia de tudo, e ele estava agora num campo minado. A carta continuava.

"Desejo fazer com o senhor uma negociação: meu silêncio em troca de dinheiro ou de joias. Veja como estou sendo generosa: aceito até mesmo joias, porque não conheço a sua vida financeira e não sei se teria condições de levantar o dinheiro que quero até a data que vou indicar. Siga à risca as minhas instruções e nem pense em me fazer mal. Entreguei uma cópia desta carta a uma amiga, que a fará chegar ao cardeal Barberini caso algo me aconteça. Leia agora com muito cuidado."

Ele fechou os olhos. Mal ousava respirar. Tinha medo do que viria, das exigências que teria de cumprir. Precisou de dois ou três minutos para reunir a coragem necessária à continuação da leitura.

"No domingo anterior ao dia da festa da conversão de São Paulo, o senhor me encontrará dentro da Basílica de São Paulo Extramuros. Estarei sentada na penúltima fila à direita. Poderá me reconhecer pelo lenço azul que estarei usando na cabeça. O senhor se aproximará, me entregará o dinheiro ou as joias e sairá da igreja. Se houver o menor movimento suspeito de sua parte, gritarei e farei um escândalo, o que certamente não será conveniente para o senhor."

Então era isso. Uma chantagem barata, extorsão pura e simples. Havia ainda um último parágrafo.

"E deixo aqui uma advertência final. Não estou estipulando valores, mas trate de reunir uma quantidade suficiente de dinheiro ou de joias para que eu fique plenamente satisfeita e possa sair de Roma para viver com tranquilidade em outra parte. Do contrário, terei de usar outros meios para conseguir esse dinheiro. O cardeal Barberini pagaria muito bem pelas informações de que disponho. Confio no seu senso de justiça."

Não havia assinatura.

O Jesuíta não podia acreditar no que estava acontecendo. Releu a carta toda, mas não havia engano algum. Alguém o chantageava de uma forma que não lhe deixava alternativa a não ser submeter-se. Quem estaria por trás de tudo aquilo? Devia haver um traidor próximo a ele. Quem poderia ser? Silvio? Leonardo? Fabrizio? Aldo? Tentaria descobrir depois, mas no momento tinha providências mais urgentes a tomar.

Pôs-se a pensar como reuniria uma quantia alta em tão pouco tempo. A data da festa da conversão de São Paulo era 21 de janeiro, uma terça-feira, e o encontro com a chantagista ocorreria, portanto, no dia 19. Restavam-lhe poucos dias para agir. O dinheiro que usara para pagar pelo manuscrito de Galileo provinha de economias familiares, e tivera de inventar uma história longa e cheia de mentiras para obtê-lo. Não podia fazer isso de novo, de sorte que deveria valer-se de meios próprios. "Se ao menos Domenico estivesse aqui para me ajudar!", pensou. Depois de refletir durante longo tempo, encontrou uma solução. Fabrizio teria seu primeiro trabalho em Roma.

Torricelli estava de novo em casa, acompanhado de Viviani. Haviam caminhado longamente por Florença e discutido o que fazer para procurar o manuscrito, mas sem chegar a nenhuma conclusão definitiva. Os dois haviam combinado redigir juntos a carta a Castelli, que Torricelli assinaria e Viviani levaria a Roma.

O dono da casa tirou de uma gaveta uma folha de papel, molhou a pena na tinta e, quando se preparava para começar a escrever, interrompeu o gesto. Ficou pensativo por alguns momentos e depois, deixando de lado a pena, disse ao amigo:

– Viviani, decidi ir a Roma. Quero falar pessoalmente com Castelli. Tenho certeza de que ele ficará muito mais inclinado a nos ajudar se ouvir a história da minha boca. Vou avisar o grão-duque. Acho que isso não interferirá na decisão dele de me nomear Primeiro Matemático da corte, caso me julgue digno de ocupar esse cargo.

Viviani levantou-se e deu-lhe um abraço.

– Eu jamais lhe pediria isso, Torricelli, mas fico muito contente em tê-lo comigo. Na última vez em que estive em Roma, eu me senti muito sozinho, sem ninguém com quem pudesse conversar e trocar opiniões.

– Mas, Viviani, não sei se você deveria ir – atalhou o outro. – Lembre-se de que quase foi morto e estará correndo sérios riscos. Eu tenho amigos lá, e provavelmente ficarei na casa de Bartolomeo, mas para onde irá você? Desculpe a sinceridade, mas não posso pedir a Bartolomeo para hospedá-lo. Ele pode se meter em apuros se formos descobertos.

– No que se refere ao seu amigo, concordo plenamente. Eu arranjarei um lugar para ficar, uma estalagem qualquer, longe da anterior. Mas não posso simplesmente ficar aqui esperando você voltar. Quero ir outra vez à casa onde Corsetti foi assassinado. Talvez eu encontre por lá alguma pista. Enfim, Torricelli, preciso agir, sentir-me útil.

— Bem, se é isso que quer, então vamos ambos. No caminho, decidiremos como faremos para manter contato em Roma.

Viviani levantou-se e estendeu a mão para o companheiro.

— Vou para casa arrumar minhas coisas. Partimos amanhã cedo.

O papa Urbano caminhava sozinho pelo interior da Basílica de São Pedro. Sentia uma tristeza profunda, totalmente incompatível com a majestade do lugar. Encontrava-se no maior templo da cristandade mundial, o prédio mais imponente alguma vez erguido para glorificar o nome de Deus. As dimensões, ele as sabia de cor: comprimento, 211,5 metros; largura máxima (transeptos norte e sul): 137 metros; área total: 21.095 metros quadrados. Sessenta mil pessoas, muitas vezes a população do Vaticano, podiam se reunir na basílica para ouvir missa. Era o auge da arquitetura cristã, o símbolo supremo do poder da Igreja. Alguns dos principais artistas da Itália haviam tomado parte no projeto: Bramante, Raffaello Sanzio, Antonio da Sangallo, Michelangelo, Giacomo della Porta, Carlo Maderno, Gianlorenzo Bernini. E ele, Urbano, também tivera um papel crucial, um dos mais importantes dentre eles. Por que, então, não se sentia feliz? Por que a alma não era capaz de se regozijar com o esplendor que os olhos contemplavam?

Não queria admitir nem para si mesmo, mas a morte de Galileo causara-lhe uma dor profunda. Haviam sido amigos, sentira genuína admiração pela capacidade intelectual do cientista, e no entanto condenara-o ao silêncio, infligira-lhe a humilhação pública. E as razões principais não haviam sido religiosas, como a grande maioria da população pensava, mas políticas. Em nome do poder, desejando provar a amigos e adversários que controlava a Igreja e exercia autoridade firme, fora o principal artífice de uma condenação que ia contra a própria consciência.

Olhou em volta, tentando desviar o pensamento para o local onde estava. Aquele templo era o resultado de mais de um século de trabalho. Em 1505, o papa Júlio II decidiu demolir a antiga basílica consagrada a São Pedro, erguida no século IV pelo imperador Constantino. Em 18 de abril de 1506, encarregou Donato Bramante de dar início à nova construção. Dezenove papas e 120 anos depois, a basílica finalmente ficou pronta. E coubera a ele, Urbano VIII, inaugurá-la, o que ocorreu numa cerimônia solene realizada em 18 de novembro de 1626. Qualquer papa desejaria ter tido essa honra. Ele tivera, e o seu nome fora definitivamente inscrito na História. Mas, então, por que não se sentia feliz?

Concentrou a atenção nas colunas e pilastras, algumas com 28 metros de altura. Pensou no enorme número de trabalhadores que, ao longo de várias gerações, haviam dedicado incontáveis horas (e às vezes a vida) para que fosse possível a ele, agora, contemplar a grandiosidade do templo. Tudo ali era majestático, grandiloquente. Retomou a caminhada devagar, quase mecanicamente, e dirigiu-se para a nave central. Ergueu os olhos para a cúpula, uma obra-prima da arquitetura italiana. Iniciada por Michelangelo e concluída por Giacomo della Porta, podia ser vista de qualquer parte da cidade de Roma, erguendo-se em direção ao céu. Com diâmetro de 42 metros na base, subia em forma afunilada e, no topo da cruz, atingia a impressionante altura de 138 metros. Lá no alto, amplas janelas inseridas em fendas formadas por duas colunas deixavam entrar a luz do sol, conferindo à basílica um esplendor incomparável. "É magnífico!", murmurou o Papa. "E também dei a minha contribuição para tornar real esse sonho de inúmeros antecessores." Nenhum pontífice antes dele pudera contemplar obra semelhante. Por que, mesmo assim, não estava feliz?

Urbano sentiu uma vontade incontrolável de rezar. Dirigiu-se então para o altar, debaixo do qual está, segundo a tradição, o túmulo de São Pedro, um dos doze apóstolos e primeiro papa da Igreja católica. Ali, exatamente sobre o altar, estava a sua maior contribuição para aquele templo, um baldaquino de bronze, a maior peça de bronze do mundo, com 30 metros de altura, encomendado por ele a Bernini e terminado em 1633. Quatro colunas retorcidas sustentavam o peso de um enorme globo, sobre o qual estava uma cruz. Aquele monumento, ornado com o escudo de armas papal, causava admiração aos fiéis e muitas vezes fizera as delícias de Urbano VIII. Agora, porém, perguntava-se por que havia desejado um baldaquino tão imponente, colocado justamente sobre o local onde, acreditava-se, repousava o corpo de um homem humilde, um simples pescador que, sem monumento algum para homenageá-lo, havia contribuído muito mais para a obra da Igreja do que ele. Um dia, pensou, seria enterrado debaixo daquele altar, como já haviam sido tantos papas. Mas, indagou a si mesmo, será que merecia sepultura tão digna? "E não permiti que Galileo recebesse sequer um pequeno mausoléu na Basílica da Santa Cruz", disse em voz alta, obtendo o eco e o vazio como resposta.

Mas havia ido até ali para rezar. Ajoelhou-se, fechou os olhos para não ter a atenção desviada pela beleza onipresente e rezou com fervor:

– Perdoai-me, Senhor, por estar colocando a vaidade e a ambição acima do amor e da caridade; por ter usado dogmas da fé católica para ocultar minhas verdadeiras motivações, de cunho político; por pensar tanto em mim e me esquecer tão frequentemente de vós. Ajudai-me a ser uma pessoa melhor, consagrar o que me resta da vida à vossa verdadeira obra, dedicar-me ao próximo como vós ensinastes nas Sagradas Escrituras.

A oração prolongou-se por muito tempo ainda. Urbano VIII repassou mentalmente todos os atos praticados durante a vida que o tornavam pecador aos olhos da Igreja. E verificou, consternado, que a lista era bastante extensa. Quando, por fim, se levantou, não se sentia melhor. Em geral, orar trazia-lhe alívio, dava-lhe a sensação de se aproximar de Deus. Mas não hoje. Sacudiu vigorosamente a cabeça, como se esse gesto pudesse afastar a figura de Galileo, que insistia em permanecer nos seus pensamentos. Imaginou-o ajoelhado diante do Santo Ofício, com o Evangelho à frente, um homem frágil de cabelos brancos, negando publicamente tudo aquilo em que acreditava de coração. Teve um calafrio. E se Galileo estivesse certo? E se o heliocentrismo fosse, realmente, o modelo correto do mundo? Nesse caso, não passaria à História apenas como o papa que inaugurou a Basílica de São Pedro. Então, concluiu, seria lembrado como o pontífice que protagonizou o maior erro de julgamento de toda a história da Igreja Católica. Seria o triunfo e o fracasso, a grandeza e a ignorância.

Nesse estado de espírito, Urbano VIII deixou a basílica e voltou para o Palácio Apostólico. Havia ido até ali em busca de conforto, mas voltava aos seus aposentos ainda mais triste. "Se eu pudesse fazer o tempo voltar", pensou, "se eu pudesse ainda fazer algo por Galileo, tudo poderia ser diferente. Mas agora é tarde."

Estava enganado. Em breve, o destino lhe daria essa oportunidade.

O crepúsculo se aproximava. Como tinham ainda bastante caminho a percorrer, Viviani e Torricelli decidiram passar a noite numa estalagem. No dia seguinte, em Roma, retomariam a busca pelo manuscrito de Galileo. O estalajadeiro mostrou-lhes um quarto com duas esteiras, colocadas no chão a título de cama.

– É o único aposento vago – disse ele, imprimindo à voz um tom jovial. – Graças à excelência dos nossos serviços, a casa está sempre lotada.

Concordaram de imediato. Não estavam exatamente à procura de conforto. Precisavam apenas de um lugar para fazer uma refeição, proporcionar descanso aos cavalos e passar a noite. Acertaram o preço ali mesmo. "Pelo menos é justo", pensou Torricelli. "Ele não poderia cobrar muito mais por um quarto tão ruim."

Ao descerem as escadas para o local onde seria servido o jantar, Viviani se deu conta de que os degraus não rangiam e interpretou isso como um bom sinal. Saíram para o pátio e inspecionaram as redondezas. Viram um cavalariço dando comida aos cavalos e, um pouco mais além, crianças brincando na lama resultante da chuva da véspera. Não havia mais o que combinar quanto à estratégia de ação em Roma. Por isso, os últimos acontecimentos passaram a ser o tema da conversa e, ao natural, começaram a falar sobre Galileo.

— Depois da morte dele, já ouvi inúmeras histórias — disse Viviani. — Cada um pretende ter novidades para contar, e eu já não sei diferenciar fatos e lendas.

— E conhece a história do experimento da torre de Pisa? — perguntou Torricelli. — Para mim, é uma das mais impressionantes.

— Já ouvi falar, mas apenas por alto. Não conheço os detalhes.

— Então vamos entrar, que eu conto. A história é um pouco longa, e está ficando escuro aqui fora.

Sentaram-se a uma mesa. A mulher do estalajadeiro veio oferecer-lhes vinho, mas eles recusaram. Beberiam depois, enquanto jantavam.

— Bem — começou Torricelli —, em 1589, logo depois de ter sido nomeado professor da Universidade de Pisa, Galileo estava fazendo experiências para demonstrar a sua teoria da queda dos corpos.

— Conheço essa teoria — atalhou Viviani. — Ela diz que, se dois corpos de forma e material iguais, mas de pesos diferentes, forem lançados de um lugar alto, tocarão o chão ao mesmo tempo.

— Exatamente, mas isso estava em total contradição com a teoria aristotélica. Para começar, Galileo pegou duas folhas de papel e, enquanto deixou uma no formato normal, fez com a outra uma bola compacta. Ao deixá-las cair, a bola chegou bem antes ao chão. Galileo atribuiu esse resultado à resistência do ar, bem maior para a folha, cuja superfície de atrito era bem superior à da bola. Afinal, o peso era o mesmo e, se estivesse certa a teoria de Aristóteles, folha e bola de papel deveriam, portanto, tocar o solo juntas.

— Raciocínio perfeito e audaz, típico de Galileo. E depois?

– Ele inverteu a situação. Fabricou duas bolas de chumbo, uma maior que a outra, as quais poliu o melhor que pôde. Ao soltá-las, apesar de terem pesos diferentes, tocavam o chão juntas, resultado que, mais uma vez, contrariava a hipótese aristotélica da tendência dos corpos ao repouso. Galileo repetiu essas experiências inúmeras vezes na frente de amigos mas, apesar disso, muitos duvidavam dele. E então ele decidiu, bem ao seu estilo, fazer uma demonstração pública do que afirmava.

– Isso deve ter causado sensação na cidade. Deve ter despertado o interesse de muita gente.

– Sem dúvida. Depois de refletir como faria, decidiu lançar bolas do alto da torre de Pisa. Segundo consta, três foram os motivos da escolha. Em primeiro lugar, a altura de onde seriam lançadas as esferas era considerável, o que afastaria quaisquer dúvidas que porventura pudessem permanecer. Ademais, estando a torre próxima da catedral, ele queria deixar claro que divergia dos acadêmicos, professores universitários cujo único argumento era a autoridade dos antigos, mas conservava o respeito pelos dogmas da Igreja, que então não estava envolvida na polêmica. Por fim, ele teria dito a amigos que, estando o local da torre mais favorável situado no lado leste, o experimento teria de ser realizado pela manhã, o que lhe permitiria dar uma imagem simbolicamente perfeita de que um novo dia estava surgindo para a ciência.

– Uma metáfora interessante, instigadora. Ele devia estar muito seguro de si para dizer todas essas coisas em público.

– Provavelmente. A notícia se espalhou rapidamente e...

Foram interrompidos pelo dono da estalagem, que chegava com o jantar previamente encomendado. Colocou na mesa diversos pratos, evidência de uma refeição farta.

– Tenho certeza de que apreciarão a comida. Se quiserem mais, basta pedir. Aceitam vinho agora?

Ambos concordaram, e uma enorme jarra foi posta na mesa. O estalajadeiro afastou-se para atender outras pessoas, e Torricelli continuou.

– Como eu estava dizendo, a notícia se espalhou rapidamente. Desde o amanhecer, curiosos procuravam os melhores locais, muitos deles munidos de bancos ou cadeiras, prontos para passar ali longo tempo. Também havia vendedores, tanto os que estavam sempre por ali quanto forasteiros, movidos pela possibilidade de faturar dinheiro extra.

– Nossa, Torricelli, não parece um pouco exagerado?

– Talvez, mas é o que diz a lenda. De qualquer forma, posso imaginar as pessoas discutindo e fazendo apostas. A grande maioria, suponho, duvidava do sucesso de Galileo, aferrados que estavam às opiniões de "sábios" que o criticavam.

Ele fez uma pausa, durante a qual mastigou um grande pedaço de carne e bebeu vários goles de vinho. Viviani esperava, interessado.

– Retomando a narrativa, conta-se que, por volta das 9 horas, havia uma verdadeira multidão na praça. Até músicos e saltimbancos tinham vindo, para distrair as pessoas e, eles também, tentar ganhar dinheiro. Segundo a tradição, Paolo Dominetti, mercador de tecidos e ferrenho inimigo do pai de Galileo, era um dos mais exaltados, dizendo a todo mundo que mal podia esperar para ver o ridículo público em que cairia o filho de Vincenzo. Pessoas influentes de Pisa, sentadas em pequenas cadeiras portáteis, formavam um círculo a uma distância considerável da torre.

– E Galileo, o que fazia naquele momento?

– Ele estava tomando as providências necessárias para que a experiência saísse exatamente como queria. Sete pares de bolas, de diferentes pesos e materiais, haviam sido preparados por ele. Chamara como testemunhas dois professores universitários favoráveis a ele e dois contrários, na presença dos quais todas as bolas foram devidamente pesadas. Do sexto andar, local escolhido para os lançamentos, Galileo pôde ver um grupo de adversários chegando, entre os quais estavam integrantes das famílias Borrelli e Locatelli. Então, conforme confessou mais tarde a amigos, sentiu medo. Se o experimento falhasse, cairia num ridículo sem precedentes na história da Toscana.

Inspecionou mais uma vez um sistema que havia inventado, formado por tábuas e cordas, que permitia liberar duas bolas com um só movimento, ou até mesmo quatro, como ocorreria na última parte da experiência. As primeiras bolas foram lançadas, e Galileo susteve a respiração. Quando tocaram o solo, um murmúrio surdo começou a se formar entre a multidão, crescendo depois de intensidade até chegar aos ouvidos do cientista. Pessoas colocadas nos andares intermediários justamente para transmitir a ele os resultados anunciaram que ambas as bolas haviam tocado o solo juntas, a tal ponto que um só impacto foi ouvido.

Uma expressão de assombro passou pelo rosto de Viviani.

– E depois, Torricelli, o que aconteceu?

– Galileo soltou um grito de triunfo. Disse que, a partir daquele momento, ninguém mais poderia dizer que a velocidade de queda de um corpo depende exclusivamente do seu peso. A multidão gritava, e quase ninguém prestou atenção aos lançamentos seguintes. Quando desceu e se juntou ao povo, Galileo foi aplaudido, festejado, carregado em triunfo.

Torricelli calou-se. Estava concluída a narrativa.

– É uma história realmente impressionante – disse Viviani, com ar pensativo. – Mas será mesmo verdadeira? Se eu soubesse de todos esses detalhes antes, teria perguntado a Galileo enquanto vivi em Il Gioiello.

– Não sei se é verdade, mentira ou um pouco de cada um – retrucou Torricelli, enchendo o copo de vinho. – Mas, depois de tudo por que passou, depois da humilhação pública que sofreu, acho que ele merece esse crédito. Talvez nada disso tenha ocorrido, mas que importa? Vamos dar a Galileo o benefício da dúvida.

Viviani fez com a cabeça um sinal afirmativo.

– Concordo com você. Na próxima vez em que alguém falar sobre ele na minha frente, vou contar essa história, com toda riqueza de detalhes, e dizer que é absolutamente verdadeira.

O jantar terminou, e ambos subiram para o quarto. Cada um se ajeitou numa esteira e tentou dormir. Torricelli pensava no encontro com o antigo professor; Viviani imaginava o experimento da torre de Pisa. Apesar do desconforto, adormeceram depois de pouco tempo. Na manhã seguinte, o começo de uma nova aventura os aguardava.

Na pequena capela anglicana de Woolsthorpe-by-Colsterworth, uns poucos convidados assistiam à cerimônia do casamento de Isaac e Hannah. Margery olhava orgulhosa para a filha, uma jovem que estava se tornando mulher. Ensinara-lhe tudo o que sabia, e ela tinha totais condições de gerir uma casa.

O pastor convidou todos os presentes a orar, invocando a proteção divina para o novo casal.

– Que esta união seja abençoada com muitos filhos, e que Deus seja parte integrante da vida de vocês.

Alguns minutos depois, terminado o serviço religioso, os noivos receberam cumprimentos e votos de felicidade dos aldeãos presentes. Ambos estavam satisfeitos, sendo agora vistos como integrantes de pleno direito da pequena comunidade.

Hannah sonhava com muitos filhos e com um casamento eterno. Contudo, como descobriria dentro de pouquíssimo tempo, não era exatamente isso que a vida lhe reservava.

VII
Capítulo

Pádua e Florença, 1610

Logo depois do pôr do sol, Galileo pegou sua luneta e, como vinha fazendo num ritmo frenético, dispôs-se a passar mais uma noite em claro. O céu esperava por ele, pronto para ser desvendado. Quando Júpiter surgiu no seu campo de visão, parou para contemplá-lo. Bem perto do planeta estavam três corpos celestes em que ele jamais reparara e que pensou serem estrelas fixas, como tantas que vinha descobrindo nas últimas semanas. Era uma visão aparentemente simples, corriqueira, e o cientista achou certo encanto neste quadro celeste. Depois de olhar por mais algum tempo, mudou a luneta de direção, pronto a continuar as investigações cósmicas cujo resultado agora também desenhava.

Não tinha a menor ideia de que, logo depois, aquela singela observação de Júpiter, feita em 7 de janeiro, uma quinta-feira, assumiria dimensões verdadeiramente transcendentais.

No Palácio Ducal, o Senado estava reunido. A pauta era desagradável, um assunto que vinha assumindo um caráter constrangedor para a República de Veneza. Em meio ao ambiente austero daquela sessão, um senador trouxe para a esfera governamental o que já se falava na rua.

– Meus nobres colegas, estamos servindo de chacota para o povo de Veneza. Lunetas similares àquela que nos foi solenemente oferecida ano passado por Galileo Galilei já podem ser compradas em diversas partes da Europa, inclusive na Itália, segundo relatos que recebi. Galileo nos entregou aquele instrumento porque já estava fabricando outro melhor, e nós aceitamos ingenuamente.

Ouviram-se murmúrios, alguns de indignação. De fato, a notícia de que lunetas com o mesmo poder de aumento da que a Sereníssima possuía já estavam à disposição de quem tivesse dinheiro para comprá-las, e por um preço insignificante se comparado com os benefícios que o Senado havia concedido a Galileo, circulava pela cidade, causando reações contraditórias: uns louvavam a astúcia do cientista, outros enfureciam-se com o que consideravam um golpe baixo.

Foi proposta a ideia de retirar da cátedra universitária que ele ocupava o caráter vitalício e de reduzir-lhe o salário para o valor antigo, pois alguns professores da Universidade de Pádua estavam descontentes com vencimentos tão elevados pagos a alguém que ocupava um posto de importância secundária, mas aquela era uma questão delicada. Fazer isso significava assumir publicamente o erro, dar razão aos que viam no episódio motivo de zombaria. O debate foi acirrado, mas a decisão ficaria para mais tarde. Era preciso obter provas, basear-se em fatos concretos. De qualquer maneira, Galileo já não era uma unanimidade em Veneza.

Depois do jantar, os dois homens foram para o pátio.

– Procure não mover a luneta, Sarpi, e olhe com atenção para Júpiter. Está vendo aquelas quatro estrelas bem próximas a ele?

Depois de olhar por dois ou três minutos com atenção, Sarpi assentiu:

— Sim, estou, mas o que tem isso? Parecem quatro estrelas comuns.

— Também pensei assim — disse Galileo —, mas agora estou convencido de que não são estrelas fixas.

— Como assim? O que são então?

— Tente imaginar o que descrevo. Quando as vi pela primeira vez, eram apenas três estrelas, duas à direita e outra à esquerda de Júpiter. Na noite seguinte, surpreendi-me ao constatar que todas estavam do lado ocidental do planeta. Isso chamou a minha atenção porque, se fossem estrelas fixas, obviamente não poderiam ter se movido. Para minha frustração, no dia 9 não parou de chover, e não pude acompanhar aquele movimento interessante. A partir daí, tenho feito observações diárias, e a posição desses corpos em relação a Júpiter muda continuamente. No dia 13, descobri uma quarta estrela, e agora estou fazendo gráficos e desenhos diários do que vejo, na tentativa de entender e, se possível, predizer o que acontecerá.

— Muito bem, Galileo, mas até agora não entendi o que tem tudo isso de tão fantástico.

— Meu Deus, Sarpi, é de uma simplicidade desconcertante. Aqueles corpos celestes não são estrelas, mas sim astros menores girando em torno de Júpiter, da mesma forma que Mercúrio e Vênus orbitam o Sol. Acabo de descobrir que a Terra não é o único planeta ao redor do qual giram corpos celestes. Eles também existem em Júpiter, que os atrai da mesma maneira que o Sol atrai a Terra.

Sarpi ficou sem fala. Se o amigo estivesse correto, todo o sistema geocêntrico começava a ruir. Como continuar insistindo que a Terra era o centro do Universo e que tudo que existe girava em torno dela, se ali estava Júpiter para desmentir essa teoria milenar?

— E o que pretende fazer agora? — perguntou, ainda com dificuldade de acreditar no que os olhos viam.

– Em primeiro lugar, fazer mais observações, desenhos e gráficos. Depois, escrever um livro e divulgar ao mundo essa descoberta. Será o maior golpe que os aristotélicos alguma vez sofreram.

– Realmente, nem consigo imaginar as consequências de tudo isso.

– Mas eu consigo, Sarpi. Serei famoso, mundialmente célebre, conhecido em todos os cantos como o homem que revelou ao mundo as maravilhas do Universo e ajudou a tirar a humanidade da ignorância. Será a glória, o triunfo total. Passarei à história como o cientista que provou como Aristóteles e Ptolomeu foram estúpidos, o quanto prejudicaram e atrasaram o desenvolvimento da ciência.

As semanas seguintes foram de descobertas sucessivas. Além da irregularidade da superfície lunar e dos satélites de Júpiter, a luneta de Galileo mostrou também a multiplicidade das estrelas e a verdadeira natureza da Via Láctea. Já não podia conter-se. Era absolutamente necessário colocar todas aquelas novidades num livro, antes que outra pessoa – e horrorizava-se só de pensar nisso – o fizesse. Em fevereiro, estava em Veneza pedindo ao governo da Sereníssima autorização para publicar o livro. Em março, tudo pronto.

Enquanto permanecia na cidade e redigia a obra, chegaram-lhe aos ouvidos rumores acerca do descontentamento do Senado e de parte do povo com relação à doação da luneta que fizera à República. E uma ideia, cada vez mais firme e consistente, insinuava-se em sua mente. Por que não aproveitar a oportunidade para tentar voltar a Florença?

Com a morte, em 17 de fevereiro de 1609, de Ferdinando I, o posto de grão-duque da Toscana passara a Cosimo II de Medici, de quem se considerava amigo e a quem havia dado aulas de Matemática. Durante os anos de permanência em Pádua, havia ido algumas vezes a Florença, sempre a convite de Cristina de Lorena, grã-duquesa e mãe de Cosimo. Sabia que o atual grão-duque, um jovem de vinte anos, sentia por ele admiração, o que havia demonstrado em mais de uma oportunidade. Decidiu, então, dedicar o prefácio a Cosimo II e dar aos astros recém-descobertos em torno de Júpiter o nome da família dele, esperando com isso cair outra vez nas boas graças dos governantes da região onde nascera.

Entrou no estabelecimento tipográfico de Tommaso Baglioni carregando orgulhosamente o manuscrito.

— Aqui está, senhor Baglioni, pode imprimir. São 56 páginas, divididas em prefácio, explicações sobre a luneta e quatro partes principais: observação da Lua, estrelas fixas, Via Láctea e nebulosas e os quatro astros que orbitam Júpiter.

— Como se chamará o livro?

— *Sidereus nuncius*, *Mensageiro das estrelas*.

— E qual será a tiragem?

— Quinhentos exemplares. Pretendo pôr a maioria deles à venda, mas desejo mandar algumas cópias a certas pessoas.

— Entendido. Quando tudo estiver pronto, acertaremos esses detalhes.

Foi uma aparição bombástica. A notícia da publicação de *Sidereus nuncius* espalhou-se a uma velocidade vertiginosa. A primeira tiragem se esgotou em poucos dias, e o livro ganhou irreversivelmente as cidades e as províncias, gerando acirrados debates ideológicos. Galileo enviou a obra a amigos e adversários, defensores do heliocentrismo e aristotélicos convictos. A polêmica estava lançada.

No Palácio Pitti, residência oficial do grão-duque da Toscana, Cosimo II de Medici estava encantado com o livro do amigo Galileo. No prefácio, dedicado a ele em tom laudatório, lia-se que os nomes dos corpos celestes reportam-se a deuses e heróis, ficando assim demonstrada a eternidade de sua natureza, tendo por isso o autor decidido dar o nome de Astros Mediceus às quatro estrelas errantes que descobrira em torno de Júpiter. E mais: dizia ainda que, sendo Júpiter o maior dos planetas, apenas astros circulando ao redor dele são dignos de levar o nome da ilustríssima família Medici, cuja presença incomparável na Terra ficaria, desse modo, eternamente representada no céu.

Cosimo também se sentiu atraído pela descrição galileana da luneta. Embora as informações dadas fossem um tanto vagas, a fim de impedir, por certo, que outros fabricassem instrumento semelhante, o grão-duque sentiu o forte desejo de contemplar a esfera celeste por meio deste equipamento e, quem sabe, ver os astros que lhe haviam sido dedicados.

Cesare Cremonini estava indignado. Considerava absurdo tudo o que o livro dizia sobre a Lua. Além de sustentar, como fizera na presença dele, que o satélite da Terra tem superfície irregular, repleta de montanhas, vales e crateras, Galileo negava ainda a harmonia do céu aristotélico, contestando a esfericidade do astro. Segundo ele, a linha de transição entre as partes iluminada e escura não era exatamente oval, como deveria ser se a Lua fosse um círculo perfeito, mas continha variações incompatíveis com esse modelo. O autor de *Sidereus nuncius* chegou a estimar em mais de 4.000 milhas italianas (6.000 metros) a altura das montanhas lunares, argumentando serem mais altas que as terrestres.

"Que disparate!", disse para si Cremonini, ao encontrar a descrição da hipótese segundo a qual, assim como na Terra vemos a luz do Sol refletida na Lua, o contrário também é verdadeiro, isto é, desde a superfície lunar pode-se ver a Terra brilhar no céu.

Ao longo de dezessete páginas e cinco ilustrações, Galileo mostrava uma Lua totalmente diferente da tradicional, de cuja existência o seu antigo benfeitor duvidava por completo. E já não queria ler mais nada. "Ele é um lunático", pensou, fechando o livro com força e colocando-o displicentemente num canto qualquer.

Johannes Kepler estava fascinado. A visão que Galileo apresentava das estrelas era realmente revolucionária. Em primeiro lugar, afirmava estarem a distâncias diferentes, contrariando o modelo tradicional da esfera das estrelas fixas, homogeneamente colocadas em torno do nosso planeta e que giravam à volta dele, como se podia perceber no seu deslocamento diário de leste para oeste. Além disso, afirmava ser capaz de ver, com a luneta que fabricara, estrelas em número pelo menos dez vezes superior ao das até então conhecidas. "Para qualquer lugar que eu olhe, vejo miríades de estrelas nunca antes vistas ou registradas, que aparecem às centenas, aos milhares."

Kepler, que vinha há anos lutando com dados observacionais de Tycho Brahe (morto em 1601), obtidos a olho nu, embora fossem considerados os melhores de seu tempo, imaginou como seria esplêndido possuir também uma luneta, com a qual poderia, acreditava, comprovar o caráter elíptico do movimento planetário proposto na primeira das duas leis que enunciara no ano anterior.

O astrônomo alemão continuou a leitura e deparou-se com outra revelação surpreendente. No século II a.C., Hiparco de Niceia publicou um catálogo com a posição no céu e a "grandeza" de 850 estrelas, especificando, dessa forma, o seu brilho aparente. As estrelas estão classificadas em seis grandezas, correspondendo a 1ª às mais brilhantes e a 6ª àquelas que estão no limite da visibilidade do olho humano. E Galileo dizia agora que sua luneta podia mostrar mais seis escalas de grandeza, além das descritas por Hiparco. Segundo ele, uma estrela na sétima escala de grandeza, que ele chamou de "a primeira das invisíveis", aparecia na luneta tão brilhante como se fosse de segunda magnitude.

Duas ilustrações completavam aquele quadro estelar inesperado. Na primeira, num espaço de apenas dois graus em torno das estrelas clássicas da constelação de Órion, aparecia um número imenso (que o autor dizia serem pelo menos quinhentas) de outras, reveladas pela luneta. O segundo desenho representava as Plêiades, conhecido aglomerado estelar da constelação de Touro, não mais com as sete estrelas que se podia ver a olho nu, mas com quarenta objetos adicionais, restritos a um espaço de meio grau.

Kepler disse a si mesmo que, custasse o que custasse, fabricaria uma luneta.

Em Roma, jesuítas como Cláudio Acquaviva, Christopher Clavius, Roberto Bellarmino e Maffeo Barberini debruçavam-se sobre a complexa questão da natureza das nebulosas e da Via Láctea. Segundo a tradição, o aspecto nebuloso ou leitoso (daí o nome Via Láctea) dessas regiões celestes devia-se a uma maior densidade de éter, substância invisível, de natureza desconhecida, que permeava todo o Universo.

E agora vinha Galileo, contrariando as crenças vigentes, dizer que as nebulosas e a Galáxia são, na verdade, constituídas de um número incontável de estrelas, visíveis por meio da sua luneta. Para ele, as estrelas ali estão concentradas em densidades tão altas que, sendo incapaz de distingui-las individualmente, o olho as vê com aspecto difuso. Completa essas explicações com dois desenhos, retratando as nebulosas existentes nas constelações de Órion e de Câncer.

Os jesuítas, em geral, não se deixavam levar por um fanatismo religioso extremo. Tinham também uma formação científica, sendo muitos deles eruditos, inclusive em astronomia. Essa questão merecia, pois, uma análise mais cuidadosa.

Quanto mais lia, mais impressionado Benedetto Castelli ficava. Em 21 páginas, o seu antigo professor expunha, com detalhes sem precedentes, as observações diárias (exceto quando as condições meteorológicas não permitiam, feitas entre a segunda metade de janeiro e 2 de março, de quatro corpos celestes descobertos em torno de Júpiter, acompanhadas de 65 representações gráficas contendo data, hora e medições dos desvios angulares desses astros relativamente ao planeta. A força da argumentação era tremenda; as provas apresentadas, difíceis de contradizer.

Castelli compreendia as dimensões dessas descobertas. Se Galileo conseguisse demonstrar publicamente o que afirmava, não deixando lugar a quaisquer dúvidas de interpretação, poderiam estar ruindo os alicerces da até então inexpugnável teoria geocêntrica. De qualquer maneira, Castelli pressentia que a ciência já não seria a mesma. Dogmas estavam sendo questionados, verdades aceitas como indiscutíveis eram postas em cheque e já podia imaginar outros cientistas, contrários ou favoráveis a Galileo, tentando encontrar formas de confirmar ou de negar o que o cientista expunha no livro que acabara de ler. E aquela leitura o convencera por completo. Conhecia o autor do livro e tinha em alta conta sua capacidade de raciocínio e de argumentação. A partir daquele momento, seria um aliado na cruzada pela aceitação do heliocentrismo.

A repercussão do *Sidereus nuncius* foi tremenda. Poucas vezes se viu, na história da ciência, o surgimento de uma obra tão revolucionária. Em pouco tempo, cartas começaram a chegar de todos os lados, inclusive de fora da Itália. A afluência às aulas na Universidade de Pádua atingiu níveis sem precedentes, e Galileo tornou-se, em questão de semanas, o homem mais célebre da República de Veneza. A atenção dele era disputada, as palavras ouvidas, as opiniões levadas em conta. Aos 46 anos, atingia a consagração com que tantas vezes sonhara.

— Mereço tudo isso, Marina — disse Galileo uma noite, antes de continuar a observação de Júpiter, uma verdadeira obsessão para ele naquele momento. — Aperfeiçoei a luneta, fui o primeiro a apontá-la para o céu e tive a capacidade de interpretar corretamente o que os astros me mostravam. Muitos agora invejam o meu triunfo e por certo vão contestar a prioridade das minhas descobertas, mas eu, Galileo Galilei, fui escolhido por Deus para revelar aos homens a verdadeira face da sua obra, o mundo tal qual ele é, tão diferente das ideias medíocres e incultas de pessoas que só têm como argumento a autoridade de homens que não dispunham dos meios que estão ao meu alcance para contemplar o Universo e desenvolveram hipóteses baseadas tão-somente na imaginação. Mas eu apresento provas, fatos concretos que posso mostrar a quem quiser ver. Eu, Marina, vou transformar o mundo.

Ela apenas ouvia. Como havia aprendido durante anos de convivência, interromper Galileo nesses momentos de exaltação ou contestar o que ele dizia sempre resultava em reações coléricas. Deixou-o, pois, falar à vontade, dizer quanto quisesse.

Logo depois do almoço, o mensageiro chegou. Trazia uma carta escrita de próprio punho por Cosimo II, grão-duque da Toscana. O coração de Galileo bateu com força, pressentindo a concretização do seu ideal. Foi para o gabinete de trabalho, trancou a porta e, com mãos trêmulas, quebrou o selo que atestava a autenticidade daquela correspondência.

E o que passou a ler ia muito além do que esperava. Cosimo II declarava-se seu admirador e amigo, dizia ter ficado fortemente impressionado com o *Sidereus nuncius* e, acima de tudo, convidava-o a voltar definitivamente para Florença. Mas não se tratava de um convite comum. Se aceitasse, seria nomeado Primeiro Matemático da Universidade de Pisa, sem carga horária de cursos nem obrigação de residência, Primeiro Matemático e Primeiro Filósofo do grão-duque da Toscana. Apesar de se considerar um homem superior e digno de todas as homenagens, jamais havia aspirado a postos tão altos. Seria o fim de toda e qualquer preocupação de ordem material. Poderia consagrar-se inteiramente à ciência, tendo a possibilidade ainda, acreditava, de fazer novas descobertas sensacionais.

Ficou sentado, por vários minutos, esperando a emoção passar. Precisava acalmar-se para escrever uma resposta digna do convite. Com extremo cuidado e mão firme, redigiu e selou a carta destinada a Cosimo II. O mensageiro partiu.

— Acho completamente desaconselhável essa mudança para Florença – disse Sagredo, enquanto contemplavam o Grande Canal a partir da Praça de São Marcos.

— Mas por quê? Serei coberto de honrarias e de glória.

— Mas perderá a liberdade – atalhou o amigo. – Você já viveu em Florença, sabe como é conservadora a sociedade de lá. Aqui você tem tudo, especialmente agora, depois da publicação do *Sidereus nuncius*.

— Sarpi me disse mais ou menos a mesma coisa. Mas minha decisão está tomada. Podemos visitar-nos, trocar cartas, continuar sendo amigos.

— Claro que sim, Galileo, mas não é essa a questão. Espero sinceramente que saiba o que está fazendo. Torço para que não haja motivos de arrependimento.

Galileo não podia acreditar no que estava diante dos seus olhos. Em sua casa de Pádua entrava, com um semblante sério e compenetrado, Cesare Cremonini. Que estaria ele fazendo ali? Teria vindo criticar os seus escritos? Não parecia ser o estilo dele, mas foi na defensiva que o recebeu.

— Senhor Galilei, apesar das nossas divergências dos últimos meses, vejo-me na obrigação de lhe dizer que receio bastante a sua transferência para a corte da Toscana.

— Posso perguntar por quê?

Aqui na República de Veneza há liberdade de expressão, e o senhor pode dizer o que pensa sem maiores riscos. As ideias que vem defendendo contradizem não apenas o geocentrismo, modelo do mundo ensinado em toda parte, mas estão em contradição com passagens das Sagradas Escrituras. Não quero ser fatalista, mas receio mesmo que possa vir a ter problemas com a Inquisição.

Galileo não esperava por isso. Imaginava ouvir recriminações, mas ali estava de novo Cremonini, o amigo de outrora, o homem que o ajudara em momentos de dificuldades materiais, mostrando-se preocupado com ele, com o que pudesse lhe acontecer. E o visitante continuava falando.

— Discordamos em praticamente tudo o que diz respeito à ciência e à filosofia, mas tenho respeito pelo senhor e admiro sua capacidade de trabalho e de argumentação. Não gostaria que nada de ruim lhe acontecesse.

— Muito obrigado, senhor Cremonini — retrucou Galileo, genuinamente comovido —, mas minha decisão está tomada.

— Então — disse Cesare, levantando-se e estendendo a mão — só me resta lhe desejar boa sorte. Seja feliz na Toscana, senhor Galilei.

Ele estava sentado na cama, rosto voltado para a parede, sem coragem de encarar Marina. Havia adiado aquele momento enquanto foi possível, mas agora precisava falar. Como ela reagiria? As crianças dormiam em seus quartos, e ele torcia para que não ouvissem nada. Procurava as palavras certas, que insistiam em lhe fugir.

— Marina — começou, hesitante —, como sabe, aceitei o convite do grão-duque da Toscana para me transferir a Florença. A sociedade de lá é conservadora, intolerante, e isso significa que...

Fez uma pausa. Esperava que ela dissesse alguma coisa, qualquer coisa, para deixar claro que compreendia. Mas o silêncio persistia, incômodo, obrigando-o a continuar. Da posição em que estava, não podia ver as lágrimas que escorriam pelo rosto dela, molhando o travesseiro.

— Significa, Marina, que não posso levá-la comigo. Teremos de separar-nos. Vou levar Virginia e Lívia. Vincenzo ainda é muito pequeno, tem apenas quatro anos. Ficará com você por mais algum tempo, e futuramente você o mandará para mim.

Havia dito tudo. Mas por que fizera aquilo? Quando conhecera Marina, em Veneza, onze anos antes, não tinha a intenção de morar com ela. Contudo, a atração entre os dois havia sido imediata e recíproca. Em novembro do mesmo ano de 1599, ela já estava grávida de Virginia, e então ele a trouxera para Pádua. Durante o tempo que estiveram juntos, ela foi compreensiva, afetuosa, terna e dedicada. Mesmo grávida de Vincenzo, havia cuidado dele em 1606, durante uma grave enfermidade que quase o levara à morte e o deixara com reumatismo permanente. Nos últimos tempos, passava quase todas as noites no pátio, observando o céu, e ela não reclamava. Apoiava-o sempre, incondicionalmente.

Não eram casados, e por isso, sabia, ela não seria bem aceita em Florença. Mas então, perguntava-se, por que simplesmente não se casava com ela? Por que não legitimava perante Deus aquela união que lhe trouxera tantas vantagens? O motivo era torpe, e Galileo tinha dificuldade para admitir a verdade até para si mesmo: Marina era humilde, vinha de um estrato social baixo, e não estava à altura de um homem célebre, prestes a se tornar o Primeiro Matemático do grão-duque da Toscana. Eis tudo: ele desejava mais, teria vergonha de apresentá-la à nobreza florentina.

Marina, como sempre, não protestou. Previa aquilo, embora cultivasse a esperança de que ele passasse a ver a relação de ambos com outros olhos. Mas a mulher nela compreendia que o havia perdido, não naquele momento, mas a partir do instante em que as lunetas e a astronomia passaram a ser para ele uma obsessão, o único propósito que cultivava na vida. Ela o perdera para a ciência e para a ambição pessoal dele, um ego quase sem limites. Teria de refazer a existência. Aceitou a separação e concordou, inclusive, com a perda das filhas. Provavelmente, nunca mais as veria.

Era setembro e, mais uma vez, Galileo estava arrumando suas coisas para partir. Agora, contudo, as circunstâncias eram muito diferentes: ia voluntariamente, coberto de glória, e viajaria numa carruagem enviada por Cosimo II, acompanhada de uma escolta. Deixava para trás mais uma etapa, dispunha-se a recomeçar, embora sem o sentimento de desafio com que viera para Pádua. Refletindo enquanto viajava, concluiu que havia sido feliz na República de Veneza. Encontrou amigos leais, como Sagredo e Sarpi, pôde dedicar-se sem contratempos ao trabalho e, acima de tudo, fez descobertas que colocaram seu nome na História. Talvez devesse ter levado em maior consideração os conselhos de não partir, mas era-lhe impossível resistir ao luxo da corte toscana. Postas bem as coisas, aquela era sua terra natal e estava voltando para casa, após uma ausência de dezoito anos. Sentia-se poderoso, invulnerável, e não se deu conta de que, com a publicação do *Sidereus nuncius*, havia feito inimigos. E inimigos poderosos.

A entrada em Florença foi triunfal. Galileo foi recebido pessoalmente pelo grão-duque, que o conduziu a uma ampla sala do Palácio Pitti, onde foi realizado um banquete solene em homenagem ao ilustre novo integrante da corte. Foi apresentado formalmente aos mais nobres e ricos florentinos, e abriram-se para ele as portas da sociedade local. Foi o centro das atenções e teve de responder a infindáveis perguntas acerca das recentes descobertas que realizara. Havia chegado onde desejava, era a personalidade do momento.

A luneta com a qual descobrira os Astros Mediceus havia sido doada a Cosimo II ainda antes da chegada a Florença. Desta vez, porém, não havia segundas intenções. O gesto era simbólico, e o grão-duque sabia disso, uma vez que o próprio Galileo o informara de que estava trabalhando num novo instrumento, que, segundo havia dito, esperava fosse bastante superior. Aquela luneta foi, portanto, guardada num lugar de honra do palácio, passando a representar o instrumento por meio do qual o nome da família Medici havia sido eternizado no firmamento.

As lentes terminaram de ser polidas, e mais uma luneta surgia, pronta para vasculhar o céu. Galileo usou o método dos dois círculos para determinar o número de aumentos que podia obter. Ficou feliz e maravilhado com o resultado: 33, o que significava um instrumento quase duas vezes mais poderoso do que aquele que vinha usando em Pádua. Deu início a observações de Vênus e não demorou muito para fazer outra descoberta de importância capital: o planeta tinha quatro fases, exatamente como a Lua.

Em visita à Villa Del Salviati, Galileo conversava com o amigo e proprietário, Filippo, um matemático de nobre família florentina.

– Caro Salviati, mal cheguei a Florença e, graças à nova luneta que fabriquei, fiz outra descoberta que destrói o geocentrismo: descobri que Vênus tem fases.

– Perdoe minha ignorância, Galileo, mas não compreendo. Qual a relação entre as fases de Vênus e o modelo aristotélico do mundo?

– Acompanhe o meu raciocínio. De acordo com o geocentrismo, Vênus, assim como todos os planetas e o Sol, gira em torno da Terra. Considerando que Vênus está mais próximo da Terra do que o Sol, ele permanece invariavelmente entre estes dois astros. Dependendo do ângulo em que esteja para um observador aqui na Terra, Vênus pode ser visto ou não, resultando daí que só existem as fases crescente (quando é visível) e nova (quando não é). No modelo heliocêntrico, todos os planetas, inclusive a Terra, giram em torno do Sol e, considerando que Vênus está a uma distância solar menor do que a terrestre, leva menos tempo para completar uma órbita. Por isso, a cada movimento de translação, ultrapassa o nosso planeta, estando às vezes do mesmo lado do Sol que a Terra e às vezes do lado oposto, quando pode ser visto com maior nitidez e atinge a fase cheia. Então, se Vênus tem as quatro fases, como acabo de constatar, e não apenas duas, conforme propõem os aristotélicos, isso significa que ele gira ao redor do Sol, e não em torno da Terra. Aí temos, pois, meu caro Salviati, mais uma prova a favor do heliocentrismo.

Salviati ficou fascinado. Este raciocínio era simples e lógico, difícil de refutar. Se as observações do amigo estivessem corretas, os defensores do modelo tradicional teriam mais um problema pela frente. Não se tratava de prova, sabia, mas de mera evidência, mais uma dentre tantas que Galileo vinha acumulando. Mas não disse isso em voz alta. Conhecia o seu interlocutor e não estava com vontade de entrar numa discussão com ele. Por isso, limitou-se a expressar sua concordância, de fato sincera.

– Realmente fantástico, Galileo. E quando pretende divulgar os resultados dessas observações?

— Imediatamente. O mundo precisa tomar conhecimento das maravilhas que venho descobrindo.

A repercussão da descoberta das fases de Vênus também foi grande. Defender o geocentrismo estava se tornando praticamente impossível. Do ponto de vista científico, havia poucos argumentos a opor a Galileo. Restavam as passagens bíblicas, que as descobertas galileanas contradiziam a todo momento. E foi a elas, às Escrituras Sagradas, que os inimigos aristotélicos começaram a recorrer para tentar derrotá-lo.

No final do ano de 1610, Galileo estava no auge, admirado e festejado por muitas personalidades eminentes. Mas havia inimigos à espreita, prontos para desfechar o ataque quando a oportunidade surgisse. Naquele momento, Galileo não imaginava que, já no ano seguinte, seus problemas começariam.

VIII
Capítulo

Roma e Florença, 1642

Viviani e Torricelli pararam os cavalos pouco antes da entrada de Roma.

– Preciso encontrar uma estalagem discreta, longe do Vaticano e que me permita circular pela periferia da cidade – disse Viviani.

– Conheço uma, mas não sei se ainda existe. Passei lá duas ou três noites, há alguns anos. Fica perto da Porta Salária, na Muralha Aureliana.

– Vamos até lá, então.

A aparência não era agradável. Havia excrementos de cavalo não muito longe da entrada. Lá dentro, duas grandes teias de aranha eram bem visíveis para quem estivesse almoçando ou jantando. "Deve ser horrível dormir aqui", pensou Viviani, "mas vou ficar." Identificou-se novamente como Pietro Galvani, fazendo a Torricelli um sinal quase imperceptível para que se calasse.

Outra vez no pátio, combinaram encontrar-se ao entardecer do dia seguinte. Cada um teria, portanto, pouco mais de 24 horas para agir. A fim de não expor Viviani, o encontro seria ali mesmo, na estalagem.

Enquanto o novo hóspede seguia a estalajadeira para arrumar suas coisas no quarto, Torricelli partia para falar com Castelli.

La Sapienza, primeira universidade de Roma, foi fundada em abril de 1303 pelo papa Bonifácio VIII. Era, portanto, uma instituição com longa tradição no ensino. Torricelli conhecia bem o local, pois ali fora aluno de Benedetto Castelli, um dos matemáticos mais bem conceituados da Itália.

Nascido Antonio Castelli, em Bréscia, no ano de 1578, adotou o nome Benedetto ao entrar, em 1595, para a ordem dos Beneditinos. Em Pádua, onde passou a estudar a partir de 1604, tornou-se aluno, discípulo e amigo de Galileo. Mais tarde, este o indicou para a cátedra de Matemática da universidade de Pisa, onde esteve por mais de uma década. Em 1626, devido, sobretudo, aos conhecimentos que possuía de Hidráulica, foi chamado por Urbano VIII para lecionar em La Sapienza. Com o tempo, tornou-se uma figura eminente da intelectualidade romana.

Ao chegar, Torricelli foi informado de que o antigo professor estava dando uma aula. Por isso, sentou-se num banco ao ar livre, disposto a esperar. Aproveitaria para pôr em ordem os pensamentos. Cerca de uma hora depois, Castelli surgiu na porta do prédio, cercado por estudantes. Torricelli levantou-se e foi ao encontro dele.

– Oh, que bons ventos o trazem aqui? – saudou o padre, apertando efusivamente a mão do ex-aluno.

– Vim conversar com o senhor, e é um assunto bastante sério.

– Então vamos à minha sala. Lá temos privacidade.

Atravessaram um longo corredor, ao fim do qual ficava o gabinete de trabalho do matemático.

– Entre – disse Castelli, fechando a porta. – Você parece preocupado.

– Acho que estou mesmo. Aconteceu algo que eu reputo de infame, e o senhor é a única esperança que tenho.

Contou a Castelli tudo o que sabia, desde a concepção do manuscrito até a expulsão de Viviani de Roma, incluindo o assassinato de Guido Corsetti. Quando terminou, o homem mais velho permaneceu um longo tempo em silêncio, o rosto sombrio.

– Galileo não merecia isso – disse por fim. – Depois de tudo por que passou, não é justo que uma coisa dessas tenha acontecido.

– Também penso assim e por isso vim pedir ajuda. O senhor tem alguma ideia de quem pode ter mandado praticar esse roubo?

– Roma está cheia de gente sem escrúpulos. Infelizmente, muitas dessas pessoas fazem parte do clero. Pelo visto, foi alguém ligado à Igreja Católica, um inimigo de Galileo. Isso é um problema, Torricelli, porque ele tinha muitos inimigos na esfera eclesiástica.

– Creio que a maioria desses inimigos sentia inveja dele acima de tudo. Não o conheci bem, estive com ele apenas três meses, mas esse tempo bastou para que eu passasse a admirá-lo. Viviani me contou sobre o julgamento do Santo Ofício. Deve ter sido muito doloroso.

– Com certeza, mas Galileo sofreu ainda outra perda imensa, de que poucos se lembram agora: a morte da filha Virginia. Poucas vezes na vida vi duas pessoas tão ligadas. Mesmo enclausurada num convento, ela sempre sabia onde ele estava e o que fazia. Era um apoio constante, uma fonte de esperança permanente. Trocaram correspondência assídua por vinte anos, e nada, nem mesmo o Santo Ofício, foi capaz de interromper essa troca.

Torricelli ouvia, interessado. Aquela era uma parte da vida de Galileo que ele não conhecia. Com o olhar, animou Castelli a prosseguir.

– Quando Galileo estava em Roma, esperando para ser julgado, ela escreveu diversas cartas aconselhando-lhe prudência.

Conhecia o gênio arrebatado do pai e desejava protegê-lo de si mesmo. Depois da condenação, responsabilizou-se por rezar todas as semanas, em nome dele, os sete salmos penitenciais. Mas houve um episódio verdadeiramente impressionante. Numa carta enviada ao Santo Ofício, ela ofereceu-se para ir à prisão. Virginia escreveu: "Se a liberdade for devolvida a meu pai, ficarei feliz em passar o resto da vida numa masmorra".

Torricelli olhava, fascinado. Não ousava interromper.

– Quando ela morreu, pouco depois de ele voltar para Arcetri, uma luz se apagou para sempre na vida dele. Ouvi isso da boca do próprio Galileo. Ele ficou doente, esteve de cama, e depois atirou-se ao trabalho, única coisa que lhe restava. Revisou toda a primeira parte da obra que escrevera, sobre o movimento dos corpos. E, pelo que você me conta agora, chegou bem mais longe, produzindo uma obra capaz de revolucionar a ciência. Vou tentar ajudar, Torricelli. Deixe-me pensar um pouco. Vá até minha casa daqui a alguns dias, e talvez eu tenha novidades.

Castelli já tomara a sua decisão. Era arriscada, mas não via outro caminho. Tendo a certeza de que Torricelli não concordaria, preferiu calar-se.

Silvio rondava a taberna, na esperança de que Bianca aparecesse. Ainda era visível o corte em sua cabeça, provocado pela garrafada que levara dela. "Aquela prostituta maldita não perde por esperar!" Estivera no estabelecimento na noite anterior, procurando por ela, mas lhe disseram que ela desaparecera. Discutira com Rocco, mas quando diversos homens se juntaram em torno dele, achou melhor ir embora. "Amanhã volto aqui, e esse patife vai falar", pensou, olhando com raiva para Alessandro.

Eram quatro da tarde, e a taberna ainda estava fechada. Pensou em esperar até anoitecer, para ver se Bianca aparecia, mas estava ansioso demais. Se ela não viesse, seria outra noite perdida. Não desejava brigar de novo ali dentro. Na verdade, tinha medo de ser expulso outra vez e jogado na rua.

Aproximou-se da porta e socou-a violentamente. Ninguém respondeu, mas o barulho vindo do interior indicava que havia gente ali. Bateu de novo, com mais força ainda, e uma mulher assustada veio abrir.

— Onde está Rocco? — perguntou ele, empurrando-a para o lado. — Vamos, responda! — gritou, erguendo a mão para agredi-la.

— Estou aqui! — disse o proprietário, saindo da cozinha. — Oh, não! Você de novo? Que diabos quer?

— Você sabe o que eu quero, Rocco. A prostituta!

— Já disse que não sei onde ela está.

— Acontece que não acredito, e hoje vai me dizer, por bem ou por mal.

Correu para ele com o punho erguido. Alessandro desviou-se do soco, mas Silvio sabia brigar. Passou-lhe uma rasteira, e Rocco estatelou-se no chão, derrubando uma mesa no caminho. Antes que pudesse erguer-se, recebeu dois violentos pontapés no rosto. A mulher começou a gritar, mas Silvio correu até ela e esmurrou-a também, fazendo-a perder os sentidos. Quando se voltou outra vez para o proprietário da taberna, este havia conseguido levantar-se, mas cambaleava. Foi fácil derrubá-lo outra vez e colocar ambos os joelhos no peito dele.

— Vamos, desgraçado, diga onde ela está!

— Eu não sei! Juro que não sei! — disse Rocco, o sangue escorrendo pelo rosto e empapando-lhe a roupa.

Silvio pôs as enormes mãos em volta do pescoço dele e apertou.

— Agora escute bem, taberneiro de uma figa. Se eu encontrar essa prostituta aqui de novo, eu mato vocês dois! Os dois, ouviu? Responda!

Rocco não podia falar. Fez um sinal afirmativo com a cabeça, enquanto o ar começava a faltar.

Silvio o largou, levantou-se, deu-lhe outro pontapé no rosto e saiu da taberna. Sentia-se melhor. Ao menos havia descontado a raiva em alguém. "Eu ainda hei de encontrar aquela prostituta.

Quando isso acontecer, ela vai se arrepender amargamente do que fez comigo."

Enrico Mansini era um dos mais conceituados ourives de Roma. Fabricava joias sob encomenda para clientes ricos e também as importava, o que lhe permitia estar sempre a par do que ditava a moda joalheira europeia.

Era final de tarde quando Fabrizio Ferrari, que estudara a rotina do proprietário, entrou no estabelecimento. Havia um casal olhando colares, e ele pôs-se a examinar um magnífico anel de rubis. O homem comprou o colar, a mulher ficou radiante e ambos saíram. Fabrizio continuou observando o anel, tentando imprimir ao rosto uma expressão de fascínio. Depois de alguns minutos, Enrico perguntou:

— Deseja comprar este anel, senhor?

Não houve resposta. O recém-chegado parecia absorto, alheio a tudo. Impaciente, querendo fechar a loja, o ourives tocou-lhe no ombro:

— Senhor, deseja este anel?

— Sim — respondeu Fabrizio. — Desejo muito, o senhor nem sabe o quanto.

Mansini abriu um livro e, depois de procurar por alguns segundos, disse o preço.

Fabrizio soltou um assovio.

— Nem trabalhando a vida inteira eu conseguiria comprá-lo.

— Quer que eu lhe mostre algo mais em conta?

— Não. Quero este anel.

— Sinto muito, mas neste caso não posso ajudá-lo — disse o ourives, encaminhando-se para a porta.

Fabrizio continuou parado, olhando o anel contra a luz de uma vela que ardia em cima do balcão.

Enrico tamborilou com os dedos na porta, começando a irritar-se.

— Senhor, preciso fechar a loja.

– Pode fechar – foi a resposta de Ferrari, que continuava olhando o anel.

– Por favor, deixe de brincadeira. Queira ter a bondade de sair, porque quero fechar a loja.

Fabrizio fez um movimento tão rápido que o ourives não seria capaz de descrevê-lo. Um punhal brilhava-lhe na mão, e ele se aproximou lentamente.

– Vamos, feche a loja.

Enrico encarou-o, e logo uma dor no ombro quase o fez gritar. Havia sangue na ponta do punhal.

– Eu não estou brincando! Feche de uma vez a porcaria dessa loja.

O ourives obedeceu, e Fabrizio disse simplesmente:

– Abra as gavetas. Vou levar tudo.

– Acalme-se, senhor, podemos negociar. Se estiver precisando de alguma coisa, talvez eu possa...

Um murro no queixo interrompeu a frase.

– Quando é que vai entender que não estou para brincadeiras? Deseja continuar vivo? Então, comece a abrir as gavetas.

Impotente, o ourives fez o que lhe era ordenado. Normalmente, pelo menos um dos filhos estaria ali para ajudá-lo, mas hoje estava sozinho. Será que aquele estranho, tão seguro de si, sabia disso? Ele pegava todas as joias, sem o menor cuidado, e as colocava dentro de um saco de couro preto, que tirara de dentro da roupa. Quando recolheu tudo o que encontrou, voltou-se para o ourives.

– Onde está o resto?

– Que resto, senhor? Não há mais nada.

Num pulo, Fabrizio encostou a ponta do punhal na garganta do ourives.

– Escute bem, Enrico, porque só vou falar uma vez. Se não me entregar agora mesmo todas as joias, vou fazer o seguinte. Primeiro, mato você, o que não vai levar mais que alguns segundos.

Depois, furo com este punhal o corpo inteiro da sua querida filha Margherita, de onze anos, que mora com você na parte superior desta esplêndida casa. Por fim, mando também pro inferno Caterina, a outra filha, casada com Giacomo, que mora perto do Palácio do Santo Ofício e está esperando um bebê, que será seu primeiro neto. Fui claro?

O ourives estremeceu. Aquele patife não estava blefando. Todos os dados que forneceu sobre as filhas estavam corretos.

– Está bem – murmurou, num fio de voz. – Deixe-me pegar a chave.

Foi até um pequeno e discreto candelabro colocado na parede, tirou-o do lugar e, com o dedo, fez deslizar uma portinhola de cerca de 30 centímetros, que dava acesso a um nicho. Fabrizio empurrou-o para o lado e olhou o interior. Estava escuro demais para ver alguma coisa, e então colocou a mão lá dentro. Quando a retirou, segurava um molho de chaves e o maior diamante que já vira. Perto dele, o anel que estivera observando quando entrou na loja era bijuteria. Entregou a chave a Enrico e disse simplesmente:

– Vamos.

Este se encaminhou para o fundo da loja e, com o pé, acionou um mecanismo que fez deslizar a parede em frente deles. Viram-se no alto de uma escada, que ambos desceram cautelosamente, com velas na mão. Lá embaixo, gavetas e armários foram abertos, e Fabrizio viu mais joias do que pensava existir em Roma. Derramou num canto, displicentemente, tudo o que havia metido dentro do saco até então e começou a esvaziar todos os compartimentos que encontrava. Nem prestava atenção ao que pegava, aquelas joias por certo valiam muito mais do que as que acabara de jogar no chão. Quando o saco estava quase cheio, deu por encerrada a tarefa.

– Vou embora – disse para Enrico, que estava sentado no chão, rosto entre as mãos, completamente abatido.

— Isso não é justo — murmurou. — São as economias de uma vida toda.

— É exatamente do que preciso — retrucou Fabrizio, irônico. — As economias de uma vida vão resolver o problema de outra.

Na porta, antes de sair da loja, Fabrizio disse ainda:

— Preste atenção, Enrico. Sei que tem amigos poderosos e influentes. Mas nem tente pedir ajuda a eles. Se algo acontecer comigo, meus amigos se encarregarão de você e das suas filhas. E mais: tenho certeza de que ainda sobraram muitas joias. Você é esperto, meu caro, e não vai ficar pobre apenas porque uma pessoa em dificuldades veio pedir-lhe uma pequena ajuda.

A seguir, deu-lhe um soco no rosto. Enquanto o ourives cambaleava, Fabrizio sumiu na escuridão

Giuseppe Dominetti estava na Biblioteca Apostólica do Vaticano, um importante centro cultural romano, com milhares de incunábulos, códices, desenhos e gravuras, moedas e medalhas e objetos de valor artístico. Embora muitas obras já estivessem armazenadas naquele espaço, foi aberta aos estudiosos em 1475, pelo papa Sisto IV, considerado, por isso, o fundador oficial.

Numa enorme mesa à frente de Dominetti, estava a obra *Stoichia* (*Os elementos*), de Euclides, que reúne, em treze livros, todo o conhecimento sobre Geometria, Álgebra e Aritmética disponível na Grécia do século IV a.C. Mais de uma vez, tentara aprofundar-se no estudo da matemática euclidiana, mas sem sucesso. Estava manuseando o terceiro volume, depois de ter descartado os dois primeiros, e compreendeu a inutilidade daquelas tentativas. Definitivamente, não tinha talento para a matemática, não era capaz de compreender o conteúdo do trabalho clássico que tinha diante de si.

Mas era-lhe difícil aceitar essa verdade. Ouvira dizer que, depois de algumas aulas com Ostillo di Ricci, Galileo fora capaz de estudar sozinho o resto da obra de Euclides. Admitir que não conseguia fazer o mesmo era assumir a sua inferioridade intelectual perante Galileo, o que lhe causava imenso ódio. Como podia ele, um integrante do clero, vivendo no Vaticano e desfrutando de uma posição privilegiada dentro da Igreja, saber menos do que um condenado pelo Santo Ofício, um pecador que passara os últimos anos da vida cego, provavelmente um castigo divino por todo o mal que fizera ao Cristianismo?

Mas então, pensou Dominetti, se Galileo já fora tão castigado, por que ele continuava alimentando este ódio? "Só vou descansar quando tiver certeza de que ele nunca ressurgirá. Ele precisa ser esquecido pela História."

— Encontrei! — exclamou Viviani, ao avistar a casa azul.

No dia anterior, após o almoço na estalagem, decidira deitar-se um pouco para descansar da viagem, mas acabara por adormecer profundamente. Quando acordou, já passava muito do meio da tarde e não havia mais tempo de procurar a casa. A princípio irritou-se consigo, mas depois decidiu conhecer melhor o entorno, para o caso de ter de sair às pressas. À noite, foi-lhe difícil conciliar o sono, porque não conseguia lembrar exatamente onde ficava a moradia. O homem que o levara até lá havia dado muitas voltas, provavelmente de propósito, para confundi-lo. Não podia sair a esmo e esforçou-se por recordar o nome do ferreiro cuja placa vira do outro lado da rua. Estava quase adormecendo quando o nome surgiu: Carlo Maffei.

Na manhã seguinte, pediu informações, mas teve de vagar por muito tempo até que alguém soubesse dizer-lhe, enfim, onde ficava a oficina dele. E agora estava diante da casa, sem saber ao certo o que fazer. Viera guiado pelo instinto, o desejo de encontrar alguma pista que o pudesse levar ao assassino de Corsetti. Começou a dar uma volta ao lugar, olhando atentamente para o chão e as paredes, à procura de algum detalhe que nem ele sabia qual era. Quando chegou à parte traseira, ficou surpreso ao constatar que a porta que dava para o pátio, a mesma de onde havia chamado por

Corsetti naquele dia fatídico, estava aberta. Isso significava que alguém estava morando ali, que o imóvel permanecera desocupado por pouco tempo. Estava imerso em cogitações quando viu sair o provável morador. E teve de abafar uma exclamação de espanto. Viu o mesmo nos olhos do homem, que o encarava fixamente. Precisava conduzir a conversa, ser ele a tomar a iniciativa. Por isso, perguntou, ainda surpreso:

— O que faz aqui, senhor Fabrizio Ferrari?

— Pode entrar — disse Antonio Barberini, abrindo a porta dos aposentos papais.

Urbano VIII, contrariando seus hábitos, levantou-se e veio saudar o recém-chegado.

— Como vai, Castelli? É um imenso prazer vê-lo aqui.

Fez um gesto a Barberini, que se retirou e fechou a porta.

O papa estudou o rosto do matemático, a quem admirava e cuja presença em La Sapienza era para ele motivo de orgulho.

— Me pediu uma audiência, Castelli, e o seu rosto demonstra preocupação. Está acontecendo alguma coisa?

— Está, e bastante grave. E foi por isso que vim. Não sei de outra pessoa que possa fazer algo a respeito.

— Conte-me, então, e vejamos se posso ajudar.

Castelli pensara cuidadosamente na forma de abordar o assunto. O sucesso dependeria de ele conseguir sensibilizar o pontífice.

— Sei que eu deveria, com base nos costumes sociais vigentes e na hierarquia da Igreja, beijar-lhe a mão e chamá-lo de Santidade. Mas hoje não estou aqui na condição de clérigo. Vim como amigo, um homem desejando falar a outro homem, independentemente de posição social ou hierárquica. Por isso, relembrando os velhos tempos, anteriores ainda ao início do seu pontificado, peço licença para chamá-lo de Maffeo e gostaria que me chamasse de Benedetto.

Castelli estudou o rosto de Urbano VIII. Não demonstrava hostilidade. Ao contrário, parecia estar satisfeito, vislumbrando uma oportunidade de deixar de lado, ao menos por instantes, formalidades em grande parte vãs. Então prosseguiu.

— Maffeo, temos duas coisas em comum na vida: a fé em Deus e a admiração por Galileo Galilei.

Desta vez, uma ruga formou-se no rosto do papa.

— Que tem Galileo com isso?

— Por favor, deixe-me continuar. Em breve compreenderá tudo. Nós dois éramos amigos dele e sabíamos que ele possuía uma inteligência fora do comum, uma capacidade de raciocínio faculta-da a poucos homens. Para mim, essa amizade não trouxe maiores problemas, a não ser críticas, que ignorei sumariamente. Mas você, Maffeo, teve de lidar simultaneamente com duas questões irrecon-ciliáveis. De um lado, estava sofrendo pressões da Igreja, tanto de dentro quanto de fora da Itália, de pessoas que afirmavam que o papa Urbano VIII já não tinha mais autoridade, já não era capaz de impor-se. Por outro lado, Galileo, que não ouvia conselhos de nin-guém, desafiava a Igreja abertamente, ofendendo teólogos e pondo em dúvida os conhecimentos das autoridades eclesiásticas. Se você deixasse Galileo impune, se não tomasse nenhuma atitude contra ele, talvez o seu pontificado houvesse acabado, e é mesmo possível que a Espanha, insatisfeita com a tolerância que você demonstrava para com os franceses, a quem devia a eleição, tivesse invadido a Itália. Houvesse a controvérsia com Galileo ocorrido em outro mo-mento, sob circunstâncias políticas diferentes, você provavelmente a teria contornado, como fez, por exemplo, em 1624, quando foi levantada a questão do dogma da Transubstanciação. Permitir, e mesmo incentivar a condenação de Galileo foi para você, Maffeo, uma decisão difícil, porque o admirava e porque sabe que existem grandes possibilidades de os argumentos heliocêntricos dele esta-rem certos. Você sofreu com a condenação de Galileo, da mesma maneira como sofreram outros amigos dele.

O Papa estava impressionado. Como podia aquele homem saber tanto, dizer de forma tão clara o que levara muito tempo para

142

admitir sequer a si mesmo? Castelli parecia ler-lhe a alma, compreendê-lo como ninguém mais. Quantas vezes desejara falar sobre essas coisas a alguém, mas não sabia em quem poderia confiar. Naquele mundo de interesses, qualquer um podia ser um traidor.

— Benedetto, devo admitir que estou maravilhado com a sua sagacidade. Como chegou a todas essas conclusões.

— Eu estava aqui em Roma, Maffeo, acompanhei tudo de perto.

— Certo, mas muitos acompanharam tudo de perto, e ninguém até agora demonstrou compreender tão claramente o que senti e o que sinto.

— Talvez porque as pessoas estejam preocupadas demais consigo próprias e não sobre tempo nem disposição para se colocar no lugar dos outros.

— Mais uma vez, acho que você tem razão. Mas por que está me dizendo tudo isso, Benedetto? Qual o propósito de toda essa conversa?

— É que, se quiser, você pode ajudar Galileo como jamais teve oportunidade de fazer. Talvez você possa amenizar a tristeza, a culpa que ainda sente.

— Ajudar Galileo? De que forma?

— Fui informado, por uma pessoa em quem confio totalmente, de que, antes de morrer, ele ditou ao discípulo Viviani um último livro, fruto das reflexões de uma vida inteira. Nele estão conceitos que, se estiverem corretos, causarão uma revolução na ciência. São coisas relacionadas à força da gravidade, à inércia e à aplicação das leis da Física.

— Muito bem, mas onde posso entrar nessa história?

— O manuscrito foi roubado, de dentro da casa de Galileo em Arcetri, pelo padre local, chamado Guido Corsetti. Logo depois, o padre foi transferido a Roma e assassinado. E há fortes evidências de que o mandante do roubo e do crime é alguém de dentro do Vaticano.

— Tem certeza disso, Benedetto?

— Absoluta não, mas, repito, há fortes evidências. Gostaria que mandasse investigar quem conseguiu a transferência desse padre. Aí está a chave do enigma.

Urbano VIII detestava a ideia de que alguém do Vaticano estivesse envolvido num ato tão sórdido. Mas podia estar, sabia disso, porque conhecia os que o cercavam. E então lembrou-se da oração feita na Basílica de São Pedro, do desejo que sentira de fazer alguma coisa por Galileo. Quem sabe Castelli estava sendo enviado por Deus para tornar isso possível.

— Se conseguir o manuscrito, Benedetto, o que pretende fazer?

— Primeiramente, desejo lê-lo com cuidado. Depois, se for mesmo algo tão sensacional, quero publicá-lo.

— E o publicaria como sendo seu?

— Claro que não! Como eu poderia fazer uma coisa dessas com Galileo? Seria outro tipo de roubo, tão vil quanto este de que estamos falando.

— Desculpe-me, Benedetto. Claro que não faria isso. Mas, uma vez que compreende tanta coisa a meu respeito, entenderá também que meu nome não pode, em hipótese alguma, aparecer na busca desse livro perdido. Eu seria ridicularizado como nenhum outro papa alguma vez foi.

— Compreendo isso, Maffeo, e gostaria que confiasse em mim. Ajude-me a encontrar o manuscrito. Dou-lhe minha palavra de honra, e juro por Deus, que ninguém jamais saberá como o obtive.

O Papa ficou pensativo. Tinha medo de se envolver, de ser descoberto, mas via uma oportunidade de tornar Galileo célebre outra vez, superar a humilhação que ele, Maffeo, havia infligido ao amigo. Além disso, estava com 73 anos e sentia-se cansado. "Não me resta muito tempo de vida", pensou. "Depois, já não me importo com o que me acontecer."

Castelli mordia a ponta dos dedos, ansioso. Se o pontífice recusasse, não sabia como haveria de encontrar o manuscrito.

Sequer havia ainda cogitado uma segunda hipótese, tão confiante se sentia em relação a Maffeo Barberini.

– Está bem, Castelli – ouviu o Papa dizer. – Vou investigar. Se conseguir alguma coisa, mandarei chamá-lo.

O beneditino teve de se conter para não deixar transparecer a alegria que o dominava. Tinha certeza de que o Papa dispunha dos meios necessários para encontrar o livro.

– Muito obrigado, Maffeo – disse simplesmente, estendendo a mão. – Aguardarei ansiosamente.

Quando Castelli saiu, Urbano VIII pensou no que faria a seguir. Mas não havia opção: teria de confiar em Antonio Barberini.

– Eu moro aqui – respondeu Fabrizio. – Mudei-me há pouco para Roma e encontrei esta casa desocupada. Mas e o senhor, como veio parar aqui?

– Pura casualidade – disse Viviani, esperando ser convincente. – Vou me encontrar com um amigo mas, como ainda disponho de bastante tempo, decidi dar uma volta. Esta casa chamou minha atenção por ser diferente das outras, e então parei para olhar.

– Realmente uma coincidência. Já que dispõe de tempo, entre e me faça uma visita. Conte-me as novidades de Arcetri.

Viviani não gostou nada do convite, mas não lhe ocorreu nenhum motivo para recusar. Com relutância, seguiu o ex-vizinho, viu-se outra vez dentro da sala e olhou, instintivamente, para o quarto onde encontrou o corpo de Corsetti. Apesar de ser ainda manhã, Fabrizio ofereceu-lhe vinho e conversou jovialmente. Disse que tinha recebido um convite para morar em Roma, embora preferisse a quietude de Arcetri. Discorreu por vários minutos sobre banalidades, não dando a Viviani oportunidade de ir embora de modo educado. Então calou-se, e, como se houvesse se lembrado repentinamente de uma coisa importante, disse:

– Espere aqui, quero mostrar-lhe algo incrível.

Entrou no quarto, e Viviani ouviu-o remexendo em sacos ou pacotes, como se estivesse procurando alguma coisa. Quando voltou, tinha as mãos atrás das costas. Antes que Viviani pudesse falar ou fazer qualquer movimento, estava no chão, com Fabrizio por cima, enfiando-lhe um pano na boca e amarrando-o firmemente. Tentou reagir, mas dois violentos socos na cabeça deram-lhe a sensação de que o cérebro explodia. Depois, sentiu os pés e as mãos sendo amarrados. Foi carregado, como se fosse uma trouxa de roupa, para o quarto de onde saíra Fabrizio, e atado a um enorme armário de carvalho.

— Então você estava apenas passando por aqui e resolveu dar uma olhada na casa. História interessante, não? Pena que é mentira. E espere só até o Jesuíta ficar sabendo.

Depois de sair de Roma, Bianca dirigiu-se a Castel Gandolfo, cidade onde recentemente havia sido concluída uma residência de verão para o papa Urbano VIII e onde morava Angelina, uma amiga de sua mãe que viera de Pisa ao se casar, alguns anos antes. Viúva, vivia dos rendimentos proporcionados pelas terras deixadas pelo marido, arrendadas a agricultores das vizinhanças.

Angelina conhecia a história de Bianca. Pouco depois de ter ficado órfã, aos quatorze anos, acreditou nas promessas de um aventureiro chamado Mario e fugiu com ele da casa da irmã, em Pisa. Depois de inúmeras peripécias, acabou indo parar em Roma, onde se dedicou à prostituição para sobreviver. Não a via há anos, mas a irmã de Bianca, chocada, contara a Angelina tudo numa carta. Agora, inesperadamente, Bianca viera procurá-la. Desejava ajudar, por gratidão à amiga falecida, mas tinha medo de que a moça houvesse se metido em problemas e estivesse buscando refúgio ali. Mas o que fazer? Mandá-la embora? Não achava justo, ao menos até descobrir a razão daquela visita. Por isso, dera-lhe um quarto, onde Bianca passava a maior parte do tempo. Parecia nervosa, com medo.

Na cama, Bianca tentava em vão adormecer. Aproximava-se o dia que estipulara para se encontrar com o Jesuíta na Basílica de São Paulo Extramuros. Pensando agora em tudo o que fizera, estava verdadeiramente assustada. E se fosse presa? E se o Jesuíta simplesmente mandasse capangas para assassiná-la? Podia não ir, se quisesse. Podia esquecer tudo e retornar à casa da irmã, pedindo-lhe que a aceitasse de volta. Mas, nesse caso, o que faria da vida? Não tinha dinheiro, não sabia ler, não tinha nada. Que poderia esperar do futuro? No máximo, ser empregada numa casa de família, ou então casar-se com um pobretão qualquer, que a encheria de filhos e lhe daria uma vida miserável como a da mãe.

Não, não era isso que queria para si. Às vezes, pensou, é necessário arriscar. E se o Jesuíta também estivesse com medo? Se ele acreditasse que havia uma cópia da carta e decidisse lhe dar o que ela pedia? Nesse caso, ainda podia sonhar com uma vida digna. "Eu vou", decidiu, "e seja o que Deus quiser."

Como não conseguia mesmo dormir, pôs-se a imaginar, mais uma vez, tudo o que tinha a fazer. Em primeiro lugar, para justificar a saída de Castel Gandolfo, diria a Angelina que precisava buscar algumas coisas em Roma. De certa forma, era verdade. Depois, se conseguisse dinheiro ou joias, pediria para ficar com Angelina mais uma ou duas semanas e então arranjaria um lugar para morar. Mas essa era outra etapa. Antes, precisava enfrentar o Jesuíta.

Acompanhado de Fabrizio, o Jesuíta entrou na casa. Fazia tempo que não colocava os pés ali, as lembranças doíam demais. Ao entrar, viu de imediato a mesa onde eles costumavam jantar e beber vinho. Ele suspirou. Foram tempos de ventura, de amor, que estavam enterrados para sempre, assim como estava Domenico.

Foi até o quarto onde Corsetti dormia. "Aquele padre maldito! Profanou a nossa cama, pôs o corpo imundo no leito que partilhei com Domenico!"

Ao saber do assassinato, a primeira pergunta que fizera a Silvio e Leonardo havia sido em qual dos três quartos ele dormia. "No do meio", dissera Silvio, e ele quase se traíra, de tão furioso que estava.

"Ah, Domenico, quanta saudade!" Conhecera-o quando ainda estava no seminário. Era padre numa aldeia vizinha a Roma, e um dia apareceu no seminário para falar da obra evangelizadora que estava realizando na sua humilde paróquia e para rezar uma missa como convidado. A paixão foi imediata e recíproca. Alguns dias depois, sem pensar no que fazia, o Jesuíta dirigiu-se à igreja onde Domenico exercia o sacerdócio, e não foram necessárias maiores explicações. Foram atraídos um para o outro com uma espécie de força magnética irresistível. Deveria ter voltado ao seminário, mas acabou passando lá à noite. A partir daí, decidiram que deviam agir com cuidado.

Quando obteve, graças a Antonio Barberini, o posto de professor do Colégio Romano, o Jesuíta deu um jeito para que Domenico fosse transferido a Roma. Em seguida, comprou para ele aquela casa, onde o padre morou por vários anos. Sempre que podia, ia visitá-lo, e então o mundo exterior deixava de existir para eles. Durante os períodos de ausência, ambos escreviam longas cartas, que entregavam um ao outro quando se encontravam. O Jesuíta guardava todas as que recebera no cofre do seu quarto e as lia de vez em quando. Falavam de amor, de saudade, de desejo físico. Algumas descreviam cenas passadas a dois, com riqueza de detalhes. A leitura dessas cartas era, ao mesmo tempo, um consolo e um martírio para ele.

— O senhor quer ver as joias? — interrompeu a voz de Fabrizio.

— Claro — respondeu o Jesuíta, sobressaltando-se. Tinha de tomar cuidado. Por isso havia relutado tanto em voltar ali.

Seguiu Fabrizio a um dos quartos e contemplou, extasiado, um grande saco de couro preto com joias até a metade. Eram diamantes, colares, rubis, esmeraldas, safiras, pulseiras, anéis. Não tinha a menor noção de quanto valiam, mas sabia que tinha diante dos olhos uma riqueza imensa.

— O que devo fazer com elas?

— Deixe-as aqui. Domingo de manhã, bem cedo, Leonardo virá buscá-las.

O Jesuíta se virou para sair, mas se deteve.

— Ouça bem, Fabrizio, o que vou dizer. Nem pense em tirar joias desse saco. Se fizer isso e eu souber, prometo que será o seu fim. Fez um bom trabalho, mas essas joias são minhas, entendido?

O outro assentiu, enquanto o Jesuíta tirou um punhal do bolso e fez um corte no saco exatamente na altura em que terminavam as joias.

— Pronto, agora Leonardo poderá conferir. Vamos embora.

— Um momento, senhor. Tenho uma grata surpresa. Queira ter a bondade de me seguir.

O Jesuíta ficou contrariado. Queria deixar o mais depressa possível aquela casa, onde Domenico morrera de uma doença misteriosa, que ninguém foi capaz de dizer ao certo qual era. Foi um golpe profundo, o fim de um sonho e de uma história de amor. E não pudera nem mesmo chorar em público, extravasar sua dor. Nem foi ao enterro. Tinha medo de não resistir e abraçar-se ao cadáver de Domenico. Em vez disso, desapareceu por três dias do Vaticano, dizendo depois ter ido atender a um chamado de um parente distante. Sabia que não havia sido convincente, mas ninguém pareceu interessar-se, porque não foram feitas perguntas.

— Sente alguma coisa, senhor? – perguntou Fabrizio.

— Não, claro que não. O que deseja me mostrar?

— Venha comigo, por favor.

Ao entrar num dos quartos, o Jesuíta viu um jovem amordaçado, pés e mãos amarrados.

— Reconhece este homem, senhor?

Depois de olhar atentamente, fez um sinal negativo com a cabeça.

— Ele é Vincenzo Viviani.

— O quê? O discípulo de Galileo?

— Exatamente.

Um amplo sorriso iluminou o rosto do Jesuíta. Uma sensação de bem-estar tomou conta dele, como se um enorme peso lhe tivesse sido removido dos ombros. Dois sentimentos haviam norteado a sua vida: o amor a Domenico e o ódio a Galileo.

Ambos os homens estavam mortos, mas o discípulo do inimigo de sua família estava ali, completamente indefeso, à mercê dele. A vingança tinha de ser proporcional ao sofrimento que aquele cientista arrogante lhe causara.

— Muito prazer em conhecê-lo, Viviani. Eu lhe dei uma chance de sair de Roma, de ficar fora de tudo isso, mas você não aproveitou. Sabe o manuscrito que Galileo lhe ditou, aquele sobre a gravidade e as leis da Física, aquele que ele diz ser revolucionário? Pois é, está comigo e jamais será publicado. Vou destruí-lo, assim como o Santo Ofício destruiu o seu mestre.

Viviani agitou-se e emitiu grunhidos, mas, a um gesto do Jesuíta, Fabrizio deu-lhe um tremendo murro no rosto, que fez esguichar sangue.

— Fique quietinho aí, seu borra-botas. Agora tenho coisas mais importantes em que pensar, mas depois vou cuidar de você pessoalmente. Não imagina o prazer que terei. Até logo, senhor Viviani, e espero que se sinta confortável nesta casa.

Dizendo isso, deu as costas e saiu, seguido de Fabrizio. No silêncio que se seguiu, Viviani começou a entrar em desespero. Precisava fugir; caso contrário, tinha certeza, perderia a vida. Desta vez não haveria perdão.

Bianca misturou-se à multidão que rumava, em procissão, para a Basílica de São Paulo Extramuros. A data da festa seria dois dias mais tarde, mas os festejos foram antecipados para o domingo. Sentiu-se aliviada por estar rodeada de gente. Ali, em meio a todo aquele povo, o Jesuíta por certo não ousaria atacá-la. No caminho para Roma, parecia-lhe a todo instante que alguém a deteria, que haviam armado para ela uma emboscada. Mas chegara até ali sã e salva. O dia começava bem.

Enquanto caminhavam, as pessoas rezavam e entoavam ladainhas, puxadas pelos padres que lideravam a procissão. Quando chegaram à entrada da basílica, Bianca impressionou-se com a grandiosidade da construção. Já havia passado por ali, mas nunca se detivera para examinar o templo. Ao entrar, procurou imediatamente um lugar na penúltima fila à direita, conforme estabelecera na carta. Escolhera aquele lugar porque, se fosse necessário, estaria mais próxima da porta de saída.

A missa estava para começar, e o Jesuíta ainda não viera. Seria toda a história do assassinato de Corsetti uma invenção da cabeça dela? Seria o Jesuíta inocente, tendo decidido ignorá-la? Embora soubesse que não devia, olhava de vez em quando para trás, imaginando ver entrar um homem de batina.

Quando já estava convencida de que não aconteceria mais, ele por fim entrou. O coração de Bianca bateu descompassadamente e parecia-lhe poder ouvi-lo. O homem se dirigia para ela, em passo lento mas firme. Entrou na fila de bancos onde ela estava, foi passando em frente às pessoas e, ao passar por ela, colocou-lhe no colo um pesado saco de couro preto, com um nó firme na ponta, e continuou seu caminho. Bianca voltou-se, pois dera instruções para que o homem saísse imediatamente da igreja. E foi o que ele fez, desaparecendo do campo de visão dela.

A missa pareceu-lhe interminável. Tentou acompanhar a cerimônia, mas não conseguia se concentrar. Para ser mais discreta, colocou o saco no chão, entre os pés. Prestava atenção à textura, tentando adivinhar o que havia lá dentro. Não sabia qual dos textos de São Paulo servira de leitura bíblica. Nem mesmo era capaz de dizer qual havia sido o tema do sermão. Sabia as letras de alguns cânticos, mas errou invariavelmente quando tentou cantar com o povo. Só pensava em ir embora, abrir o saco de couro, conferir o conteúdo, contar as moedas, admirar as joias. Suspirou de alívio no momento em que o padre desejou a todos que fossem em paz. Colocou o saco no ombro e seguiu a multidão. Pesava bastante. Moedas ou joias, estava segura de que carregava uma quantia considerável. Ao sair da igreja, olhou em volta, atenta a tudo, preparada para uma armadilha. Não viu nada, mas procurou manter-se sempre no meio do povo. O problema é que as pessoas dirigiam-se de volta a Roma, ao passo que ela desejava tomar o caminho para Castel Gandolfo. Em que momento, porém, devia deixar a segurança da multidão? A decisão era difícil, e a coragem de desviar-se e prosseguir sozinha parecia diminuir.

Teve uma estranha sensação de que alguém a observava. Ao olhar para trás, quase soltou um grito. A uns dez metros estava o mesmo homem que havia brigado na taberna Rocco e em quem ela dera uma garrafada. "Santo Deus!", pensou. "Será que ele está me seguindo?" Acelerou o passo, procurando aumentar a distância entre eles, mas era inútil. Olhando outra vez, ela constatou que ele fazia o mesmo, e já estava bem mais próximo, a menos de cinco metros.

Tentou correr, mas era impossível. Uma compacta multidão estava à frente, bloqueando-lhe a passagem. Ouvia a voz dele pedindo licença, enquanto passava entre as pessoas. Já não tinha coragem de olhar para trás, porque não podia perder um segundo sequer. Precisava fugir, livrar-se daquele homem.

Tentou correr outra vez, mas sentiu uma mão firme em seu braço.

— Onde você pensa que vai, Bianca?

No quarto do Jesuíta, Leonardo tirou a batina.

— E então, como foram as coisas?

— No que me tocava, tudo bem. Entreguei o saco a ela e saí da igreja, conforme o senhor mandou.

— E Silvio?

— Ainda não sei. A esta altura, ele já deve tê-la capturado.

— E você pôde ver a mulher, Leonardo? Como ela é?

— Difícil dizer. Ela usava um lenço na cabeça, mas parece ser bastante jovem. Eu ousaria afirmar que é uma mulher bonita.

— Bem, então vamos esperar notícias de Silvio.

— Não, o senhor Galvani não apareceu mais aqui — disse o dono da estalagem a Torricelli. — É estranho, as coisas dele continuam lá no quarto.

Torricelli sacudiu a cabeça, num gesto de impotência. Estava preocupado com Viviani e não podia fazer nada. Não sabia onde ficava a casa. Nem o próprio Viviani sabia direito, o que era uma temeridade. Tentara fazê-lo ver que não deveria ir sozinho, pediu-lhe que esperasse para que procurassem juntos, mas tudo inútil. Dissera insistentemente que precisava ir, que seguia o instinto. "Pelo jeito", pensou, "Viviani vai pelo mesmo caminho de Galileo, que não ouvia conselhos de ninguém."

Torricelli imaginou o que poderia fazer, mas a única coisa que lhe ocorreu foi procurar Castelli. "Pare com isso", disse a si mesmo. "Ele não tem superpoderes." Viviani mencionara um ferreiro, mas nem mesmo o nome dele soubera dizer. Quantos ferreiros havia em Roma? Quantos tinham suas oficinas perto de uma casa azul? "Impossível!", murmurou. "Lamento, mas não posso fazer nada, a não ser esperar."

Dirigiu-se à casa de Bartolomeo, onde estava hospedado. "Boa sorte, Viviani."

O Jesuíta estava nervoso. Ainda não tivera notícias de Silvio, o que interpretava como um mau sinal. Se ele a tivesse capturado, já deveria estar de volta. "Ou será que ele decidiu ficar com as joias e fugir?" Tudo era possível. Alguém havia dado a uma mulher as informações para chantageá-lo, e poderia muito bem ter sido Silvio.

Foi até o cofre e o abriu. Lá dentro, lado a lado, estavam as cartas de Domenico e o manuscrito de Galileo, o bem e o mal, o amor e o ódio. Pegou o manuscrito e, pela enésima vez, contemplou a capa. Nela, havia o desenho do Sol com os planetas girando em torno.

– Maldito Galileo! – exclamou em voz alta, atirando o livro para cima da cama. – Se não tivesse escrito essa droga, nada disso estaria acontecendo! A culpa é toda sua! Nem mesmo depois da morte você me deixa em paz!

Foi tomado de fúria. Esteve a ponto de rasgar o manuscrito, mas mudou de opinião, achando que conhecia um fim mais apropriado para ele. Esquecendo-se de precauções elementares, como trancar o cofre e guardar o livro, abriu a porta do quarto e gritou:

— Aldo! Venha cá, depressa!

— O que aconteceu, senhor? — perguntou o criado, surgindo instantes depois.

— Acenda a lareira! Aliás, por que ainda não fez isso? Está frio hoje, não está?

— Desculpe-me, senhor. É que eu pensei que...

— Pois não pense! Apenas faça o que lhe mandam.

Ele saiu, apressado, para cumprir a ordem. Estava assustado, nunca vira o patrão assim. Voltou em seguida com brasas acesas e atiçou o fogo da lareira.

— Agora saia — disse o Jesuíta, ao mesmo tempo em que o empurrava para fora do quarto.

Sentou-se na cama e acariciou o manuscrito.

— Tenho o poder de destruí-lo, Galileo. Posso fazer com este livro o mesmo que a Igreja faz com os hereges como você. Pensou que daria a volta por cima, que ressurgiria gloriosamente, zombando da Igreja e da Bíblia. Pensou que o mundo se renderia a você, que passaria à História, que revolucionaria a ciência. E quase conseguiu, Galileo. Foi por pouco, mas eu impedi. Agora tenho poder sobre você, e quero ver onde fica sua maldita arrogância, a maneira superior como sempre olhou para as pessoas.

O Jesuíta começou a rir. Agitou o manuscrito no ar, fazendo movimentos em direção à lareira acesa.

— A sua reabilitação ou desgraça perante o mundo depende de mim, Galileo. Posso torná-lo famoso ou destruí-lo. E o que acha que vou fazer?

Levantou-se. Deu um pequeno passo para a lareira, depois outro. Podia sentir o calor proveniente das brasas, um calor bom e reconfortante.

— Prepare-se, Galileo. Você vai arder nas chamas, como Giordano Bruno.

Deu mais um passo.

O calor aumentou um pouco. "O fogo é mesmo uma bênção de Deus. Serve para nos aquecer no frio e para queimar hereges."

Deu mais dois passos e estendeu a mão com o manuscrito. O fogo estava logo abaixo, vivo, forte, pronto para engolir o livro.

– Todo o seu futuro está agora nas pontas dos meus dedos. Quando eu os abrir, Galileo, você já era.

Prolongou o prazer do momento. Sentia-se radiante, poderoso, mais forte que todo o clero, mais forte que o Papa.

Desceu um pouco a mão. As chamas estavam a centímetros do manuscrito. Imaginou Galileo pedindo socorro.

– Você deve estar apavorado, clamando por ajuda aí do inferno. Mas ninguém virá socorrê-lo, Galileo. Você perdeu, eu venci, simples assim.

Começava a cansar-se de estar ali de pé, a mão segurando aquele livro incompreensível e que lhe dava asco. Decidiu que havia chegado a hora. Baixou ainda mais a mão. Cinco centímetros separavam o manuscrito das chamas. E o Jesuíta, com um amplo sorriso de triunfo, disse, em voz bem alta:

– Adeus, Galileo!

Hannah sentou-se à mesa para tomar o café da manhã. Assim que engoliu o primeiro pedaço de pão, uma onda de náusea subiu-lhe pela garganta. Levantou-se correndo, saiu da casa e vomitou o pouco que tinha no estômago.

– Você está bem? – perguntou Isaac, parado ao lado dela.

– Estou, sim, pode ficar tranquilo. É apenas um pequeno enjoo.

Hannah estava radiante. Precisava contar a novidade à mãe. Quando o fez, mais tarde naquele dia, recebeu um caloroso abraço.

– Filha, você está grávida!

– Acho que sim, mãe! O meu lar já está sendo abençoado!

Capítulo IX

Roma e Florença, 1611-1614

"Roma, 29 de março de 1611

Senhor Galileo Galilei:

Considerando a enorme repercussão que o seu trabalho vem tendo desde o ano passado, tenho a honra de convidá-lo, em nome do Colégio Romano, para que venha até a nossa instituição, munido de sua luneta, e nos permita apreciar as maravilhas que diz ter encontrado no céu. Como sabe, as teorias astronômicas que vem divulgando contradizem frontalmente o sistema aristotélico, ensinado ao longo de incontáveis gerações, e nós, os jesuítas, desejamos ter a oportunidade de constatar por nós próprios a veracidade ou não do que afirma. Desejamos fazer um julgamento justo, com base no que nos for facultado ver. Como acreditamos que não terá objeção a nos mostrar os astros por meio da luneta, esperamos que em breve venha nos visitar, prometendo-lhe um tratamento digno e amistoso.

Cordialmente,

Cardeal Maffeo Barberini."

Galileo ficou radiante. O Colégio Romano, fundado em 18 de fevereiro de 1551 por Inácio de Loyola, era uma instituição de prestígio. Criado como "escola de gramática, humanidades e doutrina cristã", tinha por objetivo proporcionar ensino completo aos estudantes, desde o nível elementar até o universitário. O sucesso foi estrondoso. Em três décadas, a escola já contava com mais de mil alunos, o que levou o papa Gregório XIII a encomendar ao arquiteto Bartolomeo Ammannati a construção de um amplo prédio, inaugurado em 1584. Por causa desse patrocínio pontifício, o Colégio Romano também passou a ser designado por Universidade Gregoriana. Entre seus professores estavam algumas das mentes mais privilegiadas das províncias italianas, como Christopher Clavius e Athanasius Kircher, e agora ele teria a oportunidade de demonstrar a essas figuras ilustres tudo o que a luneta vinha lhe mostrando. Mal podia esperar para ver a reação dos jesuítas quando vissem a multidão de estrelas ainda não catalogadas e a verdadeira natureza da Via Láctea. Não perdeu tempo. Arrumou imediatamente as bagagens e viajou a Roma. Tinha certeza de que triunfaria outra vez.

A viagem transcorreu sem contratempos. Ao chegar, Galileo foi imediatamente apresentar-se a Barberini, que conhecera na Universidade de Pisa.

– Senhor Galilei, desejo dar-lhe as boas-vindas em nome do Colégio Romano. Estamos ansiosos para ver a esfera celeste por meio da sua luneta.

– E eu estou ansioso para mostrá-la – retrucou Galileo, lembrando-se de Cesare Cremonini, tão teimosamente aferrado a doutrinas superadas. Aqueles homens pareciam ter a mente aberta, pronta para aceitar a verdade dos fatos. – Tenho certeza de que, quando vocês virem como o céu realmente é, vão compreender que os ensinamentos de Aristóteles e Ptolomeu estão errados.

– Vamos com calma, senhor Galilei. Primeiro queremos ver; depois, vamos deliberar.

Quase disse que não havia deliberação alguma a tomar, que os fatos falariam por si, mas se conteve. Não podia permitir que o seu temperamento arrebatado estragasse tudo. Barberini estava falando:

– Pode vir amanhã à noite? Estou certo de que haverá muitos interessados.

– Estarei aqui. Vamos torcer para que não haja nuvens.

Como prometera Maffeo Barberini, diversos jesuítas compareceram à demonstração. Era bastante diferente daquela ocorrida na Praça de São Marcos, em Veneza. Agora não estava lidando com pessoas do povo, reunidas ali pela simples curiosidade, mas com intelectuais de renome. Uma avaliação favorável seria para ele outro triunfo sensacional.

Um a um, os jesuítas foram contemplando os astros através da luneta. Permaneciam sérios, falavam pouco, mais dispostos a aproveitar a oportunidade do que a demonstrar admiração. A exceção foi Christoph Grienberger, que se mostrou vivamente interessado e chegou a afirmar que, de fato, a hipótese heliocêntrica deveria ser levada em conta.

Galileo saiu frustrado do Colégio Romano. Não foi aclamado, não foi publicamente elogiado. Ouviu tão-somente a promessa de que suas teorias seriam avaliadas com cuidado e espírito científico.

O palácio dos Cesi era suntuoso. Pertencente à aristocracia de Roma, a família tinha estreitas ligações com o Vaticano, proporcionadas sobretudo pelo cardeal Bartolomeo Cesi. Galileo percorreu longos corredores ricamente decorados, viu grande número de esculturas e pisou tapetes caros. A decepção com a visita ao Colégio Romano já havia passado. Naquela noite, 14 de abril, era o convidado de honra, seria homenageado num banquete solene oferecido por Federico Cesi, um jovem de 26 anos de mente liberal e que havia fundado, quase uma década antes, a Academia dos Linces. Foi efusivamente cumprimentado, apresentado a inúmeras personalidades importantes da sociedade romana e todos queriam ouvir o que tinha a dizer. Sentia-se outra vez contente. Percebia claramente que a importância das suas descobertas havia atravessado as fronteiras da Toscana e podia ser compreendida por alguns dos homens que ali estavam.

A festa transcorria num clima ameno, cordial, e grupos de intelectuais conversavam sobre as últimas tendências científicas e filosóficas. Então o anfitrião, elevando a voz acima do burburinho geral, pediu a palavra.

— Senhoras e senhores, eu, Federico Cesi, sinto-me imensamente honrado em contar esta noite com a presença de Galileo Galilei, um dos homens mais sábios e ilustres do nosso tempo. Como muitos de vocês sabem, eu e alguns companheiros fundamos, em 1603, a Academia dos Linces, com o propósito de reunir pessoas interessadas em ciências, independentemente de vínculos com universidades. Desejamos trocar impressões sobre as últimas novidades científicas, sem dogmas ou limites intelectuais de qualquer ordem. E escolhemos como símbolo o lince justamente por causa da visão aguda desse felino. Queremos ser linces e ver além do nosso tempo, compreender o mundo que nos cerca. Sendo assim, desejamos convidar o senhor Galileo Galilei a fazer parte da nossa Academia, ser um membro ativo, tornar-se também um lince.

O cientista ficou maravilhado. Era outra vez o centro das atenções e regozijou-se com a homenagem. Poucos membros haviam sido admitidos até aquele momento, o que deixava claro a todos que era tido em alta conta. Levantou-se para falar:

— Não posso fazer outra coisa a não ser aceitar e agradecer efusivamente este convite. Será para mim um orgulho pertencer a este grupo seleto e, para provar o que digo, passarei a usar, de hoje em diante, nas capas de todos os livros que escrever, a figura do lince.

Uma salva de palmas ecoou no salão do banquete. Copos se tocaram, brindes foram propostos, Galileo foi cercado e abraçado por muitos. Mas a noite ainda não terminara. Em meio à animação generalizada, Giovanni Demisiani, matemático grego e membro da Academia dos Linces, também pediu a palavra:

— Senhoras e senhores, tenho uma proposta a fazer. O instrumento óptico que Galileo Galilei inventou precisa de um nome apropriado, algo que vá além da simples palavra luneta. Portanto, com base na minha língua materna, proponho que seja chamado de *telescópio*, termo derivado de "tele", longe, e "skopein", ver ou enxergar. Assim, telescópio significa o que vê longe.

Novos brindes, mais aplausos, litros de vinho rapidamente consumidos. Galileo concordou com a proposta e comprometeu-se a adotar o nome recém-criado em futuras publicações.

Ao ir para a cama, naquela noite, sentiu-se recompensado por todas as dificuldades que já tivera na vida.

Christoph Grienberger entrou apreensivo no gabinete de Cláudio Acquaviva. Nunca antes havia sido chamado formalmente pelo superior geral dos jesuítas, e isso quase que certamente significava problemas. Ficou de pé, aguardando instruções.

— Pode sentar-se, Grienberger. Precisamos conversar.

— Estou às suas ordens, senhor.

— Desejo falar sobre a demonstração da luneta que Galileo fez no Colégio Romano. Eu estava lá e vi o seu entusiasmo. O que pensa das teorias dele?

Então era isso? Era um jesuíta experiente, com 31 anos de trabalho dedicado à ordem. Conhecia bem as regras, sobretudo as que diziam respeito à hierarquia. Portanto, não poderia mentir.

— Na verdade, simpatizo bastante com os conceitos que ele defende. Pudemos ver claramente que o céu não corresponde ao que aprendemos e temos ensinado. Na minha opinião, o sistema heliocêntrico deveria ser analisado com cuidado, do ponto de vista estritamente científico, porque acho que tem grandes probabilidades de estar correto.

– Era o que eu imaginava – replicou Acquaviva, passando a mão na testa. – Como sabe, Grienberger, essa questão é delicada. Em alguns pontos, o heliocentrismo está em desacordo com a Bíblia. Como podemos, então, defender esse sistema?

– Compreendo, senhor, mas acho que concordará quando digo que estamos diante de fatos, situações reais que não podem ser ignoradas. Mais cedo ou mais tarde, a Igreja terá de tomar uma posição.

– Certamente, mas não precisamos ser nós, os jesuítas, a fazer isso. Devemos nos limitar a propagar o Evangelho, nada mais.

– Perdoe-me, senhor, mas então por que estudamos tão profundamente as ciências? Por que aprendemos a prever eclipses, lemos autores clássicos, ensinamos história e filosofia? Somos tidos como cultos, e essa fama é em geral merecida. E ela vem justamente dos estudos, que nos distinguem das demais pessoas.

Acquaviva não estava gostando do rumo que tomava a conversa. O homem à sua frente tinha cinquenta anos e um conceito respeitável entre os jesuítas, e ali estava ele, defendendo a revisão de um modelo milenar de concepção do mundo. Não podia permitir isso.

– Grienberger, eu o chamei aqui para dizer que não poderá, sob hipótese nenhuma, defender publicamente o heliocentrismo. Aconselho mesmo que evite falar sobre esse modelo.

– Mas, senhor, e se Galileo estiver certo? Descarta completamente essa possibilidade?

– Não, não descarto. Talvez as teorias de Galileo estejam mesmo corretas. É possível que a Igreja tenha de revisar ensinamentos, mas quero a Companhia de Jesus fora disso.

O visitante entendeu a mensagem.

– É uma ordem, senhor?

– Sim, Grienberger, é uma ordem. Continue ensinando o modelo aristotélico. Isso é tudo.

Grienberger estava frustrado. Que tipo de professor seria, ensinando aquilo em que já não acreditava? Mas fizera um voto de obediência, o que o superior geral teve a delicadeza de não mencionar.

Levantou-se, fez uma reverência e saiu. Não podia defender as teorias de Galileo, mas podia torcer por ele. A Companhia de Jesus tinha o poder de calar-lhe a boca, mas não de dirigir-lhe a mente.

Quando voltou à Toscana, Galileo estava satisfeito. Não obtivera a aprovação pública dos jesuítas, mas estava convicto de que muitos começavam a pensar como ele. Fora mesmo recebido em audiência pelo papa Paulo V, o que considerava outro sinal de prestígio. O pontífice fez perguntas, ouviu com atenção e inclusive o incentivou a prosseguir os estudos, desde que não entrasse em terreno religioso. Devia, dissera o papa, limitar-se à ciência.

Outra impressão positiva que trouxera de Roma era acerca de Maffeo Barberini. Ele lhe serviu de cicerone, foi um ouvinte atento, pareceu interessar-se verdadeiramente pelos métodos de observação do céu através do telescópio. Quando o conhecera, em Pisa, ele era um jovem aluno de 21 anos, enquanto Galileo era professor. Mal haviam mantido contato, portanto, mas agora, duas décadas mais tarde, entenderam-se muito bem. "Creio que posso considerá-lo um amigo", pensou, enquanto entrava em casa, onde agora também morava o filho Vincenzo, de cinco anos, recentemente enviado pela mãe, como havia sido combinado em Veneza. Marina, a sua doce Marina, cumprira a palavra e lhe mandara a criança. Estava sozinha agora. "Que ela seja feliz", murmurou, pegando Vincenzo no colo.

"Mas esse Scheiner é um pigmeu mental, um estúpido idiota! Ele diz ter descoberto as manchas solares, que na verdade observei antes dele, e ainda escreve um número inacreditável de bobagens!"

Galileo estava furioso. Acabavam de chegar às suas mãos as *Cartas de Apelles*, publicadas em Augsburgo, em 5 de janeiro de 1612, por Marcus Welser. Apelles era o pseudônimo do jesuíta alemão Christopher Scheiner, que vivia em Ingoldstadt e que havia, nestas cartas, publicado o resultado das observações que fizera, a partir do ano anterior, de manchas solares, atribuindo-as à sombra projetada no Sol por pequenos corpos opacos que, segundo ele, orbitavam a estrela. Portanto, para Scheiner, as tais manchas eram tão-somente uma ilusão de óptica.

Galileo, contudo, que também as havia observado, tinha uma opinião radicalmente diferente. Escreveu igualmente três cartas a Welser, expondo o seu ponto de vista, mas não obteve a publicação.

"Isso não vai ficar assim. Vou desbancar esse jesuíta imbecil, ridicularizá-lo publicamente, jogar por terra os argumentos dele de uma forma tão inequívoca que ele não terá como contestar."

Durante muitos meses, observou o Sol sempre que as condições meteorológicas permitiam. Ia desenhando o resultado dessas observações, tal como fizera acerca do movimento dos corpos orbitando em torno de Júpiter, e produziu dessa forma um grande número de gráficos e ilustrações. Em abril de 1613, publicou *Istoria e dimostrazione intorno alle macchie solare* (*História e demonstração em torno das manchas solares*), livro que teve imediata repercussão.

Sentados no pátio da residência de Galileo, ele e Benedetto Castelli discutiam as consequências dessa publicação.

– Acabei com ele, Castelli! Eu gostaria de ver a cara dele quando examinar todos os gráficos que pus nesse livro.

– Realmente, são muitos. Acredita mesmo que as manchas são uma evidência de que o Sol gira em torno de si mesmo?

– Claro! Observei esses fenômenos durante meses e constatei que as manchas mudam de forma, de tamanho e de posição de um modo aparentemente imprevisível. Eu, pelo menos, até agora não consegui entender esse mecanismo. Além disso, elas aparecem e depois somem, o que significa que o número de manchas também varia ao longo do tempo. Se fossem sombras, como diz Scheiner, as variações deveriam ser regulares, como são aqui na Terra. Ou seja, neste mundo somos capazes de prever o formato das sombras, que mudam de acordo com o lugar, a hora do dia e as estações do ano, mas, considerando essas variantes, são sempre iguais.

— Está certo, Galileo, mas o que tem isso a ver com a rotação solar?

— Ora, as manchas mudam tanto que só podem ser um fenômeno ocorrendo na superfície do Sol, ou muito próximo dela. Algumas parecem mover-se ao longo dos dias, dando a impressão de serem as mesmas manchas se deslocando, o que configura a rotação solar. Mas, ainda que o Sol não gire ao redor de si mesmo, meus desenhos deixam claro, mais uma vez, que a incorruptibilidade e a imutabilidade dos astros é um mito. Scheiner baseia-se na autoridade de Aristóteles, eu sustento o que afirmo com observações reais.

— Você já pensou nas consequências de afirmações tão contundentes? Você está assumindo publicamente o heliocentrismo de Copérnico.

— Estou mesmo, Castelli, e ainda hei de provar que esse modelo é o correto.

— E acho que os seus inimigos vão ficar ainda mais furiosos por você ter escrito em italiano.

— Provavelmente, mas não me importo. Não vou mais escrever em latim, língua que apenas umas poucas pessoas, entre elas os religiosos e os aristotélicos, são capazes de compreender. A partir de agora, vou escrever todos os meus livros em italiano, como, aliás, já fiz ano passado no *Discurso sobre as coisas que flutuam na água ou que nela se deslocam*. Quero que o povo possa ler e julgar o meu trabalho. Desejo levar a ciência a todos os cidadãos da Itália, contanto que saibam ler ou tenham quem leia para eles. Se meus adversários não gostam disso é porque têm medo de discutir publicamente as ideias que defendem. Eu não tenho, estou seguro do que escrevo.

Benedetto deixou a casa impressionado. Admirava a eloquência, a firmeza das opiniões daquele homem. Certas ou erradas, ele as defendia apaixonadamente, semeando ao menos a dúvida na cabeça do interlocutor. Mas ele, Castelli, não tinha dúvidas. Acreditava na exatidão das conclusões de Galileo.

165

Virginia e Livia estavam sentadas na frente do pai. Este tinha uma expressão séria, parecia procurar as palavras. A decisão que agora anunciaria às filhas era difícil e exigira dele longa reflexão. Mas, na sociedade florentina em que vivia, não encontrava alternativa.

— Tenho algo de extrema importância a comunicar. Como sabem, a mãe de vocês e eu nunca nos casamos. Vocês são, por isso, filhas ilegítimas, concebidas em pecado aos olhos da Igreja. Será extremamente difícil encontrarem um marido nessas condições. Sendo assim, decidi que vocês irão para o convento de São Mateus.

— O quê? — gritou Livia, levantando-se como que impulsionada por uma mola. — Eu não vou para convento nenhum!

— Sente-se, Livia! — ordenou a voz autoritária do pai. — Será que não entende que não há outra solução?

— Não, não entendo! Que culpa temos nós se somos filhas ilegítimas. Por que temos de pagar pelos seus erros?

Galileo hesitou. A filha tocara num ponto central: por que haveriam elas de pagar pelos erros dele? Mas não podia perder a autoridade, portanto continuou.

— Isso já está decidido, Livia. A governanta já está arrumando tudo. Partimos amanhã bem cedo.

— Não! — gritou ela, saindo precipitadamente e correndo para o quarto.

Virginia, que até aquele momento se mantivera calada, levantou-se e pôs os braços em torno do pescoço de Galileo:

— Pode deixar, pai, eu vou acalmá-la. Livia é impulsiva, rebelde às vezes, mas acabará por aceitar.

— E você, filha, aceita?

Um beijo na face foi a resposta de Virginia.

— Se o senhor diz que é melhor para nós, eu acredito e aceito.

A noite foi de insônia para Galileo. Católico devoto que era, também via as filhas como tendo sido concebidas em pecado. Na remota hipótese de um homem vir a aceitar casar-se com uma delas, o dote que ele por certo exigiria seria imenso, muito superior às suas posses. Sabia ser aquela decisão radical, mas continuava sem encontrar outra opção. Vincenzo ainda podia ser legitimado como seu filho numa cerimônia pública pelo grão-duque, porém as filhas não tinham essa chance. Talvez elas ficassem no convento apenas temporariamente. Talvez um dia uma delas encontrasse marido. Na Itália, sabia, era comum jovens serem mandadas para conventos, mesmo que não tivessem a intenção de ser freiras. Muitas vezes essa medida era tomada para preservar-lhes a virgindade.

Na manhã seguinte, um cortejo melancólico subiu a colina de Arcetri, onde ficava São Mateus, um convento bastante pobre pertencente à Ordem das Irmãs Clarissas. Livia não falava e Galileo estava imerso em pensamentos. Virginia, que sempre demonstrara uma religiosidade profunda, parecia estar resignada, pensar que cumpria a vontade de Deus.

A abadessa, previamente avisada, esperava a chegada deles. Livia esquivou-se aos cumprimentos de boas-vindas, mas Virginia comportou-se de acordo com o esperado de uma moça bem-educada. Quando a abadessa disse que indicaria às recém-chegadas as suas celas, Livia deu as costas ao pai e dirigiu-se para o interior do prédio.

Virginia foi abraçá-lo, colocando a cabeça no ombro dele.

– Amo o senhor, pai, e sempre estarei aqui, rezando para que Deus o proteja.

Ao sair, um misto de alívio e tristeza apoderou-se do cientista. Sentia que perdera Livia, que ela jamais o perdoaria. Restava-lhe, porém, o consolo de Virginia, que sempre fora a filha preferida, embora ele nunca admitisse essa verdade para ninguém. Mais uma vez, porém, ela o compreendia e até apoiava, mesmo que estivesse em vias de perder para sempre a liberdade e encerrar-se definitivamente num regime de clausura. Também amava aquela filha, uma criatura especial que a vida lhe dera. E esse sentimento apenas se fortaleceria com o tempo.

Quando olhou para o envelope, ele reconheceu de imediato a remetente da carta.

"Caro Galileo:

Escrevo, em primeiro lugar, para pedir notícias dos nossos filhos. Como estão eles? Sinto muita saudade de todos, mas especialmente do pequeno Vincenzo, que ainda tem apenas sete anos. Tenho preocupações de mãe e gostaria de saber se ele está sendo bem cuidado. Por favor, dedique-se aos nossos filhos e dê muito amor a eles.

Tenho uma notícia a dar: acabei de me casar com Giovanni Bartoluzzi, um homem que me aceitou, mesmo eu sendo mãe de filhos ilegítimos e com quem espero ser feliz. Reze por mim, Galileo, e seja feliz também.

Cordialmente,

Marina Gamba."

Ficou surpreso. Não esperava que ela um dia se casasse. Elevou o pensamento a Deus e fez uma prece sincera por aquela mulher tão admirável. E Bartoluzzi? Reconhecia que, ao concordar com o casamento, o marido de Marina tivera mais coragem do que ele, Galileo, que nem mesmo assumira oficialmente a paternidade dos três filhos. Na certidão de nascimento de Virginia constava "filha da fornicação de Marina de Veneza". No caso de Livia, o local correspondente ao nome do pai ficara em branco. E no registro de nascimento de Vincenzo, constava a expressão "pai incerto". Eram manchas do passado, atos que agora reprovava. "Seja feliz também, Marina, muito feliz."

O padre Benedetto Castelli, que por influência de Galileo havia conseguido recentemente o posto de professor de Matemática da universidade de Pisa, estava no Palácio Pitti. Era um dos convidados de uma recepção oferecida por Cristina de Lorena, viúva do grão-duque Ferdinando I e mãe do atual grão-duque Cosimo II, que também estava presente, juntamente com a esposa, Maria

Madalena da Áustria. Também haviam sido convidados os cardeais Antonio de Medici e Paolo Giordano Orsini, além de vários professores de filosofia e teologia da Universidade de Pisa, entre os quais Cosimo Boscaglia. As reuniões promovidas por Cristina de Lorena destacavam-se pela atmosfera erudita, pois a grã-duquesa mãe gostava de estar a par das novidades do intelecto. Durante o jantar, ela propôs um tema inevitável.

— Tenho acompanhado com vivo interesse o trabalho do senhor Galileo Galilei em Astronomia. Ele está formulando teorias totalmente novas, que são incompatíveis com os ensinamentos tradicionais. Mas me preocupa, sobretudo, a questão das quatro estrelas errantes que, segundo ele, orbitam Júpiter. Chegaram aos meus ouvidos rumores de que essas estrelas não existem. Mais ainda: disseram-me que é uma grande coincidência o fato de eu ter quatro filhos homens, e Galileo ter encontrado também quatro desses corpos errantes. Poderia, dizem alguns, ter sido uma invenção dele, com o único propósito de, homenageando minha família de uma maneira tão ostensiva, ser admitido na corte de Florença com privilégios, como atualmente acontece.

Castelli indignou-se. A maledicência podia chegar a minúcias, pensou. Ia falar, mas Cosimo Boscaglia se antecipou:

— Senhora grã-duquesa Cristina, afirmo-lhe que as estrelas errantes em torno de Júpiter existem mesmo. Talvez não se trate exatamente de estrelas, mas é certo que pequenos corpos orbitam aquele planeta.

— Bem, senhor Boscaglia, vinda do senhor, um filósofo aristotélico, essa resposta me tranquiliza. Fiquei com medo do ridículo, temi que a família Medici estivesse apenas sendo usada com propósitos escusos.

— De forma alguma, grã-duquesa — retrucou Boscaglia. — Quanto a isso, pode ficar descansada. O que a senhora ouviu não passa de rumores, mas eu quero levantar aqui uma preocupação real e, com todo o respeito, senhora Cristina, a meu ver bem mais grave. Acontece que as teorias de Galileo estão em desacordo com diversas passagens bíblicas. Os livros de Josué, do Eclesiastes e também alguns salmos deixam claro, sem margem a qualquer dúvida, que a Terra está no centro do Universo e não se move. Acreditar na teoria de Galileo significa duvidar da Bíblia. Mas está aqui o senhor Castelli, um discípulo de Galileo, que por certo pode nos esclarecer sobre este ponto.

Castelli estremeceu. Agora teria de falar, e o tema era bastante delicado. Tinha de tomar cuidado com as palavras. Quando assumira o posto de professor em Pisa, seu superior, Arturo d'Elsi, dissera-lhe expressamente que deveria ensinar o aristotelismo. E agora, na presença de colegas da universidade, defenderia o modelo contrário. Era um risco, mas não podia calar-se.

– Senhores, como todos sabem, Galileo é um católico devoto, frequentemente visto em missas e procissões. Ele não deseja, de forma alguma, pôr em dúvida a autoridade divina e a verdade das Sagradas Escrituras. Ele apenas é da opinião de que, em algumas partes da Bíblia, a interpretação dada pelos homens pode não estar correta. A contradição ocorre, portanto, por falha humana, não por erro ou engano das Sagradas Escrituras.

A discussão prolongou-se, e Castelli teve a nítida impressão de que Boscaglia pretendia jogá-lo contra Cristina de Lorena. Em vários momentos, ele parecia concordar com Galileo, expunha mesmo argumentos favoráveis a ele, para depois desfechar ataques à teoria heliocêntrica. Era um homem inteligente, sem dúvida, e, portanto, perigoso.

Dois dias depois, em 14 de dezembro, chegava a Galileo uma longa carta de Castelli relatando os acontecimentos do banquete.

"Os ataques estão ficando mais perigosos e frontais", pensou ele. "Niccolò Lorini, por exemplo, pronunciou contra mim, no ano passado, um sermão de cunho religioso sem maiores consequências. Mas ele, um dominicano professor de História Eclesiástica em Florença, não tem a inteligência e a astúcia de Boscaglia. Preciso fazer alguma coisa."

Durante a semana seguinte, Galileo redigiu uma longa carta a Castelli, posicionando-se publicamente sobre a complexa questão ciência versus fé. Na verdade, utilizava-se de Castelli apenas como intermediário, costume comum na Itália. Pretendia que ele mostrasse a carta a muitos, que a tornasse pública. E foi exatamente o que fez Benedetto. Foram feitas diversas cópias, que circularam em Florença, sobretudo entre o clero.

Cristina de Lorena também recebera uma cópia, e a lia juntamente com o filho Cosimo II e a nora.

— Vejam só isso. Galileo diz que as Escrituras Sagradas não têm autoridade em questões científicas.

— Sim, mãe, mas antes ele afirma que a Bíblia jamais erra, que os homens podem interpretá-la mal em muitos pontos. E o argumento dele, na minha opinião, é brilhante. Se todas as palavras da Bíblia forem interpretadas literalmente, então teremos de atribuir a Deus atitudes más como ira, rancor e vingança. Também encontraremos na conduta divina contradições e arrependimento, coisas incompatíveis com um Deus perfeito, cujas ações devem, também, ser todas perfeitas.

— Você está sempre defendendo Galileo, Cosimo. Olhe o que ele diz aqui. Existem duas linguagens, uma científica e matemática, que deve ser precisa e exata; outra comum, sujeita a interpretações e ambiguidades. E, santo Deus, ele diz que a Bíblia está escrita nesta última, a linguagem inexata.

— Mãe, peço que continue lendo. A exposição seguinte é a de que Deus conhece ambas as linguagens, mas, ao ditar a Bíblia por meio do Espírito Santo, optou pela mais fácil, a linguagem comum, para que o povo entendesse. E isso acontece porque as Escrituras Sagradas não são um tratado científico.

— Bem, Cosimo, diga você o que quiser, há aqui uma parte que não posso aceitar. Para mim, é uma blasfêmia. Ele diz que, nas questões envolvendo ciência, a Bíblia deve sempre ser considerada em último lugar. E diz ainda que a Teologia é, indubitavelmente, uma ciência, que trata de questões de natureza divina, mas, se ela não se dá o trabalho de considerar aspectos mais mundanos, como as outras ciências, por não considerá-las suficientemente sagradas, então seus professores não devem ter a pretensão arrogante de decidir o que é certo ou errado em campos do saber que eles não estudaram nem praticaram.

Em outros pontos da Toscana, diversas vozes demonstraram indignação com o conteúdo da carta. Galileo estava longe de imaginar que, dois anos mais tarde, ela o levaria a Roma.

— Impostor! Falsário! — vociferou Galileo, atirando o livro para cima da mesa. — Esse Simon Marius é um canalha, um aproveitador das descobertas alheias!

— O que aconteceu, senhor? — perguntou a governanta, alertada pelos gritos.

— Um imbecil alemão disse que foi ele quem descobriu as estrelas errantes em torno de Júpiter. E ainda deu outros nomes a elas! Mas quem observou primeiro fui eu, e elas se chamam estrelas de Medici! E são estrelas, não satélites!

Ele estava fora de controle. A governanta não sabia do que ele estava falando, mas sabia perfeitamente que não devia intervir. Assustava-se ainda, mas já estava acostumada àquelas explosões de cólera.

Em 1614, o astrônomo alemão Simon Marius publicou *Mundus jovialis* (*Mundo de Júpiter*), livro em que afirma ser o verdadeiro descobridor dos objetos descritos por Galileo, em 1610, no *Sidereus nuncius*. Além disso, usou para qualificá-los o termo *satélite*, reduzindo o status que o cientista lhes havia atribuído. Por fim, atribuiu a esses corpos nomes mitológicos: Io, Europa, Calisto e Ganimedes. Trata-se de personalidades que, na mitologia da Grécia, tiveram contato sexual com Zeus, nome grego do deus latino Júpiter. As três primeiras eram belas mulheres com quem a divindade teve filhos; Ganimedes, por outro lado, era um jovem por quem Zeus se apaixonou.

— Não vou permitir uma coisa dessas — continuou Galileo, pegando outra vez o livro. — Vou escrever a ele e ao mundo, reivindicando a autoria da descoberta que, de fato, é minha. – E teve início uma longa controvérsia.

O Natal se aproximava, instigando os cristãos à oração. A igreja Santa Maria Novella, localizada no centro de Florença, ao lado de uma praça de mesmo nome, estava lotada. Do altar, o padre dominicano Tommaso Caccini, orador contundente e conhecido por pregar sermões beligerantes, contemplava, satisfeito, a audiência que teria. Havia planejado cuidadosamente o que diria, de forma a tornar maior o efeito da mensagem que pretendia transmitir. A missa começou, e ele aguardava com impaciência o grande momento, o sermão, quando a sua voz ecoaria no templo e deixaria os fiéis atônitos.

Terminadas as leituras bíblicas do dia, o padre Caccini imprimiu ao rosto um tom solene, olhou demoradamente para a assistência e deu início à pregação.

– Irmãos, hoje quero transmitir-lhes uma mensagem da maior importância e peço que prestem toda a atenção. Estamos a cinco dias do Natal, uma época de reflexão e de louvor a Nosso Senhor Jesus Cristo. São dias de graça, de recolhimento e de comunhão com a família, tudo isso ao abrigo da santa Igreja Católica. E é justamente sobre ela, a Igreja, que lhes desejo falar. Ela está sendo ameaçada por indivíduos inescrupulosos, que blasfemam impunemente nestas terras da Toscana.

Ele parou, dando aos assistentes tempo para digerir o que havia dito. O mais difícil, conseguir a atenção das pessoas, estava feito. Agora vinha o principal.

– Um grupo de pecadores, formado por Galileo Galilei e associados, está divulgando uma falsa teoria segundo a qual todos os planetas giram ao redor do Sol. Para eles, a Terra não é o centro imóvel do Universo, ao redor da qual tudo gira, como descreveram tão brilhantemente Aristóteles e Ptolomeu. As afirmações desses pecadores são heréticas, porque contrariam passagens bíblicas em vários pontos e duvidam, portanto, das sagradas palavras que Deus ditou ao homem por meio do Espírito Santo. Hoje desejo mostrar-lhes a verdade, facilmente encontrada na Bíblia.

Um fraco murmúrio veio dos fiéis. Nunca haviam escutado alguém falar tão abertamente, e com tanta ênfase, sobre as consequências teológicas do heliocentrismo. O padre continuou:

– Irmãos, ouçam o que está escrito no Livro de Josué, capítulo 10, versículos 12 a 14: "No dia em que Javé entregou os amorreus aos israelitas, Josué falou a Javé e disse na presença de Israel: 'Sol, detenha-se em Gabaon! E você, lua, no vale de Aialon!' E o sol se deteve e a lua ficou parada, até que o povo se vingou dos inimigos. No Livro do Justo está escrito assim: 'O sol ficou parado no meio do céu e um dia inteiro ficou sem ocaso. Nem antes, nem depois houve um dia como esse, quando Javé obedeceu à voz de um homem. É porque Javé lutava a favor de Israel'".

As últimas palavras ressoaram na igreja, ante o completo silêncio dos fiéis.

– Pergunto-lhes – continuou Caccini –: pode haver uma mensagem mais clara? Resta alguma dúvida de que a Terra está parada e todos os corpos celestes se movem em torno dela? Talvez alguns de vocês ainda não estejam convencidos, embora isso seja quase inacreditável. Mas acalmem-se, vou contentá-los. Ouçam agora o que dizem os versículos 4 e 5 do primeiro capítulo do Eclesiastes: "Geração vai, geração vem, e a terra permanece sempre a mesma. O sol se levanta, o sol se põe, voltando depressa para o lugar de onde novamente se levantará". Portanto, não deem ouvidos a esses traidores da Igreja, que pretendem saber mais que o Criador de todo o Universo!

Caccini fez outra pausa. Os ouvintes estavam como que hipnotizados, possivelmente pensando nos tormentos do inferno que aguardavam aqueles heréticos. Mas o dominicano ainda não terminara.

– Quero agora que ouçam com atenção e reflitam comigo. Jesus, o único filho de Deus, desceu à Terra e fez-se homem. Deu a vida por nós, habitantes deste planeta, que lhe infligimos os suplícios da cruz. Vocês acham que Deus teria permitido o sacrifício do único filho aqui se a Terra não fosse o centro da Criação? Talvez vocês estejam se perguntando qual será, então, a resposta a dar a esses malfeitores. E eu lhes afirmo que a resposta está, mais uma vez, na Bíblia, livro completo em si mesmo, obra maravilhosa legada aos seres humanos pelo Criador. Nos Atos dos Apóstolos, capítulo 1, versículo 11, logo depois da ascensão do Senhor, dois homens vestidos de branco aparecem aos apóstolos e perguntam: "Galileus, por que vocês estão aí parados, olhando para o céu"?

Desta vez, exclamações foram ouvidas dentro da igreja. Esta última passagem pareceu a muitos uma resposta conclusiva, bem além da simples coincidência.

A mensagem de Caccini estava dada, e tornou-se o assunto preferido das conversas nos dias seguintes. Até aquele momento, os ataques dirigidos a Galileo haviam sido inconsequentes e jamais tinham conseguido atingi-lo realmente. Mas a situação mudava agora. Nos dois anos seguintes, Galileo se defrontaria com problemas que o colocariam em rota de colisão com o Santo Ofício.

Capítulo X

Roma, 1642

— Socorro! — gritou Bianca, a mão de Silvio apertando-lhe o braço cada vez com mais força. — Alguém me ajude!

Tentava prosseguir, ir em direção a Roma, mas se sentia arrastada para fora do caminho. Era a última coisa que queria. Quando olhara para trás, de relance, pensou ter visto ódio nos olhos dele. Ela lhe batera com uma garrafa, e ele devia estar com vontade de vingar-se. Começou a entrar em pânico, com medo do que pudesse lhe acontecer.

— Socorro! — repetiu. — Um ladrão!

Sentiu como que um solavanco, e então o seu braço estava livre. Adivinhou que alguém dera um empurrão em Silvio, fazendo com que ele a soltasse. Tentou avançar, mas logo alguém puxava com violência o saco de joias. Virou o rosto rapidamente, e ali estava ele outra vez. "Então é isso", pensou Bianca. "O Jesuíta mandou me prender, mas ele quer principalmente as joias de volta." O saco começava a fugir-lhe das mãos, o homem tinha força.

– Socorro! Pelo amor de Deus! – gritou, em desespero.

Então, ouviu um baque surdo, um berro de dor de Silvio e pessoas praguejando. Alguém lhe acertara um violento murro no rosto, jogando-o no chão. Na queda, ele arrastou consigo duas pessoas que vinham imediatamente atrás, formando-se um tumulto.

Um homem extraordinariamente alto e corpulento colocou-se ao lado de Bianca, em atitude protetora.

– Não tenha medo, moça. Nada vai lhe acontecer.

Ela olhou, mas era um completo estranho. O instinto, contudo, dizia que podia confiar nele. De qualquer forma, não tinha alternativa.

– Me ajude, senhor, eu lhe peço. Conheço aquele homem, ele está querendo roubar-me e também...

Não terminou a frase. O suspense, supôs, teria um efeito maior.

– Venha até minha casa. Conversaremos melhor em Roma. Segure firme no meu braço.

Com a mão e o cotovelo livres, começou a abrir caminho, sem se importar com as reclamações das pessoas. Em pouco tempo, passaram a Muralha Aureliana e viram-se no interior da cidade. Bianca já não sentia medo. Aquele desconhecido transmitia-lhe a sensação de estar protegida, a salvo de qualquer inimigo.

Chegaram a uma casa pequena, rodeada de outras do mesmo estilo, e o homem parou.

– Entre, moça, e me conte o que aconteceu.

Aquelas palavras trouxeram Bianca de volta à realidade. Viu o seu anfitrião buscar dois banquinhos e compreendeu que tinha somente alguns segundos para pensar no que diria.

– Fiquei viúva recentemente – começou – e estava indo embora de Roma. Neste saco – apertou-o fortemente contra si, com medo de perdê-lo – está tudo o que tenho. Pretendia ir à casa da minha irmã, que não mora muito longe daqui.

O homem examinou-a dos pés à cabeça, indeciso se devia acreditar nela ou não. Bianca compreendeu isso, mas ele falou primeiro.

— E o que estava fazendo com todos os seus pertences dentro da Basílica de São Paulo Extramuros?

— Meu esposo e eu ficamos muito doentes, senhor. Estávamos às portas da morte, e eu fiz uma promessa: se nos salvássemos, iríamos ambos até lá para agradecer. Ele morreu, e eu achei que tinha a obrigação de cumprir a minha parte. Como tudo o que possuo cabe dentro deste saco, levei-o comigo, com a intenção de não voltar mais.

— Disse que você e seu esposo ficaram doentes. O que tiveram?

— Não sei, senhor. Febre, suor frio, tremores.

Bianca olhou para o interlocutor. Ele parecia desconfiado. Adivinhou a pergunta seguinte e, desta vez, antecipou-se.

— O homem que tentou me roubar era nosso vizinho. Odiava meu marido e dizia isso a todo mundo. No dia seguinte ao enterro, tentou me violentar. Por isso quero sair de Roma. Não posso continuar aqui, tenho medo dele.

— E quer ir para a casa da sua irmã. Onde ela mora?

— Em Castel Gandolfo.

Ele a fitava com aquele olhar interrogador que já começava a inquietá-la. Contudo, não havia ninguém a quem pudesse recorrer. Cautelosamente, fez ao desconhecido a pergunta em que vinha pensando nos últimos minutos.

— O senhor me escoltaria até Castel Gandolfo? Se eu sair daqui sozinha, tenho medo de que aquele homem me encontre outra vez.

Ele abriu a boca para dizer alguma coisa, mas ela foi mais rápida.

— Posso pagar, senhor. Dentro deste saco á um anel de família, que pertenceu à minha avó e me foi entregue pela minha mãe, antes de ela morrer. Tem um alto valor sentimental, mas no momento não posso me permitir esses luxos. A vida é mais importante.

Ele parecia considerar a oferta. Castel Gandolfo não era longe, e ele estaria de volta à tarde. Um anel, por mais simples que fosse, certamente era um pagamento justo. Mas então ocorreu a

Bianca que ela ainda não tinha visto o que havia dentro do saco. E se não fossem joias? Se tivesse sido enganada? "Uma coisa de cada vez", pensou. "Senão, fico louca."

– Sabe montar? – perguntou o homem.

– Sei – foi a resposta lacônica.

– Então espere aqui, que vou buscar dois cavalos.

Carregando uma bolsa de couro, o Jesuíta entrou na Capela Sistina, lugar que conhecia bem e onde gostava de estar. Sentia-se em paz ali, no silêncio acolhedor e propício à oração. Deu alguns passos, contemplando com respeito aquele ambiente familiar, em que a arte italiana adquiria uma expressividade sem paralelo.

Encomendada pelo papa Sisto IV ao arquiteto Baccio Pontelli, construída sob a supervisão de Giovannino de Dolci e inaugurada em 15 de agosto de 1483, a capela logo adquiriu notoriedade e contou com a colaboração dos mais eminentes artistas contemporâneos, como Perugino, Botticelli, Ghirlandaio, Rosselli, Signorelli, Pinturicchio, Piero di Cosimo, Bartolomeo della Gatta, Raffaello e Michelangelo, entre outros. A partir de 1492, quando o espanhol Rodrigo Borgia foi eleito e adotou o nome de Alexandre VI, passaram a ser realizados ali os conclaves para a eleição dos pontífices, conferindo à capela um *status* de celebridade.

Como fizera tantas outras vezes, o Jesuíta dirigiu-se à parede lateral esquerda, a partir do altar. Em ordem cronológica, seis afrescos representavam cenas do Antigo Testamento: *Moisés a caminho do Egito e a circuncisão de seus filhos*, de Pinturicchio; *Cenas da vida de Moisés*, de Botticelli; *Passagem do Mar Vermelho*, de Cosimo Rosselli; *Moisés no Monte Sinai* e a *Adoração do Bezerro de Ouro*, de Rosselli; *A punição de Korah, Natan e Abiram*, de Botticelli; e *A morte de Moisés*, de Lucas Signorelli. Na parede oposta, também a partir do altar, outros seis afrescos representavam, cronologicamente, passagens do Novo Testamento: *O batismo de Jesus*, de Pinturicchio; *A tentação de Cristo* e a *Purificação do leproso*, de Botticelli; *Vocação dos apóstolos*, de

Ghirlandaio; *Sermão da Montanha*, de Rosselli; *A entrega das chaves a São Pedro*, de Perugino; *A Última Ceia*, de Rosselli. Entre as janelas, seis de cada lado, viam-se 24 retratos de papas, pintados por Botticelli, Ghirlandaio e Fra Diamante. Conhecia cada um daqueles afrescos, já os havia examinado detidamente, admirando a perícia de seus autores.

Mas nenhuma daquelas representações podia ser comparada com o *Juízo Final*, pintado por Michelangelo entre 1537 e 1541. Com 13,7 metros de largura e 12,2 metros de altura, ocupando toda a parede localizada atrás do altar, representava cenas tiradas do Apocalipse. A figura central de Cristo, separando com um gesto enérgico os bons dos maus, fascinava o Jesuíta. Em nenhum outro lugar, ele havia visto Jesus retratado com uma expressão de nojo e ira. Com frequência tinha essa sensação, especialmente quando pensava em Galileo, e talvez por esse motivo sentia-se tão atraído por aquela pintura. Junto a Cristo estava Maria, assustada com o movimento violento do filho. Sete santos os rodeavam e completavam a parte central do afresco: São Pedro, São Paulo, Santo André, São Bartolomeu, Santa Catarina, São Sebastião e São Lourenço. A seguir, havia anjos com trombetas, cercados de muitas pessoas comuns. Na parte inferior, o povo estava separado em dois grupos: os salvos, que subiam ao céu ajudados por anjos, e os condenados, atirados com violência para a barca de Caronte, que os levaria ao inferno. O Jesuíta extasiava-se com a intensidade das expressões faciais obtida por Michelangelo. Acima de tudo, porém, idolatrava as figuras nuas. O autor havia tido uma coragem rara ao pintar figuras nuas num lugar tão sagrado, e a nudez era explícita, gloriosa, total, exatamente como ele gostava.

Mas o ponto alto da arte da Capela Sistina ainda não era, na opinião do Jesuíta, o *Juízo Final*. Era no teto, também pintado por Michelangelo, três décadas antes, por encomenda do papa Júlio II, sobrinho de Sisto IV, que estava o maior esplendor artístico que seus olhos alguma vez viram. Sozinho, ao longo de quatro anos, Michelangelo pintara cerca de trezentas figuras num espaço superior a quinhentos metros quadrados, e a 20,7 metros do chão. Nove cenas do Gênesis estavam representadas, formando o projeto do autor, que recebera plena liberdade de Júlio II, de contar a história da humanidade antes da vinda de Jesus Cristo. Seguindo o mesmo esquema das paredes, as cenas estavam retratadas em ordem cronológica, a partir do altar: *Separação entre a luz e as trevas; Criação dos astros e das plantas; Separação entre as águas e a terra; Criação de Adão; Criação de Eva; Queda do homem, pecado original e expulsão do Paraíso; O sacrifício de Noé; O dilúvio; A embriaguez de Noé.* Mas a pintura como um todo era bem mais complexa. Além destas cenas principais, havia diversas outras, todas extraídas do Gênesis, além de profetas, sibilas e, mais uma vez, corpos masculinos nus, representados de forma ainda mais explícita do que no *Juízo Final*, em poses inequivocamente sensuais. Esses corpos faziam as delícias do Jesuíta, que passava horas admirando-os, deixando-se levar pela imaginação e criando cenas em sua mente.

Estava tão absorto na contemplação dos adolescentes nus que deixou cair a bolsa de couro. E então lembrou-se do que viera fazer ali. Parecia-lhe agora quase uma profanação, mas talvez por isso mesmo tivesse decidido fazê-lo. "Meus olhos contemplam agora a arte de um gênio, e meus dedos tocam a obra de um herege", murmurou, segurando a bolsa com asco.

Os pensamentos voltaram ao que havia acontecido no quarto. Quando as mãos praticamente encostaram na chama da lareira e bastava deixar cair o manuscrito de Galileo para que o fogo o consumisse em questão de minutos, algo o fez mudar de planos. Não tinha coragem de largar o livro, como se estivesse colado em seus dedos. Com um suspiro, levantou a mão e afastou-se da lareira. Não fora capaz de lançar a obra de Galileo às chamas, mas não podia deixá-la em seu quarto, no cofre, junto com as cartas de Domenico. Por isso, lembrou-se da Capela Sistina, onde havia descoberto, dois ou três anos antes, um nicho sob o altar. Desde que o encontrara, estivera sempre vazio, e não sabia quem tinha conhecimento da sua existência. Ao colocar o manuscrito ali, arriscava-se a perdê-lo, mas era um risco que, naquele momento, precisava assumir. "Se alguém o encontrar", pensou, "será a vontade de Deus". Foi até o altar, olhou cautelosamente ao redor para ter certeza de que ninguém estava olhando e pôs a bolsa dentro do nicho. "Perdão, Michelangelo, por contaminar a sua criação com a de Galileo", sussurrou.

Ao deixar a Capela Sistina, começou a pensar em outro lugar onde pudesse esconder o manuscrito. Muito antes do que imaginava, porém, seria obrigado a voltar para buscá-lo.

Na entrada de Castel Gandolfo, Bianca parou o cavalo.

– A partir daqui, prefiro seguir sozinha. Minha irmã é muito conservadora e não aceitaria com naturalidade se eu chegasse acompanhada de um homem.

Ela desmontou, entregou as rédeas a ele e disse:

– Um momento, senhor, vou procurar na bagagem o anel de que lhe falei. Peço licença para me afastar um pouco. Na bagagem há roupas íntimas, e eu não gostaria que as visse.

Foi para trás de uma árvore e tentou, nervosa, abrir o saco de couro. O nó era firme, e os dedos tremiam. Sentia-se observada e tinha medo. O que faria se não houvesse joias no saco?

– Não está conseguindo abrir? Deixe-me ajudá-la – disse o homem, aproximando-se rapidamente.

– Não é preciso – retrucou ela, colocando a mão num bolso interno e retirando um punhal. – Vou usar isso.

Cortou um pouco abaixo do nó e, ao olhar para o interior, o coração falhou uma batida. Por um momento fugaz, viu a luz do Sol refletir-se no que estava ali dentro. Era algo brilhante. Ouro, só podia ser! Afastou-se ainda mais do ângulo de visão do homem e o abriu o suficiente para olhar. Teve de se esforçar para conter o grito de júbilo que começava a formar-se em sua garganta. Pegou o primeiro anel que conseguiu encontrar, fechou o saco da forma mais displicente de que foi capaz e aproximou-se do acompanhante.

– É este, senhor. Serve?

O homem o examinou detidamente e depois sorriu.

– Serve sim, moça.

Bianca não tinha a menor noção do quanto valia aquela joia, mas estava certa de que era bem mais do que o homem teria cobrado em dinheiro.

– Então, muito obrigada por ter me escoltado até aqui.

– Não foi nada, moça, mas é melhor tomar cuidado. Uma mulher não deve andar sozinha por esses caminhos repletos de ladrões.

Ele montou, segurou as rédeas do outro cavalo e partiu. Ela pegou o saco de couro e dirigiu-se para a casa de Angelina. Precisava dar uma explicação convincente. Depois, teria tempo para examinar melhor as joias.

Quando Antonio Barberini entrou nos aposentos papais, Urbano VIII rezava. As contas do rosário corriam-lhe por entre os dedos, e o sobrinho não ousou interromper. Ficou de pé, em silêncio, esperando ser visto. Sem desviar os olhos do rosário, o Papa fez-lhe um gesto para que se sentasse, continuando a orar. Alguns minutos depois, levantou os olhos e disse secamente.

– Eu o chamei aqui porque preciso de um favor.

O camerlengo estranhou aquela forma de falar. Normalmente, Urbano era mais polido.

– Pois não, Santidade. Do que se trata?

– Fui informado, por uma pessoa em quem confio totalmente, de que Galileo, meses antes de morrer, ditou um livro a um de seus discípulos. Parece tratar-se de obra importante, contendo conceitos totalmente novos em ciências. O livro foi roubado, possivelmente por alguém aqui do Vaticano. Quero que o encontre e o traga para mim. Mas você precisa ser absolutamente discreto. Meu nome não deve ser sequer cogitado, quanto mais dito, durante essa busca. Fui claro?

– Um manuscrito de Galileo? Será mesmo verdade?

— Pode acreditar que é, Antonio. Já disse que confio na minha fonte.

— Vou tentar encontrá-lo, mas por certo compreenderá que não será fácil. Tem alguma pista?

O Papa repetiu a história ouvida de Castelli.

— Perdoe-me a ousadia — disse Barberini, depois do fim da narrativa —, mas, se eu encontrar o manuscrito, o que pretende fazer com ele?

— Destruí-lo, obviamente. Não posso permitir que este livro seja publicado. Seria o triunfo de Galileo e o meu fracasso. Compreende isso?

— Maldição! — vociferou o Jesuíta. — Como ela conseguiu fugir? Aquele idiota do Silvio não faz nada direito! Onde está ele agora?

— Não teve coragem de lhe dar a notícia e me pediu para fazer isso — disse Leonardo. Na opinião dele, tanto Silvio quanto o Jesuíta eram incompetentes. Perguntou-se por que continuava trabalhando com eles.

— E ela levou todas as joias?

— Todas — confirmou o outro.

— As minhas joias! Leonardo, não posso mais tolerar as trapalhadas de Silvio. Preciso dar um jeito nele.

Viviani estava desesperado. Por mais que tentasse, não conseguia soltar-se. Os pulsos e os tornozelos já estavam em carne viva, e a mordaça havia sido colocada com extrema habilidade. A qualquer momento, Fabrizio e o Jesuíta voltariam, e ele tremia só de pensar nisso. Seria torturado, vira isso nos olhos do Jesuíta.

Da rua, podia ouvir o barulho de crianças brincando. Estavam perto, podia mesmo entender algumas palavras. E teve uma inspiração, uma pequena esperança de ser libertado. Os pés estavam firmemente amarrados ao armário de carvalho, mas, se recuasse o máximo possível, conseguia encostar a cabeça na parede atrás dele.

Começou a dar cabeçadas e a gritar por entre a mordaça, na tentativa de chamar a atenção das crianças. Repetiu o gesto inúmeras vezes, mas elas pareciam não ouvir, absortas na brincadeira. Então, o ruído cessou, e Viviani, desesperado, gritou e bateu a cabeça com mais força, até que sentiu um filete de sangue escorrendo-lhe pela nuca.

Os minutos seguintes foram de agonia. O silêncio doía-lhe nos ouvidos, era pior do que o mais ensurdecedor dos barulhos. As crianças não estavam mais lá. Teriam fugido ou ido buscar ajuda? Quando caiu em si, estava rezando. Deus não podia abandoná-lo, ele não havia feito mal a ninguém.

Então Viviani ouviu vozes. Falavam baixo, aproximavam-se devagar. Mesmo com a cabeça doendo terrivelmente, voltou a batê-la na parede. Bateu de novo e de novo, outros pontos começando a sangrar. Sentia que as forças o abandonavam, substituídas pela dor, quando uma voz bem atrás dele perguntou:

– Tem alguém aí?

Outra pancada na parede foi a resposta, e parecia-lhe que a cabeça estava prestes a explodir.

– Você não pode falar?

"Raios!", pensou Viviani. "Chega de perguntas!"

Mas precisava responder, e fez a única coisa que estava ao seu alcance. Desta vez, ao dar a cabeçada na parede, pareceu-lhe que desmaiaria.

– Espere um pouco – disse a voz, após um longo silêncio de vários segundos – Vamos tirá-lo daí.

Mais alguns minutos se passaram, e ele temia a volta dos seus captores. Até que ouviu uma janela sendo forçada, e o barulho, no chão de madeira, de uma pessoa que saltava para o interior da casa. Mais alguém saltou e, instantes depois, dois homens assomavam à porta.

– Deus do céu! – exclamou um deles. – O que está acontecendo aqui?

O segundo homem, com agilidade surpreendente, cortou as cordas e tirou a mordaça.

– Por favor, me tirem daqui! Levem-me para algum lugar seguro, e eu contarei tudo – disse Viviani, respirando pesadamente pela boca.

Antonio Barberini caminhava pelos jardins do Vaticano. A tarefa que havia recebido do tio era difícil. Parecia simples descobrir quem providenciara a transferência de Corsetti para Roma, mas as coisas não eram tão fáceis como se poderia supor. Nem sempre os trâmites legais eram seguidos à risca no Vaticano. Deveria haver um documento, uma carta, algo assim, mas o responsável por aquela transferência por certo havia tomado o cuidado de ocultá-la o mais que pudesse.

O Papa pedira-lhe discrição. Não podia, portanto, fazer perguntas indiscriminadamente. Como justificar o interesse direto do camerlengo em saber quem trouxera um padre obscuro de um remoto vilarejo da Toscana? Também ele, compreendeu, precisava tomar precauções.

Era necessário delegar a tarefa, confiá-la a alguém hierarquicamente inferior, a fim de passar a impressão de que se tratava de uma questão sem maior importância. E só conseguia pensar numa pessoa para fazer esse trabalho: o Jesuíta. Afinal, ele lhe devia muitos favores. Teria, agora, a oportunidade de começar a pagá-los.

– É para o senhor – disse o guarda suíço, estendendo um envelope a Tommaso.

O cocheiro estranhou: nunca havia recebido uma carta na vida. Mas não havia dúvida, ele era o destinatário. Não conhecia a remetente, mas a curiosidade acabou levando a melhor. Quando abriu o envelope, entendeu tudo. Dentro, encontrou outra carta fechada e um bilhete.

"Tommaso, por favor, entregue isto ao cardeal Barberini. É uma questão de vida ou morte.

Obrigada, Bianca."

– Mas o que aconteceu com você? – perguntou Torricelli, entrando na estalagem. – Quem foi que o machucou?

— Eu mesmo — respondeu Viviani, tocando de leve na atadura que a dona da estalagem lhe pusera na cabeça.

Contou-lhe tudo, desde a dificuldade em reencontrar a casa até a libertação feita por vizinhos.

— Então vim diretamente para cá, expliquei ao estalajadeiro onde morava Bartolomeo e pedi para chamá-lo – concluiu.

— E tudo isso porque você é teimoso como Galileo. Aprendeu muito com ele, Viviani, inclusive a não ouvir conselhos dos amigos. Você poderia ter morrido, sabe disso?

— Claro que sei, e reconheço que ir sozinho foi um erro, mas recriminações não servem para nada agora. Como foram as coisas com Castelli?

Dessa vez a narrativa coube a Torricelli, que descreveu em detalhes o encontro com o antigo professor.

— E ele não entrou mais em contato?

— Não. Nada de novo deve ter acontecido.

— Quanto tempo ainda temos de esperar aqui?

— Por que pergunta isso?

— Eu gostaria de voltar para Florença, Torricelli. Roma, definitivamente, não é lugar para mim.

— Bem, amanhã vou procurar Castelli outra vez. Creio que não será fácil encontrar este manuscrito, e a demora pode mesmo ser grande.

— Mas você pode ficar, se quiser. Posso voltar sozinho.

— Não. Desta vez, definitivamente, não. Você está em segurança aqui. Espere até amanhã. Vou falar com ele, pedir que me escreva caso descubra algo. E depois voltaremos juntos para casa. Combinado?

Ao fazer esta última pergunta, estendeu a mão, que Viviani apertou com firmeza.

— Combinado.

Barberini ficou satisfeito ao constatar que a carta era de Bianca. Sentira falta dela, mais do que desejava admitir. Não imaginava o motivo de ela estar escrevendo de Castel Gandolfo. Ela nunca lhe dissera que tinha conhecidos ou parentes lá.

Assim que começou a ler, porém, a expressão jovial sumiu-lhe do rosto. A linguagem era clara e direta.

"Senhor, peço que mande buscar-me imediatamente. Estou sendo ameaçada de morte. A história é longa demais para ser contada numa carta. Além disso, é muito arriscado. Alguém do Vaticano roubou um manuscrito importante. Eu descobri tudo, e agora o ladrão quer me matar. Ele já mandou assassinar um padre e pretende fazer o mesmo comigo. Por favor, me ajude. Caso algo me aconteça antes de o senhor mandar me buscar, quero ao menos dizer quem está por trás disso tudo."

Seguiam-se um nome e o endereço onde Bianca estava.

— Maldito Jesuíta! — exclamou Barberini. — E quase pus tudo a perder!

As informações conferiam: um padre, um manuscrito roubado. O Papa ficaria satisfeito quando soubesse. Antes, porém, precisava falar com Bianca. Queria detalhes, ouvir a história completa. Depois, trataria pessoalmente do Jesuíta.

— Espere, Silvio! Preciso falar com você.

Ele parou, reconhecendo a voz de Leonardo.

— O Jesuíta lhe mandou um recado.

Silvio empalideceu.

— Posso imaginar qual seja. Mas ele não vai colocar as mãos em mim. Estou saindo de Roma.

— Calma, você não está entendendo nada. O recado é exatamente o oposto do que você pensa.

— Como assim?

— Ele não está zangado, entende que a fuga da mulher não foi culpa sua. "Ele fez o que pôde", disse o Jesuíta.

— Mas e as joias?

— Foram roubadas, lembra? Ele não precisou trabalhar para comprá-las.

Vendo uma expressão de ceticismo estampada no rosto do interlocutor, Leonardo continuou, estendendo-lhe uma garrafa de vinho:

— Como prova de que não está zangado, o Jesuíta lhe mandou este presente. Veja, é do Vaticano, vem diretamente dos vinhedos papais.

Silvio examinou o rótulo. De fato, o vinho era dos bons. Já o havia tomado diversas vezes no quarto do Jesuíta e nunca escondeu o quanto o apreciava.

— Ele ainda confia em você, Silvio. Espere alguns dias, e será chamado para uma nova missão.

— Será mesmo?

— Claro que sim. Espere e verá.

Depois, bateu-lhe afetuosamente no ombro, deu-lhe as costas e se afastou. Silvio não podia ver mas, a exemplo da Mona Lisa, obra-prima do seu homônimo famoso, Leonardo sorria enigmaticamente.

— Só volto a Roma se for estritamente necessário — disse Viviani, enquanto viajavam de volta a Florença.

— Pois é — concordou Torricelli, fustigando o cavalo para emparelhar com o do amigo —, você não teve sorte lá.

— Talvez tenha me faltado competência, não sorte, mas não estou agora para filosofar. O que fará quando chegarmos?

— Para começar, vou apresentar-me ao grão-duque. Talvez ele já tenha decidido sobre a confirmação do meu posto de Primeiro Matemático da Toscana. E você, o que pensa fazer?

— Ainda não sei, mas estou pensando em escrever uma biografia de Galileo. Depois, quem sabe, reeditar todas as obras dele.

— Acho excelente a hipótese da biografia. A obra do nosso mestre precisa ser contada por alguém que conviveu com ele. E não consigo pensar em ninguém melhor que você.

— Se o manuscrito não for encontrado, ao menos poderei falar sobre a existência dele. De certa forma, será uma maneira de torná-lo público. Se não for na íntegra, que seja no conteúdo. Claro que não saberei reproduzi-lo, expor a teoria tão brilhantemente como fez Galileo, mas eu o pus no papel e ainda me lembro bem dos conceitos apresentados.

– Vá em frente, Viviani. O mundo agradecerá.

A carruagem parou, e Tommaso aproximou-se com a venda na mão.

– Não vou usar isso hoje! – protestou Bianca.

– Ordens expressas do cardeal – retrucou o cocheiro.

Ela fez um sinal negativo com a cabeça e afastou-se dele, indo mais para o fundo.

– Então lamento, mas terá de descer – disse Tommaso, pegando-a pelo braço e começando a tirá-la da carruagem.

– Que droga! – explodiu Bianca, deixando que ele ajustasse a venda. – É horrível viajar sem saber para onde se está indo.

Ele não respondeu, e em breve estavam em movimento outra vez. Rodaram por mais de uma hora, e ela ouvia as imprecações do cocheiro e as chicotadas que, de vez em quando, ele dava no cavalo. A certa altura, ouviu-o discutir com um homem, enquanto a carruagem parava. Vencida pela curiosidade, tentou remover a venda.

– Pare com isso, Bianca! – trovejou, autoritária, a voz de Tommaso. – Mais uma tentativa dessas e ficará no meio da rua!

Ela assustou-se. Nunca antes ele havia gritado com ela. Sabendo que não tinha alternativa, recostou-se e deixou-se levar pacificamente. Sentia o sacolejar da carruagem, as curvas, as paradas para dar passagem a pessoas ou outros veículos, mas não tinha a menor noção do lugar para onde estava indo.

Tommaso, arrependido já pela maneira brusca como tratara Bianca, descontava nos cavalos a sua frustração. Não queria admitir isso sequer para si mesmo, mas o fato era que estava apaixonado por ela. Os longos cabelos negros e os olhos intensamente azuis da moça exerciam sobre ele um fascínio que nunca experimentara antes. E repugnava-lhe pensar que ela ia para a cama por dinheiro, que o seu patrão a usava como se ela fosse um material descartável qualquer. No dia em que não tivesse mais utilidade para ele, simplesmente a deixaria de lado e, provavelmente, arranjaria outra. A carta que ela lhe enviara, pensava, devia conter informações importantes, pois Tommaso não se lembrava de ter visto Barberini tão irritado e nervoso. Esperava que não fosse com Bianca. E estava prestes a entregá-la a ele, indefesa e frágil, sem saber o que a esperava.

Quando desceu da carruagem e foi autorizada a tirar a venda, Bianca estava diante de uma casa esplêndida, a mais bonita que já vira. A fachada, toda de mármore, estava decorada com desenhos de figuras da mitologia grega. No jardim, diversas esculturas e uma grande fonte central davam ao local um ar de grandiosidade. "Meu Deus, quantas casas esse cardeal tem?", murmurou para si mesma. "Será que são todas dele ou ele apenas as usa quando precisa?"

– Não faça perguntas, Bianca – disse a voz de Tommaso, bem ao lado dela. – Quanto menos souber, melhor para você.

Ela estremeceu. Havia falado alto demais. Como sempre, seguiu o cocheiro até o interior. E, outra vez, começou a subir uma escadaria. Barberini parecia ter uma clara preferência por casas de dois andares.

Entrou numa sala cujo luxo era condizente com o resto da residência. As paredes estavam repletas de quadros, tapetes caros cobriam o chão de mármore, almofadas ricamente bordadas enfeitavam as poltronas. O cardeal veio recebê-la mas, contrariando seus hábitos, não a beijou.

– Venha sentar-se, Bianca – disse ele, sem preâmbulos. – Quero que me conte tudo.

Ela ainda olhava em volta de si, admirada, e notou que Tommaso já havia desaparecido discretamente.

– Depois você terá tempo para ver todas as coisas com calma, Bianca – soou a voz impaciente de Barberini. – Mas antes preciso saber exatamente o que está acontecendo.

Ela contou tudo minuciosamente, desde o dia em que conheceu Guido Corsetti até a fuga para Castel Gandolfo. Não omitiu nem mesmo a chantagem que havia feito com o Jesuíta.

Precisava ser convincente, necessitava desesperadamente que ele acreditasse nela. Estava nas mãos dele, sabia disso, mas o cardeal era a única pessoa capaz de protegê-la.

– Então é tudo verdade – disse Barberini, pensando no que ouvira do Papa acerca do manuscrito.

– O quê? O senhor já sabia de tudo? – perguntou a moça, incrédula.

– Não é isso. Eu estava pensando em voz alta. É que a história que você me contou é a chave para um mistério que estou tentando resolver. Você me ajudou muito, Bianca, e pode estar certa de que saberei recompensá-la.

Barberini mal podia esperar para se encontrar com o Jesuíta. "Mas não posso me precipitar", pensou. "Vou dar a esse canalha o que ele merece, mas tratarei disso a partir de amanhã. Agora tenho coisas mais agradáveis a fazer."

– Vamos beber um pouco de vinho – disse a Bianca, pegando a mão dela. Estendeu o braço, fez soar uma campainha e, quase que imediatamente, uma criada apareceu.

– Traga o vinho que lhe indiquei e, dentro de quinze minutos, pode servir o jantar.

Depois da refeição, feita em outro aposento amplo, voltaram para a mesma sala onde Bianca contara tudo a Barberini. Ele a abraçou e beijou-lhe a boca. Quando a mão do cardeal envolveu seu seio direito, ela compreendeu que estava esperando por aquele momento. Excitada, reagiu tocando-lhe de leve no pênis.

– Veja isso – sussurrou Barberini, apontando um dos inúmeros quadros da parede em frente, no qual se via uma mulher nua rodeada de homens extasiados. – Sabe quem é ela?

– Não – respondeu Bianca, alisando-lhe o cabelo.

– Chamava-se Frineia e vivia na Grécia antiga. Era uma cortesã, a mais bela das mulheres do seu tempo, tanto assim que foi julgada por perturbar a ordem pública, destruir lares e estraçalhar corações. Segundo a lenda, quando estava prestes a ser condenada, tirou toda a roupa e ficou nua em pleno tribunal. Os juízes ficaram tão maravilhados com o corpo dela que a absolveram.

— Nossa, que história bonita! — disse Bianca, aconchegando-se a Barberini.

— E veja os cabelos dela. São longos como os seus.

Beijou-a de novo, depois murmurou:

— Agora, serei seu juiz e vou julgá-la. Se tirar a roupa para mim, como fez Frineia, vou absolvê-la e estará livre.

Ela ergueu-se e, com movimentos sensuais, deixou cair, no tapete, peça por peça.

Ele a olhou, embevecido. Depois, pegou-a no colo e a levou para o quarto, enquanto ela murmurava suavemente: "Frineia, Frineia".

Na manhã seguinte, quando Bianca acordou, Barberini não estava na cama. "Estranho, ele gosta de dormir até tarde."

Levantou-se, reuniu suas coisas para partir e desceu até a cozinha. Lá encontrou apenas a criada que servira o jantar na véspera.

— Onde está Tommaso? — perguntou, com uma estranha sensação de que algo não ia bem.

— Ele já partiu, senhora.

— Partiu? Como assim?

— Ele saiu bem cedo, com o patrão.

— E eu? — indagou Bianca, com pânico na voz.

— Tem aqui um bilhete para a senhora.

— De que adianta um bilhete, se eu não sei ler?

— Eu também não sei, mas vou mandar chamar um vizinho que sabe. A senhora espera aqui.

Bianca foi atrás dela, mas um homem corpulento barrou-lhe o caminho.

— Como a senhora ouviu, tem que esperar — disse ele, abrindo os braços.

Alguns minutos depois, a criada voltou com um jovem.

— Por favor, Matteo, leia este bilhete para a moça — disse, alcançando-lhe um pedaço de papel e apontando Bianca.

Matteo desdobrou-o.

— Aqui está escrito:

"Para a sua segurança, é melhor ficar aqui. Não volte para Castel Gandolfo.

Assinado, Tommaso."

— Mas eu não quero ficar! — explodiu Bianca, tentando passar pelo homem plantado na porta.

— Sinto muito, senhora, mas não pode sair. Recebi ordens claras.

O cortejo seguia lento, como o ritmo da vida em Woolsthorpe-by-Colsterworth. Hannah, abraçada pela mãe, estava inconsolável. Caminhava mecanicamente atrás da carroça que levava o corpo, perguntando-se qual seria o sentido de tudo aquilo. Os vizinhos vinham cumprimentá-la, na intenção de prestar solidariedade, mas esse gesto só lhe causava sofrimento. "Será que eles não são capazes de perceber que, quando perdemos alguém, receber pêsames apenas aumenta a nossa dor?"

A carroça parou, e vários homens tiraram o caixão. Puseram-no delicadamente na sepultura e ficaram parados, à espera da cerimônia religiosa.

O pastor falou nos mistérios dos desígnios de Deus, e Hannah sentiu uma revolta crescer-lhe no peito. Como podia aquele homem falar em Deus? Que sabia ele da vida, das pessoas, do mundo? Como poderia ela pensar que aquela morte tinha algum propósito? A pregação continuou, mas ela já não ouvia. Tinha preocupações materiais e imediatas, não podia ater-se a suposições etéreas e filosóficas. Como cuidaria do filho que teria em breve? Seria capaz de sustentá-lo?

Quando a primeira pá de terra caiu sobre o corpo de Isaac, Hannah não pôde mais conter-se. Abraçou-se com mais força à mãe e deu livre curso às lágrimas. Sonhara com um lar, um casamento eterno e feliz. Agora, seis meses depois, estava viúva. E ainda carregava um filho, que nasceria sem pai. "Essa criança terá um começo de vida difícil", pensou, melancolicamente.

Depois do enterro, dirigiu-se com os pais para a casa deles, onde voltaria a morar. Isaac se fora, faria muita falta, mas deixara um filho. E ela teria de lutar, ficar forte para ele, amamentá-lo, protegê-lo. O diminuto ser que trazia dentro de si ainda nem se mexia. Frágil criatura, dependeria dela para tudo. Só lhe restava resistir e lutar. Era o curso inexorável da vida.

XI

Capítulo

Florença e Roma, 1615-1616

Depois do sermão do padre Caccini na igreja Santa Maria Novella, os ataques a Galileo intensificaram-se e espalharam-se pela Toscana. Outras passagens bíblicas foram utilizadas para argumentar que a Terra era o centro do Universo.

Salmo 93, 1: "Javé é Rei, vestido de majestade, Javé está vestido e envolto em poder: o mundo está firme e jamais tremerá".

Salmo 96, 10: "Digam às nações: Javé é Rei! Ele firmou o mundo, que jamais tremerá. Ele governa os povos com retidão".

Salmo 104, 5: "Assentaste a terra sobre suas bases, inabalável para sempre e eternamente".

I Crônicas, 16, 30: "Terra inteira, trema na presença de Javé! Ele firmou o mundo, que jamais tremerá".

A questão tomou proporções enormes. Teólogos conservadores proclamavam que ser cristão e defensor do heliocentrismo eram posturas incompatíveis, sendo necessário escolher. Aquele que tomasse o partido do sistema copernicano estava, segundo esses padres, negando a verdade divina.

Galileo estava em casa, apontando o telescópio para o céu, mas naquela noite não conseguia concentrar-se. Os astros não estavam exercendo sobre ele o fascínio habitual. Preocupava-se com questões bem mais mundanas.

Havia recebido, à tarde, uma carta do cardeal Giovanni Ciampoli dizendo que a controvérsia envolvendo o seu nome havia chegado a Roma. E Maffeo Barberini, por intermédio de Ciampoli, recomendava-lhe prudência, aconselhava-o a tratar o heliocentrismo como mera hipótese, a exemplo do que fizera Copérnico, sem sair dos estritos limites da Matemática, da Física e da Astronomia. Devia, portanto, para a própria segurança, evitar qualquer alusão a questões teológicas, uma vez que grande parte dos membros do clero não aceitaria que alguém de fora da Igreja tentasse interpretar a Bíblia, mesmo que argumentos nesse sentido viessem de uma mente admirável como a dele. Barberini estava tentando protegê-lo, Galileo sabia. Era um amigo que tinha em Roma, alguém que intercederia por ele, caso fosse necessário e estivesse ao seu alcance.

Ciampoli fazia ainda outra afirmação grave: com o aval dos monges do convento de São Marcos, Niccolò Lorini havia enviado ao secretário do Santo Ofício, o cardeal Paolo Emilio Sfondrati, uma cópia da Carta a Castelli, juntamente com críticas severas a Galileo, nas quais afirmava estar este tratando com pouco respeito os santos padres antigos, inclusive São Tomás de Aquino, e pisando em toda a filosofia aristotélica.

O cientista, temendo que a cópia da carta enviada ao Santo Ofício tivesse sido adulterada por Lorini e seus aliados, remeteu a Ciampoli, pedindo-lhe que a fizesse chegar às mãos de Sfondrati, um exemplar original, que havia circulado largamente em Florença no início do ano anterior.

E estava certo em suas precauções.

O padre Tommaso Caccini estava sentado numa sala do Palácio do Santo Ofício e esperava ansiosamente ser chamado. Havia solicitado uma audiência com o cardeal Sfondrati, mas já sabia que seria recebido por um subalterno. Não era o que esperava. A missão que o trouxera ali, contudo, seria cumprida.

Alguns minutos depois, estava diante de um clérigo.

– Solicitou uma audiência, senhor Caccini. O que deseja?

– Desejo denunciar o florentino Galileo Galilei por heresia. Ele e seus seguidores estão provocando desordem na Toscana, ridicularizando os santos evangelhos. E mais: Galileo mantém correspondência regular com pseudocientistas alemães, deixando-se influenciar por doutrinas protestantes.

– Trata-se de uma denúncia muito grave, senhor. Está ciente das possíveis implicações?

– Estou e persisto no meu propósito. Este grupo está divulgando ideias contrárias às Sagradas Escrituras. Sei que estes fatos já são do conhecimento das autoridades eclesiásticas romanas, que inclusive receberam recentemente cópia de uma carta aberta enviada por Galileo, há pouco mais de um ano, a um de seus discípulos. Estou aqui em nome de diversos padres da Toscana, incomodados pela maneira como a palavra de Nosso Senhor vem sendo tratada por estes indivíduos, para oficializar uma denúncia perante o Tribunal do Santo Ofício.

– Terá, então, de preencher um formulário.

Ao sair, Caccini sentia-se radiante. Agora as engrenagens da Inquisição seriam acionadas, e Galileo teria de responder por seus atos.

Ao ler o nome do remetente da carta que acabava de receber, Galileo ficou imóvel, apreensivo, sem coragem de abri-la de imediato. Fora escrita por Roberto Bellarmino, o maior inquisidor do seu tempo, principal consultor teológico dos papas Clemente VIII e Paulo III, possivelmente a pessoa mais influente da Igreja Católica. Estivera à frente da fase final do processo movido contra

Giordano Bruno e era conhecido como "o martelo dos hereges". Inteligente, capaz de argumentar com extrema perícia, tinha fama de tratar os adversários com cordialidade mas com firmeza, sendo considerado incorruptível em questões relativas à fé católica. Por que lhe estaria escrevendo aquele homem?

Quando começou a ler, pôde compreender o desenrolar dos acontecimentos. Três meses antes, no início de janeiro, um teólogo carmelita chamado Paolo Antonio Foscarini havia publicado a *Lettera sopra l'opinione del Copérnico* (*Carta sobre a opinião de Copérnico*), dirigida ao superior de sua ordem, Sebastiano Fantone, na qual tentava reconciliar a visão copernicana do universo com as passagens da Bíblia supostamente contrariadas por ela. Enviou a carta a Bellarmino que, numa correspondência datada de 12 de abril, expôs a posição da Igreja sobre a questão do copernicanismo, aproveitando a ocasião para dirigir-se também a Galileo, a quem enviou cópia da resposta a Foscarini.

Bastou-lhe a leitura de poucas linhas para entender por que Bellarmino era tido em tão alta conta. Começou congratulando-o, e a Foscarini, por haver abordado o heliocentrismo como simples hipótese matemática, coisa que nenhum dos dois havia feito. Essa linha de argumentação podia ser interpretada tanto como protetora, isentando-os de qualquer culpa, quanto como um aviso para que tivessem mais cuidado dali por diante.

No resto da carta, Bellarmino era bem mais claro e objetivo.

"Afirmar que o Sol é o centro do cosmo e que a Terra gira à sua volta é uma coisa muito perigosa, não apenas capaz de irritar todos os filósofos e teólogos escolásticos, mas também de causar dano à Santa Fé, tornando falsas as Escrituras Sagradas. Como vocês sabem, o concílio de Trento proíbe qualquer interpretação das Escrituras Sagradas que contrarie a interpretação sancionada pelas autoridades eclesiásticas. Quando fosse verdadeira a demonstração de que o Sol está no centro do cosmo e a Terra está no terceiro céu, e de que o Sol não circunda a Terra, mas a Terra circunda o Sol, então seria preciso tentar com muito cuidado explicar as passagens das Escrituras que parecem contrárias e dizer que não as entendemos ao invés de dizer que seja falso aquilo que se demonstra. Mas eu não acredito que essa prova exista, pois ela ainda não me foi mostrada".*

O recado era direto. Devia agir com mais cautela e abster-se de comentar passagens bíblicas. Por outro lado, Bellarmino deixava em aberto a possibilidade de a Igreja mudar de opinião caso uma prova realmente inquestionável fosse apresentada a favor do sistema copernicano. Galileo pensava ter apresentado provas suficientes nos livros que publicara, mas nenhuma delas havia sido considerada conclusiva pelas autoridades eclesiásticas. Não era de seu temperamento desistir, por isso procuraria por uma evidência que não pudesse ser refutada pelos teólogos.

Nos dias seguintes, Galileo passou a meditar mais detidamente em tudo o que vinha acontecendo. Começou a preocupar-se, pois a simples possibilidade de ser julgado por heresia era-lhe assustadora. Precisava, concluiu, do apoio incondicional da família Medici, a única capaz de protegê-lo caso a situação se complicasse. Cosimo II era um aliado certo, um admirador incondicional. Mas a influente Cristina de Lorena, católica fervorosa e ortodoxa, podia constituir uma ameaça. Jamais ficara de todo convencida da veracidade das descobertas envolvendo os satélites de Júpiter, e a mera hipótese de a Bíblia ser posta em dúvida a deixava inquieta. Precisava, portanto, persuadi-la, atraí-la para o seu lado.

Com esse objetivo, retomou a carta a Castelli e expôs com muito mais detalhes os seus pontos de vista. Dirigiu-a à mãe de Cosimo, mas encarregou-se de que cópias circulassem por Florença e arredores, na esperança de que chegasse a Roma e Bellarmino

---

* O trecho da carta de Bellarmino aqui reproduzido foi transcrito do livro *A dança do universo – Do mito de criação ao Big Bang*, de Marcelo Gleiser. São Paulo: Companhia das Letras, 1997, pp. 148-9. (Nota do autor.)

a lesse. E, ao tornar pública a carta à Senhora Cristina de Lorena, grã-duquesa da Toscana, fez exatamente aquilo que o "martelo dos hereges" o havia aconselhado a não fazer.

— Esse homem passou de todos os limites — disse Cristina de Lorena à nora, apontando-lhe a carta recentemente recebida. — Galileo diz que deve haver total liberdade de pesquisa em ciência e que os experimentos, quando conduzidos de acordo com o que ele chama de metodologia científica, são suficientes para decidir entre teorias astronômicas rivais. E — fez o sinal da cruz — afirma que, se Deus houvesse pretendido ensinar Astronomia por meio das Sagradas Escrituras, o teria feito. Como não o fez, cabe aos homens desvendar o Universo e interpretar-lhe a estrutura de acordo com a razão.

— Mas tudo isso é um grande absurdo! — concordou Maria Madalena da Áustria, tão devota e ortodoxa como a sogra, chocada com o que considerava a audácia de um louco.

— Há muito mais — continuou Cristina —, como pode ver neste ponto, em que ele afirma que a teoria de Copérnico não é um mero instrumento matemático, mas uma realidade física. Veja aqui: ele defende a universalidade da razão, dizendo que, sempre que uma observação astronômica discordar de uma passagem bíblica, deve-se revisar a interpretação daquele trecho das Sagradas Escrituras, pois é provável que os homens tenham analisado equivocadamente o que Deus lhes quis dizer. Ou seja, ele advoga a autonomia da ciência matemática em relação à teologia e que, em caso de discrepâncias, são os ensinamentos teológicos que devem ser revistos.

A esposa de Cosimo II mal podia crer no que os olhos lhe mostravam. Como alguém tivera a coragem de confrontar tão abertamente a hierarquia eclesiástica e a estrutura acadêmica italiana, baseada na supremacia absoluta da Teologia e das teorias aristotélicas?

— É difícil até mesmo dizer alguma coisa — arriscou. — Temo que este homem ponha em perigo o bom nome dos Medici.

— Também eu temo isso — concordou Cristina —, mas ainda quero mostrar-lhe um trecho mais desvairado, uma verdadeira afronta. Leia você mesma — disse, estendendo à nora a carta. E Maria Madalena da Áustria leu, com espanto.

"Eu afirmo que o Sol está localizado no centro das revoluções dos orbes celestes e não se move, enquanto a Terra gira em torno de si mesma e do Sol. Além disso, eu sustento este ponto de vista não apenas refutando os argumentos de Ptolomeu e de Aristóteles, mas também produzindo muitos que comprovam o oposto, especialmente alguns relativos a efeitos físicos cujas causas provavelmente não podem ser determinadas de outra maneira, bem como inúmeras descobertas astronômicas. Essas descobertas contestam claramente o sistema ptolomaico e concordam de modo admirável com esta outra posição, e a confirmam."

— Basta — disse ela, empurrando a carta na direção de Cristina de Lorena. — Se o Santo Ofício abrir um processo contra este homem e solicitar meu depoimento, estou pronta a dá-lo.

— Também eu — concordou a outra. — Apesar de saber que Cosimo se oporá veementemente, estou disposta a depor contra Galileo, se for necessário.

— Castelli, decidi ir a Roma.

— Fazer o que em Roma, Galileo?

— Ora, defender-me! Estão lançando calúnias contra mim por toda parte, circulam por aí versões adulteradas da carta que enviei a você em 1613, estão colocando na minha boca palavras que eu não disse.

— E o que pensa conseguir indo até lá?

— Demonstrar a verdade, fazer os clérigos compreender que não estou contra a Igreja, provar que o Sol é o centro do universo. Não posso ficar de braços cruzados enquanto meus inimigos tramam contra mim junto à Santa Sé!

— Mas você também tem amigos em Roma, Galileo. Deixe que eles o defendam, permita que eles tratem diplomaticamente este caso.

— Como posso pensar em diplomacia, Castelli, quando tenho contra mim um bando de ignorantes? Você conhece alguns argumentos que padres conservadores e idiotas usam para dizer que a Terra não se move. Segundo eles, se fosse assim, os telhados das igrejas cairiam, as nuvens desapareceriam no horizonte, os pássaros não seriam capazes de sustentar o voo. Como posso ser diplomático com imbecis dessa espécie?

— Sim, são imbecis, mas, colocadas as coisas do ponto de vista estritamente científico, você também não tem como provar que a Terra se move, quer ao redor do Sol, quer em torno de si mesma. Como espera convencê-los?

— Não estou indo de mãos vazias. Acredito ter encontrado a prova que o cardeal Bellarmino considera indispensável para aceitar a hipótese heliocêntrica. Desenvolvi uma teoria das marés. Para isso, considerei separadamente o movimento da Terra em torno de si mesma e ao redor do Sol. À meia-noite, ambos os movimentos convergem, fazendo com que a terra firme se mova mais depressa do que os oceanos, causando a maré baixa. Ao meio-dia, ocorre justamente o contrário: os dois movimentos terrestres são divergentes, fazendo com que as águas sejam mais rápidas do que a terra firme, causando, assim, a maré alta.

Castelli não demonstrou nenhum entusiasmo.

— Galileo, você sabe que sempre fui um defensor apaixonado da teoria heliocêntrica, mas, com todo o respeito, essa hipótese das marés me parece muito frágil. Como ela explica, por exemplo, o fato de as marés alta e baixa não ocorrerem exatamente ao meio-dia e à meia-noite?

— Isso pode ser explicado com variáveis geográficas, como a profundidade dos oceanos, o perfil da costa marinha e outras que ainda preciso analisar melhor.

— Então essa teoria ainda está em desenvolvimento. Aprimore-a, aperfeiçoe-a e apresente-a quando estiver mais consolidada em sua mente.

— É impossível, Castelli. Isso significa esperar, continuar aqui enquanto me difamam, o que não posso fazer.

— Não vá, Galileo. Lembre-se do conselho de Maffeo Barberini, releia a carta de Bellarmino. Você ganhará bem mais ficando em Florença, sob a proteção do grão-duque.

— Agora é tarde. Já comuniquei ao embaixador da Toscana em Roma que brevemente estarei de partida.

— E o que disse Piero Guicciardini?

— Que não devo ir.

— Pelo amor de Deus, Galileo, pelo menos uma vez na vida, ouça o conselho dos seus amigos. Fique em Florença!

— Minha decisão já está tomada. Por favor, Castelli, reze por mim.

Era inverno quando Galileo, depois de uma viagem em condições climáticas adversas, chegou à embaixada da Toscana em Roma. Como membro da corte dos Medici, tinha o direito de hospedar-se ali. Um Guicciardini preocupado veio recebê-lo, dando-lhe as boas-vindas oficiais. Esperava ter problemas, pois o recém-chegado deixara claro, de imediato, os propósitos a que vinha: enfrentar, sozinho e de peito aberto, os inimigos que tentavam silenciá-lo.

Os dias seguintes foram de grande atividade para Galileo. A Igreja, como se fosse uma rocha extremamente compacta, vedava-lhe o acesso às instâncias superiores da hierarquia eclesiástica. Ansiava por um encontro com o cardeal Bellarmino, confiante em que, se lhe fosse dada uma oportunidade, teria poder de persuasão suficiente para fazer com que ele ao menos amenizasse a posição firme que adotara. Contudo, enquanto Bellarmino continuava inacessível, o jeito era tentar todos os caminhos possíveis.

Da sacada de seu quarto, localizado no alto de uma colina e de onde era possível avistar as partes mais altas do Vaticano, incluída a cúpula da Basílica de São Pedro, Piero Guicciardini via, mais uma vez, Galileo deixar a embaixada. Onde iria? Com quem discutiria desta vez? As coisas estavam indo longe demais. Na qualidade de embaixador, sentia-se na obrigação de informar o grão-duque acerca do que estava acontecendo. Assim, pelo menos, não poderia ser acusado de omissão. Com esse propósito, sentou-se a uma mesa e escreveu a Cosimo II.

"Senhor Grão-duque:

Galileo precisa tranquilizar-se, calar-se, e não ir a todas as partes para defender suas ideias e discutir com quem se oponha a elas. A situação está ficando delicada, e temo que ele se meta em complicações sérias e arraste consigo o nome da família Medici. Devo adverti-lo, senhor, de que ele terá, muito em breve, problemas com a Inquisição, a menos que decida agir com mais prudência, o que, falando com franqueza, considero difícil."

Selou a carta e a enviou por um mensageiro. Sentia-se melhor agora.

— Mandou me chamar, Santidade? – perguntou o cardeal Bellarmino.

— Mandei, sim. Sente-se, por favor.

O papa Paulo V abriu uma gaveta e retirou de lá um manuscrito, colocando-o em cima da mesa.

— Temos aqui um problema, senhor Bellarmino, e é chegado o momento de a Igreja agir. Veja isso.

O visitante estendeu a mão para o pequeno tratado que o pontífice havia empurrado na sua direção.

— É de Galileo Galilei – disse, após examiná-lo brevemente.

— Sim. Trata-se de uma teoria das marés, que ele pretende seja admitida como prova de que a Terra se move. Foi trazida há pouco por um cardeal chamado Alessandro Orsini. Não terminei de ler, mas nem é necessário. O senhor é mais capacitado do que eu para avaliar o conteúdo desse manuscrito, mas tudo isso me parece um absurdo.

Bellarmino ficou algum tempo em silêncio, lendo. Depois, fechou o volume.

– O senhor me permitiria levar esse tratado para que eu o leia com calma?

– Sim, é exatamente o que quero que faça. E mais, desejo que seja reunida uma comissão de teólogos qualificados para examinar o caso de Galileo. Não podemos mais ficar aqui, impassíveis, fazendo de conta que não sabemos da peregrinação dele por Roma, discutindo com qualquer pessoa essa teoria heliocêntrica.

– Eu já o havia advertido, Sandidade, numa carta, para que agisse com prudência.

– Pelo visto, ele ignorou por completo essa advertência.

– Ele está obcecado pela teoria de Copérnico. Na carta que lhe enviei, eu disse que a Igreja poderia rever a questão do heliocentrismo se uma prova verdadeiramente conclusiva fosse apresentada. E agora ele faz uma tentativa com as marés. Contudo, os antigos já sabiam que as marés estão relacionadas com as fases da Lua, não com um hipotético movimento da Terra.

– Muito bem, senhor Bellarmino. Quero que a Igreja se pronuncie oficialmente sobre o caso. Desejo um documento, redigido e assinado por uma comissão, a qual o senhor está, a partir de agora, encarregado de presidir.

– Está certo, Santidade. Dentro de alguns dias, terá nosso veredito.

No Palácio do Santo Ofício, onze teólogos, escolhidos por Bellarmino dentre os mais qualificados de Roma, estavam reunidos para examinar o caso de Galileo. Toda a polêmica dos últimos cinco anos, desde os livros que publicara até os argumentos apresentados pelos adversários do cientista, foram levados em conta. A controvérsia a respeito das passagens bíblicas recebeu atenção especial. Ademais, era necessário pronunciar-se acerca da denúncia formal, apresentada onze meses antes, pelo padre Tommaso Caccini.

Em 24 de fevereiro, após cinco dias de deliberação, a comissão do Santo Ofício chegou a um veredito unânime, que seria apresentado ao Papa no dia seguinte.

O momento era solene. Em torno de uma grande mesa, sentavam-se onze cardeais e o papa Paulo V. Após uma oração comandada pelo pontífice, Bellarmino anunciou formalmente:

– Santidade, esta comissão do Santo Ofício, nomeada por vós e presidida por mim, examinou duas proposições: a de que o Sol permanece imóvel no centro do universo e a de que a Terra não é o centro do universo nem está imóvel, mas gira tanto em torno do Sol como ao redor de si mesma. E todos nós, depois de longas e sérias deliberações, chegamos ao seguinte veredito: o conceito de um Sol estacionário é "tolo e absurdo em filosofia, e formalmente herético, uma vez que contradiz, explicitamente, várias passagens das Escrituras Sagradas". Quanto ao movimento da Terra, "recebe o mesmo julgamento em Filosofia e, relativamente à verdade teológica, é ao menos errôneo na fé".

O Papa pegou o documento que Bellarmino lhe estendia e leu o que acabara de ouvir.

– Que este veredito seja imediatamente comunicado a Galileo.

– Eu me encarregarei disso, Santidade. Amanhã mesmo ele será informado.

Depois de uma breve pausa, Bellarmino dirigiu-se outra vez ao Papa.

– Esta comissão tem ainda duas recomendações a fazer: que a carta de Foscarini e todos os livros que defendem o heliocentrismo sejam colocados no Index e que a obra de Copérnico seja temporariamente proibida, até que se façam algumas revisões bastante simples, a fim de eliminar pequenos trechos que estão em desacordo com os dogmas da fé católica.

Criado em 1559, no pontificado de Paulo IV, o *Index librorum proibitorum* (*Índice de livros proibidos*) tinha o propósito de impedir a corrupção dos fiéis, evitando que chegassem até eles obras consideradas perniciosas à fé ou que contivessem erros de cunho teológico ou moral. A elaboração estava a cargo do Santo Ofício, e eram incluídos tanto livros completos como capítulos ou mesmo parágrafos contrários à fé católica, que o autor tinha o direito de suprimir ou modificar, possibilitando, dessa forma, a publicação.

– Que assim seja – disse o Papa. – E que Deus nos ajude.

Galileo mexia as mãos e apertava os dedos, ansioso. Depois de árduas e insistentes tentativas, finalmente estava prestes a ser recebido por Roberto Bellarmino. Quando o mensageiro do cardeal saiu da embaixada da Toscana, na tarde anterior, tivera de conter-se para não ir à janela do seu quarto e gritar de júbilo. Teria, enfim, a oportunidade de explicar àquele homem, de quem tanto se falava, todas as maravilhas que o telescópio lhe havia revelado a partir de 1609. Passou quase a noite inteira repassando mentalmente o que diria e as tantas evidências que encontrara, os tantos indícios de falhas na teoria aristotélica, que achava impossível não sensibilizar Bellarmino, descrito como tendo uma inteligência invulgar.

A porta se abriu, e um homem franzino, de feições agradáveis, aproximou-se. "Chegou a hora", pensou Galileo. "Agora serei conduzido ao cardeal." O recém-chegado foi até ele de cabeça erguida, olhando-o nos olhos, estendeu a mão e apresentou-se.

– Sou Roberto Bellarmino. Muito prazer em conhecê-lo, senhor Galilei.

O cientista levou alguns segundos para se refazer do choque e corresponder ao cumprimento. Então este era o "martelo dos hereges", o homem em torno do qual corriam múltiplas lendas?

209

Teve a sensação de que a conversa com ele seria bastante diferente do que havia imaginado. Contudo, era necessário tomar a iniciativa, conduzir os rumos do diálogo, para que pudesse expor, como sabia fazer tão bem, todos os argumentos a favor do copernicanismo.

— Senhor Bellarmino — começou, imprimindo à voz um tom incisivo —, eu gostaria de falar-lhe acerca das coisas que tenho descoberto. Acredito que, se me permitir...

Um gesto do cardeal o silenciou. A custo, conteve-se. Precisava dominar-se, não se deixar levar pelas emoções. Afinal, tinha diante de si o homem mais poderoso da Igreja Católica. Não podia tratá-lo como a um aluno. Esperou, pois, que Bellarmino falasse.

— Eu o chamei aqui, senhor Galilei, para comunicar-lhe as decisões tomadas por uma comissão do Santo Ofício nomeada pelo Papa.

Galileo sentiu como que um choque. Algo estava errado, terrivelmente errado.

— Após deliberarmos por vários dias — prosseguiu Bellarmino —, concluímos que o heliocentrismo é formalmente herético, contrário à Bíblia e ao menos incorreto na fé. Portanto, em nome do santo padre, o Papa, notifico-o de que não poderá mais, daqui por diante, ensinar ou divulgar teorias heliocêntricas. Caso resista a esse decreto, medidas mais severas serão tomadas.

— Mas, senhor Bellarmino, eu nem sequer fui ouvido! Além disso, pelo que sei, em todo processo do Santo Ofício, o acusado...

— Não houve processo, senhor Galilei, apenas a reunião de teólogos qualificados. Quanto a ser ouvido, não era necessário. Roma inteira sabe o que pensa, uma vez que discute suas ideias em plena rua, com qualquer pessoa disposta a escutá-lo ou a contradizê-lo.

— Perdoe-me, senhor, mas gostaria de lembrá-lo de que, em apenas três anos, usando o meu telescópio, descobri montanhas e crateras na Lua, quatro estrelas errantes em torno de Júpiter, a verdadeira natureza estelar da Via Láctea, um número incalculável de estrelas jamais observadas antes, as fases de Vênus e as reais características das manchas solares. Todas essas descobertas não servem como provas de que o geocentrismo é uma teoria incorreta?

– Talvez sejam evidências, mas nunca provas. Nenhum desses fatos que enumerou provam que o Sol está parado e a terra se move.

– Mas e a minha teoria das marés?

– Francamente, senhor Galilei, ela está muito abaixo da sua capacidade intelectual. Esse tratado sobre as marés foi uma das coisas menos consistentes que já produziu e, se o analisar criticamente, encontrará nele tantas falhas que chegará à conclusão de que é indefensável.

Galileo começava a desesperar-se. Via desmoronar o sonho de ser publicamente reconhecido como o verdadeiro divulgador do heliocentrismo. Por isso, tentou outra linha de argumentação.

– Senhor Bellarmino, acaba de me dizer que, para a Igreja, o heliocentrismo passa a ser considerado herético. Mas Nicolau Copérnico foi um monge. A Igreja está, portanto, dizendo que um de seus integrantes produziu uma teoria herética.

– Não exatamente, embora eu reconheça que este argumento é interessante. Como sabe, Copérnico tratou o sistema que desenvolveu como mera hipótese matemática, jamais o expôs como verdade absoluta.

– Isso é falso, senhor Bellarmino. A afirmação de que se trata de mera hipótese está no prefácio, que não foi escrito por Copérnico. Foi Andréas Osiander, o revisor do livro, que incluiu esta parte, sem o conhecimento do autor, conforme Kepler demonstrou há alguns anos.

– Copérnico e Osiander estão mortos, e Kepler é um protestante. Pode ter acontecido mesmo isso, senhor Galilei, mas não tem como provar. E, mesmo que tivesse, seria irrelevante. No livro está escrito que o sistema ali apresentado é tão-somente uma hipótese, e é isso que importa. Se o tivesse tratado da mesma maneira, como lhe aconselhei por carta, possivelmente esta comissão jamais teria se reunido.

– Senhor Bellarmino, o senhor não pode simplesmente...

– Um momento, senhor Galilei. Não está, em absoluto, em condições de me dizer o que posso ou não fazer. Aliás, estamos divagando, porque todas as decisões estão tomadas. O heliocentrismo é agora uma teoria condenada pela Igreja e não pode mais ser ensinado. O livro de Foscarini e todos os que defendem o sistema heliocêntrico serão colocados no Index. O mesmo acontecerá com o *De revolutionibus orbium coelestium*, até que uma pequena revisão seja feita. Em breve, o veredito da comissão do Santo Ofício será publicado pela Congregação do Index e tornado documento oficial da Igreja Católica. Mas decidi que o seu nome não será incluído no decreto. Formalmente, portanto, o senhor não será condenado pelo Santo Ofício.

Bellarmino estendeu-lhe a mão, a conversa estava encerrada.

– Mais uma coisa – disse, quando Galileo se preparava para sair. – Não está autorizado a deixar Roma. Antes, o Papa deseja vê-lo.

Aguardar na embaixada da Toscana foi angustiante. A cada dia, esperava ser chamado pelo pontífice e liberado para voltar a Florença, mas a convocação não chegava. Duas semanas foram necessárias até que, finalmente, foi recebido no Palácio Apostólico.

– Espero que a posição da Igreja relativamente ao heliocentrismo tenha ficado clara para o senhor – disse Paulo V, após as saudações formais.

– Ficou, Santidade, e cumprirei as determinações do Santo Ofício.

– Neste caso, pode ir em paz, livre de perseguições. É dotado de uma mente brilhante, senhor Galilei, e espero que doravante a utilize para engrandecer as ciências sem pôr em causa as Sagradas Escrituras.

Podia voltar para casa, mas antes havia ainda uma importante questão a resolver.

— Senhor Bellarmino, agradeço por ter tido a bondade de me receber de novo. Há algo importante de que lhe preciso falar.

— Pode dizer, senhor Galilei. Sou todo ouvidos.

— Fui informado por dois amigos, Sagredo e Castelli, de que circulam rumores segundo os quais o Santo Ofício me obrigou a abjurar e me fez passar por humilhações públicas. A fim de resguardar a minha dignidade, peço-lhe que redija e assine um documento expondo exatamente o que aconteceu. Ninguém ousará duvidar de uma afirmação feita por escrito pelo cardeal Roberto Bellarmino.

— O seu pedido é justo, senhor Galilei. Espere um pouco, que logo terá este documento.

Sentou-se a uma mesa, escreveu durante algum tempo, colocou o seu selo pessoal e entregou um papel a Galileo.

— Penso que isso servirá.

O cientista leu cuidadosamente.

"Eu, cardeal Roberto Bellarmino, declaro que Galileu Galilei não abjurou qualquer de suas opiniões ou doutrinas, nem recebeu penitências salutares. Apenas foi informado da declaração, feita por Nosso Senhor e publicada pela Sagrada Congregação do Index, na qual se afirma que a teoria atribuída a Copérnico, que a Terra se move ao redor do Sol e que o Sol está no centro do mundo sem mover-se de oriente para ocidente, é contrária às Sagradas Escrituras, e por isso não se pode defender nem sustentar."

— Muito obrigado – disse Galileo, dobrando o papel e pondo-o no bolso.

A viagem para Florença foi difícil. Não tanto pelas condições climáticas, que haviam melhorado bastante, mas pelo fracasso de toda aquela jornada. Não só não conseguira persuadir a Igreja a aceitar o sistema copernicano, mas de alguma forma contribuíra para que ele tivesse sido banido. Não teria sido melhor se tivesse seguido os conselhos de Castelli e de Guicciardini? Possivelmente, mas era tarde para conjeturas.

Voltava de modo digno. Nenhum de seus livros havia sido posto no Index e tinha a carta de Bellarmino que, embora o instasse a abandonar aquilo em que acreditava, ao menos deixava claro que não sofrera humilhações. "Um pequeno consolo para quem desejava voar alto", pensou tristemente, enquanto a carruagem o levava outra vez à Toscana.

Ele rolava na cama, o sono insistindo em fugir-lhe. A insônia, companhia cada vez mais frequente, apresentava-se de novo, mais um sintoma da deterioração progressiva do seu estado de saúde. Esta noite, porém, tinha um motivo para não dormir. Sentimentos contraditórios o dominavam. Por um lado, o orgulho de ter uma filha consagrada ao serviço de Deus; de outra parte, a dúvida acerca do futuro dela, as interrogações relativas à decisão, tomada três anos antes, de colocá-la no convento de São Mateus.

Naquele dia, 4 de outubro, ele assistira à cerimônia na qual Virginia, a sua querida e adorada Virginia, renunciara a todas as pretensões mundanas e se tornara a Irmã Maria Celeste. Até mesmo na escolha do nome ela pensara nele. Tratava-se, dissera ela, de uma forma de referir-se, simultaneamente, à Virgem Maria, de quem era especialmente devota, e ao gosto do pai por Astronomia.

Como seria a vida dela, perpetuamente enclausurada em São Mateus, um convento tão pobre que, em diversas cartas, Virginia pedira-lhe para mandar roupas, pois passava frio, e dissera-lhe que havia dias em que não tinha o que comer? Fora ele que a mandara para aquele lugar, por não encontrar alternativa. E ela submetera-se sem uma queixa, concordara em seguir um caminho traçado por outra pessoa. "Amo você, minha filha, de todo o coração", pensou Galileo, desistindo, por fim, de dormir. "Que Deus a ajude nesta nova vida. Para o mundo, você é agora a Irmã Maria Celeste. Mas para mim continuará sendo Virginia, sempre e sempre Virginia."

XII
Capítulo

Roma, Castel Gandolfo e Florença, 1642

Pela janela, Bianca enxergou os primeiros raios de sol do dia. Olhos vermelhos pela falta de sono, ela examinava atentamente os arredores, à procura de alguém que a pudesse estar vigiando. Sentia-se apreensiva e confusa. Passara o dia anterior tentando entender a atitude de Barberini, mas não era capaz. Por que ele não lhe dissera que deveria ficar ali? Qual a razão da partida tão repentina? Poderia ele ter sido chamado com urgência pelo Papa?

Ela era apenas uma cliente, sabia disso, e estava convencida de que devia haver outras, mas, por alguma razão que não era capaz de explicar, confiava nele. Bem, pelo menos até ser deixada naquela casa sem qualquer explicação. Ele nunca a maltratara, não a espancara como haviam feito muitos clientes pobres da taberna de Rocco. Na última noite em que estiveram juntos, tinha sido terno e carinhoso. Estaria realmente tentando protegê-la, como dava a entender o bilhete de Tommaso? Mas, então, por que o casal de criados que tomava conta da casa se recusava a dizer onde estava? Fizera a pergunta separadamente ao homem e à mulher, mas a resposta foi a mesma: "É mais seguro a senhora não saber".

Por um lado, sentia-se uma prisioneira, impedida de deixar a casa pela porta da frente. De outra parte, contudo, a janela diante dela não tinha grades. Seria possível Barberini pensar que ela, Bianca, acostumada a correr pelos becos, escalar muros e telhados, fugir de clientes enraivecidos, teria medo de pular de um segundo andar? Se pensasse assim, era realmente ingênuo.

Havia ainda outro ponto de vista a considerar. Já não tinha nenhuma dúvida de que a história do roubo do manuscrito e do consequente assassinato do padre Corsetti eram verdadeiras. A reação do Jesuíta, aceitando a chantagem, e a de Barberini, que exclamara "então é tudo verdade!", deixava isso bem claro. Portanto, sabia demais, conhecia em detalhes uma história sórdida do submundo do Vaticano que o cardeal, por certo, pretendia ocultar. Podia ter-se tornado inconveniente para ele, da mesma forma que Corsetti se tornou indesejável para o Jesuíta. Se fosse assim, corria risco de morte. "Não quero pagar para ver", murmurou, decidida.

Pôs a cabeça e parte do corpo para fora da janela, a fim de obter um ângulo de visão mais abrangente. Não viu ninguém. Segurou-se no parapeito, passou o resto do corpo para o exterior, ficou suspensa no ar por alguns instantes e depois deixou-se cair. O som da própria queda a assustou. Colou-se à parede, imóvel. Ninguém apareceu. Àquela hora, os criados ainda deviam estar dormindo. Esforçou-se por colocar em ordem o que sabia acerca da disposição da casa, encaminhou-se para o lado oposto àquele onde imaginava estarem os quartos deles e ganhou a rua.

Uma vez ali, começou a correr, sem pensar se era a atitude mais correta a tomar. Um cachorro foi atrás dela, latindo, e Bianca, soltando uma praga em voz alta, virou-se e, num misto de habilidade e sorte, acertou na cabeça do animal um pontapé tão vigoroso que o pôs fora de combate. Continuou correndo, desejando afastar-se o mais possível daquela casa. Meia hora depois, ofegante, ela parou. Precisava saber onde estava, como fazer para chegar a Castel Gandolfo. Andou devagar, até que a respiração voltasse ao normal. Quando viu um homem sentado em frente a uma casa com tábuas rachadas e aparência miserável, decidiu perguntar a ele. E descobriu, consternada, que correra na direção errada. Precisava refazer o caminho por onde viera. Para isso, contudo, usaria ruas paralelas e atalhos. Torcia para que as joias ainda estivessem na casa de Angelina.

Giuseppe Dominetti dirigia-se para os jardins do Vaticano. Havia sido chamado por Antonio Barberini. Ficou confuso. O mais lógico seria marcar um encontro numa das incontáveis salas do Palácio Apostólico. "Por que no jardim?", perguntou-se.

Foi para a zona indicada e viu o cardeal sentado num banco. Aproximou-se e curvou-se em reverência.

– Sente-se, Dominetti – disse Barberini, sem responder ao cumprimento.

Ele obedeceu, sentindo-se desconfortável. Notara hostilidade na atitude do camerlengo.

Seguiu-se um silêncio de minutos. Barberini tentava acalmar-se, Dominetti começava a preocupar-se.

– Gosta muito desse jardim, Dominetti, não é verdade?

– Gosto, sim. Venho aqui muitas vezes. É um lugar que convida a orar, proporciona paz.

– Foi por isso que escolhi este lugar para conversar com você. Desejo que usufrua agora a sensação de bem-estar que ele traz, porque durante alguns dias não poderá fazê-lo.

– Como assim? O que quer dizer?

– Tenho uma missão para você, Dominetti. É da mais alta importância e, devido às circunstâncias, não conheço outra pessoa mais capaz de desempenhá-la satisfatoriamente.

– Que missão, senhor?

– Como sabe, estamos travando uma guerra contra o Ducado de Castro. As coisas não estão indo tão bem como planejávamos e estamos sendo forçados a recrutar mercenários para aumentar nossos exércitos. Isso implica gastos que estão comprometendo seriamente os tesouros da Santa Sé. Além disso, como também sabe, o Papa vem realizando em Roma, sob a supervisão de Bernini, um amplo projeto arquitetônico e urbanístico, que tem contribuído enormemente para o embelezamento da nossa cidade. Ele não quer interromper esse projeto por causa da guerra, mas levá-lo adiante também acarreta despesas imensas. Solicitamos a contribuição de todos os Estados católicos da Itália, mas a Toscana não está respondendo como esperávamos. E é aí que você entra.

– Perdoe-me, senhor, mas essa questão me parece própria de embaixadores, não de clérigos. É, pelo que entendo, um problema a ser resolvido diplomaticamente.

– Brilhante raciocínio, caro Dominetti. Obviamente, as solicitações da Santa Sé foram feitas por meio dos embaixadores que mantemos nos diversos Estados italianos. Mas existem rumores de que em Pisa há um movimento secreto para boicotar a contribuição, ou ao menos reduzi-la ao mínimo possível. Esse movimento, se existe, está no seio da Igreja, e somente um clérigo poderá descobri-lo. Não poderíamos delegar essa tarefa a um embaixador, não lhe parece? Ademais, Pisa é a sua terra natal, e você por certo conhece muita gente de lá. Não será um estranho, um forasteiro, e portanto terá mais chances de êxito. E ainda poderá aproveitar para rever a família.

Dominetti entrou em pânico. Não queria sair de Roma, precisava desesperadamente ficar na cidade. Tinha problemas sérios e urgentes a resolver.

– Parece-me que está contrariado. Não se sente feliz por ter a oportunidade de contribuir com a Igreja e, ao mesmo tempo, rever seus parentes?

– Não é isso – retrucou Dominetti, nervoso. – É que eu estava ocupado aqui, planejando algo que só pretendia contar-lhe depois de concluído. Poderia, ao menos, conceder-me alguns dias antes de partir?

Barberini virou o rosto para que o outro não visse o sorriso que foi incapaz de evitar. Dominetti acabara de dar-lhe uma das desculpas mais fracas que já ouvira. Poderia divertir-se um pouco, perguntar-lhe o que estava planejando, mas achou melhor não fazê-lo. Estava na hora de encerrar a conversa, por isso disse:

– Infelizmente, não. Partirá amanhã bem cedo. Pode ir e preparar suas coisas.

Barberini viu-o afastar-se, de cabeça baixa. "A inteligência não é o seu forte", pensou, olhando-o com desdém. "Pelo visto, acreditou nessa história de movimento secreto em Pisa."

Levantou-se também, começando a dirigir-se aos seus aposentos. Ainda podia ver Dominetti, que caminhava uns cinquenta metros à frente. "Quando voltar, meu caro, terá uma surpresa. A vingança é um prato que se come frio."

– Mandou me chamar? – perguntou Fabrizio, entrando no quarto do Jesuíta.

– Mandei. Tenho uma missão para você.

– Pode falar, senhor.

– Considero você o responsável pela fuga de Viviani. Não estava lá para impedi-lo, não previu que ele encontraria um modo de pedir socorro.

– Mas, senhor, como eu poderia...

– Ainda não terminei, Fabrizio. Eu queria acabar com ele pessoalmente. Seria um enorme prazer, quase um sonho. Mas ele já não está em Roma. Deve ter voltado para Florença, o que qualquer pessoa minimamente esperta faria. Quero que vá atrás dele e faça o que não pude fazer. Você me deve isso.

Fabrizio sentiu vontade de esmurrá-lo. Desde que começara a trabalhar para o Jesuíta, havia sido muito eficiente. Primeiro, vigiara Galileo de perto e sempre o mantivera informado. Em

Roma, fizera um serviço brilhante na joalheria de Enrico Mansini. Depois, prendera Viviani por conta própria, sabendo que isso deixaria o patrão satisfeito. E agora era tratado como se fosse um imbecil, um idiota qualquer. Mas não era, tanto que já havia tomado providências. Não necessitava mais do Jesuíta e, de modo algum, iria a Florença atrás de Viviani. Mas ele não precisava saber, por isso disse:

– Pois não, senhor. Quando quer que eu parta?

– Imediatamente.

– Está certo, mas vou precisar de algum dinheiro.

– Dinheiro, dinheiro! Você só pensa nisso.

Foi até a mesa de trabalho, abriu uma gaveta, retirou um saco de moedas e o jogou na direção de Fabrizio.

– É tudo o que tenho aqui. Depois acertamos o resto. E me mantenha informado.

Ele pegou o saco de moedas e o pôs no bolso. Nem se deu o trabalho de contar. Já não importava.

– Parto amanhã – disse, levantando-se. – E em breve mandarei notícias.

Ao deixar o Vaticano, deteve-se por instantes e olhou para trás. Provavelmente, nunca mais voltaria ali. Não podia ir até a casa onde morava, era bem possível que estivesse sendo vigiada. Portanto, usaria as míseras moedas que ganhara para pagar uma estalagem. Depois decidiria o que fazer.

Retomou a caminhada, em passo firme. "Adeus, Jesuíta. Seja feliz no inferno, que é o lugar de todos os patifes."

Silvio estava contente. Durante o almoço, na casa de um amigo, conhecera uma mulher diferente daquelas que costumava encontrar. Não era uma prostituta, não ia para a cama por dinheiro. Tinha família, cultura; sabia até ler. Conversara com ele o tempo todo, mostrando-se interessada em tudo o que dizia. Fizera-lhe perguntas, ouvira-o com atenção. Claro que não pudera falar a verdade grande parte do tempo. Mas que importava isso? Haviam combinado outro encontro para o fim de semana. Talvez começassem um relacionamento. Quem sabe ele poderia deixar de pagar serviços de prostitutas.

"Não sei se vai dar certo, mas merece uma comemoração", pensou, ao entrar em casa. Fez fogo para esquentar-se, pegou uma garrafa de vinho e foi sentar-se numa poltrona de couro, a única que tinha, comprada com o dinheiro de um trabalho que fizera para o Jesuíta. E dele ganhara o vinho que iria tomar. Era excelente, e aguardava apenas uma ocasião para degustá-lo. Beberia devagar, aos golinhos, como fazem as pessoas finas, e não taças inteiras em segundos, como costumava fazer nas tabernas.

Foi com ar solene que abriu a garrafa, propondo um brinde a si mesmo. Ao tomar o primeiro gole, o gosto pareceu-lhe ligeiramente amargo. "Bobagem, Silvio", pensou. "Você é que não está acostumado com as coisas boas da vida." Quando terminou a primeira taça, a impressão desaparecera por completo. Encheu outra, enquanto uma sensação de languidez ia tomando conta dele. Era reconfortante, relaxante, indescritivelmente boa. Recostou-se para desfrutar o momento. Depois, decidiu que não beberia mais. Guardaria o resto para o dia seguinte. "Esse vinho é forte, pega depressa", pensou, colocando a rolha na garrafa com a intenção de guardá-la.

Tentou levantar-se, mas não pôde. Estava como que pregado à poltrona, as pernas não obedeciam ao comando do cérebro. Abriu a boca para pedir socorro, mas conseguiu emitir apenas um grunhido. As palavras de Leonardo ressoaram-lhe no cérebro: "Espere e verá". E então, num choque, compreendeu tudo. "Maldito Jesuíta! Você é um patife, um canalha, um..."

Lentamente, o corpo deslizou para a esquerda, encostando-se na lateral da poltrona. O movimento da cabeça continuou, até pender imóvel. Depois, a escuridão.

Leonardo já não sabia onde procurar. Havia revistado tudo meticulosamente, mas nem sinal do que queria. "Elas estão por aqui, têm de estar." Sentou-se e reconstituiu mentalmente toda a busca. Havia se esquecido de algum lugar? "Sim", concluiu, levantando-se para verificar. Foi até o quarto do meio, arrastou para o lado a cama que fora de Corsetti e olhou o chão com cuidado. Mexeu nas tábuas e então encontrou. "Eu sabia!" Duas delas estavam soltas e, ao removê-las, tinha diante de si um alçapão.

Foi até a cozinha e voltou com uma vela. Ao projetar a luz para o interior, viu uma grande caixa de madeira, colocada ali para facilitar a descida. "Este alçapão deve ser profundo", pensou, indo buscar duas velas adicionais.

Desceu com cuidado e, depois de sair de cima da caixa, constatou que podia facilmente ficar de pé no porão. Iluminou o caminho, e a primeira coisa que viu foi outra caixa de madeira, bem menor do que aquela onde pisara. Abaixou-se para pegá-la e notou que era leve demais para conter o que procurava. Mas, ao verificar que o mecanismo de abertura era bastante simples, foi vencido pela curiosidade. E ficou ainda mais intrigado quando viu o que a caixa continha: dezenas de cartas, todas com os envelopes abertos. Escolheu uma ao acaso e, quando começou a ler, não pôde evitar uma exclamação de espanto. Leu mais algumas e constatou que tinham sido escritas, sem exceção, pelo Jesuíta a um padre chamado Domenico. Colocou todas de volta na caixa, com exceção de uma, particularmente comprometedora, que guardou no bolso. "Nunca se sabe. Esta carta ainda pode se tornar muito útil."

Voltou a concentrar a atenção no que procurava. Atravessou o porão e, bem num canto, oculto por ferramentas de vários tipos, viu um saco de couro com as pontas firmemente amarradas. Levou-o para o lugar em que estava a caixa que continha as cartas, mais perto da saída do alçapão e onde também estavam as duas velas que trouxera da cozinha. Tirou o punhal do bolso, cortou o nó que fechava o saco e ali estavam elas, as joias que Fabrizio não entregara ao Jesuíta. "Eu tinha certeza!", exclamou Leonardo, radiante. "Você pode ser esperto, Fabrizio, mas eu também sou."

Pegou as joias e preparava-se para subir na caixa de madeira e sair do alçapão, quando ouviu um barulho. Retrocedeu rapidamente, ocultando a chama da vela com a palma da mão.

– Meu Deus, alguém esteve aqui – disse uma voz bem acima dele.

Seguiram-se passos apressados, a luz de uma vela tornou-se visível no topo do alçapão e alguém começou a descer.

– Quem está aí?

– Sou eu, Fabrizio – respondeu Leonardo, iluminando-lhe o rosto.

– O que faz aqui? – perguntou o recém-chegado, atônito.

– O mesmo que você: vim buscar as joias.

– Essas joias são minhas!

– Na verdade, são de Enrico Mansini.

– Deixe de ironias, Leonardo! Eu me arrisquei tirando-as de lá.

– Brincadeira de criança, Fabrizio. O velho estava sozinho. Eu também teria feito isso, se o Jesuíta tivesse me mandado.

– Talvez, mas quem fez fui eu, e agora vou levá-las.

– Então venha buscá-las.

– Não brinque comigo! – trovejou Fabrizio, um punhal surgindo-lhe na mão.

Os dois homens encararam-se, olhos nos olhos, prontos para dar o bote. Nenhum deles ousava fazer o primeiro movimento, temendo baixar a retaguarda. Enquanto continuava olhando fixamente o adversário, o pé de Leonardo se moveu de modo imperceptível, até tocar a caixa de madeira com as cartas de Domenico. A manobra seguinte foi executada com agilidade e precisão extremas. Jogou a vela para um lado, abaixou-se, pegou a caixa de madeira e atirou-a com toda a força no rosto de Fabrizio. Este, pego de surpresa, foi atingido em cheio e caiu, soltando um urro de dor. Antes que sequer tentasse levantar-se, sentiu a ponta de um punhal na garganta.

– Eu venci, amigo – disse Leonardo. – Obrigado pelas joias.

Enfiou o punhal até o cabo, e o sangue esguichou, sujando-lhe as mãos e a roupa. Retirou o punhal, deu outra estocada e o guardou no bolso.

Pegou o saco com as pedras, saiu pelo alçapão, recolocou no lugar as tábuas e a cama e sentou-se para esperar que a noite caísse por completo.

"Seja feliz, Jesuíta. Espero que encontre outro amante", murmurou quando deixou a casa, protegido pela escuridão.

Cautelosamente, Giuseppe Dominetti saiu do seu quarto e ganhou o corredor. Conhecia bem o caminho, por isso pôs a palma da mão diante da vela, deixando passar apenas a luz imprescindível para que não tropeçasse. Criados às vezes circulavam pelo Vaticano altas horas da noite, mas ele esperava não ser visto. Que tipo de explicação daria?

Quando soube que deveria partir, na manhã seguinte, para Pisa, havia ficado furioso. Depois, entretanto, refletira melhor e chegara à conclusão de que talvez fosse mesmo bom sair de Roma por alguns dias. Quando voltasse, as coisas poderiam ter esfriado.

E aproveitaria para pôr em prática uma ideia que havia tido, certa tarde, nos jardins do Vaticano. Por isso andava agora, no meio da noite, pelos corredores do Palácio Apostólico.

Angelo o ajudaria, tinha certeza.

Bianca estava ansiosa. Fora uma longa caminhada e, como não carregava bagagem alguma, decidiu ir sozinha. Teve de pedir informações três vezes ao longo do caminho, mas agora aproximava-se da casa de Angelina. Sem dinheiro algum, foi obrigada a fazer um programa para poder comer e pagar a hospedagem numa estalagem miserável. O cliente era repulsivo, cheirava a vinho barato, e ela teve vontade de bater-lhe na cara.

Só pensava nas suas joias. Quando chegou à casa de Angelina, vinda da Basílica de São Paulo Extramuros, arranjou logo um pretexto para ir ao quarto e abrir o saco de couro. E havia ficado simplesmente extasiada. O Jesuíta levara a sério a ameaça dela de denunciá-lo caso não lhe desse uma quantidade significativa de joias ou de dinheiro. Convenceu-se de que, se conseguisse vender por preço justo todos aqueles colares, anéis, rubis, pulseiras e outras coisas cujo nome nem sabia, poderia mudar de vida. Mas dois problemas sérios a preocupavam: não entendia de joias e era mulher. Os ourives jamais pagariam a uma mulher o mesmo preço que ofereceriam a um homem por uma joia exatamente igual. "Preciso de ajuda masculina. Mas quem pode ser?"

Sacudiu a cabeça e decidiu pensar nisso mais tarde. Primeiro precisava verificar se as joias continuavam onde as deixara, embaixo da cama do quarto que ocupava na casa de Angelina. Não a conhecia o suficiente e não sabia se podia confiar nela. Fora muito amiga de sua mãe, era gentil e atenciosa, mas tinha a impressão de que não era bem-vinda ali como hóspede. Não pretendia ficar, trataria disso imediatamente.

Entrou no pátio. As janelas da casa estavam abertas, mas não via Angelina. Para não assustá-la, fez barulho, bateu com os pés, chamou por ela. Não obtendo resposta, entrou na sala.

— Angelina, estou...

A frase morreu-lhe na garganta. Ficou petrificada, quase em estado de choque. Na frente dela, sentado numa cadeira, estava Tommaso.

Antonio Barberini estava outra vez diante do Papa. Havia sido chamado e torcia para que o assunto não fosse a guerra contra o Ducado de Castro. Urbano VIII fechou o breviário e sentou-se na frente do sobrinho.

— Antonio, ouvi rumores preocupantes acerca da nossa situação em Castro. O que você tem a me dizer?

O rosto do camerlengo anuviou-se. Não desejava falar sobre o conflito.

— Sua expressão diz muito – prosseguiu Urbano. – Conte-me tudo.

— Bem, Santidade, nossas tropas estão encontrando mais dificuldades do que esperávamos. Decidimos sair dos domínios de Odoardo, a fim de defender melhor os Estados pontifícios.

— Isso significa que recuamos, demonstramos fragilidade.

— Talvez, mas penso que temos totais condições de nos recuperar.

— Eu fui contra essa guerra, lembra? Deixei-me induzir, e parece-me que cometi um erro.

— Contamos expulsá-los dos domínios da Igreja em breve. Taddeo está formulando a estratégia para isso.

— Começo a pôr em dúvida a competência de Taddeo para chefiar nossas tropas.

— Perdoe-me, Santidade, mas devo discordar. Ele é um bom chefe e, além disso, tem interesse pessoal no resultado. Afinal, é um membro da nossa família.

— Algum risco de eles se aproximarem de Roma?

— Absolutamente nenhum, e peço que acredite em mim. As tropas de Odoardo continuam ocupando Acquapendente, eis tudo.

— Pode ser, mas ultimamente ando pensando numa possibilidade preocupante. Ele é casado com Margherita di Medici, filha de Ferdinando II. E se ele usar esse parentesco para formar uma aliança militar com a Toscana contra nós?

O camerlengo ficou preocupado. Nunca havia pensado nisso, mas podia acontecer. O grão-duque da Toscana, dizia-se, andava insatisfeito com a Santa Sé, tanto pela política expansionista de Urbano VIII, que ele via como uma ameaça, quanto pelo desfecho do caso Galileo e pela recente recusa do pontífice em permitir a construção de um mausoléu. Ouvira rumores de que Ferdinando II acusara o Papa de omissão e de dar as costas a um amigo.

— Bem, Santidade, não posso negar que é uma possibilidade. Mas nunca ouvi sequer rumores a respeito.

– Fique atento, Antonio, e me informe imediatamente caso venha a saber de alguma coisa. Estou ansioso para terminar essa guerra. Meus pressentimentos não são bons.

– Eu o manterei informado – disse Antonio Barberini, levantando-se. – Mas, por ora, não tem motivos maiores para se preocupar.

Quando o sobrinho saiu, Urbano VIII pôs o rosto entre as mãos. "Acho que ele está me escondendo a situação real. Algo me diz que ele não contou tudo o que sabe."

– O que você está fazendo aqui? – perguntou Bianca, a voz trêmula.

– Acalme-se – disse Tommaso. – Precisamos conversar.

– Conversar sobre o quê?

– Bianca, por que saiu da casa onde o cardeal a deixou?

– E o que queria que eu fizesse? Esperar que ele voltasse para me matar?

– Não diga tolices! Ele deseja protegê-la.

– Proteger-me? Me fazendo prisioneira?

– Você não era prisioneira, tanto assim que saiu de lá.

– Saí porque pulei do segundo andar. Os criados não quiseram me deixar ir embora. Recusaram-se até mesmo a dizer onde ficava a casa. Por que, Tommaso?

– Francamente, não sei. O cardeal não me disse nada sobre ter dado essas ordens aos criados.

– E espera que eu acredite nisso? Acha que eles inventariam isso por conta própria e combinariam entre si me dizer a mesma coisa? Claro que receberam ordem de alguém, e de quem mais pode ter sido?

– Está bem, Bianca, concordo que tem motivos para estar com medo. Mas, se não acredita no cardeal, confie ao menos em mim. Volte comigo.

– De jeito nenhum! E onde está Angelina? O que você fez com ela?

— Nada, Bianca, pelo amor de Deus! Simplesmente disse que precisava conversar a sós com você e dei-lhe algum dinheiro. Ela concordou em dar um passeio e só vai voltar dentro de algumas horas.

Bianca sentiu-se traída. Se Tommaso dizia a verdade, então Angelina a tinha colocado nas mãos de um completo estranho em troca de dinheiro. O que deveria ela fazer? A situação era delicada, precisava encontrar uma saída rapidamente.

— Está bem, Tommaso, vou voltar com você. Espere só eu pegar minhas coisas.

Apreensiva, entrou no quarto. Olhou imediatamente para baixo da cama e deu um suspiro de alívio. Ali estavam as joias, aparentemente intocadas. Pegou o saco de couro, olhou para a janela aberta e, com a agilidade de uma mulher acostumada a situações de risco, saiu por ela e ganhou a rua.

Tommaso ouviu um baque e, instintivamente, entrou correndo no quarto. Adivinhando o que havia acontecido, acercou-se da janela e viu Bianca, que já estava a vários metros de distância. Sem pensar no que fazia, seguiu-a, pulando também. Contudo, mais corpulento e muito menos ágil, perdeu um tempo precioso. Quando começou a correr, ela já ia longe.

— Espere, Bianca! Volte aqui! Me escute!

Mas ela continuou em frente, esforçando-se por correr ainda mais depressa. Tommaso tentou fazer o mesmo, mas era inútil. Bianca, bem mais jovem, distanciava-se cada vez mais. Até que, depois de uma curva, ela desapareceu da visão dele. Ficou parado, ofegante. Como diria ao cardeal que ela havia fugido?

Bianca não olhou para trás. A adrenalina a instigava, dando-lhe uma força física que ela própria desconhecia ter. Muitos minutos depois, viu uma mulher olhando a rua por uma janela.

— Socorro, senhora! Pelo amor de deus, me deixe entrar!

A mulher assustou-se e ia fechar a janela, mas a mão de Bianca impediu.

— Tem um homem querendo me violentar! Ele vem logo aí atrás!

Havia pânico nos olhos de Bianca, o que, de alguma forma, sensibilizou a dona da casa.

— Por aqui — disse ela, indicando com a mão uma porta, que foi logo abrir.

— Feche tudo, por favor — pediu Bianca, sentando-se no chão, a um canto. Ela tremia.

— Espere, moça, vou buscar um copo de água.

Ela bebeu sofregamente. Sentia-se sozinha, não tinha ninguém no mundo. Confiara no cardeal, em Angelina, e agora todos pareciam dispostos a matá-la. Toda a tensão dos últimos dias aflorou, e ela começou a chorar.

— Acalme-se, moça. Vou fechar toda a casa.

Quando a dona da casa voltou para junto de Bianca, ela continuava chorando.

— Eu me chamo Marcella. Qual é o seu nome?

Não houve resposta. Ela apenas ergueu os olhos, em que Marcella pensou ver desespero. Sentiu uma estranha ternura, talvez compaixão, por aquela desconhecida. Não sabia se dizia a verdade, mas ela parecia estar realmente com medo. E se houvesse mesmo um homem tentando violentá-la? Ela já passara por isso. Havia sido na adolescência, muitos anos antes, mas a lembrança jamais desaparecera. Ser invadida à força por um homem, sentir-se vasculhada como um monte de lixo pelos mendigos, era terrível. O tempo passou, e ela havia se casado. O marido fora bom para ela, e tiveram dois filhos e uma filha. Os rapazes tinham morrido em campanhas militares. A filha, casada, morava longe, de sorte que vivia sozinha.

— O que aconteceu? Você não tem parentes, amigos?

Bianca olhou para ela e, enxugando as lágrimas com as costas da mão, respondeu.

— Sou órfã. Tenho apenas uma irmã, que mora em Pisa. Estou vivendo dias difíceis. As únicas pessoas em quem eu confiava

231

me traíram. Quero voltar para Pisa. A senhora conhece alguém que possa me escoltar até lá? Tenho condições de pagar.

Arrependeu-se imediatamente de ter falado em pagamento. E se aquela mulher tentasse roubá-la? Já não acreditava mais em ninguém.

– Talvez eu possa ajudá-la. Qual é o seu nome?

Bianca respondeu.

– Conheço um homem que talvez aceite fazer esse trabalho. Chama-se Gennaro e mora a uns trinta minutos a pé daqui. Posso mandar um garoto das vizinhanças chamá-lo, mas receio que só seja possível partir amanhã.

– Sim, eu gostaria de conversar com ele. E sabe de algum lugar onde posso passar a noite?

– Pode ficar aqui, se quiser.

Bianca relutou. Parecia gentileza demais. Mas que opção tinha?

– Obrigada, eu aceito.

Marcella mandou a Gennaro um recado para estar ali na manhã seguinte. Depois, ofereceu pão e leite a Bianca, que estava faminta. Notou que a moça vigiava o tempo todo o saco de couro que trazia consigo. "Talvez seja tudo o que ela tem", pensou.

Marcella fez para Bianca uma cama de palha no chão. Ela deitou-se, abraçada às pedras preciosas, mas compreendeu imediatamente que não dormiria. Na verdade, faria tudo para não dormir. Sentou-se, o saco com as joias entre os joelhos, e mexeu o corpo incessantemente. Ergueu-se, o pé apoiado no seu tesouro, e continuou o movimento corporal. Marcella ressonava, mas a Bianca parecia que, se dormisse, ela lhe roubaria o pequeno tesouro e a mataria. A noite foi quase interminável. As horas passavam com uma lentidão angustiante, e o menor barulho sobressaltava Bianca, que pensava até na possibilidade de Tommaso encontrá-la ali.

Quando percebeu que estava amanhecendo, remexeu cuidadosamente entre as joias. Tirou uma pequena pulseira, que ofereceria a Marcella, e um anel, que proporia a Gennaro como pagamento.

232

Ele chegou cedo, montado num cavalo e trazendo outro. Marcella nem lhe perguntara se sabia montar. Talvez tivesse simplesmente se esquecido. Ela parecia conhecer bem Gennaro, porque lhe fez uma série de recomendações, insistindo que tratasse Bianca com respeito e se portasse dignamente. Parecia realmente ter simpatizado com a jovem. A princípio, não quis aceitar a pulseira, mas acabou por ceder, depois de uma breve insistência.

Bianca mostrou a Gennaro o anel. Ele o examinou atentamente, rodou-o por entre os dedos, olhou-o contra a luz da manhã e depois fez um sinal de positivo com a cabeça. Fez isso, dissera-o claramente, para que Marcella servisse de testemunha do acordo.

Despediu-se da anfitriã, montou e seguiu Gennaro. Estava apreensiva. Não ficara com nenhuma impressão dele, o que não considerou um bom sinal. "Seja o que Deus quiser", pensou, fazendo o sinal da cruz e uma prece. Se tudo desse certo, voltaria à terra natal depois de quatro anos.

A sala do banquete estava repleta. Viviani sentia-se feliz por voltar ao palácio Pitti, lugar que lhe trazia boas recordações. Procurou com os olhos o seu benfeitor, até que o avistou conversando com alguns homens da nobreza florentina. Aproximou-se, mantendo uma distância respeitosa, desejando ser notado. Quando Ferdinando II o viu, chamou-o imediatamente com um gesto.

– Que bom vê-lo aqui, jovem Viviani! – saudou o grão-duque, efusivamente. – Estou realmente satisfeito que tenha vindo. Junte-se a nós. Estávamos conversando sobre a Fonte da Alcachofra, localizada no terraço acima da Gruta de Moisés e inaugurada ano passado. Já a viu?

– Ainda não, senhor.

– Pois faça isso quando puder. É muito bonita e contribuiu bastante para embelezar este palácio.

Viviani ficou por ali, ouvindo. Sentia uma enorme simpatia por Ferdinando II, a quem devia o fato de haver concluído os estudos de Matemática numa escola jesuítica de Florença. Quase havia sido obrigado a desistir por dificuldades financeiras, mas o grão-duque fornecera-lhe o dinheiro para comprar os livros de que necessitava. Mais tarde, enviou-o a Galileo, o que encheu Viviani de orgulho. Confiara nele, dando-lhe a oportunidade de aprender com um dos homens mais brilhantes da Toscana. E agora o saudara alegremente, convidando-o para permanecer junto dele e apresentando-o a pessoas da alta sociedade de Florença. Definitivamente, era um homem admirável.

O grupo se dispersou, cada um dirigindo-se ao lugar que lhe era destinado nas mesas do banquete. Haveria uma cerimônia especial na qual Torricelli era o convidado de honra. Ao sentar-se, Viviani correu os olhos pela imensa sala e viu o companheiro de aprendizagem e de aventuras na mesa principal, próximo ao grão-duque e à grã-duquesa Vittoria. "Ele deve estar feliz", pensou. "Esta é uma distinção concedida a poucos." Em breve ocorreria o anúncio. Tinha de ser antes da refeição, para que a atenção dos convidados não fosse dispersada pelo vinho.

Efetivamente, Ferdinando II levantou-se. O burburinho foi cessando, até que um silêncio total se fez.

– Senhoras e senhores, estou aqui para anunciar-lhes que, a partir desse momento, por nomeação governamental, Evangelista Torricelli, aqui presente, passa a ser o Primeiro Matemático da corte e professor de Matemática da Academia Florentina.

Torricelli levantou-se, postando-se ao lado do grão-duque, e uma salva de palmas ecoou.

– Como vocês sabem, este posto foi ocupado, durante mais de trinta anos, por Galileo Galilei, uma das mentes mais privilegiadas que já existiu neste solo italiano. Mas ele já não está entre nós, e a vida deve seguir seu curso. Torricelli tem conhecimentos, uma capacidade matemática muito acima da média, o que fará dele, tenho certeza, um ocupante digno do posto, honrando plenamente a memória do antecessor, de quem foi discípulo por um breve período. Desejo-lhe, Torricelli, boa sorte e um bom trabalho.

Novas palmas fizeram-se ouvir, e Torricelli preparou-se para agradecer. Sabia que o seu *status* não seria exatamente igual ao de Galileo, pois este recebera também a distinção de Primeiro Filósofo. Contudo, estava totalmente satisfeito. Era agora um homem de prestígio, que poderia apresentar-se onde quer que fosse com as credenciais da família Medici. Começava para ele, estava seguro, uma nova fase da vida. Falou brevemente, as palavras de praxe, e o banquete teve início.

Mais tarde, enquanto a maioria dos convidados bebia, Viviani foi cumprimentar Torricelli.

— Meus sinceros parabéns. Obteve essa distinção por mérito, não por favor pessoal, e isso faz uma enorme diferença.

— Obrigado — respondeu o homenageado, apertando efusivamente a mão do amigo. — E você, o que fará agora?

— Vou levar adiante o projeto da biografia de Galileo. Para começar, estou visitando os lugares onde ele viveu e trabalhou. Já estive na casa da falecida mãe dele, aqui em Florença, e no mosteiro de Vallombrosa. Daqui a alguns dias vou a Pisa. Lá pretendo conhecer a casa onde ele morou, ir até a torre e tentar encontrar pessoas que conviveram com ele, apesar de já se terem passado várias décadas. Meu objetivo é reconstituir a vida do nosso mestre da maneira mais fiel que eu puder.

— Acho isso excelente, Viviani. Quando publicar a obra, estou certo de que será um sucesso.

— Veremos, Torricelli. Mas veja ali, está sendo chamado. Vá, hoje a festa é sua.

Antonio Barberini aproximou-se cautelosamente da porta. Não tinha satisfações a dar, a não ser a Urbano VIII, mas preferiria que ninguém o visse ali. Havia inclusive mandado Aldo comprar alguns artigos para a capela particular do Papa, com o único propósito de afastá-lo. Tirou uma chave do bolso e inseriu-a na fechadura. A porta abriu suavemente, e Barberini entrou, trancando-a por dentro. "Esse Jesuíta idiota deve pensar que só ele tem a chave do quarto. Ele é tolo demais para entender como funcionam as coisas aqui no Vaticano."

Deu uma olhada geral nos aposentos. Tudo estava arrumado, demonstrando organização. Perguntava-se agora por que ajudara aquele Jesuíta. Quando o viu pela primeira vez, tinha um ar humilde, a aparência de alguém que passara por dificuldades. E essa impressão, de certa forma, comoveu Barberini. "A Igreja prega a caridade", pensou, "mas devemos adotar essa prática com cuidado."

Foi até a parede e aproximou-se do cofre. Tirou outra chave do bolso e sorriu. "Acha que ninguém pode ver o que tem aí dentro, não é? Pois descobrirá que se engana."

Começou a abrir devagar, cerimoniosamente, como se fosse um ritual. O Papa ficaria satisfeito. Naturalmente, não diria como encontrou o manuscrito. Procuraria transmitir a sensação de que havia sido pura perspicácia. Jamais mencionaria a sorte, a carta de Bianca. "Nem tudo se deve contar", disse a si mesmo, sorrindo.

A chave girava lentamente, até que um clique anunciou o fim do processo. Barberini olhou para o interior do cofre e viu muitos envelopes. Começou a retirá-los e, quando já não restava nenhum, sentiu um gosto amargo na boca: o cofre estava vazio.

"Mas como?", disse em voz alta. "Onde está o raio desse manuscrito?"

Jogou os envelopes em cima da cama e sentou-se ao lado deles, para pensar. Rememorou os últimos dias e, quando chegou à cena do jardim, compreendeu tudo. Em segundos, todo o quebra-cabeça estava montado em sua mente. Sabia agora onde estava o manuscrito, com quem e por quê. Sem querer, havia dado ao Jesuíta a oportunidade de fazer aquilo.

"Sou mais inteligente do que você, Giuseppe. Vou recuperar o manuscrito e, depois, acertaremos nossas contas."

236

– Como você se sente, filha? – perguntou Margery, preocupada.

– Não muito bem, mãe – respondeu Hannah, que estava de cama.

– Quer comer alguma coisa?

– Não, tenho medo dos enjoos. E também não sinto fome.

Hannah, nos últimos dias, passava por momentos difíceis. Sentia náuseas, tonturas fortes e estava fraca demais para ajudar nas atividades domésticas. A gravidez não ia bem, os riscos eram grandes. Já perdera o marido e tinha medo de perder o filho também, mas temia, sobretudo, que o parto lhe fosse fatal.

Margery não confessava à filha, mas também ela estava muito preocupada. Margareth, a parteira de Woolsthorpe-by-Colsterworth, recomendara vivamente que Hannah ficasse em repouso absoluto.

– Em casos como esse, tanto a mãe quanto o filho correm riscos – dissera ela.

– Mas ainda faltam uns três ou quatro meses para a criança nascer! – afligiu-se Margery. – O que podemos fazer?

– Nada, infelizmente – respondeu a parteira –, a não ser rezar. Esse bebê provavelmente nascerá antes do tempo. E será muita sorte se ele e Hannah sobreviverem.

Sentada ao lado da cama, Margery pensava em todas essas coisas. Mas não podia demonstrar abatimento, precisava transmitir um ânimo que, na realidade, não sentia.

– Você vai melhorar, Hannah, precisa acreditar nisso. Fique em repouso, como recomendou Margareth, e tudo terminará bem.

– Tenho medo, mãe. Já perdi Isaac e não quero perder também meu filho.

– Isso não vai acontecer. Confie em Deus.

XIII

Capítulo

Roma, 1623-1624

— Vincenzo, Vincenzo! Tenho uma notícia espetacular!

Galileo entrou em casa às pressas, a fisionomia radiante. Correu ao encontro do filho, agora não mais bastardo, e deu-lhe um forte abraço.

— Acabei de ser informado de que Maffeo Barberini foi eleito papa! Ele adotou o nome de Urbano VIII. Ele é meu amigo, meu protetor, e penso que o decreto de 1616 talvez possa ser revisto. Quem sabe eu seja autorizado a escrever outra vez sobre o heliocentrismo.

— Que bom, pai! Pode ser que esse homem o ajude realmente!

— Creio nisso, Vincenzo. Ele me expressou simpatia quando o cardeal Bellarmino me disse que o heliocentrismo passava a ser considerado filosoficamente absurdo pela Igreja. Quatro anos depois, dedicou a mim um poema chamado *Adulação perniciosa*. Sempre me tratou muito bem, com deferência.

Galileo levantou-se e começou a caminhar de um lado para o outro. Estava excitado demais para ficar quieto, esperanças revivendo, sonhos ressurgindo.

Nascido em 1568, Maffeo Barberini pertencia a uma importante família florentina. Ao perder o pai, foi enviado pela mãe a Roma, onde ficou sob os cuidados do tio Francesco, que exercia o cargo de protonotário apostólico e providenciou para que fosse educado pelos jesuítas no Colégio Romano. Posteriormente, ingressou na Universidade de Pisa, onde se graduou em Direito em 1589. Esteve na França e, em 1606, foi nomeado cardeal por Paulo V. Com a morte do tio, herdou-lhe o prestígio e a fortuna, a qual lhe possibilitou comprar um palácio em Roma, que transformou numa luxuosa residência em estilo renascentista.

— Vincenzo, vou a Roma! – disse Galileo, não podendo conter-se. – Preciso parabenizar Barberini, falar sobre a minha situação. A minha sorte pode mudar!

— Talvez possa – replicou Vincenzo – e acho que deve mesmo ir.

O jovem estava contente. Em 1619, numa cerimônia presidida por Cosimo II, havia sido oficialmente reconhecido como filho legítimo de Galileo Galilei. E agora alegrava-se ante a perspectiva de o pai ser reabilitado, voltar a ter o prestígio de antes.

— Vou arrumar minhas coisas – anunciou o cientista. – E preciso contratar uma carruagem.

— É uma honra para mim transportá-lo – disse o cocheiro, dando nos cavalos a chicotada da partida. – Sou um homem rude, do povo, mas sempre tive admiração pelo senhor. Embora eu não entenda nada de Astronomia, sei que escreveu em italiano, para que todos pudessem ler.

Normalmente, Galileo não teria vontade de conversar com alguém que se confessava inculto. Naquele dia, porém, estava tão satisfeito que tratou o cocheiro com uma paciência que habitualmente não tinha. A viagem era longa, levaria pelo menos uma semana, e ele teria tempo de ensinar-lhe alguma coisa, caso estivesse disposto a aprender e o cérebro fosse minimamente capaz de absorver informação. Decidiu impressionar, deixar clara a sua posição superior.

— Estou indo a Roma visitar o novo papa. Ele é meu amigo e vai me receber em audiência. No passado, tive problemas com o Santo Ofício, mas tudo está acabado agora. Maffeo Barberini, o Papa, estudou na mesma universidade onde fui professor.

Os olhos do cocheiro demonstraram assombro. "Acho que ele pensa que dei aulas ao Papa", congratulou-se Galileo. "E eu não vou desmentir isso."

A verdade, contudo, era bem diferente. Meia década depois do silêncio que lhe fora imposto pela Inquisição, sofrera outro golpe duríssimo: a morte de Cosimo II, aos trinta anos de idade, em 28 de fevereiro de 1621. Perdera um protetor, um aliado incondicional, com quem podia contar sempre. O sucessor, Ferdinando II, era então uma criança de dez anos, e a viúva de Cosimo, Maria Madalena da Áustria, assumira a regência. Ainda era um membro da corte dos Medici, mas a grã-duquesa não simpatizava com ele, tendo ficado escandalizada com a maneira como tratara as Sagradas Escrituras durante o embate com a Inquisição. Agora esperava reverter a situação. Caso continuasse nas boas graças de Maffeo Barberini, como esperava, a grã-duquesa, católica devota ao extremo, por certo teria para com ele uma atitude mais branda. Para ela, pensava Galileo, o beneplácito pontifício estava acima das suas opiniões pessoais. E voltou a concentrar a atenção no condutor da carruagem, que seria um participante, mesmo que involuntário, do seu ressurgimento.

As horas passavam, e o sono não vinha. Precisava dormir, tinha de levantar cedo, mas a insônia aparecia outra vez. Não podia reclamar da cama da estalagem, nem da comida, nem do acolhimento. Mas Morfeu não o queria em seus braços, fugia-lhe como fugiam os aristotélicos das verdades científicas que teimavam em não querer ver.

Pôs-se a pensar na morte. Além de Cosimo II, mais duas pessoas que tiveram papel importante em sua vida haviam deixado este mundo: em 1619, Marina Gamba, sempre tão terna e compreensiva; em agosto do ano seguinte, a mãe, Giulia. Estas eram mortes reais, de seres humanos cujas almas gozavam agora da graça da eternidade. Mas havia outra, simbólica, porém quase tão concreta quanto as duas anteriores. Tratava-se de Lívia. Um ano depois de Virginia, ela também havia se tornado freira, adotando o nome de Irmã Arcangela. Contudo, ao contrário da irmã mais velha, Lívia nunca lhe escrevera, não voltara a se comunicar com ele. "Ela jamais me perdoará", pensou, "e talvez tenha razão."

Sacudiu a cabeça, tentando afastar aqueles sentimentos sombrios. Dirigiu a mente para as coisas boas que o aguardavam em Roma: o encontro com o Papa e a publicação de mais um livro. "E agora preciso dormir."

Os solavancos da carruagem incomodavam, mas não impediam Galileo de reler a obra que tinha em mãos. *Il saggiatore* (*O ensaiador*), era este o título, e representava, estava seguro, um lance importante, possivelmente a vitória, na batalha que vinha travando, havia quatro anos, com o jesuíta Orazio Grassi, professor de Matemática do Colégio Romano. Tudo começara com uma disputa acerca da natureza dos cometas, mas agora ultrapassava amplamente essa questão, tendo-se transformado numa contenda envolvendo a verdadeira natureza da ciência em si. Se fechasse os olhos, era capaz de recapitular com precisão todos os acontecimentos.

Mario Guiducci entrou no quarto de Galileo, que estava de cama.

— Veja, mestre – disse, estendendo-lhe um panfleto.

"Um debate astronômico acerca dos três cometas do ano 1618", leu o cientista, em voz alta.

— Quem escreveu isso?

— Orazio Grassi.

— Como sabe? Esse panfleto não tem o nome do autor.

— Todos sabem. E Grassi não nega tê-lo escrito. Não sei as razões do anonimato.

Galileo pôs-se a ler. Em 1618, três cometas haviam desfilado pelos céus da Europa, constituindo o tema de muitas conversas. E o opúsculo discutia o último deles, o mais espetacular, visível no final de novembro.

— Guiducci, olhe o que ele escreve aqui. Diz que os cometas são corpos de fogo, que orbitam a Terra a uma distância constante e estão localizados bem além da órbita da Lua. Isso é uma tolice! Quando eu sair desta cama, vamos escrever uma resposta à altura.

Mario Guiducci preparou-se para começar a ler. O artigo, intitulado *Discurso sobre os cometas*, havia sido quase que exclusivamente escrito por Galileo, mas era ele quem o assinava. "Agora esse jesuíta vai ter o que merece", pensou, confiando totalmente nos argumentos do seu professor.

"Os cometas são, como já afirmava sabiamente Pitágoras, um fenômeno atmosférico. Na verdade, não se trata de corpos celestes, mas apenas do produto da reflexão da luz sobre as emanações ou vapores que se elevam nos altos estratos da esfera elementar de ar e fogo que envolve a Terra. Essa teoria de Grassi tem por único objetivo justificar o modelo astronômico de Tycho Brahe, que é tão equivocado quanto o de Aristóteles", dizia a voz firme de Guiducci a um auditório atento, em que também estava Galileo, ansioso por ver a repercussão que o artigo teria.

Em 1577, Tycho Brahe observou um grande cometa, chegando à conclusão, depois de exaustivas medições, de que ele estava pelo menos seis vezes mais distante da Terra do que a Lua. De início, essa afirmação teve grande impacto no meio intelectual, pois contrariava o modelo aristotélico da incorruptibilidade da região extralunar, em que Brahe também acreditava. Seis anos mais tarde, contudo, quando expôs um sistema geo-heliocêntrico, segundo o qual os planetas giravam em torno do Sol e todos juntos, inclusive o Sol, orbitavam a Terra, conseguiu reconciliar a sua teoria acerca da natureza dos cometas com o modelo tradicional. Quando Galileo, com a publicação do *Sidereus nuncius* e das descobertas sobre as manchas solares, demonstrou a fragilidade desse modelo, os jesuítas o abandonaram e passaram a adotar o sistema de Brahe, simultaneamente compatível com as observações e as Sagradas Escrituras.

O artigo circulou amplamente, despertando a fúria de Grassi e de muitos outros jesuítas.

– Não entendo por que você fez isso, Galileo. Qual era a necessidade de insultar Scheiner e Grassi no seu *Discurso sobre os cometas*?

– Aquilo é um absurdo, Castelli. Não tem nenhum valor científico.

– Não penso assim, mas, admitindo que tenha razão, que tem Scheiner a ver com isso? E Grassi não se dirigia a você, apenas manifestava uma opinião sobre os cometas. A meu ver, foram insultos absolutamente gratuitos. O que pretende? A inimizade dos jesuítas?

– Os jesuítas desejam impor à força o modelo de Brahe. E por que eu devo permitir isso? Se não posso defender aquilo em que acredito, por que eles podem?

– E acha mesmo que os cometas não passam de fenômenos atmosféricos?

– Acho, e ninguém pode provar o contrário.

– Você também não pode provar o que afirma, Galileo, e o resultado de tudo isso é uma polêmica sem sentido. Os jesuítas ficaram ofendidos. Isso ficou bem claro na resposta de Grassi, o *Balanço astronômico e filosófico*.

– Este Orazio Grassi é o maior quadrúpede que já pisou a face da Terra. Ele nem teve coragem de assumir o que escreveu, usou o pseudônimo Lothario Sarsio Sigensano.

– Você fez algo parecido, Galileo. Ou pensa que não sei que foi você quem escreveu o artigo que Guiducci leu na Academia Florentina?

– Ora, Castelli, isso não é da sua conta! Já estou escrevendo uma resposta para Grassi, que vai se chamar *Il saggiatore*. Vou acabar com ele, assim como fiz com Scheiner em relação às manchas solares.

– Já faz tempo que desisti de lhe dar conselhos, Galileo, mas saiba que vai se meter em apuros. E a culpa será sua.

A carruagem entrou no pátio do Palácio Apostólico. Ao dirigir-se aos guardas suíços e identificar-se, Galileo foi tratado com tal deferência que parecia estar sendo esperado. Enquanto o cocheiro ia tratar dos cavalos, foi imediatamente conduzido ao interior do palácio.

– Sua Santidade está ocupado agora – explicou o camerlengo Aldobrandini – mas estou certo de que terá imenso prazer em recebê-lo. Queira esperar aqui, por favor – continuou, indicando-lhe uma poltrona.

Galileo não queria demonstrar, mas estava nervoso. Como seria recebido? Qual seria a atitude do Papa para com ele?

Assim que viu Urbano VIII, todas as apreensões se foram. Exibindo um amplo sorriso, aproximou-se de Galileo e envolveu-o num abraço, deixando de lado qualquer formalidade cerimonial.

– Fico muito satisfeito em vê-lo aqui, Galileo. Teremos oportunidade de conversar bastante, trocar impressões. Considere-se um hóspede de honra neste palácio.

– A honra é toda minha e vim justamente para felicitá-lo. Não imagina a alegria que senti ao saber que havia sido eleito Papa! Poucas notícias neste mundo poderiam me deixar mais satisfeito do que esta.

– Então celebremos, Galileo. A vida, a amizade, a vontade de Deus.

O livro saiu em outubro, editado e publicado pela Academia dos Linces. Foi especialmente dedicado a Urbano VIII, tendo na capa a parte superior do escudo de armas da família Barberini, caracterizada por três abelhas em atividade. *Il saggiatore* espalhou-se com incrível rapidez por Roma, fazendo de Galileo, mais uma vez, corajoso e audacioso para alguns, arrogante e herético para outros.

— Isso não pode ficar assim! — vociferou Orazio Grassi. — A Companhia de Jesus não pode permitir que um de seus membros seja insultado dessa maneira! Esse Galileo é um arrogante estúpido, alguém que não suporta ver outra pessoa fazendo descobertas em Astronomia. Ele pensa que é o único capaz de apresentar novidades nessa ciência.

Diversas cabeças moveram-se em sinal de concordância. Estavam numa sala do Colégio Romano, discutindo o que deveriam fazer diante do que consideravam ofensas graves.

— Penso que deveria fazer uma queixa formal contra Galileo ao nosso superior geral, senhor Mutio Vitelleschi — disse um dos padres.

— Talvez eu faça isso — replicou Grassi —, mas não creio que tenha alguma consequência. O Papa é amigo dele, e me parece que nossa Ordem perdeu muito prestígio depois da morte do cardeal Bellarmino.

Grassi folheou o livro, à procura de uma passagem específica. Quando a encontrou, empurrou seu exemplar para o meio da mesa.

— Vejam aqui. Galileo é tão incoerente que não é capaz de ver o óbvio. Ele passou os últimos anos combatendo veementemente o geocentrismo de Aristóteles e Ptolomeu, acusando de ignorantes todos os que o defendiam. E agora apresenta uma visão aristotélica dos cometas. O que ele afirma aqui é exatamente a opinião de Aristóteles, a de que os cometas não passam de fenômenos atmosféricos.

— É mesmo incrível — concordou outro jesuíta, lendo. — Proibido de ensinar Copérnico, ele se refugiou em Aristóteles, e tudo apenas para polemizar, discutir, brigar. Como é que o Papa não percebe isso?

À mesa de jantar, Urbano VIII lia *Il saggiatore*. Divertia-o a maneira sarcástica como Galileo ridicularizava a teoria cometária de Grassi.

— Eu deveria ficar zangado, senhor Aldobrandini, mas não consigo. Já os jesuítas devem estar furiosos.

— Com certeza, Santidade — replicou o camerlengo —, e eu também ficaria se fosse publicamente atacado como o senhor Grassi está sendo.

O Papa folheou o livro.

— Mas há muito mais do que ridicularizações nesta obra, senhor Aldobrandini. As partes que tratam da importância da matemática são brilhantes e constituem praticamente um manifesto científico. Ouça esta passagem.

"A Filosofia, isto é, a Física, está escrita neste grande livro — refiro-me ao Universo —, que está sempre aberto ao nosso olhar atento, mas que não pode ser entendido, a menos que antes aprendamos a compreender a linguagem e a interpretar os símbolos em que está redigido. Ele está escrito na linguagem da Matemática, e os seus símbolos são triângulos, círculos e outras figuras geométricas, sem as quais é humanamente impossível entender uma só palavra. Sem elas, caminhamos a esmo num labirinto escuro. A Matemática é, em suma, a linguagem de Deus."

— Muito contundente. Parece-me que o objetivo dele é diminuir a influência da Teologia e dizer que todos os fenômenos do Universo podem ser explicados pela ciência.

— Também é essa a impressão que tenho. Esse caminho é perigoso, porque pode levar o homem a se afastar de Deus. Mesmo assim, não posso deixar de sentir admiração pela forma como Galileo expõe seus pontos de vista.

Giovanni di Guevara foi chamado pelo camerlengo. Seria recebido em audiência pelo Papa, e o assunto que o trazia ali era da maior importância. Após os cumprimentos formais, foi direto ao motivo da visita.

— Santidade, recebi uma denúncia grave, na verdade gravíssima, e gostaria de ouvir sua opinião. Como sabe, muitos jesuítas ficaram extremamente ofendidos com *Il saggiatore*, de Galileo. O padre Grassi, considerando intolerável o modo como foi tratado no livro, apresentou perante o Santo Ofício uma denúncia contra Galileo por heresia. Fui encarregado de examinar o caso, e é sobre ele que vim falar.

Urbano VIII ficou preocupado. Não imaginava que as coisas chegassem tão longe. Heresia era um crime passível de morte na fogueira, a pior das condenações possíveis para um católico.

— E em que está baseada essa denúncia?

— Principalmente no atomismo de Demócrito. Como sabe, aquele filósofo grego argumentou que todas as coisas existentes no mundo estão compostas por pequeníssimas partículas denominadas átomos, as quais são indivisíveis e imutáveis, não havendo, portanto, a possibilidade da transformação de um tipo de átomo em outro. Bem, o padre Grassi diz que, ao defender essa teoria, Galileo nega o dogma da Transubstanciação e se alinha com os protestantes, que o rejeitam.

Segundo esse dogma, oficializado no Concílio de Trento, no momento da consagração eucarística ocorre a transubstanciação, isto é, Cristo passa a estar real, verdadeira e substancialmente presente sob as aparências remanescentes do pão e do vinho. Ou seja, a aparência, perceptível através dos sentidos, continua sendo de pão e de vinho, mas a essência, que não se pode notar por meio das faculdades sensoriais humanas, é composta de carne (do corpo) e sangue.

— Segundo essa denúncia, portanto, Galileo nega a Eucaristia.

Urbano VIII pôs o rosto entre as mãos, pensativo. Isso não podia prosperar, tinha de ser arquivado.

— Disse que está encarregado do caso. E já chegou a alguma conclusão?

— Sim, Santidade, e é por isso que vim falar-lhe. Li cuidadosamente o livro e não encontrei nele nenhum traço de heresia. Na minha opinião, a denúncia não tem fundamento.

— Também li o livro e penso exatamente como o senhor — replicou Urbano, aliviado. — Uma vez que concordamos nisso, deve, então, emitir um parecer com a opinião que acaba de manifestar.

– Farei isso de bom grado, Santidade, mas há um problema. Eu também sou jesuíta, e o padre Grassi é muito influente em nossa ordem. Tenho medo de represálias.

– Pois não é preciso, senhor Guevara. Tem o meu aval, e os jesuítas estão diretamente sob minha autoridade. Se tiver alguma dificuldade, volte a procurar-me.

Giovanni di Guevara levantou-se e saiu. Urbano VIII compreendeu então que Galileo e a Companhia de Jesus eram agora inimigos irreconciliáveis. Se não tomasse mais cuidado, o cientista poderia meter-se em apuros sérios.

Galileo passeava com Urbano VIII nos jardins do Vaticano. Era a sexta vez que o Papa o recebia, sempre de modo cordial e atencioso. Conversavam alegremente, discutindo questões filosóficas e científicas que interessavam a ambos. Aquele passeio, porém, seria especial, pois Galileo preparava-se para formular um pedido da maior importância, algo em que pensava desde o momento em que decidira vir a Roma. A sua estada prolongava-se, era tempo de voltar, por isso encheu-se de coragem.

– Santidade, tenho um favor a pedir-lhe, uma deferência particular.

– Pode falar, Galileo. Sou todo ouvidos e, se estiver ao meu alcance, atenderei ao pedido.

– Como sabe, em 1616, o heliocentrismo foi considerado filosoficamente falso pela Igreja, e desde então estou proibido de ensiná-lo e de escrever sobre ele. Na altura, querendo defender minhas convicções, vim a Roma e agi imprudentemente, o que pode ter contribuído para esse veredito. Eu gostaria de obter autorização de escrever um livro comparando os dois sistemas, o heliocêntrico e o geocêntrico, sem tomar posição, apresentando argumentos favoráveis e contrários a ambos. Em suma, peço permissão para escrever sobre as consequências científicas da aplicação de cada um desses dois modelos.

Urbano VIII ficou em silêncio. A questão era delicada, e concordar significava recomeçar uma polêmica encerrada com o decreto de 1616. Era verdade que os dois grandes artífices daquela proibição estavam mortos, mas temia que o debate recomeçasse. Por outro lado, reconhecia grande força nos argumentos de Galileo e talvez fosse justo dar-lhe outra oportunidade. Mas era preciso ser extremamente cauteloso.

— Essa questão é muito séria, Galileo. Concedo-lhe a autorização, mas com uma condição absolutamente crucial: que o heliocentrismo seja tratado como mera hipótese e que não lhe seja dedicado no livro maior espaço do que for dado ao geocentrismo.

— Certamente, Santidade – disse Galileo, mal podendo conter-se. – Farei o que me pede, conferirei ao modelo heliocêntrico o mero status de hipótese, como fez Copérnico.

— Quero que preste atenção, Galileo. Considerando que Deus é onipotente e absolutamente supremo, não se pode afirmar categoricamente que os efeitos por você observados com o telescópio sejam resultantes do heliocentrismo. Talvez sejam, por isso falo em hipótese, mas eles também podem ter explicações que vão muito além da ínfima compreensão humana. Deus pode fazer as coisas da maneira que quer, quando quer. Negar isso, ou seja, aceitar apenas uma explicação possível para determinado fato, mesmo que pareça não haver outras formas de ele se dar, é duvidar da onipotência divina, o que é totalmente intolerável. Tudo acontece de acordo com os desígnios de Deus, que não têm limites. Entende isso, Galileo?

— Sim, entendo, e me lembrarei das suas palavras quando estiver escrevendo o livro.

Os solavancos da carruagem já não incomodavam. Galileo voltava contente, radiante como não estivera em anos. Trazia uma medalha de ouro e prata, presente de Urbano VIII, fora estipulada (sem que ele houvesse pedido) uma pensão para o filho Vincenzo e estava de posse de uma carta, escrita pelo pontífice, recomendando-o entusiasticamente à corte da Toscana.

Voltara a ser alvo de atenções, diversos amigos da Academia dos Linces ocupavam postos-chave em Roma e, acima de tudo, fora autorizado a realizar seu grande projeto, com o qual sonhava havia oito anos. "Vou escrever um livro sensacional, digno de figurar na história da ciência, uma obra-prima. Preparem-se todos: Galileo vai ressurgir com força total."

Capítulo

XIV

Roma e Pisa, 1642

Antonio Barberini estava enojado. A seus pés, espalhadas pelo chão, estavam as cartas de Domenico. Lera várias, e o assunto era sempre o mesmo. "Como não percebi isso!", murmurou, tirando as últimas cartas do cofre. Escolheu duas ao acaso para ler, e foi a gota d'água. A descrição minuciosa de um tórrido encontro de amor ocorrido na casa onde Viviani estivera preso provocou-lhe engulhos. "Maldito Jesuíta! Miserável! Como pude ser tão tolo!"

Com os pés, reuniu as cartas num monte. Depois, pisou-as com fúria, como que querendo esmagá-las contra o chão. Com as pontas dos dedos, pegou uma delas. Parecia-lhe estar segurando um inseto repelente, cujo contato provocava asco. E foi acometido de novo ataque de cólera. Rasgou a carta em pedaços, jogando-os para todos os lados. Abaixou-se e repetiu o processo com todas as outras. Punha naquela tarefa toda a raiva acumulada ao longo dos últimos dias, dos anos, da vida. Fora de si, juntava pedaços que considerava grandes demais e tornava a rasgá-los, até transformá-los em migalhas.

Quando o chão estava crivado de fragmentos de papel, esmurrou o cofre, a cama, a escrivaninha. Estava prestes a derrubar uma imagem de São Judas Tadeu, mas se conteve a tempo. Isso seria uma blasfêmia. "Maldito Jesuíta!", gritou, em voz tão alta que poderia ser facilmente ouvida do lado de fora do quarto.

Foi até a cama e sentou-se, ofegante. Precisava acalmar-se, agir de modo racional. Mas não esperaria até que Dominetti voltasse de Pisa por conta própria. Não suportaria aguardar todos esses dias. "Vou mandar buscá-lo", decidiu, levantando-se. "E também preciso mandar limpar este quarto antes que Aldo volte."

Olhou mais uma vez para o chão, outra onda de ira começando a formar-se. Antes que tudo recomeçasse, deu as costas e saiu do quarto. Bateu a porta com força e foi à procura de um criado.

Angelo Dominetti estava no gabinete de trabalho, concentrado nos livros de registros de sua loja. Era uma tarefa árdua, que devia ser realizada com meticulosidade e exigia perícia matemática. Contudo, não era problema para ele. Sempre tivera habilidade com números e poderia ter ido muito mais longe se lhe tivesse sido dada a chance de cursar uma universidade.

Estava anoitecendo e logo teria de parar de trabalhar, a menos que acendesse velas. Os empregados da loja já haviam partido, uns para casa, outros para as tabernas. Ouviu um barulho na parte principal do estabelecimento, onde estavam expostos os tecidos que vendia. "Devem ser ratos outra vez", pensou. "Amanhã vou colocar veneno de novo."

O comércio de tecidos da família Dominetti crescera bastante desde que o herdara do pai. Era um bom administrador, sabia disso, e havia encontrado fornecedores melhores, muitos dos quais importavam panos da Inglaterra e dos Países Baixos. Graças a essa expansão comercial, gozava de prestígio em Pisa, tendo acumulado um capital considerável. Incomodava-o ter de sustentar alguns dos irmãos, mas preferia isso a permitir que trabalhassem ali. "Eles só atrapalhariam."

Já estava ficando difícil enxergar os números. Teria de ir embora também, retomar as contas na manhã seguinte. Estava guardando os livros na gaveta, quando ouviu novamente o barulho, mais forte desta vez. Ficou intrigado. O que poderia ser?

Levantou-se para sair do gabinete. Porém, antes que chegasse à porta, a saída foi bloqueada por um homem corpulento e de fisionomia desagradável.

– O que você quer? – perguntou Angelo, encarando-o fixamente. – A loja já está fechada.

– Cale a boca – retrucou o outro, mostrando-lhe os punhos fechados. – Volte a sentar-se. Precisamos ter uma conversa.

– Não temos nada para conversar. Quem é você?

O recém-chegado nem se deu o trabalho de responder. Fez um gesto, e outros dois homens apareceram. Angelo ficou com medo. "Será que vão me roubar?"

– E então, vai sentar-se? – perguntou o homem corpulento.

O comerciante obedeceu.

– Se colaborar conosco, nada vai lhe acontecer. Apenas queremos o livro.

– Que livro?

– Não se faça de desentendido. O que seu irmão trouxe.

– Não sei do que vocês estão falando.

– Ora, não me faça perder a paciência! – gritou, fazendo outro gesto a um dos dois homens que o acompanhavam.

Antes que Angelo entendesse o que estava acontecendo, um punhal estava a dois centímetros do seu olho direito. Ele ficou petrificado, olhos arregalados, com medo de mover-se.

– Você quer continuar fazendo a contabilidade da sua loja, não quer? – indagou o líder daquele bando.

Angelo estava apavorado, incapaz de falar.

– Vamos, responda! – vociferou o homem, aproximando-se com a mão erguida.

– Sim, quero – murmurou, num tom quase inaudível.

– Vai colaborar, não vai? – perguntou, postando-se diante do comerciante e empurrando suavemente para o lado o homem que segurava o punhal. – Onde está o livro?

– Na minha casa, logo aqui ao lado.

– Então vamos até lá buscá-lo. Levante-se.

Dois dos homens seguraram firmemente os cotovelos de Angelo, enquanto o terceiro vinha logo atrás.

– O punhal está bem perto da sua nuca – disse baixinho o chefe, quase num sussurro. – Um movimento em falso, e você já era.

Angelo acreditou nele.

Quando entraram na casa, a mulher do comerciante deixou cair o pão que segurava. Abriu a boca, assombrada, mas uma mão firme no ombro a deteve.

– Nem pense em gritar. Se fizer isso, os dois morrem.

– Cale-se, Nicoletta. Nada vai nos acontecer. Eles só querem dinheiro.

Angelo entrou no quarto, seguido de dois homens. O outro vigiava a mulher, punhal na mão, expressão ameaçadora.

– Está aqui – disse, apontando para um baú. Larguem-me, preciso pegar a chave.

– Onde está a chave?

– Na gaveta de cima daquele armário.

Um dos homens foi até lá e voltou com um molho de chaves, que estendeu para Angelo.

– Abra.

O baú estava repleto de livros, a maioria sobre matemática. Angelo pegou um deles e entregou ao líder.

Este examinou-o atentamente. O desenho da capa conferia com a descrição que recebera. E também o título estava correto.

256

– Pode fechar o baú – disse, largando o braço de Angelo. – E há uma coisa que precisa me dizer. Por que seu irmão lhe trouxe este livro?

– O que importa isso?

Imediatamente, sentiu uma forte dor no braço, imobilizado pelo segundo homem, que até aquele momento não dissera uma única palavra.

– Quem faz as perguntas aqui sou eu, está claro?

– Ele queria explicações sobre matemática. No livro há diversos cálculos e fórmulas, que ele não entende. Sempre teve muitas dificuldades com números.

– E onde está ele agora?

– Na casa da nossa irmã Giulietta, que teve um filho recentemente.

– Largue-o – disse o chefe ao homem que segurava o braço de Angelo.

Depois, aproximou-se até quase encostar o rosto no dele.

– Olhe bem dentro dos meus olhos, Dominetti. Preste muita atenção, porque vou falar uma vez só. Se disser ao seu irmão que estivemos aqui e levamos o livro, pode considerar-se um homem morto. Voltaremos aqui e acabaremos com toda a sua família, lentamente, usando métodos de tortura que aprendemos na guerra e já estamos com saudades de praticar. E você será o último, Dominetti. Antes, será forçado a assistir o que faremos com sua mulher e seus filhos. Fui claro?

Angelo fez um sinal de positivo com a cabeça, apavorado demais para falar.

– Responda, Angelo! Quero ouvir da sua boca que entendeu.

– Sim, entendi – balbuciou, a voz trêmula. – Não direi nada a ele.

– Assim é melhor – disse o chefe, dando as costas ao comerciante.

Quando eles saíram, a mulher entrou correndo no quarto. Viu o marido sentado na cama, tremendo.

– O que aconteceu? Eles fizeram alguma coisa com você?

– Não, Nicoletta, está tudo bem. Eles só levaram dinheiro.

Tommaso revirava-se na cama, insone. Por mais que quisesse, não conseguia parar de pensar em Bianca. Depois da conversa que tivera com ela em Castel Gandolfo, ficara intrigado. O que pretendia o cardeal? Aparentemente, dera ordens para os criados não a deixarem sair, mas não mandara vigiar a casa. Que sentido tinha isso?

Barberini ainda não sabia da fuga. Quando soube que ela havia ido embora, Tommaso foi por conta própria a Castel Gandolfo. E perguntava-se, pela enésima vez, por que havia ido. A resposta era óbvia, mas não queria admiti-la: fora simplesmente ver Bianca.

Irritou-se consigo próprio. Por que não conseguia parar de pensar nela? Como podia sentir aquelas coisas por uma mulher que ia para a cama por dinheiro? Imaginou-a nua, nos braços de Barberini, e sentiu ciúmes. Considerava-o indigno de tocá-la. Sentia extrema necessidade de protegê-la, mas como? Ela desaparecera, e ele não podia se conformar. "Vou descobrir onde ela está", prometeu a si mesmo.

Voltou a imaginá-la nua, mas desta vez na cama dele. O corpo correspondeu imediatamente com uma ereção vigorosa. Começou a tocar-se, a manipular o pênis da maneira como achava que ela faria. A mente encarregou-se do resto, criando diversos cenários em que eles faziam amor: à beira de um rio, numa banheira de água quente, na cama de Barberini, em público, durante uma procissão. "Santo Deus!", exclamou, levantando-se.

Andou pelo quarto, mas Bianca estava sempre ao lado dele. Roçava-lhe a nuca e o rosto com os longos cabelos, beijava-lhe a face, colava o corpo no dele, segurava-lhe o pênis e abaixava-se para... "Deus do céu!", disse em voz alta, a ereção tornando-se desconfortável. "Como vou dormir desse jeito?" Começou a masturbar-se, imaginando os movimentos sensuais de Bianca. Depois, o chão sujo de sêmen, deitou-se outra vez. A última coisa que pensou antes de adormecer era que precisava encontrá-la.

258

A torre de Pisa está situada atrás da catedral da cidade e abriga o campanário. Tem 56 metros de altura, pesa aproximadamente 14.450 toneladas e está inclinada 3,9 metros em relação à vertical. A construção começou em 9 de agosto de 1173, uma época de vitórias militares e prosperidade. Cinco anos mais tarde, quando o terceiro andar foi concluído, a torre começou a inclinar-se para sudeste. Batalhas constantes com cidades vizinhas interromperam a edificação por quase um século, dando tempo ao solo para compactar-se. Em 1272, retomou-se o projeto, numa fase que durou doze anos. Com o objetivo de compensar a inclinação, os quatro andares seguintes foram construídos ligeiramente mais altos do lado sudoeste, mas o resultado foi que a torre passou a inclinar-se naquela direção. O monumento foi concluído em 1372, com a instalação do campanário.

Viviani estava no sexto andar, o mesmo de onde Galileo teria realizado seu experimento célebre, havia mais de meio século. Olhava para o chão, imaginando em detalhes o que Torricelli lhe contara. Podia ver, mentalmente, a multidão curiosa que aguardava, bem como os inimigos do cientista torcendo para que tudo desse errado. Imaginou as bolas sendo lançadas e caindo, tocando o chão exatamente no mesmo instante. Parecia-lhe ouvir o baque surdo das bolas, o murmúrio de espanto do povo, seguido de gritos de júbilo. Depois, Galileo sendo carregado em triunfo, aclamado, transformado em celebridade.

Trouxera consigo papel, pena e tinta, a fim de anotar as sensações que a visita à torre produziam nele. Não sabia se iria ou não aproveitá-las na biografia de Galileo que planejava escrever, mas era preciso registrar tudo na hora. Mais tarde, com certeza, não seria capaz de se lembrar de pormenores. Deixava-se levar pela imaginação, escrevendo tudo o que lhe vinha à mente.

– Você parece muito concentrado – disse uma voz bem ao lado dele.

Viviani sobressaltou-se. Não havia notado a chegada de ninguém. Quando se virou para a direção de onde viera a voz, viu-se diante de uma jovem de longos cabelos negros. Bastaram-lhe poucos segundos para compreender que era uma das mulheres mais lindas que já encontrara. O que estaria fazendo ali? Antes que pudesse perguntar, porém, ela antecipou-se.

— O que faz aqui no alto da torre, escrevendo?

— É um projeto.

— Então você é arquiteto?

— Não, sou matemático.

— E que tipo de projetos faz um matemático?

— Bem, meu projeto é de outra área. Na verdade, quero escrever sobre a vida de um amigo, e ele viveu uma experiência muito importante aqui.

— No alto dessa torre? Que tipo de experiência?

— Moça, é uma história um pouco longa. Já ouviu falar em Galileo Galilei?

Os olhos dela arregalaram-se.

— Claro! Todo mundo na Itália já ouviu falar nele. E disse que era amigo de Galileo?

— Não exatamente amigo. Fui discípulo dele, morei na casa dele em Arcetri por quase três anos.

O rosto dela continuava demonstrando espanto.

— E como é o seu nome?

— Viviani, Vincenzo Viviani. E você, como se chama?

— Meu nome é Bianca.

Giuseppe Dominetti não estava entendendo nada. Fora enviado a Pisa para investigar um suposto boicote à contribuição financeira solicitada pelo Papa mas, antes que pudesse começar as diligências, aparecera um emissário de Antonio Barberini pedindo-lhe que voltasse com ele para o Vaticano. Tentara explicar, argumentar que fora o próprio Barberini quem o enviara, mas a resposta que recebera foi lacônica.

– Deve voltar comigo. São ordens do cardeal.

Quando chegou ao Vaticano, a primeira coisa que fez foi procurar o camerlengo. Não conseguiu encontrá-lo em parte alguma e ninguém parecia saber o que estava acontecendo. A única indicação que obtivera havia vindo de Aldo.

– O cardeal mandou dizer que tem um assunto muito importante para tratar com o senhor. Deve esperar aqui, ele o mandará chamar.

Dominetti, dizendo a todos os criados que encontrava onde estava indo, foi sentar-se no jardim. Ali, ao menos, teria momentos de sossego.

Viviani não instigava o cavalo. Deixava-o ir a passo, no ritmo que desejasse. Estava ocupado demais pensando na misteriosa jovem que encontrara na torre de Pisa. Depois de terem conversado por alguns minutos lá em cima, ela o convidara para um passeio. Andaram pelo centro, sentaram-se no banco da praça próxima da catedral, foram até as margens do rio Arno.

Ela lhe dissera coisas estranhas. Vivia com a irmã, em Pisa, mas desejava mudar-se para Florença. Tinha dinheiro, ou melhor, bens para vender. Pediu-lhe ajuda, que encontrasse para ela uma casa na capital da Toscana. Quanto mais pensava em tudo aquilo, mais intrigado ficava. Por que contara ela todas essas coisas a um completo desconhecido? Se tinha mesmo bens, de onde haviam vindo? Não estava mal vestida, mas não tinha ares de aristocrata. Parecia rude, pertencente a uma classe social pouco abastada, mas falava em comprar uma casa em Florença. Deveria levá-la a sério? Deveria realmente procurar um imóvel para ela?

Uma luta travava-se no interior de Viviani. O lado racional lhe dizia que esquecesse tudo, que ela não passava de uma excêntrica. Essa impressão ficou ainda mais forte quando ela lhe mostrara a casa humilde onde dizia viver com a irmã. Tinha aparência pobre, com um modesto estábulo ao fundo. Como podia alguém com posses morar ali? Por outro lado, como podia alguém que vivia numa casa tão simples ter bens para vender? Nada daquilo fazia sentido, e o melhor era esquecer tudo.

Mas não conseguiria, tinha certeza. A moça era fascinante, com cabelos convidativamente longos e os olhos mais azuis que Viviani já contemplara. Havia nela uma feminilidade intensa, quase selvagem, a que era difícil resistir. Enquanto passeavam, por diversas vezes quase segurou a mão dela, mas a timidez fez com que se retraísse. "Fui um idiota", pensava agora. "O que eu tinha a perder?"

Tentou concentrar-se no projeto da biografia de Galileo, em tudo o que havia descoberto naquela visita a Pisa. Havia ido à universidade e conhecido a sala onde Galileo trabalhara, visitou a casa onde o amigo morou por alguns anos e conversou com pessoas que garantiram tê-lo conhecido. Decidiu procurar Vincenzo Galilei e pedir que lhe dissesse tudo o que era capaz de se lembrar acerca do pai. Contudo, a imagem de Vincenzo logo se misturou à de Bianca, e ele compreendeu que precisava desesperadamente encontrá-la outra vez. Queria fazer-lhe perguntas, ouvir-lhe a voz. Acima de tudo, queria estar perto dela.

"Em breve voltarei a Pisa", decidiu, esporeando o cavalo, que não esperava por isso e deu um salto para a frente. Repetiu o gesto, e o animal iniciou um galope a toda velocidade. Agora o vento lhe batia no rosto, proporcionando uma sensação de liberdade. Queria chegar a Florença o quanto antes. "Mais depressa!", gritou, esporeando o cavalo pela terceira vez.

Deitada numa esteira de palha, Bianca ouvia os roncos do cunhado e o ressonar da irmã. Pensava em Viviani, acreditando que a sorte o pusera em seu caminho. Não podia permanecer naquela casa por muito mais tempo. Não havia espaço nem clima. Recordou-se do momento da chegada, alguns dias antes.

Para não ser vista, passou por um terreno baldio e entrou na propriedade pela parte de trás. Cautelosamente, dirigiu-se ao estábulo, penetrando nele apenas depois de se certificar de que não havia ninguém lá dentro. Encontrou um grande monte de palha seca e, bem embaixo, colocou o saco com as joias. Estava consciente de que o esconderijo não era seguro, mas naquela mesma noite pretendia tirar dali o seu tesouro.

Foi até a casa e, quando a irmã a viu, mal pôde dissimular a contrariedade. Abraçaram-se, mas sem qualquer calor humano. Bianca não sabia se Gina estava magoada por ela ter fugido de casa ou preocupada por ter mais uma boca para alimentar. Pediu para ficar, prometendo que não seria por muito tempo. A irmã hesitou, mas mudou de ideia assim que Bianca lhe ofereceu um pequeno anel como pagamento.

Ao entrar, viu os quatro sobrinhos pequenos, dois dos quais não conhecia. Mais tarde chegou Enzo, o cunhado, completamente bêbado. Seguiu-se uma discussão entre ele e Gina, enquanto as crianças choravam. Então Bianca compreendeu a dura realidade em que a irmã vivia e teve pena dela. No pátio, antes de entrar, pensou ter visto marcas roxas em volta dos olhos de Gina, e agora estava segura de que não se tratava de mera impressão. Enzo devia tê-la espancado, e era provável que acontecesse com frequência.

– Não quero atrapalhar – disse, em meio ao choro dos pequenos. – Deem-me umas velas, que vou dormir no estábulo. Amanhã conversamos com mais calma.

Oferecer-se para dormir no estábulo não havia sido uma atitude impulsiva. Na verdade, Bianca vinha pensando nisso desde que entrara na casa e procurava apenas um pretexto para expressar esse desejo.

Levou para o estábulo alguns lençóis velhos, que a irmã lhe dera, e ajeitou-os cautelosamente sobre o monte de palha onde estavam as joias. Deitou-se e esperou, prestando atenção a todos os ruídos. Depois de um tempo que pareceu a ela quase interminável, quando já não ouvia mais gritos e choro vindos da casa, Bianca levantou-se, pegou uma vela e, com todo o cuidado para não provocar um incêndio, tirou as joias de sob a palha. Pegou uma pá, que havia visto à tarde, e saiu pé ante pé. Conhecia bem a região e sabia exatamente onde estava indo. Foi até o terreno baldio que

263

atravessara para chegar à casa e, depois de escolher um lugar próximo de uma pesada pedra, pôs-se a cavar devagarzinho, tomando o máximo cuidado para não fazer barulho. Custou-lhe tempo e esforço até atingir uma profundidade que considerou segura. Pegou aleatoriamente algumas joias, as quais pretendia trocar por roupas no dia seguinte, e depois pôs o saco de couro no buraco. Fechou-o da melhor maneira que pôde, pisou bastante a terra para não deixar marcas e, usando toda a força de que dispunha, conseguiu rolar a pedra até ficar em cima do buraco recentemente tapado. "É uma espécie de túmulo", pensou, "de onde vai ressuscitar uma nova Bianca, rica e talvez famosa."

Na manhã seguinte, foi recebida com mais cordialidade. Talvez Gina tivesse falado com Enzo, contado sobre o anel. O fato é que a deixaram ficar.

A situação, contudo, era insustentável. As brigas eram constantes, e o cunhado chegava bêbado quase todos os dias. Às vezes, parecia a Bianca que ele a olhava com desejo, o que a assustava. Precisava encontrar um lugar para morar, e o quanto antes.

E naquela tarde encontrara Viviani, que se mostrara tímido e ingênuo. Viu nele a pessoa que poderia ajudá-la, por isso pediu que ele procurasse para ela uma casa em Florença. "Ele deve ter achado tudo muito estranho, ainda mais depois que viu onde moro. Talvez eu tenha falado demais, mas não tenho ninguém a quem recorrer."

Comportara-se de modo sensual, insinuante, mas ele pareceu não compreender. Pela maneira como a olhara, por diversas vezes pensou que ele a tomaria nos braços e a beijaria, mas isso não aconteceu. "Os homens são mesmo tolos, manipuláveis", disse a si mesma, mexendo-se na esteira de palha.

Havia outro ponto importante a considerar. Viviani dissera ter convivido com Galileo, um dos homens mais famosos da Europa, e numa ocasião falara no grão-duque da Toscana com a familiaridade de quem o conhecia bem. "Será mesmo possível?

Será que ele frequenta a corte de Ferdinando II?" Se fosse verdade, tratava-se de uma pessoa influente, que lhe poderia abrir muitas portas. Precisava explorar melhor aquela possibilidade. Obtivera dele a promessa de voltar em breve para revê-la. "Quando isso acontecer, vou estar ainda mais arrumada e sensual. Desta vez, ele vai ter de notar."

Pensando assim, embalada por sonhos e planos grandiosos, Bianca adormeceu.

Giuseppe Dominetti estava deitado. Aguardara o dia inteiro por um chamado do camerlengo, mas isso não acontecera. Algo estava errado, terrivelmente errado. Teria ele descoberto alguma coisa? Precisava saber, aquela angústia era insuportável. No dia seguinte, entraria em contato com Leonardo, o mais esperto dos ajudantes que tinha. Ele, por certo, obteria informações exatas.

Ouviu passos no corredor, mas não prestou grande atenção. Àquela hora, era comum criados, e mesmo padres, circularem pelo Vaticano, em misteriosas idas e vindas noturnas. Contudo, os passos pararam diante de sua porta, fazendo com que ficasse alerta. Mas nada aconteceu. Fez-se outra vez silêncio, e ele relaxou, pronto para adormecer. Então ouviu uma chave sendo inserida na fechadura, e a porta começou a abrir-se lentamente. Viu a chama de uma vela, e um homem entrou no quarto.

– Sou eu, Dominetti – disse a voz familiar de Antonio Barberini. – Pode ficar onde está.

O cardeal trazia na mão uma pasta de couro, que colocou em cima da escrivaninha. A seguir, andou pelo quarto e começou a acender todas as velas que encontrou. Queria ver a expressão de Giuseppe, a cara de espanto, provavelmente de medo, que faria.

– Perdoe-me, senhor, por me encontrar neste estado – disse Dominetti, sentando-se na cama. – Não sabia que vinha e por isso...

– Deixe de bobagem, Giuseppe – replicou Barberini, puxando uma cadeira e sentando-se diante dele. – Quem é Domenico?

Giuseppe sentiu como que um soco no estômago. Ficou pálido, paralisado, incapaz de articular qualquer som. Barberini regozijou-se. Fizera aquilo de propósito, contando com o efeito surpresa.

– Não sei, senhor – conseguiu balbuciar o Jesuíta. – Não conheço nenhum Domenico.

– Não me irrite, Dominetti. Sei de tudo, li as malditas cartas que ele lhe escreveu – retrucou Barberini, atirando-lhe uma chave. – Se não acredita, abra essa porcaria de cofre e veja você mesmo.

– Não! – gritou o Jesuíta, com desespero na voz. – O que o senhor fez com as minhas cartas?

– Eu as rasguei todas, transformei-as em migalhas. Depois, mandei que um criado queimasse os pedacinhos. Literalmente, as cartas viraram cinza.

Dominetti bateu no próprio rosto.

– Não, não, não! Por que fez isso?

– E você ainda tem coragem de perguntar, patife? Não se envergonha de ter guardado coisas tão sórdidas?

– Não eram sórdidas, eram sublimes!

O camerlengo levantou-se para esmurrá-lo, mas se conteve. A conversa estava apenas começando. Isso poderia ficar para mais tarde.

– Vamos! – ordenou. – Responda! Quem é Domenico?

O Jesuíta começou a chorar. Haviam destruído o seu tesouro, acabado com as recordações mais doces que tinha na vida. Era inútil mentir. O camerlengo sabia de tudo, profanara as cartas. Contou toda a história, desde o primeiro encontro no seminário até a morte do amante. Barberini olhava para o lado, escandalizado pela naturalidade com que o Jesuíta contava os pecados mais vis.

Quando terminou de falar, fez-se um longo silêncio. Barberini culpava-se por nunca ter desconfiado de nada, enquanto Dominetti não esboçava qualquer gesto para tentar ocultar as lágrimas que continuavam deslizando-lhe pela face.

— Apenas por isso você merecia uma punição exemplar, Giuseppe — disse Barberini, levantando-se. — Mas há mais, muito mais.

Foi até a escrivaninha, abriu a pasta de couro e tirou dela um livro.

— Reconhece isso? — perguntou, mostrando-o de longe.

A claridade das velas era suficiente para que Dominetti visse a capa, com o Sol no centro e os planetas girando em torno dele.

— Não, o manuscrito não! — gritou o Jesuíta, erguendo-se num pulo e investindo contra Barberini. O camerlengo, porém, estava preparado. Atirou o livro para cima da escrivaninha e, com um formidável soco na boca, devolveu Dominetti à cama.

— Fique onde está, eu já disse!

Voltou a pôr o livro na pasta, enquanto o Jesuíta, deitado de costas, sentia o sangue escorrendo pelo queixo.

— Sente-se, Dominetti, e olhe para mim.

O Jesuíta não se mexeu.

— Sente-se, canalha! — vociferou Barberini, puxando-o violentamente pelos ombros. — Por que matou Guido Corsetti? Como soube desse manuscrito?

Dominetti compreendeu que tudo havia acabado. Entrara num jogo arriscado e perdera. O camerlengo fora mais esperto.

— Conheci Corsetti por intermédio de Domenico. Eles estudaram no mesmo seminário. Andavam sempre juntos e suspeitei que fossem mais que amigos. Então, quis afastar Corsetti de Roma, tirá-lo do meu caminho. Quando soube que ele tinha um passado dissoluto, que era dado a mulheres e aceitava subornos, elaborei um plano e consegui a transferência dele para Arcetri.

— E por que Arcetri?

— O pai de Galileo e meu pai sempre foram inimigos. Cresci ouvindo as piores coisas da família Galilei. Num primeiro momento, odiei Galileo porque meu pai dizia que devia odiá-lo. Um dia, porém, ele humilhou meu irmão Angelo. E foi uma afronta tão grande, uma grosseria de tal magnitude, que prometi vingar-me, custasse o que custasse. Já não era pelo meu pai que o faria, era por mim.

– E onde Corsetti entra nisso?

– Como padre de Arcetri, ele tornou-se o confessor de Galileo. Como todos sabem, mesmo depois da condenação pelo Santo Ofício, Galileo continuou sendo um católico praticante. Ele jamais abandonou a Igreja, sempre acreditou em Deus.

Barberini adivinhava o que viria, mas preferia iludir-se e pensar que se enganava.

– Corsetti era um dos meus agentes em Arcetri. Em troca de dinheiro, ele violava o sacramento da Confissão e me informava de tudo acerca de Galileo. E foi assim que descobri a existência do manuscrito. Quando soube, fiquei fora de mim. Não podia permitir que fosse publicado, que aquele florentino ordinário ressurgisse da miséria a que a Inquisição o reduzira.

– Então Guido roubou o manuscrito e o trouxe para você, não é isso?

– Sim, por uma quantia altíssima, que consegui com Angelo. Aliás, como o senhor soube que o manuscrito estava com ele? O que fez com meu irmão?

– Nada, Dominetti. Angelo está bem. Bastaram ameaças de pessoas treinadas para que ele entregasse o livro. Continue a sua história.

– Para roubar o manuscrito, além do dinheiro, ele exigiu ser transferido para Ferrara, onde tinha uma amante. Convenci-o de que, para isso, antes precisava passar algum tempo em Roma. Na verdade, eu pretendia vigiá-lo, controlar os movimentos dele, mas ele começou a chantagear-me. Estava apaixonado por uma prostituta e pediu mais dinheiro. Sabia da minha história com Domenico e ameaçou me denunciar.

– E você mandou assassiná-lo – completou Barberini, pensando em Bianca.

O Jesuíta fez um sinal de positivo com a cabeça.

— E o que vai fazer com o manuscrito? – perguntou, a voz indisfarçavelmente tensa.

— Ele será publicado. O Papa sabe de tudo e me pediu para encontrar este livro. Pretende reabilitar Galileo, reconhecer o engano da Igreja. Assim que eu entregar o manuscrito a ele, a condenação promulgada pelo Santo Ofício será anulada. Eu já li o manuscrito, Dominetti, e é sensacional. Muito em breve, o seu maior inimigo será outra vez célebre, admirado em toda a Europa.

— Não! – gritou o Jesuíta, atirando-se sobre Barberini e acertando-lhe um soco no queixo.

A reação do camerlengo foi fulminante. Chegara o momento de executar o que viera fazer ali. Imobilizou Dominetti, jogou-o de costas na cama, pegou um travesseiro e o pressionou fortemente contra o rosto dele. O Jesuíta debateu-se, tentando se livrar da sufocação, mas Barberini bateu-lhe diversas vezes com o joelho direito nos órgãos genitais, fazendo-o gritar contra o travesseiro. O joelho esquerdo pressionava-o contra a cama, enquanto os golpes no baixo-ventre prosseguiam. O ar começava a faltar. Respirar tornava-se mais e mais difícil, e o desespero fez com que Dominetti tentasse ainda uma última reação enérgica. O camerlengo, contudo, era mais forte e o dominou. Aos poucos, o Jesuíta foi parando de se debater. Barberini continuou pressionando o travesseiro contra o rosto dele, até ter certeza de que o serviço estava concluído.

Ofegante, levantou-se e ficou contemplando o corpo imóvel de Giuseppe. Encostou o ouvido nos lábios dele, à procura de sinais de respiração. Não havia nenhum. "Você teve o que merecia, patife", murmurou, ao mesmo tempo em que apagava todas as velas. Pegou a pasta de couro, fechou a porta do quarto e saiu.

Na manhã seguinte, a notícia espalhou-se pelo Vaticano. Giuseppe Dominetti havia morrido durante a noite, de causa desconhecida.

Urbano VIII tentava ocultar o modo reverente como olhava para o livro.

– Isso é quase uma afronta – disse, apontando para a figura do Sol no centro do Sistema Solar. – Quem será que desenhou esta capa?

– Deve ter sido Viviani – arriscou Antonio Barberini. – Matemáticos que lidam com figuras geométricas, como ele e Galileo, em geral desenham bem.

– Você leu o livro?

– Não. Vim entregá-lo assim que veio parar nas minhas mãos.

– A propósito, como conseguiu encontrar esse manuscrito?

– Tive de fazer uma investigação exaustiva, Santidade, e usar os contatos que o posto de camerlengo me proporciona. Nos últimos dias, não tenho feito outra coisa.

– Acho melhor eu não saber os métodos que usou, Antonio. De qualquer forma, foi um excelente trabalho. Parabéns.

O Papa começou a folhear a obra, parando de vez em quando para ler algumas passagens. Barberini não sabia se devia ir embora ou ficar. O pontífice estava concentrado, mas não dava nenhum sinal de que a audiência estava encerrada. Mais alguns minutos, e ele fechou o livro.

– Galileo é mesmo incorrigível. O heliocentrismo foi condenado como tolo e absurdo em filosofia, mas aqui ele diz que vai muito além do modelo heliocêntrico. Pelo pouco que li até agora, ele afirma que nem mesmo o Sol, quanto mais a Terra, é o centro do Universo. Na introdução está escrito que os anos de confinamento em Arcetri o fizeram reavaliar toda a sua produção de décadas anteriores, o que lhe permitiu detectar alguns erros graves, corrigidos neste livro.

O camerlengo apenas ouvia, temendo desagradar ao Papa, cujo rosto assumia traços de uma cólera nascente. Mas Urbano VIII estava prestes a abrir o livro outra vez, e Barberini não queria ficar ali, num silêncio desconfortável. Por isso, perguntou:

– Santidade, sei que não me deve nenhuma satisfação dos seus atos, mas pretende mesmo destruir esse manuscrito?

– Claro, Antonio! Se ele for publicado como está, os protestantes poderão dizer que, mesmo sem querer, a Igreja ajudou

Galileo a melhorar ainda mais as suas teorias. Depois que eu terminar de ler, vou transformá-lo em cinzas. E quero fazer isso com as próprias mãos. Percebo aqui – apontou para o livro – a heresia de Giordano Bruno, e ela deve ser queimada como aquele apóstata.

O Papa levantou-se e olhou para a porta. Não havia dúvidas, a audiência estava encerrada. Ele desejava ficar sozinho, lendo, quem sabe remoendo conflitos interiores.

Assim que Barberini saiu, ouviu o barulho da chave dos aposentos papais. "Pelo visto, ele vai ficar trancado lá dentro um bom tempo." Antonio não concordava de todo com a destruição do manuscrito. Assim como o primo Francesco, um dos três cardeais que não assinaram a condenação de Galileo, ele via no falecido cientista toscano qualidades pouco comuns. "Acho que esse livro deveria ser guardado em algum lugar oculto dos arquivos do Vaticano. Um dia, num futuro remoto, seria encontrado e reexaminado à luz dos conhecimentos científicos adquiridos." Ele sacudiu a cabeça e deu de ombros. "Mas o que me importa isso? Tenho mais em que pensar."

Era um Natal particularmente frio. Os tijolos aquecidos colocados aos pés de Hannah pouco podiam fazer para mitigar os rigores do clima. Estava na cama, onde passava a maior parte do tempo, e não havia podido ir ao culto naquele dia dedicado ao Senhor. Estava cada vez mais preocupada. Pelas suas contas, faltavam ainda três meses para o bebê nascer, mas achava que era impossível resistir a tantas semanas no estado em que se encontrava. Sentia o filho mexer-se vigorosamente, o que a animava, mas ouvira diversas histórias sobre crianças que nasciam prematuras e não sobreviviam, ou então de mães que morriam durante o parto. Rezava constantemente. Não era possível que Deus, que já lhe levara o marido, a privasse também do filho.

Estava mergulhada nesses pensamentos sombrios, quando sentiu algo estranho entre as pernas. Levou a mão até lá e entrou em pânico: estava encharcada.

– Mãe, venha cá! – gritou, com desespero na voz, enquanto levantava as cobertas.

Margery entrou correndo no quarto e precisou apenas de alguns segundos para entender o que estava acontecendo.

– Filha, o bebê vai nascer! Espere um pouco, vou esquentar água e já volto.

Saiu do quarto e gritou para o marido:

– James, vá chamar Margareth, depressa!

Encheu várias panelas com água e as colocou sobre o fogão a lenha. Depois, voltou correndo para junto de Hannah.

– O que está sentindo, filha?

– Tenho medo, mãe. E também sinto contrações cada vez mais fortes.

– É o bebê chegando, Hannah. Fique tranquila, é assim mesmo. Tudo vai dar certo.

Mas Margery estava longe de sentir a confiança que tentava transmitir à filha. Temia pela vida dela. Considerava o bebê praticamente perdido. Não conhecia nenhum caso de uma criança nascida aos seis meses de gravidez sobreviver.

Hannah deu um grito, mexendo-se violentamente.

– Procure ficar quieta, filha. Você precisa ajudar o bebê a nascer.

– E Margareth que não chega! – disse a moça, segurando-se na cabeceira da cama.

– Há neve na rua. O caminho está difícil. Mas seu pai foi buscá-la. Em pouco tempo, estarão aqui.

Depois do que pareceu a ambas uma eternidade, ouviram a porta abrir-se e Margareth perguntar, assim que colocou os pés na casa:

– Tem água quente?

– Sim – respondeu Margery, indo ao encontro da parteira.

James passeava de um lado para o outro, preocupado. Não era decente um homem assistir a um parto, por isso refreava a vontade de ir ver a filha. Ouvia os gritos dela, e Margareth pedindo-lhe que fizesse força. Havia ido ao culto naquela manhã e pedira ao pastor uma prece especial por Hannah. E começou a recitar orações, única coisa que podia fazer naquele momento.

— Vamos, Hannah, falta pouco! – incentivava Margareth, embora não acreditasse nas próprias palavras. O parto estava difícil. "Esse bebê vai nascer morto", pensou, ao mesmo tempo em que continuava tentando transmitir estímulo e coragem.

— Empurre, Hannah, ajude o seu filho a nascer!

— Estou tentando – respondeu a voz entrecortada da moça –, mas o que mais posso fazer?!

— Mais força, mais e mais!

Hannah perdia sangue e parecia estar ficando fraca demais para colaborar. Então, Margareth e Margery viram a cabeça do bebê surgindo.

— Vamos, filha, só mais um pouco! O bebê está nascendo, de verdade!

As mãos experientes de Margareth entraram em ação. Delicadamente, ajudou a criança a sair do corpo da mãe. Sem convicção, deu uma palmadinha na nádega do bebê e, para seu espanto, ele chorou. Era um choro fraco, sem energia. Mas, afinal, estava vivo.

— Você conseguiu, Hannah! É um menino! – disse Margareth, cortando o cordão umbilical com uma velha tesoura que trouxera para esse fim.

Em meio à fraqueza, antes de adormecer de exaustão, a moça conseguiu sorrir.

Animado pelos gritos de triunfo, James entrou no quarto. Margery mostrou-lhe o neto, o menor recém-nascido que já vira. Embora não dissesse em voz alta, pensava o mesmo que Margery e Margareth: "Será possível uma criatura tão minúscula sobreviver?"

Capítulo XV

Florença e Roma, 1630-1632

Os dias passavam lentamente para Galileo. Durante os últimos cinco anos, havia trabalhado, com diversas interrupções provocadas por enfermidades, no livro em que pretendia confrontar os modelos cosmológicos de Aristóteles e de Copérnico. Com o título *Diálogo sobre o fluxo e refluxo das marés*, a obra foi enviada a Roma, a fim de ser submetida à censura eclesiástica. E a espera era enfadonha, entediante. Quanto tempo levaria a Santa Sé para conceder a autorização para publicar? Seriam exigidas modificações? O tempo arrastava-se, e Galileo aguardava notícias com ansiedade crescente.

Mas ele não sabia que um fenômeno catastrófico se aproximava da Toscana, adiando indefinidamente a resposta que nunca vinha.

Foi como um maremoto, uma onda devastadora que arrasta tudo em seu caminho. Tropas alemãs e francesas, de passagem por Mântua em decorrência da guerra que se travava na Europa entre católicos e protestantes, deixaram na cidade os primeiros infectados. A partir dali, soldados venezianos encarregaram-se de disseminar o mal pela Itália. Veneza e Milão sofreram os primeiros grandes surtos, e a Toscana não poderia ficar impune.

Os sintomas eram característicos: febre alta, mal-estar geral, sede intensa, hemorragia interna, espirros e tosse com expectoração sanguinolenta e purulenta, altamente infecciosa, além de, em alguns casos, protuberâncias na pele denominadas bubos, que são gânglios linfáticos inchados pela infecção e pelo sangue acumulado. A mortalidade era altíssima: nas primeiras semanas, seis mil vítimas fatais somente na Toscana.

Ferdinando II estava reunido com sua equipe de governo. O pânico instalara-se, e era necessário tomar medidas urgentes.

– Essa peste é um flagelo para a humanidade! – dizia o grão-duque, aflito. – O que podemos fazer para diminuir os efeitos?

– A meu ver, a principal ação a tomar é uma quarentena – replicou o responsável pela saúde pública. – Temos de isolar as pessoas dentro de suas casas, impedi-las de sair.

– Mas isso será mortal para os moradores das casas onde houver um doente. Essa peste é altamente contagiosa.

– Tem razão, grão-duque, mas ao menos limitará o contato entre pessoas estranhas. Com a quarentena, podemos impedir que a doença chegue a residências onde ainda não existe. Até que esse surto passe, não podemos permitir a livre circulação pelas ruas. Um único doente pode infectar dezenas, talvez centenas de pessoas.

– Que seja – concordou Ferdinando II. – Enviem-se arautos pela Toscana anunciando a decisão do governo. Mobilizem-se os soldados disponíveis para impor a quarentena.

Galileo estava no pátio de sua casa. Viu um mensageiro do governo, acompanhado de um grupo de soldados, anunciando em voz bem alta a determinação ducal.

— Devido à catastrófica epidemia de peste que assola a Toscana, o grão-duque, senhor Ferdinando II, faz saber que, a partir de agora e até segunda ordem, todos estão terminantemente proibidos de sair de suas casas. Aquele que for visto nas ruas será sumariamente preso e estará sujeito aos rigores da lei. Homens do exército, usando máscaras, percorrerão Florença e seus arredores, a fim de assegurar o cumprimento da ordem do grão-duque. O tratamento com os infratores será extremamente rigoroso.

A voz continuava falando, mas a mente de Galileo já não estava ali. Deu as costas à rua e entrou em casa. Que mais podia fazer? Entendia aquelas medidas profiláticas. Na Idade Média os europeus aprenderam, ao custo de milhões de vidas, a necessidade de reduzir ao mínimo o contato entre as pessoas durante as epidemias de peste. Algumas medidas eram eficazes, como o uso de máscaras, mas outras tinham resultado duvidoso. Era o caso, por exemplo, de deixar a roupa de molho em água fervendo e vinagre. Por via das dúvidas, porém, Galileo adotava este procedimento em casa. A quarentena, sabia, protegia as casas onde não houvesse doentes, mas podia ser fatal para as demais. Todos os dias, ao fazerem as rondas matinais, os médicos encontravam cadáveres atirados à rua por pessoas que, correndo todos os riscos, violavam a quarentena, na calada da noite, para tirar de casa aqueles que iam morrendo.

Foi até o gabinete de trabalho e pegou o telescópio. Era dia, e pouco podia fazer com ele, mas o tédio falava mais alto do que a razão. Pensou em Virginia. Para não deixar nenhuma possibilidade em aberto, o governo decidira recorrer também à oração. Por isso, muitos conventos, inclusive o de São Mateus, foram mobilizados para uma oração contínua. Durante quarenta dias e quarenta noites, ininterruptamente, duas freiras deveriam estar na capela, rezando sem parar, com permissão de sair apenas quando fossem substituídas. Àquela hora, portanto, Virginia podia estar ajoelhada, mente dirigida ao Senhor, cumprindo a sua parte naquela força-tarefa espiritual. Galileo às vezes também rezava, sobretudo para que nada acontecesse à filha.

Largou o telescópio e começou a andar a esmo. Entendia as medidas do governo, mas o confinamento forçado o incomodava. Sobrava-lhe muito tempo para pensar no que não queria. Devido à peste, as comunicações com Roma estavam completamente interrompidas. Teria o seu *Diálogo...* chegado às mãos dos censores? Teriam eles emitido algum parecer? "Droga!", praguejou, indignado. "Quando poderei publicar meu livro?"

As semanas e os meses seguintes foram de monotonia, medo e morte.

– Esta casa tem mais de dois séculos – disse o procurador da família Cavalcanti, encarregado da venda. – Há mais de cem anos é conhecida como *Il Gioiello*, por razões facilmente compreensíveis. Daqui, a vista de Florença é esplêndida. E olhe logo ali, a Torre Del Gallo, que permite uma visão panorâmica de toda a região.

Galileo contemplou a torre, imaginando que seria um lugar magnífico para observações astronômicas. Tinha esse nome porque, segundo constava, havia pertencido, num passado distante, à família Gallo. "Se os donos me permitirem observar o céu dali, será espetacular."

– Vamos dar uma volta pela propriedade – sugeriu Galileo. – Quero conhecer tudo.

Tratava-se de uma ampla casa, cercada por boa porção de terras cultiváveis. "Posso fabricar vinho aqui", pensou o cientista, olhando para as videiras. Havia ainda outra casa menor, destinada aos trabalhadores.

Gostara imensamente do lugar, que lhe fora indicado por Virginia. Ficava impressionado com o conhecimento que a filha continuava tendo do mundo, mesmo enclausurada em São Mateus. Assim que soubera que a propriedade estava à venda, escrevera imediatamente ao pai, recomendando-lhe a compra com entusiasmo. E havia um ponto crucial: *Il Gioiello* estava tão perto de São Mateus que era possível fazer o trajeto a pé, bastando subir um pouco a colina de Arcetri. Virginia o queria perto dela, dissera isso na carta, e essa perspectiva também agradava imensamente a Galileo.

— Vou ficar com a propriedade – disse, convicto.

— Excelente decisão, senhor. Tenho certeza de que será feliz aqui.

Galileo permitiu que o criado enchesse outra taça de vinho. O jantar era informal, apenas para uns poucos convidados. O assunto predominante, como não podia deixar de ser, era a peste. Ela ainda existia na Toscana, embora o surto principal já tivesse passado. Não havia mais quarentena, mas as comunicações com outras regiões italianas continuavam bastante limitadas. Alguns dos presentes contaram histórias da praga, mencionaram vítimas, descreveram quadros sombrios.

Ele estava ansioso por falar de outra coisa. Aceitara o convite de Ferdinando II, outro admirador incondicional seu, como fora o pai, e que desde 1628 era grão-duque de fato, depois de sete anos de regência de Maria Madalena da Áustria, porque desejava pedir ajuda. Quando um certo silêncio se fez, dirigiu-se ao anfitrião:

— Senhor grão-duque, tenho um pedido a fazer-lhe.

— Pois fale, Galileo. Se puder, eu o ajudarei.

— Com autorização do Papa, escrevi um livro em que comparo os modelos cosmológicos de Aristóteles e de Copérnico. Devido a uma série de contratempos, levei cinco anos para terminá-lo. Depois, enviei uma cópia a Roma, a fim de ser submetida à censura eclesiástica. O envio foi feito há mais de um ano, e até agora não tenho resposta alguma. Nem mesmo sei se meu livro chegou ao Vaticano. Isso me angustia, senhor Ferdinando. Acredito que esta obra representará minha reabilitação, a permissão para escrever de novo sobre o heliocentrismo. Já estou com 67 anos e tenho medo de morrer antes de ver publicado o livro.

— E como posso ajudá-lo, Galileo?

— Gostaria que desse instruções ao embaixador Niccolini para investigar, descobrir se o livro chegou, quem será o censor e, se possível, apressar a revisão. Se nada disso puder ser feito, gostaria de publicar o livro aqui em Florença.

– Está certo – concordou Ferdinando II. – Escreverei imediatamente ao embaixador e, quando tiver alguma notícia, você será informado.

A partir daí, o jantar perdeu o interesse para Galileo. As conversas voltaram para a peste e, alguns minutos depois, ele pediu licença e foi se deitar. Naquela noite, era hóspede no palácio Pitti.

Quando a carta chegou, Galileo segurou o envelope com mãos trêmulas. Estava assinada por Niccolò Riccardi, mestre do Palácio Apostólico e o principal censor do Papa. Pelo visto, o grão-duque cumprira sua palavra. Ali podia estar a autorização que tanto esperava. Mas, ao abrir a carta, não foi exatamente o que encontrou.

"Senhor Galilei:

Inicialmente, cumpre-me dizer-lhe que sua Santidade não aprova o título *Diálogo sobre o fluxo e refluxo das marés*, que pretende dar ao seu livro. As razões são óbvias: a obra deve ser neutra, sem tomar posição pelo geocentrismo ou pelo heliocentrismo, e as marés são, como o Papa sabe, o principal argumento que usa para tentar provar o movimento da Terra. O título deve, portanto, ser trocado para *Dialogo sopra i due massimi sistemi del mondo* (*Diálogo sobre os dois máximos sistemas do mundo*)."

Galileo interrompeu a leitura. Tinha medo do que viria a seguir. O nome do livro já fora censurado, o que mais seria? A carta continuava.

"Por questões diversas que não vêm ao caso aqui, concordo que o livro seja revisado e impresso em Florença, tarefa de que será incumbido o Frei Clemente. Mas devo adverti-lo de que não está suficientemente claro o argumento da onipotência divina, o qual deve mencionar com destaque, conforme instruções que recebeu pessoalmente do papa Urbano VIII. A seguir, indico-lhe ainda pontos de menor importância que deve alterar."

Galileo ficou satisfeito. Em linhas gerais, conseguira o que queria. Teria de fazer alterações no livro, mas já esperava por isso. O que mais o preocupava era Frei Clemente, padre de que não gostava. Falaria com o grão-duque a respeito, porque estava convicto de que a intervenção dele havia sido decisiva.

E estava certo. Ferdinando II mobilizou todos os contatos que tinha em Roma para dar andamento ao caso de Galileo. Riccardi, que também havia nascido na Toscana e era parente da esposa do embaixador Francesco Niccolini, acabou por ceder à pressão e permitir a publicação em Florença, embora soubesse tratar-se de atitude temerária. Conhecia Galileo e gostava dele, mas temia a obstinação e o temperamento arrebatado do cientista. Por isso indicara Frei Clemente para censor.

Mas a pressão continuava, vinda também de Castelli e de outros amigos de Galileo. E Riccardi acabou por capitular de todo, concordando com a indicação do Padre Giovanni Stefani, amigo e admirador do cientista, para revisor do *Diálogo...* "Seja o que Deus quiser", murmurou, ao despachar a carta com esta decisão.

Galileo acabava de endereçar e assinar mais um envelope contendo uma cópia do *Diálogo...* Estava contente e confiante. "Hoje, 21 de fevereiro de 1632, é uma data para não esquecer", pensou, um amplo sorriso expressando o seu estado de espírito. Naquela tarde, fora buscar os primeiros exemplares impressos, que pretendia remeter a amigos de dentro e fora da Itália. Havia sido uma luta árdua. Desde que começara a escrever a obra, mais de sete anos haviam se passado. Mas sentira que todo o esforço tinha valido a pena. Agora trazia em mãos o resultado de um projeto concebido a partir de 1616. As comunicações continuavam difíceis em virtude da peste, que ainda fazia vítimas, embora em número bastante menor do que nos dois anos anteriores. "Preciso ter paciência", pensou Galileo. "As respostas, certamente, vão demorar a chegar."

Pegou um volume e manuseou-o. Precisava tocá-lo, sentir o papel entre os dedos, ter a inebriante certeza de que já não se tratava mais de um sonho. Era real agora, fisicamente palpável.

Pôs-se a folhear novamente o livro, como já fizera tantas vezes naquele dia. Nele, três personagens dialogavam, em quatro jornadas, correspondendo cada uma delas a um dia de discussão, sobre os dois máximos sistemas do mundo. Salviati defendia o modelo copernicano. Inteligente e culto, era por meio dele que o cientista expunha as próprias opiniões. "Salviati, de um querido amigo de outrora aqui em Florença, você se transformou no meu porta-voz." Simplicio representava a corrente oposta, o modelo de Aristóteles. A capacidade argumentativa dele estava bastante abaixo da de Salviati, sendo amplamente superado por ele nas discussões. "Você, caro Simplicio, me lembra muito Cesare Cremonini e Ludovico delle Colombe, intransigentemente aferrados a doutrinas do passado e avessos a quaisquer novidades." Sagredo era o mediador, aquele a quem cabia conduzir a discussão. "Você, Sagredo, era meu amigo em Veneza, onde fiz boa parte das minhas descobertas, e reconheço que nem sempre se mantém neutro como deveria; às vezes, apoia a revolução copernicana."

Folheava com pressa, displicentemente, sem se deter em nenhuma passagem específica. Não era preciso. De tanto ler e reler, quase as sabia de cor. As três primeiras jornadas eram a preparação para a última, aquela que verdadeiramente importava, em que voltava à teoria das marés para provar o movimento da Terra. Na primeira jornada, discutia-se a concepção aristotélica do mundo. Aos pontos de vista de Simplicio, Salviati contrapunha argumentos fornecidos por observações de Galileo, querendo demonstrar que as leis da Física são as mesmas em nosso planeta e fora dele. Na jornada seguinte, abordam-se princípios aristotélicos contrários ao movimento da Terra. E Salviati, usando todos os conhecimentos acumulados por Galileo durante suas inúmeras experiências com objetos em movimento, sustenta que as teses antigas não fazem sentido. Na terceira jornada, o tema é o céu de acordo com Aristóteles e Copérnico. "Aqui, simplifiquei bastante o modelo copernicano, para torná-lo mais convincente. Fica difícil para Simplicio derrubar os argumentos de Salviati."

Galileo fechou o livro. Não devia perder-se em devaneios. Ainda tinha inúmeros envelopes a endereçar, muitas pessoas a quem mandar uma cópia. E voltou ao trabalho, levado ainda pelo entusiasmo da sensação de vitória.

Os primeiros exemplares do *Diálogo...* chegaram a Roma na metade de maio. No colégio Romano, mais uma vez os jesuítas estavam reunidos para discutir a obra. Orazio Grassi era um dos mais exaltados.

— Mas quando é que alguém vai colocar um freio nesse Galileo? Ele violou descaradamente o decreto de 1616, defendendo uma teoria que a Igreja condenou como falsa! Será que o Papa vai tolerar isso?

Grassi virou depressa as páginas, até encontrar o que procurava.

— Vocês todos leram o livro?

— Sim — ressoaram algumas vozes, enquanto outros padres faziam sinal de negativo com a cabeça.

— Não vou ler nada em voz alta, porque considero tudo isso repugnante. Para os que não leram, quero chamar a atenção para o que acontece na quarta jornada. Galileo volta outra vez àquela ridícula teoria das marés! E quando Simplicio diz que elas poderiam se dar por um milagre divino, Salviati responde, numa total demonstração de falta de respeito, que se um milagre é necessário para explicar as marés, então seria muito mais simples para Deus fazer, por meio de um milagre, com que a Terra se movesse, porque é mais fácil induzir um globo a girar, levando consigo as águas dos oceanos, do que imprimir a elas, duas vezes por dia, miraculosamente, o movimento necessário para que se produzam as marés. Isso é uma insolência!

Alguns jesuítas concordaram, achando que Galileo havia ido longe demais.

— E o que pensa fazer, senhor? — perguntou um deles.

— Quero ouvir a opinião de vocês acerca de um fato bem mais grave do que tudo o que foi dito até agora. Fica fácil, para quem lê o *Diálogo...*, compreender que Salviati fala em nome de Galileo. Ele tem a audácia de querer ensinar de que modo Deus deveria operar o milagre das marés! Mas e Simplicio? Quem seria Simplicio? Para começar, pergunto-me por que colocar um nome destes num personagem que defende a opinião da Igreja, que argumenta a favor daquilo que está nas Sagradas Escrituras. E o que diz Simplicio no final do livro? Ele invoca o poder infinito de Deus, que pode operar as coisas de maneiras que nossa mente é incapaz de compreender. Ora, todos sabemos que esse é um ponto de vista frequentemente usado por sua Santidade Urbano VIII e que ele permitiu a Galileo escrever este livro com a condição de que desse papel de destaque à onipotência de Deus. E o que fez o florentino? Colocou este argumento sábio na boca de um tolo, que passa a obra inteira sendo superado por um copernicano inteligente e erudito. E Salviati concorda com Simplicio no final, apesar de ter passado o livro inteiro expressando pontos de vista diametralmente opostos. Isso é sarcasmo, zombaria! O argumento favorito do Papa está na boca de Simplicio!

Um burburinho geral fez-se ouvir na sala. Diversos padres começaram a falar ao mesmo tempo, mas Grassi os interrompeu.

— Senhores, ouçam agora a conclusão que tiro de tudo isso. Se Salviati é Galileo, então Simplicio é o Papa! Urbano VIII serviu de escárnio e de chacota para Galileo!

— O senhor Maculano já chegou — informou o camerlengo Aldobrandini.

— Peça a ele para esperar um pouco — respondeu Urbano VIII, pensativo. — Quero terminar minhas orações.

O Papa fechou a porta e pôs-se a andar de um lado para o outro. Precisava ter certeza do que ia dizer ao inquisidor. Claro que podia voltar atrás na decisão, mas não queria mostrar-se inseguro.

Enfrentava dificuldades tanto de ordem religiosa como política e, por circunstâncias particulares, o caso Galileo podia melhorar sua situação em ambas. Não tinha com quem conversar, trocar opiniões. Desejava poder escrever o que sentia, desabafar mesmo que por escrito, mas até isso era arriscado. Se caíssem nas mãos erradas, essas notas poderiam simbolizar uma confissão de fraqueza, o que pretendia evitar a todo custo. Sentou-se à mesa e, antes de falar com Vincenzo Maculano, pôs-se a recapitular mais uma vez, como vinha fazendo nos últimos dias, os acontecimentos que o mergulharam nos problemas que enfrentava agora.

Tudo havia começado 115 anos antes, mais precisamente em 31 de outubro de 1517, quando Martinho Lutero afixou suas 95 teses na porta da igreja do Castelo de Wittenberg, na Alemanha. Era um protesto contra a avareza e a imoralidade na Igreja, sobretudo a venda de indulgências, autorizada pelo papa Leão X para levantar fundos destinados à construção da Basílica de São Pedro. As teses, que reivindicavam reformas profundas no catolicismo, foram imediatamente traduzidas em diversas línguas e disseminadas por boa parte da Europa, provocando uma revolução religiosa que logo se espalhou por Suíça, França, Países Baixos, Inglaterra, Escandinávia e alguns territórios do Leste do continente, sobretudo Hungria. Lutero foi excomungado em 3 de janeiro de 1521, tornando definitiva a cisão entre católicos e protestantes.

Outro golpe duríssimo veio da Inglaterra, em 1534. O rei Henrique VIII pediu a Clemente VII a anulação do seu casamento com Catarina de Aragão, que não lhe dava herdeiros do sexo masculino. O Papa recusou, mas mesmo assim o monarca repudiou a esposa e casou-se com Ana Bolena, o que lhe valeu a excomunhão. A resposta de Henrique VIII foi radical: rompeu com a Igreja Católica, decretou a dissolução dos monastérios, apropriou-se de muitos bens eclesiásticos e fundou a Igreja Anglicana, da qual o rei inglês era o líder supremo. O catolicismo foi proibido, instauraram-se tribunais religiosos e diversos opositores foram mortos, destacando-se o Bispo John Fischer e o escritor Thomas More, humanista que chegou a ocupar o cargo de chanceler do rei.

Paulo III, sucessor de Clemente VII, decidiu reagir, na tentativa de devolver à Igreja Católica o prestígio que vinha perdendo. Convocou um grande concílio, a ser realizado na cidade de Trento, com o objetivo inicial de promover uma unidade religiosa. Enviou convites aos principais líderes protestantes, mas foram sistematicamente recusados. Decidido a restaurar o poder da Igreja, o pontífice deu então início a um movimento que mais tarde passou a ser chamado de Contrarreforma. Para implementá-lo, tomou duas medidas essenciais. Em 27 de setembro de 1540, por meio da bula *Regimini militantis ecclesiae*, reconheceu oficialmente a Companhia de Jesus, fundada, em 15 de agosto de 1534, por Inácio de Loyola e seis companheiros, cuja missão era divulgar o Evangelho em qualquer parte do mundo e que estabelecia em seus estatutos o voto de obediência incondicional ao Papa. Em 21 de julho de 1542, por intermédio da bula *Licet ab initio*, instituiu o Tribunal do Santo Ofício de Roma, uma congregação de cardeais investida de poderes de exceção, tendo por objetivo extirpar a "perversão herética" da comunidade cristã, podendo, para tanto, investigar, encarcerar culpados ou suspeitos, punir de acordo com as leis canônicas e confiscar os bens dos condenados à morte. A Igreja passava a contar, portanto, com duas armas poderosas na batalha contra a heresia: evangelizadores audazes e intrépidos, dispostos a levar a palavra de Cristo aonde ninguém jamais a levara, e a possibilidade de punir, inclusive com a morte, aqueles que profanassem de maneira grave os dogmas da fé católica.

E foi nessa atmosfera contrarreformista que se instalou, em 13 de dezembro de 1545, o Concílio de Trento, o qual terminou apenas dezoito anos mais tarde, em 4 de dezembro de 1563, sob o pontificado de Pio IV. Foram realizadas 25 sessões, ao fim das quais um grande número de medidas disciplinares e decretos havia sido estabelecido, com o fim de unificar e regulamentar a conduta da Igreja Católica. Depois desse concílio, as divergências com os protestantes foram significativamente aprofundadas, já que várias disposições adotadas eram veementemente rejeitadas por eles, tais como a impossibilidade de o homem salvar a própria alma sem a mediação da Igreja, a obrigatoriedade do celibato clerical, a veneração dos santos e das relíquias, o dogma da Transubstanciação e a existência do Purgatório, entre outras.

Urbano VIII suspirou e levantou-se. Precisava chamar Maculano, mas a recapitulação estava longe de acabar. Voltou a andar de um lado para o outro, recordando os episódios seguintes.

Antes mesmo do fim do Concílio de Trento, conflitos armados entre católicos e protestantes eclodiram na França. Entre 1562 e 1598, oito guerras civis de motivação religiosa ocorreram naquele país, terminando com a assinatura, pelo rei Henrique IV, do Edito de Nantes, o qual estabelecia que o catolicismo continuaria sendo a religião oficial, mas se assegurava liberdade de culto aos calvinistas.

A questão seguinte foi a do calendário. Exatamente meio século depois de ter sido promulgado por Gregório XIII, nenhum Estado protestante o adotara ainda. Um mesmo dia podia pertencer a meses ou até a anos diferentes, conforme a religião do local onde se estivesse. "Mesmo que os protestantes reconheçam a superioridade do nosso calendário, dificilmente o adotarão", murmurou em voz alta o pontífice.

Mas os conflitos religiosos não se limitaram à França. No Sacro Império Romano Germânico, união de territórios da Europa central sob a autoridade de um imperador católico, as tensões agravaram-se no reinado de Rodolfo II, durante o qual muitas igrejas protestantes foram destruídas e foi restringida a liberdade de culto. Em 1608, príncipes protestantes descontentes fundaram a União Evangélica. No ano seguinte, surgiu a Liga Católica, uma organização em moldes semelhantes, para defender a religião do imperador. As relações entre os dois grupos tornaram-se cada vez mais tensas, e uma guerra em escala continental parecia inevitável.

E tudo começou na Boêmia, onde a população, de ampla maioria protestante, não desejava Fernando II de Habsburgo, futuro imperador do Sacro Império Romano Germânico, como rei. Os boêmios queriam ser governados por Frederico V, mas foram vencidos por Fernando II, que contava com o apoio de tropas e recursos financeiros dos alemães católicos, da Espanha e do papa Paulo V. O monarca adotou uma política agressiva, estabelecendo o Catolicismo como o único credo permitido na Boêmia e na Morávia. Isso provocou nos boêmios protestantes o desejo de independência. Em 23 de maio de 1618, indignados com a destruição de um de seus templos, invadiram o palácio real e atiraram dois ministros do rei e um secretário pela janela, fato que ficou conhecido como Defenestração de Praga. A partir daí, críticas e insultos foram substituídos por mosquetes e canhões, dando início a uma guerra que se alastrou por boa parte da Europa e já durava catorze anos, sem perspectiva de término.

Urbano VIII foi até a janela. Contemplou tristemente o jardim, cuja beleza não era capaz de tocá-lo naquele momento. Até ali, refletira apenas acerca dos fatos históricos, sobre os quais não tinha controle. Mas havia toda uma gama de eventos de cunho político, nos quais ele representava um papel central. Antes de falar com Maculano, precisava ainda considerar esse ponto de vista, bem mais delicado, que o colocava numa situação difícil.

Urbano VIII sempre esteve muito ligado à França. Em 1601, Clemente VIII o enviou a Paris, na condição de legado papal, para felicitar o rei Henrique IV pelo nascimento do futuro Luís XIII. Em 1604, voltou à capital francesa, onde viveu dois anos, desta vez como núncio apostólico. Com a morte de Gregório XV, em 8 de julho de 1623, teve início uma dura disputa pela sucessão pontifícia. Inúmeras votações foram realizadas, sem que se chegasse à escolha do Papa, até que, em 6 de agosto, o medo de uma epidemia de malária e o apoio em bloco dos cardeais franceses deram a vitória a Maffeo Barberini, que escolheu o nome de Urbano VIII. Mas os franceses, a quem devia a eleição, colocavam-no agora numa situação insustentável. O todo-poderoso cardeal Richelieu, primeiro-ministro de Luís XIII, temendo o poder que teriam os Habsburgos austríacos e a Espanha caso vencessem a guerra, embora sem intervir militarmente, estava apoiando os protestantes alemães e Gustavo II Adolfo, rei da Suécia. Era um alto membro do clero defendendo os interesses do inimigo contra os do Papa, a quem devia obediência.

A reação do rei espanhol Felipe IV e do imperador Habsburgo Fernando II foi enérgica. Em 8 de março, durante um consistório, o cardeal Gaspar Borgia, embaixador da Espanha junto à Santa Sé, pediu ajuda econômica ao Vaticano e acusou Urbano VIII de ser cúmplice dos franceses, que se haviam deslealmente colocado ao lado dos protestantes, os quais lutavam contra os verdadeiros representantes da fé católica, que o Papa tinha obrigação de defender. O pontífice não respondeu, tentando manter a neutralidade. Por um lado, também temia o excessivo poder da Espanha e dos germânicos católicos, tendo Roma sido seriamente ameaçada de invasão pelas tropas de Albrecht von Wallestein. De outra parte, caso interviesse contra a França, tinha medo de que o país rompesse com a Igreja Católica, seguindo o exemplo da Inglaterra de Henrique VIII. Conseguiu acalmar o ímpeto espanhol prometendo opor-se às pretensões de independência de Portugal, que estava sob o domínio do vizinho ibérico desde 1580 e desejava aproveitar a oportunidade oferecida pela guerra para reconquistar a liberdade. Mas este acordo diplomático era frágil, Urbano VIII sabia, e tudo podia mudar de uma hora para outra, deixando-o intranquilo.

Da janela onde estava, ergueu os olhos para o céu, como que à procura de uma inspiração divina. Mas tudo o que viu foi uma borboleta sobrevoando os jardins do Vaticano, completamente indiferente à mesquinhez humana. Precisava mandar entrar Maculano, que devia estar impaciente, mas os seus problemas não terminavam aí.

Internamente, no seio da própria cúria romana, era visto como fraco, sem autoridade e cúmplice dos protestantes. E foi em meio a essa perturbação política que o *Diálogo...* de Galileo chegou a Roma, três meses depois de ter sido publicado em Florença. Ao ler o livro, Urbano VIII ficou indignado. Galileo não havia cumprido o combinado, não tratara com imparcialidade os dois modelos cosmológicos que descrevia, não considerara o heliocentrismo como mera hipótese. E pior, muito pior, colocara na boca de Simplicio, um tolo defensor de Aristóteles, o argumento final da onipotência divina, aquele que o Papa mais prezava, e que devia constituir, em sua opinião, o ponto mais importante da obra. Sentiu-se ridicularizado, traído, magoado.

Além disso, os jesuítas voltavam a insistir na questão da heresia que consideravam haver no livro anterior do cientista, *O ensaiador*. "Galileo nega a Transubstanciação", diziam eles, "e o Papa não pode tolerar isso!" Admirava Galileo, fora amigo dele por muitos anos, mas não podia deixar passar essa afronta. Silenciara ante as acusações de cumplicidade com os protestantes, mas era inadmissível permitir que o acusassem de tolerância com heresias. Se colaborasse para a condenação de Galileo, um amigo declarado, a quem muitas vezes, particularmente e em público, oralmente e por escrito, manifestara admiração, por certo recuperaria a autoridade que vinha perdendo. A condenação contentaria espanhóis, Habsburgos e jesuítas. Já não poderia ser tachado de omisso, demonstraria que a Igreja ainda tinha força e exigia respeito. Que resposta melhor podia dar aos adversários?

"Não tenho escolha", disse Urbano VIII a si mesmo. "Este é o pior momento possível para alguém, mesmo que seja Galileo, questionar a autoridade do Papa e de toda a Igreja Católica." Foi até a porta e a abriu. O camerlengo continuava ali, obediente, à espera. Fechou os olhos, dirigiu um pensamento a Deus e falou para Aldobrandini:

– Pode mandar entrar o senhor Maculano.

Quando o terceiro médico saiu, Galileo finalmente tinha o que queria: três atestados afirmando que seu estado de saúde era frágil e que uma viagem a Roma nessas condições era arriscada, podendo mesmo ser fatal.

Estava vivendo um pesadelo. O sonho de triunfar outra vez, de reabrir a discussão filosófica sobre o heliocentrismo, havia durado pouco. Como sempre acontecia quando lançava um livro, o *Diálogo...* causara um estardalhaço em Roma. Vários amigos, por carta, tinham-lhe dito isso. E em agosto, sem maiores explicações, a obra foi proibida, todos os exemplares à venda deveriam ser recolhidos. Sabia que não havia mantido o tom de imparcialidade prometido ao Papa, mas não entendia as razões da proibição. Isso nunca havia ocorrido com nenhum livro seu, nem mesmo com o contundente *O ensaiador*. Algo estava acontecendo, tinha certeza, embora não soubesse exatamente o quê.

A proibição, contudo, não fora a pior notícia recebida de Roma. O pesadelo começou de verdade quando, numa carta datada de 23 de setembro, foi convocado a comparecer perante o Tribunal do Santo Ofício no mês seguinte. Não havia maiores explicações, não se mencionavam os motivos. Simplesmente estava sendo convocado. Galileo entrou em pânico, caiu de cama. Livrara-se uma vez daquele temido tribunal, mas tinha medo de um desfecho muito diferente agora. "Meus inimigos devem ter levantado calúnias contra mim, deturpado o sentido da minha obra."

Perguntava-se como as coisas haviam chegado a este ponto. Recebera autorização do Papa para escrever o *Diálogo...*, acatara as sugestões de mudanças no livro feitas por Riccardi. O que estaria, de fato, acontecendo? Saberia Urbano VIII de tudo?

Por vezes, tinha a esperança de que, se fosse a Roma e conversasse com o pontífice, tudo se resolveria. Mas era quase impossível que alguma coisa importante tivesse ocorrido no seio da Santa Sé sem o conhecimento e a aprovação do Papa. Portanto, não restavam a Galileo argumentos novos. Nada fazia muito sentido. Teria Urbano VIII deixado de ser seu amigo? Mas por quê?

Galileo reuniu os três atestados que possuía, assinados por médicos conhecidos de Florença, e os colocou num envelope. Era uma esperança tênue, uma frágil ilusão a que se agarrava desesperadamente. Se o tempo passasse, talvez o mal-entendido (sim, podia ser apenas um mal-entendido) se resolvesse e a convocação fosse anulada. Não queria ir a Roma, não desejava enfrentar, cara a cara, os juízes da Inquisição. Em 1616, não comparecera a nenhuma sessão, não respondera a nenhum interrogatório. Esta convocação era, portanto, bem mais grave. Dizia claramente que deveria apresentar-se ao Santo Ofício.

Chamou um criado e despachou a carta. Agora, só lhe restava esperar e rezar.

Capítulo XVI

Roma, Pisa e Florença, 1642

Quando Valentina abriu a porta, ficou parada, estática, sem acreditar no que os olhos viam. Depois, deixando o ilustre visitante ali de pé, correu para o interior da casa.

– Senhor Castelli! Venha depressa, o Papa está aqui!

Benedetto, absorto na solução de equações, pensou ter ouvido mal. Contudo, segundos mais tarde, a porta do seu gabinete foi aberta, e a criada disse a mesma coisa.

– Tem certeza, Valentina? – perguntou o beneditino, levantando-se.

– Claro que tenho! Venha ver!

Urbano VIII ainda estava de pé à porta, expressão séria, quando Castelli chegou.

– Oh, Santidade, queira desculpar-me –, balbuciou, solicitando ao Papa que entrasse. – É que nós não esperávamos e...

– Compreendo, Castelli. Há aqui algum lugar em que possamos conversar sem sermos ouvidos?

– Sim, senhor. Vamos até o meu gabinete.

Assim que Castelli fechou a porta, Urbano VIII perguntou:

– Quem é a mulher?

– É Valentina, minha criada. Está comigo há vários anos.

– Eu não gostaria que ela saísse por aí dizendo que me viu aqui.

– Valentina é da minha inteira confiança, senhor. E depois vou conversar com ela.

– Gostaria que fizesse isso agora, Castelli, para o caso de ela ir a algum lugar antes que tenhamos terminado.

O padre assentiu, levantando-se. Alguns minutos depois, estava de volta.

– Fique tranquilo, Santidade, Valentina não falará nada.

– Confio em você, Castelli, e vim retomar a conversa que tivemos na última vez em que nos encontramos.

– Refere-se ao manuscrito? – perguntou Benedetto, o coração acelerando.

– Sim, tenho novidades.

A seguir, pegou da cadeira ao lado uma pasta de couro, na qual Castelli ainda nem havia reparado, e retirou de lá um volume. Colocou-o em cima da mesa, e o matemático viu um desenho do Sistema Solar, com o Sol no centro. Acima da gravura, pôde ler:

Sulla gravità

"Por Galileo Galilei".

Ficou embevecido, no mesmo estado emocional da criada ao ver o Papa. Após alguns minutos de silêncio total, estendeu reverentemente a mão, mas Urbano VIII o deteve.

– Ainda não, Castelli. Vá buscar uma Bíblia.

– Aqui tenho uma – replicou o matemático, abrindo a gaveta e retirando um grande volume encadernado em couro, com letras douradas na capa. Colocou-a diante do pontífice, que a empurrou de volta na direção dele.

– Agora ponha a mão direita sobre o livro sagrado e jure, em nome de Deus e por sua alma, que este manuscrito apenas será publicado depois da minha morte e fora da Itália.

Castelli obedeceu.

Urbano VIII ficou pensativo, olhando alternativamente para Benedetto e para o manuscrito.

– Talvez eu esteja cometendo a maior tolice da minha vida. Eu deveria destruir este livro, queimá-lo, para que ele fosse completamente ignorado pelas gerações futuras. Deveria não apenas proibir a sua publicação, mas colocar perante o Santo Ofício todo aquele que sequer ousasse tentar fazê-lo. Deveria acusar de herege qualquer pessoa que o lesse. No entanto, estou aqui, em sua casa, de livre vontade, entregando-o a você. É a maior prova de confiança que já dei a alguém na vida, Castelli.

– E serei digno dela, o senhor verá – prometeu o beneditino, estendendo outra vez a mão para o livro. Desta vez, o Papa não fez qualquer gesto para impedir. Abriu o volume e começou a folheá-lo, incapaz de se concentrar. Desejava ardentemente ler, mas não podia nem pensar nisso enquanto Urbano VIII estivesse ali. Voltou a fechá-lo, ao mesmo tempo em que o pontífice perguntava:

– O que fará com ele?

– Em primeiro lugar, vou ler atenta e minuciosamente. Depois, se valer a pena, como penso que valerá, traduzir para o latim.

– Por que para o latim?

– Esta obra será publicada fora da Itália, conforme jurei. Portanto, precisa estar num idioma que não seja o italiano. O latim ainda é a língua universal da ciência, compreendida por todos os eruditos dignos de tal qualificação. Penso elaborar uma edição bilíngue; dessa forma, preservarei também o original de Galileo, o que considero de suma importância.

– E o que fará depois da tradução? Ficará com o livro aqui?

Castelli entendeu a parte não formulada da pergunta: "Conservará o livro consigo, esperando até que eu morra, para então publicá-lo?".

— Eu o remeterei ao exterior, provavelmente à Suíça. Estou demasiado velho para ir pessoalmente, mas vou encarregar disso Evangelista Torricelli, Primeiro Matemático do grão-duque da Toscana, que foi meu discípulo por vários anos.

— Torricelli é uma excelente escolha para ser o portador. Mas por que a Suíça?

— Tenho diversos amigos lá, todos fugidos da guerra. A neutralidade do país me parece ser um importante fator de segurança. A obra estará livre de pilhagens, saques e ladrões.

— Sim, e poderá esperar o tempo necessário para a publicação. Aprovo seus planos, Castelli. Como eu esperava, você provou ser um homem sensato.

— Obrigado, Santidade. E permita-me fazer uma pergunta: o senhor leu o livro?

Urbano VIII fechou os olhos.

— Li — respondeu, laconicamente.

Sabia que seu interlocutor esperava um comentário, uma avaliação. Decidiu ser sincero.

— Castelli, depois de ler esta obra, parecem-me ridículas todas as questões filosóficas e teológicas que levaram à condenação do heliocentrismo. Toda a discussão sobre as passagens das Sagradas Escrituras afetadas pela teoria de Copérnico me parece agora irrelevante e inútil. O que Galileo escreve aqui está muito à frente do nosso tempo. Se ele estiver errado, trata-se do maior herege que já pisou este planeta, indigno até mesmo da fogueira, alguém irremediavelmente condenado às chamas eternas do inferno. Se estiver certo, então foi o maior gênio que a humanidade já produziu, a mente mais brilhante alguma vez iluminada pelo Sol. Só o futuro dirá. Depois de terminar a leitura, eu compreendi que, mesmo que quisesse, jamais seria capaz de destruir o livro. Entre o risco da heresia e a glória do gênio, optei pela segunda. Se o que ele diz é falso, Deus saberá julgar-me e agirá como lhe aprouver. Mas, se é verdadeiro, então o papa Urbano VIII algum dia talvez ainda possa ser lembrado como um amigo da ciência.

Castelli estava impressionado. Durante todos os anos em que o conhecia, nunca vira Maffeo Barberini falar dessa maneira. O desejo de ler o livro apenas aumentava. Mas o Papa falou ainda.

— Sei que não preciso pedir-lhe segredo sobre a conversa que tivemos aqui. Publicamente, minha posição continuará sendo a mesma, a do representante máximo da fé católica, que tem a obrigação de defendê-la a qualquer custo. Para Urbano VIII, pouco importa o que pensa Maffeo Barberini.

— Pode contar com a minha discrição, Santidade, agora e sempre. Sinto-me muito honrado com a confiança que deposita em mim. Se algum dia quiser conversar, sentir o desejo de aliviar a alma de algum fardo, basta procurar-me ou mandar me chamar.

— Obrigado, Castelli, mas não espere por isso. A um Papa não são permitidas certas coisas. Ele deve limitar-se a conduzir a Igreja, na condição de sucessor de São Pedro, com fé absoluta nos dogmas. Caso contrário, não pode ser Papa. Maffeo entregou-lhe o livro, contrariando a vontade de Urbano. Maffeo deve calar-se, para que Urbano possa continuar seu trabalho.

— Não sei o que dizer — confessou Castelli, depois de um prolongado silêncio.

— Pois não diga nada. Há momentos, e este é um deles, em que o silêncio é mais eloquente do que o melhor dos discursos.

Urbano VIII levantou-se.

— Deve estar curioso para ler o livro. Vou deixá-lo agora, confiando plenamente que cumprirá a sua parte no nosso acordo.

Castelli abriu-lhe a porta. Antes de sair, o Papa olhou bem nos olhos dele.

— Há mais uma coisa. Se voltarmos a nos encontrar, seja publicamente ou em particular, nunca mais, sob hipótese nenhuma, o livro que eu trouxe hoje aqui será mencionado. Prometa-me isso – disse, estendendo a mão.

— Prometo – concordou Castelli, apertando-a com firmeza.

Quando o Papa saiu, ele foi até o quarto de Valentina e disse-lhe que não queria ser perturbado por ninguém. Sabia que leria avidamente, talvez de um fôlego só. Depois, iniciaria imediatamente a tradução. "Não posso esperar. Afinal, sei que não disponho de muito tempo."

Quando Aldo entrou, Tommaso fechou a porta. Tirou do bolso um colar de brilhantes e estendeu-o ao criado de Giuseppe Dominetti.

— Reconhece isso?

— É igual ao da minha irmã Emma — respondeu Aldo, depois de examinar detidamente a joia.

— Este é o colar da sua irmã, Aldo.

— Como pode ser isso? De que forma veio parar aqui?

— Foi roubado da casa dela.

— Mas estive com ela domingo passado, e Emma não me disse nada.

— É porque ela ainda não sabe. O roubo aconteceu hoje.

Aldo teve um mau pressentimento.

— Não estou entendendo nada, Tommaso. O que está acontecendo?

— Que decepção, meu caro. Pensei que os anos de convivência com o Jesuíta o tivessem tornado mais esperto. Mas vou explicar. Você gosta muito da sua irmã, não é mesmo?

— Gosto — respondeu Aldo, a sensação de desconforto crescendo. — Depois que perdemos nossa mãe, foi ela quem cuidou de mim.

— Pois então você vai fazer uma surpresa a ela. Vai devolver este colar, que ela nem sabe que perdeu. Ele tem muito valor sentimental, não é? Era da mãe de vocês, certo?

— Como você sabe de tudo isso? — explodiu Aldo. — Foi você que roubou este colar?

— Claro que não. Estive o dia todo aqui no Vaticano, pode perguntar a quem quiser. Mas deixe-me continuar. Você vai devolver o colar, dizer adeus a ela e sair de Roma.

O rosto do criado ficou vermelho.

– Sair de Roma? Mas por quê?

– Santo Deus, Aldo, será que não entende nada? Seu patrão morreu e agora deve deixar a cidade. Se não fizer isso, os ladrões do colar podem voltar à casa de Emma e... Bem, você sabe.

– Canalha, patife, crápula! – gritou Aldo, erguendo o punho e investindo contra Tommaso. Este desviou-se e disse, com calma.

– Se tocar em mim, irá para uma masmorra. Agora faça o que lhe digo. Despeça-se da sua irmã, junte as suas coisas e dê o fora do Vaticano. Tem até o meio-dia de amanhã para sair da cidade. Depois disso, se for visto por aqui, seguirá o caminho de Dominetti. Fui claro?

Aldo entendeu que tinha de obedecer. Estava lidando com pessoas poderosas, e Emma poderia morrer se ele tentasse resistir. O roubo do colar havia deixado isso bem claro.

– Está certo, parto amanhã de manhã.

– Assim é melhor – disse Tommaso. – Não queremos lhe fazer mal. Apenas deve sair de Roma, de preferência para bem longe. Um dia, se puder, mande buscar Emma.

Aldo deu-lhe as costas e saiu, batendo a porta. Instantes depois, Tommaso saiu também. Tinha de prestar contas a Antonio Barberini.

"Um dia, aqueles que me condenaram serão os verdadeiros suspeitos de heresia. Serão julgados e condenados pela História, reconhecidos como ignorantes e ultrapassados. O Universo não é como um punhado de líderes da Igreja, que se julgam detentores supremos da verdade, quer que ele seja. O universo é como Deus criou, dinâmico e movimentado, cheio de astros ainda por descobrir, estrelas não catalogadas, planetas jamais vistos pelo homem e talvez, como postulou Giordano Bruno, repleto de vida.

Não é à força que se confirma a veracidade dos fatos. A condenação do heliocentrismo pela Igreja não altera em nada o movimento dos astros. Os planetas continuam girando em torno do Sol, mesmo que isso tenha sido declarado tolo e absurdo em filosofia. Passei a vida tentando provar essa verdade, mas fui silenciado, humilhado e confinado à minha casa pelo resto da vida. Contudo, outros virão depois de mim e confirmarão a exatidão das minhas observações. Então Galileo, o perturbador da ordem e da autoridade aristotélica, aquele que ousou questionar as 'sábias' leis sobre o Universo sancionadas pela Igreja Católica, será visto como o observador, o descobridor, o precursor.

A Inquisição tem o poder de silenciar um homem, mas não o de modificar a verdade. E a verdade está com a ciência, que teve em mim um fervoroso divulgador. O tempo será meu juiz, e Deus, a minha testemunha.

Da minha prisão de Arcetri,
Galileo Galilei."

Castelli largou a pena e fechou os olhos. Estava concluída a tradução do mais impressionante livro que já lera. Urbano VIII estava certo: ou Galileo era blasfemo e herege, ou então o maior dos gênios. Na frase final, invocara Deus como testemunha. "É típico dele", pensou: "Arrogância ou genialidade? Quem sabe ambas as coisas."

Precisava agora escrever um prefácio. Escolheria cuidadosamente as palavras, porque não tinha dúvida alguma de que *Sulla gravità* seria um dia considerada uma obra-prima da ciência. E estava orgulhoso de ter sido ele o tradutor. "É uma modesta contribuição, mas agora, graças à minha tradução, o livro ganhou o *status* internacional que merece."

Chegou a considerar a hipótese de modificar o título, simples demais para uma obra tão diferenciada. Mas depois mudou de ideia, compreendendo que a simplicidade do título contrastava magnificamente com o caráter inovador dos argumentos apresentados. "Uma obra revolucionária num título despretensioso." E a sua tradução em latim seguiu o modelo original do mestre. "*De gravitas*", disse em voz alta. "Simplesmente genial, genialmente simples."

– Como foi que ela fugiu? – perguntou Antonio Barberini.

– Enquanto os criados dormiam, pulou a janela e desapareceu – informou Tommaso.

– Então, que ela siga em paz.

O cocheiro esperava uma explosão, uma reação colérica, mas o camerlengo estava calmo. Não entendia as razões dele, por isso não se conteve.

– Senhor, peço que perdoe a minha ousadia. Sei que não tenho o direito de perguntar, que não deve satisfações dos seus atos a um simples cocheiro, mas poderia dizer-me o que tencionava fazer com Bianca?

Barberini pensou por um momento. Poderia inventar uma história, dizer a primeira coisa que lhe viesse à cabeça, mas havia tempo desejava conversar com alguém sobre Bianca, uma prostituta diferente das outras. E só podia ser com Tommaso, intermediário dos encontros deles desde o princípio. Por isso, decidiu ser sincero.

– Bem, minhas intenções para com ela variaram bastante depois daquela carta que ela me enviou por seu intermédio. Nessa carta, ela me contou uma história sórdida em que eu preferia não acreditar. Contudo, constatei que era absolutamente verdadeira, e a partir daí ela deixou de ser uma simples prostituta e se transformou numa mulher que sabia demais, alguém que conhecia um segredo que não deve ser revelado. Ela chantageou um padre aqui do Vaticano, e pensei que poderia fazer o mesmo comigo. Por isso, decidi matá-la.

Tommaso estremeceu. Se o camerlengo fazia uma confissão tão grave com tamanha frieza, o que já teria ele feito ao longo da vida?

– Comecei a planejar a morte dela. Imaginei diversos métodos, mas logo entendi que não seria capaz. Bianca tem algo diferente. Não sei explicar o que é, mas ela não é igual às outras prostitutas.

301

"Sei do que o senhor está falando", pensou Tommaso. "Ela tem um magnetismo que também não sei explicar, mas que me atrai com muita força."

– Então pensei em mandá-la para a França, onde minha família tem muitos amigos. Eu estava planejando a viagem, e seria você quem a levaria.

"Que pena!", quase disse alto o cocheiro. "Seria uma oportunidade de passar muitos dias com ela!"

– Depois, fiquei em dúvida. Se ela voltasse da França, poderia tentar algo contra mim. Claro que seria fácil para mim livrar-me dela, mas eu não queria machucá-la. Então decidi colocar tudo nas mãos de Deus. Dei ordens aos criados para não a deixarem sair da casa sob nenhuma hipótese, mas não mandei vigiar a propriedade para evitar que ela fugisse. Resolvi que, se ela ainda estivesse lá quando eu voltasse a visitá-la, seria mandada para a França. Caso contrário, estaria livre.

– Isso significa que não vai mandar procurá-la?

– Não. Você acha que eu deveria?

– Não, senhor – respondeu Tommaso, depressa e com ansiedade na voz. O camerlengo percebeu. Olhou-o fixamente e perguntou:

– Tommaso, tem certeza de que não sabe onde ela está?

– Não sei, eu juro – respondeu o cocheiro, sem tirar os olhos dos de Barberini. – Se quiser, posso procurá-la.

– Não é necessário, Tommaso. Tenho mais contatos do que você e tenho certeza de que a encontraria, se quisesse. Mas vou deixá-la seguir o próprio caminho, desde que não volte a Roma. Se voltar, terei de tomar alguma providência.

Tommaso sentiu um misto de alívio e tristeza. Bianca não seria perseguida, poderia recomeçar a vida em algum lugar. Mas, por outro lado, talvez nunca mais voltasse a vê-la. "É melhor assim. Afinal, ela não passa de uma prostituta."

A voz de Barberini tirou-o do devaneio.

– Vá preparar a carruagem, Tommaso. Preciso sair.

Viviani esperava na rua, não queria entrar na casa. O local não lhe causava boa impressão. "Ela não pode continuar aqui", murmurou, enquanto caminhava de um lado para o outro. Estava ansioso. Depois do encontro casual na torre de Pisa, haviam estado juntos uma única vez, por um breve período, do lado de fora da catedral, após o término da missa. E haviam combinado este passeio. Seria a primeira vez que estariam sozinhos, sem limite de tempo e sem testemunhas. Viviani prometeu a si mesmo aproveitar a oportunidade, lutar contra a timidez.

Quando ela surgiu, ficou extasiado. Estava esplêndida, num vestido novo, os longos cabelos negros soltos ao vento. "Vai ser um dia magnífico!" Ela sorria, um sorriso sedutor, cativante. Ele retribuiu, recebendo-a com jovialidade.

— Nossa, Bianca, como você está bonita!

— Obrigada — respondeu ela, postando-se ao lado dele. — Vamos?

Dirigiram-se para o Rio Arno, onde um barco alugado os esperava. Pertencia a um pescador, que pediu um preço alto, alegando que perderia um dia de trabalho. Viviani não regateou. Pagaria até mais, se fosse preciso.

Enquanto caminhavam, ela lhe perguntou sobre o projeto da biografia de Galileo. Depois, quis saber da vida dele em Florença, o que fazia, com quem vivia. Quando se deu conta, estavam de mãos dadas. Não se lembrava de ter tomado essa iniciativa, mas isso não tinha a menor importância. Era o começo, o primeiro contato físico.

— Este é o barco — disse Viviani, apontando para uma pequena embarcação amarrada a um atracadouro. — Eu trouxe comida, espero que goste.

Bianca apoiou-se nele para subir no barco. Escorregou e, para não cair, pôs os braços em volta do pescoço do jovem. O contato foi excitante, e Viviani correspondeu da mesma maneira. Quando ela pôs os pés na embarcação, estavam abraçados. Ele encostou o rosto no dela, deixando-se ficar assim até Bianca soltá-lo.

– Vamos partir? – propôs ela, com um sorriso entre insinuante e tímido.

Viviani começou a remar contra a corrente, em direção oposta à do Mar Tirreno. Assim, a volta seria mais tranquila, bastando deixar que o barco seguisse o curso do rio. Ela chegou bem perto, e ele teve dificuldade de concentrar-se. A jovem usava um perfume sutil e delicado, cuja essência começava a impregnar o corpo e a mente dele. Havia muitas árvores ao longo da margem, em que as cigarras cantavam, enchendo aquele dia de verão com sua sonoridade despreocupada. Pássaros voavam com grãos ou pequenas criaturas no bico, dirigindo-se aos ninhos para alimentar os filhotes nascidos na primavera. Ele se sentia relaxado, apesar de estar remando. Estava encantado com aquele ambiente bucólico, onde a visão corriqueira de pássaros alimentando filhotes assumia um caráter todo especial.

Continuaria remando por tempo indefinido se Bianca, ao ver uma clareira, não sugerisse que parassem.

– Poderíamos ficar aqui, o que acha?

– Claro que sim – respondeu ele, dirigindo o barco para a margem e amarrando-o a um pinheiro. Ajudou Bianca a descer e depois foi passando para ela cestos contendo carne, pão, queijo, frutas e vinho, além de toalhas, copos, pratos e facas.

– Nossa, você não se esqueceu de nada! – disse ela, sorrindo.

Enquanto comiam, conversavam sobre assuntos triviais. Bianca tinha coisas sérias a dizer-lhe, mas ainda não era o momento.

Terminada a refeição, colocaram as coisas de volta nos cestos e começaram a caminhar por entre as árvores. Estavam de mãos dadas outra vez, e Viviani não pensou no manuscrito, em Galileo ou no Jesuíta. Naquele momento, só existia Bianca, o contato macio da pele da jovem. A certa altura, ela parou e abraçou-o. Encostou o rosto no dele, os lábios se movendo lentamente em direção à boca de Viviani. O beijo, suave a princípio, tornou-se longo, intenso, urgente. O corpo de Bianca colou-se ao dele, e

Viviani levou a mão aos seios dela, segurando um mamilo com as pontas dos dedos. A reação da jovem foi voluptuosa: pressionou o corpo ainda mais contra ele, enquanto o mamilo enrijecia, convidativamente. Viviani enlaçou-a pela cintura e a atraiu com força, a ponto de quase cair. Depois, pegou-a pela mão e foi em direção às toalhas. Empurrou os cestos para um lado e deitou-se, puxando-a para junto dele.

Beijou a testa de Bianca, os olhos, a face, a boca, a garganta, os seios. A mão percorria-lhe o corpo, tocando em todas as partes, acariciando, apertando suavemente. Ela havia conseguido o que planejava: que ele tomasse a iniciativa. Esboçou protestos débeis, mas ao mesmo tempo colaborava para que tudo acontecesse. Viviani fez com que Bianca se levantasse e começou a tirar-lhe a roupa. A visão dela nua superava qualquer obra de arte que ele já havia visto. Tirou as suas roupas também, jogando-as para longe, e puxou a jovem outra vez para o chão

As carícias chegaram a uma nova fase. Sem qualquer tecido que atrapalhasse, ele sentia plenamente cada curva, cada ponto do corpo dela. Colocou um seio na boca, e Bianca não pôde reprimir um gemido de prazer. Foi como um estímulo elétrico para Viviani, que começou a chupar e a mordiscar, enquanto ela se retorcia e apertava a cabeça do jovem de encontro ao seio.

Viviani moveu-se, procurando os lábios dela. Enquanto a beijava avidamente, ele a penetrou, ao mesmo tempo em que as mãos passaram por debaixo da nuca de Bianca, atraindo-a para um beijo excepcionalmente longo. Quando ele começou a se movimentar, ela decidiu parar de representar e correspondeu, intensificando o ritmo. Então, para Viviani, o céu chegou à Terra, e nada mais no mundo importava. A respiração e os movimentos de ambos tornaram-se mais e mais intensos, até que Bianca gritou e contorceu-se em espasmos de êxtase, apertando o corpo de Viviani com uma força que quase fazia doer. Segundos depois, foi a vez de ele libertar-se, esvaziando-se dentro dela e soltando um grito de puro júbilo.

Ficaram deitados lado a lado, mãos dadas, a respiração voltando ao normal. Passados alguns minutos, ela o convidou para tomar banho no rio. A água estava morna, aquecida pelo sol de verão. Eles nadaram, jogaram água um no outro. Bianca deu um empurrão em Viviani, que caiu para trás. Rindo, ela o desafiou a pegá-la. Ficaram nisso por algum tempo, até que a moça se deixou alcançar. Beijaram-se outra vez, e Bianca o conduziu para mais perto da margem, onde a água batia no peito dela. Tocou o pênis de Viviani, e o calor da mão de Bianca, misturado à água corrente, despertou nele uma sensação fantástica. Ele firmou bem os pés no leito do rio, pegou-a pela cintura e a ergueu. Ela contorceu o corpo e encaixou-se nele com extrema facilidade. Ela subia e descia, conduzida pelas mãos suaves mas firmes de Viviani. E tudo se repetiu: os espasmos, o clímax, os gritos.

Saíram da água e deitaram-se ao sol, para que os corpos secassem. Uma doce languidez os dominava, e Bianca colocou a cabeça no ombro esquerdo de Viviani, os cabelos molhados batendo de leve no rosto dele. "É agora", decidiu. "Chegou o momento de dizer o que quero." Ela havia pensado cuidadosamente no que lhe diria. Precisava contar sobre as joias, mas jamais mencionaria como as obtivera. Tampouco falaria sobre o passado em Roma.

– Vincenzo, preciso de ajuda – disse ao ouvido dele, quase num sussurro.

– Que tipo de ajuda? – perguntou ele, acariciando-lhe o rosto.

– Sou natural de Pisa, mas vivi quatro anos em Nápoles. Eu era noiva, e o casamento já estava marcado, mas três semanas antes meu noivo se envolveu numa briga e acabou sendo assassinado. Fiquei sozinha entre estranhos, numa cidade onde quase não tinha amigos. Ele tinha algumas dívidas e, para saldá-las, foi necessário vender a casa onde iríamos morar. Mas não fiquei completamente desamparada. Ele era dono de uma joalheria, e deixou todas as joias para mim em testamento. Pensei em vendê-las, mas tive medo, primeiro porque não entendo nada de pedras preciosas e depois porque sou mulher. Eu seria facilmente enganada pelos ourives, que jamais pagariam a uma mulher o preço que determinada joia realmente vale. Além disso, mesmo que vendesse as joias, não poderia ser em Nápoles, já que o comprador seria um concorrente do meu noivo falecido. Então, tomei uma decisão arriscada. Coloquei todas as pedras preciosas dentro de um saco de couro e, dando como pagamento dois colares, contratei uma escolta que me acompanhou até Pisa. Voltei para a casa da minha irmã, mas o ambiente lá é o pior possível. Meu cunhado é alcoólatra e espanca minha irmã com frequência. Eu sabia disso e não contei a eles sobre o meu pequeno tesouro. Antes de chegar à casa dela, eu o escondi no estábulo e, na primeira noite, enterrei-o num terreno baldio que existe ali perto. Preciso de ajuda para vender as joias, Vincenzo. Gostaria que você fizesse isso por mim, que procurasse diversos ourives e as vendesse pelo preço mais alto que conseguir. Com o dinheiro, pretendo comprar uma casa em Florença, mesmo que seja bastante simples. Não posso continuar morando com minha irmã. Tenho medo do meu cunhado. Ele pode... bem, você entende, não é?

Viviani estava impressionado. Era a história mais extraordinária que já ouvira, com exceção do experimento da Torre de Pisa. "Meu Deus, por quanta coisa essa mulher já passou na vida!", pensou ele, passando os dedos de leve na face dela.

— Vincenzo, você vai me ajudar, não vai? – perguntou Bianca, passando a ponta da língua na orelha dele.

— Claro que vou – respondeu o jovem, abraçando-a. – Tudo isso deve ter sido muito difícil para você. A perda do noivo, uma viagem tão longa sozinha, e agora esse ambiente complicado na casa da sua irmã. Mas a partir de agora você pode contar comigo, Bianca. Vou protegê-la, não deixarei que ninguém mais lhe faça mal.

— Muito obrigada – sussurrou ela, a voz embargada. – Encontrar você foi um presente de Deus, uma bênção que a vida está colocando no meu caminho.

Conversaram por mais algum tempo e depois recolheram as coisas para ir embora. Enquanto o barco descia suavemente o rio, impulsionado pela correnteza, Viviani felicitava-se por não precisar remar. Levou Bianca para casa, beijando-a outra vez ao se despedir dela.

Naquela noite, antes de adormecer, pensavam um no outro. Ambos se sentiam felizes, mas por motivos diferentes.

Genebra situa-se na confluência do lago homônimo com o Rio Ródano, na região de língua francesa da Suíça. Cidade milenar, foi conquistada pelos romanos no século II e, durante a Idade Média, esteve sob o domínio franco por três séculos e meio. Em 1033, passou a fazer parte do Sacro Império Romano Germânico.

Com o advento da Reforma, Genebra passou a representar um papel central para os adeptos do Protestantismo. Em 1536, ano da chegada de João Calvino, declarou-se protestante e proclamou-se uma República. A partir daí, passou a ser refúgio para europeus perseguidos pela Igreja Católica, a ponto de ter sido chamada de Roma protestante.

Apesar de a cidade ocupar um espaço físico reduzido, não foi fácil para Torricelli encontrar a casa de Renée Aumont. Os habitantes pareciam relutantes em fornecer endereços de moradores locais a estrangeiros desconhecidos. Contudo, depois de deambular por algum tempo pelas ruas pedindo informações, conseguiu encontrar a residência.

Um homem de aproximadamente sessenta anos, com uma cicatriz que ia do queixo até a metade da face esquerda, veio recebê-lo.

– Bom-dia, sou Renée Aumont. Quem é e o que deseja?

– Meu nome é Evangelista Torricelli, sou primeiro matemático do grão-duque da Toscana e estou aqui a pedido de Benedetto Castelli. Queira, por favor, ler esta carta de apresentação – disse, estendendo ao francês um envelope.

Quando terminou a leitura, o rosto dele descontraiu-se.

– Entre, por favor – convidou, indicando-lhe uma poltrona. – Castelli foi meu professor na Universidade de Pisa. Sou

308

muito grato a ele, não apenas pelos ensinamentos que recebi, mas acima de tudo por ele jamais ter falado a ninguém sobre as minhas convicções protestantes, apesar de eu ter lhe contado. Se tivesse feito isso, eu seria expulso da universidade. Castelli é um humanista, e a religião nunca foi barreira entre nós. Continuamos nos correspondendo regularmente, ao longo de quase trinta anos.

Torricelli gostou do que ouviu. Também estimava o seu ex-professor, e o relato daquele estranho apenas confirmava o que pensava dele. Aumont continuava falando.

— Não sei o que Castelli deseja de mim, mas será um prazer ajudar, se estiver ao meu alcance.

— Esta carta explica melhor do que eu seria capaz de fazer — replicou Torricelli, tirando outro envelope do bolso.

Observou a expressão facial do interlocutor enquanto este lia. Gradualmente, passou da impassibilidade ao assombro.

— Um manuscrito de Galileo! — exclamou, enquanto dobrava a carta e a punha de volta no envelope, que guardou no bolso. — E Castelli quer que eu o guarde aqui. Farei isso, naturalmente, mas não consigo entender as razões dele. Urbano VIII já está velho, talvez não viva muito. Por que ele não ficou com o manuscrito e o enviou para ser publicado após a morte do Papa?

— Também já me fiz essa pergunta, senhor Aumont, e somente uma resposta me parece satisfatória. Acho que Castelli está seriamente doente e teme morrer antes do Papa. Ele nunca me disse isso, mas ultimamente, cada vez que o encontro, saio com a impressão de que ele sofre.

Torricelli fez uma pausa, esperando que o interlocutor falasse. Como ele se manteve em silêncio, continuou:

— O motivo alegado por ele para mandar o manuscrito a Genebra é a neutralidade da Suíça na guerra e a segurança que, segundo ele, o país oferece. Gostaria que o senhor me explicasse isso: como pode a Suíça se manter neutra, enquanto todos os Estados em torno dela estão mergulhados num conflito tão sangrento?

Renée pensou por alguns momentos antes de responder.

– Acontece que os soldados suíços são famosos em toda a Europa, a ponto de serem os responsáveis pela segurança pessoal do Papa. Muitos os consideram invencíveis. Isso é um mito, logicamente, mas permitiu aos diversos cantões tirar proveito econômico da situação. O resultado é que mercenários suíços lutam em ambos os lados do conflito e são disputados por todos. Apesar de haver aqui cantões católicos e protestantes, eles se comprometeram a não lutar entre si. Muitos cantões assinaram tratados de ajuda militar com Estados em guerra, e esses tratados são tantos, com efeitos tão complexos, que neutralizam uns aos outros. A Confederação Suíça proíbe a passagem por seu território de qualquer exército estrangeiro, e ninguém se arrisca a invadir este país, com medo de perder os serviços dos seus mercenários em caso de fracasso. Dessa forma, a Suíça tornou-se um oásis em meio ao deserto da guerra. Dentro de suas fronteiras, todos estão relativamente seguros. Por isso, assim que estalou este conflito, saí da França e me estabeleci aqui. Não pretendo voltar para o meu país, nem mesmo depois que tudo terminar.

Torricelli ouvia com atenção. Parecia-lhe uma medida extremamente inteligente os cantões evitarem a guerra civil. Assim, lucravam com o conflito, recebiam dinheiro de todas as partes envolvidas. "Castelli fez uma escolha correta ao enviar o livro para cá", pensou.

– Mas voltemos ao manuscrito – propôs Aumont. – Se entendi bem, Castelli simplesmente quer que eu o guarde aqui. No momento apropriado, alguém virá buscá-lo e se encarregará da publicação. É isso?

– Exatamente, senhor. Foi o que ele me disse.

– E posso ler o manuscrito? Confesso que estou curioso.

– Acho que sim. Castelli não falou nada a respeito, não fez nenhum tipo de objeção.

Torricelli abriu um saco de couro surrado, de onde tirou um pacote.

— Aqui está — disse, entregando-o a Aumont. — Eu o trouxe neste velho saco de couro para evitar suspeitas. Ninguém podia sequer imaginar o que eu carregava.

— Medida prudente, meu jovem — concordou o francês, abrindo o pacote.

Contemplou atentamente o volume e comentou.

— A capa dá uma excelente ideia do conteúdo. Agora, minha curiosidade ficou ainda maior. Mas este livro merece uma leitura atenta, minuciosa — disse, voltando a pôr o volume dentro do pacote.

Torricelli foi convidado a almoçar, o que aceitou de bom grado. Depois, enquanto bebiam vinho, Aumont pegou papel e pena.

— Vou escrever uma carta a Castelli. Diga a ele que fique tranquilo. No momento em que quiser, o manuscrito estará aqui. Devo isso a ele.

Quando Renée Aumont o convidou para hospedar-se em sua casa, Torricelli ficou grato. Estava cansado, desde que parara em Turim não havia encontrado uma única estalagem decente. Precisava dormir, dar descanso ao corpo e também ao cavalo. Tinha uma longa viagem de volta, era necessário restaurar as forças. Ficou em Genebra três dias e foi tratado amável e atenciosamente pelo anfitrião.

Quando partiu, sentia-se confiante. Simpatizara com o homem e parecia-lhe que o seu mestre havia tomado a atitude certa. Mas a vida não é rigorosamente previsível e isenta de surpresas.

Quando Tommaso retirou a venda dos olhos da jovem, ela viu-se diante de uma casa esplêndida, com amplas janelas e uma fachada imponente. Era digna do novo cliente, um homem rico e poderoso que ainda não conhecia. Fora abordada pelo cocheiro, que propôs as condições, sem que ela tivesse direito a fazer nenhuma contraproposta. "É sim ou não", dissera ele. Como ela previra, usar a venda havia sido extremamente desagradável. Andar por longo tempo numa carruagem, sem poder ver para onde estava indo, dava uma incômoda sensação de insegurança. Mas o pagamento compensava amplamente este desconforto.

Seguiu o cocheiro até o interior da casa e, logo na entrada, estacou ao ver um grande retrato da Virgem Maria pintado na parede. Fez o sinal da cruz, perguntando-se como um homem da alta hierarquia eclesiástica podia profanar assim a figura de Nossa Senhora. "Isso não é da minha conta", pensou, enquanto ia atrás de Tommaso, que começava a subir uma escadaria repleta de figuras abstratas.

Ao entrar na sala, reparou imediatamente nos tapetes caros, nos candelabros de ouro e nos móveis de luxo. O cliente levantou-se e veio recebê-la. Levou-a para o sofá e sentou-a no colo dele. Ela se virou, constrangida com a presença do cocheiro, mas ele já não estava ali.

– Ele já foi embora, Sabrina – disse o cardeal, como se lesse seus pensamentos.

A seguir, encheu duas taças de vinho e propôs um brinde. Com a mão livre, ele passou a explorar todo o corpo dela, e a mulher retribuía da mesma maneira. Ele tomou um gole e a beijou, fazendo com que o vinho passasse para a boca de Sabrina. Ela detestou. "Isso é coisa de cliente de taberna", pensou, enquanto engolia a bebida com nojo. Contudo, não protestou. Queria agradar, ser chamada outra vez. "Se ele gostar de mim na cama, minha vida pode mudar."

A pedido dele, começou a tirar a roupa lenta e sensualmente. Ele acompanhava cada movimento com o interesse de quem assiste à preparação do prato favorito na cozinha de um palácio. De vez em quando, estendia a mão para tocá-la, dizendo palavras de elogio e aprovação. Quando ela estava completamente nua, pegou o resto do vinho que estava na taça dela e o derramou nos seus seios, de onde o sorveu com prazer. Depois, tirou a própria roupa, atirando-a displicentemente no chão, pegou-a no colo e a levou para o quarto. Ali, entregou-se ao jogo erótico com o zelo de uma pessoa totalmente dedicada à tarefa que executa.

Meia hora mais tarde, sonolento, um sorriso invisível na escuridão do quarto, Antonio Barberini pensava numa conversa que tivera com um arcebispo dois dias antes. Ele pedira para ser ouvido em confissão e declarara ter cometido o pecado da fornicação. O camerlengo foi duro. "Essa conduta até pode ser tolerada no caso de um padre, mas é inadmissível para os membros da alta hierarquia eclesiástica", dissera-lhe, em tom severo. "Nós temos de dar exemplo." Impusera ao homem uma penitência pesada: rezar um rosário por dia durante um mês. Era bom com números, fez as contas rapidamente: 4.770 ave-marias, 540 pai-nossos. Ele prometera, humildemente, penitenciar-se. "Deve estar rezando agora", pensou.

Estendeu a mão para o corpo nu de Sabrina, que ressonava suavemente. Beliscou-lhe de leve o bico do seio, que logo ficou rijo. Substituiu a mão pela boca, e ela reagiu instintivamente, pressionando o seio contra ele. O corpo de Barberini respondeu com uma ereção, e ele a atraiu para si outra vez.

Bianca estava encantada. Jamais estivera num palácio como aquele. Em comparação, as casas aonde Antonio Barberini a levava pareciam deprimentemente pobres. Para qualquer lugar que olhasse, via mármore, e o número de esculturas era para ela incalculável.

Quando entraram no salão do banquete, a admiração transformou-se em assombro. Toda a louça era de cristal ou porcelana, e os talheres, de prata. Criados circulavam às dezenas, oferecendo aos convidados champanhe e vinho, transportados em esplêndidas bandejas.

Bianca prestou atenção nas mulheres. Todas, sem exceção, usavam joias, além de vestidos finos, muitos de tecido importado. Felizmente, Viviani a advertira da suntuosidade do lugar, e ela usava o mais belo colar que possuía, o qual reservara para si e não queria vender. "Pelo menos na aparência, não fico devendo nada a elas", pensou, orgulhosa de si mesma. "Mas é melhor eu falar o menos possível, para não cometer gafes."

Viviani começou a apresentá-la a diversas pessoas, todas da nobreza florentina. A pedido de Bianca, concordara em dizer a todos que ela era natural de Nápoles e estava de passagem por Florença. "As tradições familiares têm muita importância aqui", dissera ela, "e as pessoas vão me ignorar se souberem a minha origem humilde." Correu os olhos pelo salão, até encontrar quem procurava.

– Venha – disse a Bianca, puxando-a pela mão. – Quero apresentá-la a uma pessoa.

Passou por entre as mesas e aproximou-se do jovem, mais ou menos da sua idade, tocando-lhe no ombro. Quando ele se virou, fez as apresentações.

– Bianca, este é Manfredo Strozzi, neto de Carlo Strozzi, o dono deste palácio. Foi ele quem me convidou para vir aqui hoje.

– Muito prazer – disse Manfredo, lançando um olhar avaliativo a Bianca. – Seja bem-vinda aqui e fique à vontade.

– Obrigada – respondeu ela, timidamente, aproximando-se mais de Viviani.

Os dois deixaram o grupo, continuando a circular pelo salão. Quando a refeição foi servida, Bianca comeu e bebeu pouco. Gostara imensamente do vinho, muitíssimo superior ao das tabernas a que estava acostumada, mas se conteve. Continuou inspecionando o lugar com os olhos, absorvendo cada detalhe, quando viu outra vez Manfredo. Ele estava olhando para ela, e Bianca ficou sem jeito ao notar isso.

Depois da refeição, quando os convidados passavam para outras partes do palácio, Manfredo surgiu, sozinho desta vez, juntando-se a Viviani e Bianca. Conversava muito, contava histórias de festas, caçadas e viagens. Exagerava nos detalhes, dando sempre ênfase especial ao luxo, à sofisticação. Dirigia-se a Viviani, mas a este pareceu que desejava impressionar Bianca. Isso o incomodou, e ele arranjou uma desculpa qualquer para livrar-se do inoportuno.

– Vamos embora – disse a Bianca, com irritação na voz.

– Mas por quê? Quero ficar aqui. Quero conhecer o palácio.

– Podemos fazer isso outro dia.

– Só se você me der um bom motivo. Ninguém foi embora ainda, por que você quer ir?

– Não gostei do jeito como Manfredo olhou para você. E ele falou demais, tentou impressioná-la.

A custo, ela conteve um sorriso.

– Não acredito, Vincenzo, que você está com ciúmes!

– Claro que não! Eu apenas...

– Escute, Vincenzo. Estamos juntos, não estamos? Então precisa confiar em mim. Por acaso me comportei mal na frente dele? Dei a você algum motivo para ter ciúmes?

– Não é nada disso, Bianca, mas acontece que eu...

– Então, por favor, vamos ficar! Eu lhe contei tudo sobre mim, você conhece a minha origem pobre, já viu a casa miserável em que moro, sabe detalhes do meu passado. Confiei em você, contei tudo. Não mereço também uma chance? Se não confia em mim, então talvez seja melhor não nos encontrarmos mais.

– Oh, não, Bianca, me desculpe. Você tem razão, estou agindo estupidamente. Venha, vou lhe mostrar mais do palácio.

Foram até o pátio e contemplaram colunas, arcadas, amplas janelas e mais esculturas. Ela estava encantada, e o clima entre os dois melhorou rapidamente. Viviani estava satisfeito por poder proporcionar a ela esse contentamento.

– Este palácio – explicou ele enquanto caminhavam – pertence à família Strozzi, uma das mais tradicionais de Florença. Foi concluído em 1534 e chegou a ser confiscado por Cosimo I de Medici quando as duas famílias eram rivais. Mais tarde, casamentos entre membros de ambas as famílias acalmaram as coisas. Hoje em dia, não são exatamente amigas, mas se toleram uma à outra e já não há mais disputas.

– Veja! – exclamou Bianca, apontando para uma fonte. – Poucas vezes na vida vi uma coisa tão bonita!

O passeio prolongou-se ainda por algum tempo, mas chegou o momento de ir embora. Bianca estava deslumbrada com todo aquele luxo e lamentava ter de deixar o palácio. Mas acompanhou Viviani sem protestar.

Ao sair, olhou uma vez mais para trás. "Eu faria qualquer coisa para morar num palácio como este", pensou. "Qualquer coisa."

Hannah ajeitou a criaturinha minúscula no seio. Sentiu uma leve sucção, e toda a sensação de bem-estar recomeçou. Uma semana já se passara e, contra todas as probabilidades, o filho parecia ficar cada dia mais forte. Já acreditava firmemente que ele sobreviveria. "É um milagre, só pode ser."

A notícia se espalhara pelos arredores de Woolsthorpe-by-Colsterworth, e mulheres vinham de aldeias vizinhas exclusivamente para ver o recém-nascido. Naquela tarde, várias estavam reunidas no quarto de Hannah, onde Margery não se cansava de contar a história do parto.

Falava-se agora do batizado, que, de acordo com a opinião de muitos aldeões, deveria ocorrer o mais breve possível. "O menino está reagindo bem, e pode ser que sobreviva, mas a gente nunca sabe." Hannah preferia deixar de lado prognósticos pessimistas. Sentia o filho ali, no seio, alimentando-se, lutando pela vida e vencendo. Isso era tudo o que importava.

Mas o assunto do batizado voltou, e uma mulher fez a Hannah a pergunta inevitável:

– Você já escolheu um nome para o seu filho?

Não era a primeira vez que respondia a esta questão. Por isso, disse calmamente:

– Sim, já escolhi. Ele vai ter o mesmo nome do pai. Vai se chamar Isaac. Isaac Newton.

Capítulo XVII

Roma, 1633

Muita roupa, alguma comida e objetos pessoais estavam sendo colocados na carruagem. Seria uma viagem sem data de retorno, e era conveniente não esquecer nada. "Aliás, haverá retorno?", pensou Galileo tristemente. "Voltarei ainda a ver Arcetri?"

Já não podia mais prolongar a ida a Roma. Alguns dias antes, recebera uma carta do Santo Ofício, datada de 30 de dezembro de 1632, informando-o de que, caso não comparecesse imediata e voluntariamente perante o tribunal, seria levado à força, inclusive acorrentado, se fosse necessário. Neste caso, dizia ainda a correspondência, todas as despesas da viagem e do processo correriam por conta dele.

Pensou em apelar uma vez mais ao grão-duque, mas, antes que fizesse isso, recebeu dele uma carta dizendo que não podia mais intervir, porque o Papa o advertira para que não o fizesse, uma vez que se tratava de "assunto muito sério". O tom de

Ferdinando II era de pesar. Aconselhava-o a ir, cumprir à risca as determinações do Santo Ofício, pois assim, dizia, talvez tudo acabasse bem. Terminava reiterando que sentia por ele "estima e carinho" e oferecia-lhe uma carruagem, a fim de que pudesse viajar mais comodamente. Galileo sensibilizou-se. Entendia que Ferdinando II estava impossibilitado de ajudá-lo. "Ele é meu amigo e protetor", pensou, "exatamente como fora o pai, Cosimo II."

Pietra o ajudava na tarefa de arrumar suas coisas. "A vida seria bem mais difícil sem ela." Antes de partir, foi buscar um telescópio. Se tivesse oportunidade, se dispusesse de tempo livre e de lugar apropriado, contemplaria o espetáculo celeste, que tanto fascínio exercia sobre ele.

Subiu na carruagem. Quando o cocheiro ordenou a partida, Galileo sentiu uma tristeza profunda. Tudo era incerto. Afastava-se da Toscana, terra natal que amava. Deixava admiradores, amigos e alunos. Mas, acima de tudo, deixava Virginia, cujo amor era o bem mais valioso que tinha no mundo.

A paisagem era desoladora. Devido ao despovoamento causado pela peste, campos outrora cultivados estavam abandonados, e extensas regiões praticamente desertas margeavam a estrada. A ineficiência das autoridades permitia que prosperasse o banditismo, tornando viagens como aquela muito arriscadas. A tudo isso somavam-se os rigores do clima, especialmente frio naquele inverno. A tramontana, gélido vento que sopra com força do norte ou do nordeste, vindo dos Alpes ou dos Apeninos, e se dirige para a costa italiana, tornava a jornada quase insuportável.

Galileo estava em silêncio. Não tinha disposição para conversar, o estado de espírito era compatível com a paisagem. Já durava quatro dias a viagem, tão difícil. Sentia fortes dores pelo corpo, o pulso estava irregular, não conseguia dormir. Perguntava-se se chegaria com vida a Roma.

Ao longe, pôde distinguir a Ponte Centino, que marcava o início dos domínios papais. Esta visão proporcionou-lhe um certo alívio. Ultrapassá-la significava vencer uma etapa importante do caminho, livrar-se do perigo de ataques de criminosos. Entrar no território sob a jurisdição da Santa Sé daria a impressão de que Roma estava mais perto.

À medida que se aproximavam, porém, Galileo notou algo estranho. Um movimento pouco usual, uma aglomeração de pessoas. Pensou ter ouvido alguém dizer que não poderiam passar, mas imaginou tratar-se de engano. A carruagem andou mais, até que foi detida por uma barreira do exército papal.

— Passagem proibida! — soou uma voz enérgica.

— Mas por quê? — perguntou Galileo, erguendo-se vigorosamente.

— Ordens do Papa. Por causa da peste, ninguém pode atravessar a fronteira dos Estados pontifícios sem passar antes por uma quarentena.

— Uma quarentena? Mas isso é um absurdo! Preciso passar! Fui convocado pelo Santo Ofício e tenho de me apresentar imediatamente!

— Passagem proibida, já disse.

— Escute aqui, você sabe quem eu sou? Sou Galileo Galilei, primeiro filósofo e primeiro matemático do grão-duque da Toscana, amigo do papa Urbano VIII! Portanto, deixe-me passar!

— Não há exceções, não importa quem seja. As ordens foram claras. Terá de cumprir a quarentena.

Galileo desceu da carruagem, indignado. Era um ultraje, uma humilhação. Uma espécie de hospital havia sido montado não muito distante da ponte. Ali, em instalações precárias, as pessoas deviam registrar-se e submeter-se a exames médicos, enquanto esperavam o tempo recomendado para obter a permissão de prosseguir. "É uma afronta, uma ignomínia", pensou Galileo. "Eu, que já fui celebrado por duques, príncipes e reis, tenho de esperar agora neste lugar miserável. O que mais terei de suportar?"

Dois dias haviam se passado. Para Galileo, foram praticamente intermináveis, na agonia da ociosidade forçada, mas era apenas o início da quarentena. Para não pensar no que ainda o aguardava, tirou do bolso a última carta de Virginia, escrita pouco antes de ele sair de Florença, que trouxera consigo para reler em momentos difíceis. "Pai", dizia ela, "peço que não enfrente estes problemas sem refletir. E, mesmo que os considere de maneira pessimista, utilize-os para eliminar as imperfeições que reconhece em si mesmo. Assim, conseguirá superar a vaidade e as falácias de todas as coisas terrenas. Mantenha o ânimo e a fé. Deposite toda a confiança em Deus, ele jamais abandona os seus fiéis."

Refletia sobre o conteúdo da carta quando viu entrar três médicos, acompanhados de um oficial do exército papal. Seria o primeiro exame a que o submeteriam. As pessoas foram organizadas em grupos, e cada médico tratou de um deles. Foi tocado, teve de levantar os braços, deixar que examinassem a pele do peito e das costas à procura de manchas escuras, um dos sinais da peste.

Quando os médicos saíram, Galileo começou a pensar no poder que aqueles homens tinham. Se declarassem que alguém estava com a doença, mesmo que fosse mentira, essa pessoa seria imediatamente expulsa dali, abandonada à própria sorte. E, ironicamente, ele quase se tornara médico. Se dependesse da vontade do pai, teria seguido este caminho. Vincenzo Galilei o matriculou na universidade de Pisa, em setembro de 1581, para que estudasse Medicina, mas quatro anos depois, encantado pela Matemática, voltou para casa sem ter obtido o diploma. O pai dizia que lhe dera o nome de Galileo em homenagem a um antepassado que, segundo ele, havia sido médico em Florença. "Se eu tivesse terminado o curso, poderia estar aqui agora, examinando as pessoas", pensou, com a certeza de ter tomado a decisão correta.

Uma semana. A rotina massacrante e a falta absoluta do que fazer começavam a afetar o estado de saúde de Galileo. Para piorar, os hóspedes forçados daquele lugar foram reunidos a fim de ouvir a leitura de um comunicado oficial.

"As autoridades de Roma fazem saber a todos que, terminado o período de quarentena, as pessoas poderão passar, mas não os meios de transporte em que viajam. Carruagens e cavalos que chegaram até aqui vindos de qualquer região onde a epidemia de peste ainda não passou serão terminantemente proibidos de atravessar a ponte."

Ele ficou desesperado. Como faria para chegar a Roma? A carruagem em que viera, tão amavelmente oferecida pelo grão-duque, perdera toda utilidade. Escreveu uma carta ao embaixador Francesco Niccolini, obtendo a promessa de que seria enviada a Roma. "Se ele não me ajudar, não sei o que farei."

Era a manhã de 10 de fevereiro, aparentemente igual às outras. Contudo, alguém aproximou-se e estendeu-lhe um envelope.

– Para o senhor, é de Roma.

Ao ver o nome do remetente, o coração de Galileo acelerou. O embaixador Niccolini o informava de que uma carruagem estava a caminho. E mais: graças à intercessão do grão-duque, não precisaria cumprir até o fim a quarentena.

Sentiu-se alegre depois de muito tempo. Os dezessete dias que passara ali lhe pareciam meses. Contudo, brevemente estaria em Roma. Até ser chamado a depor, ficaria hospedado na embaixada da Toscana, um local onde, estava absolutamente seguro, seria tratado com a dignidade que merecia.

Anoitecia, e a carruagem já trafegava pelas ruas de Roma. Ao ver o palácio onde ficava a embaixada, Galileo experimentou uma enorme sensação de alívio. Conseguira chegar, apesar de todas as adversidades. Uma viagem prevista para durar, no máximo, uma semana, acabara por transformar-se num pesadelo de três semanas e meia. Contudo, estava acabado, e dias melhores o aguardavam.

O embaixador Niccolini e a esposa, Catarina, esperavam na porta. Receberam-no com efusivas demonstrações de alegria.

– Senhor Galilei, em nome do grão-duque da Toscana, dou-lhe as boas-vindas a esta embaixada. Faremos tudo, absolutamente tudo o que pudermos para tornar a sua estada aqui o mais confortável possível.

A estas palavras seguiram-se as de Catarina:

– Também eu desejo manifestar minha simpatia, estima e admiração pelo senhor. Sinta-se totalmente à vontade neste palácio, onde está, peço que acredite nisso, entre amigos leais e sinceros.

– Obrigado – respondeu Galileo, com emoção na voz. – Depois de tudo o que passei, uma acolhida destas é uma verdadeira bênção.

Após o jantar, acompanhado de vinho, que tanto apreciava, Galileo foi conduzido ao quarto que ocuparia. Era um dos melhores da embaixada, destinado a hóspedes ilustres, dispondo inclusive de lareira. Vencido pelo cansaço e sentindo a maciez de finos lençóis importados, mergulhou num sono profundo e reparador.

A espera prolongava-se. Março havia chegado, e o silêncio do Santo Ofício continuava.

Sentado na sacada de seu quarto, podia ver, como ocorrera dezessete anos antes, na primeira vez em que estivera envolvido com a Inquisição, as altas cúpulas do Vaticano. Por que ainda não havia sido convocado para depor? Essa demora causava nele impressões contraditórias. Às vezes, pensava que era positiva, como insistiam em dizer Niccolini e Castelli, mas havia momentos em que o deixava preocupado. Contrariamente ao que acontecia nos tempos em que mantinha discussões públicas com inimigos declarados, agora as decisões eram tomadas nas sombras, por pessoas cuja identidade desconhecia. Ele, adepto do enfrentamento aberto e da batalha de argumentos, sentia-se perdido, em meio a um jogo de xadrez cujas peças não podia mover. Os inimigos de agora eram mais sutis e, por isso mesmo, mais perigosos. Entre eles estavam os jesuítas, que eram, na sua opinião, os únicos capazes de ler com conhecimento de causa e de compreender verdadeiramente o *Diálogo...* Talvez se sentissem ameaçados e vissem nele um intruso, alguém que vinha perturbar, de alguma forma, a enorme influência que tinham no ensino universitário.

Levantou-se. Não podia permanecer ali sentado. Precisava fazer exercícios, mesmo que fossem pequenas caminhadas nas dependências do palácio, de onde não estava autorizado a sair. Sentia falta dos longos passeios matinais que costumava dar em Florença, e atribuía à imobilidade as moléstias intestinais e as cãibras que vinha tendo ultimamente, além da velha e conhecida insônia.

Voltou a refletir sobre os jesuítas. Eles haviam se espalhado pela Europa e mesmo transposto as fronteiras continentais. Estavam nas Américas e na Ásia. Haviam sido banidos do Japão, mas continuavam na China. E ao pensar nisso, um tênue sorriso aflorou-lhe aos lábios. Se na Itália os jesuítas desejavam destruí-lo, na China os sucessores do padre Matteo Ricci, responsável pela introdução do Cristianismo naquele país, haviam contribuído para divulgar a sua obra. Sim, sabia que o seu nome era conhecido entre os chineses, que o chamavam de Kia-li-lo. E isso, por ironias da vida, graças aos jesuítas.

Galileo e Catarina estavam sentados no jardim. Ela contava-lhe histórias do cotidiano de Roma, da vida diplomática. Era uma companhia bem-vinda, sempre interessada em agradar-lhe.

Estavam assim entretidos quando chegou Niccolini. Cumprimentou-os, mas sem a alegria costumeira. Um simples olhar para o rosto dele bastou a Galileo para entender que algo não ia bem. Catarina também percebeu, porque deu uma desculpa qualquer e os deixou sozinhos. O embaixador permaneceu sentado em completo silêncio.

– Senhor Niccolini, vejo em sua fisionomia que se passa algo de errado. Tem a ver comigo?

– Estive com o Papa hoje – respondeu ele simplesmente.

– E então?

– Em breve será chamado a depor.

Galileo sentiu medo e alívio. Não sabia o que o aguardava, mas o silêncio dos juízes estava se tornando insuportável.

– Fico contente com isso, senhor Niccolini. Pelo menos saberei de que exatamente me acusam e terei a oportunidade de defender-me.

O silêncio do anfitrião mostrou a Galileo que havia mais. O interrogatório era uma questão de tempo, e o simples fato de ele se aproximar não justificava a atitude do embaixador.

– Que mais disse o Papa? – perguntou, começando a angustiar-se.

Niccolini olhou para o alto, depois para o chão, visivelmente procurando as palavras certas.

– Terá de ficar alojado no Palácio do Santo Ofício. Não consegui autorização para que volte todos os dias para a embaixada.

Galileo sentiu como que um choque. Era a prisão, a privação total da liberdade. Receberia o tratamento dado a um criminoso.

– Senhor, não sei se suportarei ficar confinado numa cela. O senhor conhece o meu estado de saúde. Acho que não resistirei por muito tempo.

Niccolini levantou-se e colocou-lhe a mão afetuosamente no ombro.

– Acalme-se, por favor. Não ficará numa masmorra. Não será tratado como costumam ser os que estão sob a custódia do Santo Ofício. No seu caso, foram feitas várias exceções. Três habitações confortáveis e um criado serão colocados à sua disposição. Além disso, terá liberdade de movimentos, desde que acompanhado por um visitador. Penso que essas condições podem ser interpretadas como indicativas de um desfecho favorável.

Galileo concordou. De fato, teria diversos privilégios, o que podia, efetivamente, ser sinal de boa-vontade para com ele. Mais aliviado, levantou-se para entrar em casa. Esperou que o embaixador o acompanhasse, mas este permaneceu sentado. A expressão continuava sombria, e Galileo teve medo de que os verdadeiros motivos daquela conduta tão pouco habitual ainda não houvessem sido ditos. Voltou a sentar-se e olhou-o nos olhos.

– Senhor, tenho a sensação de que me oculta algo grave. Sei que está fazendo tudo o que pode para ajudar-me e proteger-me, mas preciso saber o que está acontecendo. Seja lá o que for, peço que me diga.

Niccolini respirou fundo.

– O Papa se sente magoado e traído. Ele me disse que o senhor se valeu do personagem Simplicio para ridicularizá-lo e fazê-lo de tolo. E parece que também não gostou do nome desse personagem, considerando-o inapropriado para um defensor da posição oficial da Igreja.

Dessa vez, a sensação foi de um soco no estômago. Já não podia contar com o apoio e a proteção de Urbano VIII. Viu nisso uma macabra conspiração dos seus inimigos.

– Meu Deus, como pode Maffeo pensar uma coisa dessas? Ele, que me admirava e sentia estima sincera por mim, jamais teria chegado a esta conclusão sozinho. Foi perfidamente induzido ao erro por covardes que se escondem atrás do anonimato. Eu nunca pensei, nem por um segundo sequer, em zombar de um amigo tão especial e generoso. Quanto ao nome, refere-se a Simplício da Cilícia, o filósofo do século VI. Como sabe qualquer pessoa medianamente culta, ele foi um dos maiores comentadores e divulgadores do trabalho de Aristóteles. Que nome melhor eu poderia dar a um defensor do modelo aristotélico do mundo?

– Acredito em cada uma de suas palavras, senhor Galilei, e é bem possível que seus adversários estejam por trás de tudo isso. Mas não podemos perder a fé, temos de ter esperança de que as condições especiais da sua custódia signifiquem a possibilidade de uma absolvição.

Galileo fez um sinal de positivo com a cabeça, mas apenas para encerrar a conversa. Pediu licença e foi para o seu quarto. Não queria nem podia jantar. Deitou-se, sabendo que o sono não viria. Custava-lhe crer que o Papa o julgasse digno de um ato tão vergonhoso. Contava com a ajuda dele para livrar-se da Inquisição.

Agora, contudo, sabia que não seria assim. E passou a noite acordado, sentindo alternadamente cólera, tristeza e medo.

"Então esta é a sala", pensou, ao ser formalmente acompanhado até o local do interrogatório. "É aqui que vai ser decidido, se é que já não está, o meu futuro."

As semanas que se seguiram às revelações de Niccolini sobre os sentimentos do Papa para com ele haviam sido difíceis. Mesmo agora, passado praticamente um mês, tudo ainda parecia irreal, uma brincadeira de péssimo gosto. Mas não era, o Papa agora estava do outro lado, aliava-se aos que desejavam condená-lo.

Havia chegado na véspera ao Palácio do Santo Ofício. Em cumprimento ao que lhe havia sido prometido, foi instalado em amplas e confortáveis habitações, tendo sido tratado com respeito e cordialidade por todos os que encontrou ali. À noite, depois de ter inutilmente tentado conciliar o sono, pegou o telescópio e foi para o terraço. Era estranho contemplar naquelas circunstâncias a imensidão celeste. A beleza parecia ter desaparecido do firmamento, era como se os astros já não fossem os mesmos. E então teve medo, medo de ter se enganado, interpretado de modo equivocado o que o telescópio lhe mostrava, medo de ter contemplado a verdade, que tanto ofendia os mais conservadores. Imerso nessas cogitações, voltou para a cama, tentando proporcionar ao corpo um pouco de descanso.

O inquisidor mexeu em alguns papéis, e fez-se silêncio na sala. "Vai começar", pensou Galileo. "Seja o que Deus quiser."

– Eu, Vincenzo Maculano, comissário geral da Inquisição, assistido pelo procurador Carlo Sincero, e na presença de diversos oficiais do Santo Ofício, em 12 de abril de 1633, declaro aberta esta seção do Tribunal.

O primeiro procedimento foi uma mera formalidade.

– Galileo di Vincenzo Bonaiuti de Galilei, filho de Vincenzo Galilei, jura dizer a verdade?

– Juro.

O juiz olhou para as suas notas. Parecia ter preparado de antemão as perguntas.

– Por que demorou tanto para chegar a Roma?

– Estou aqui desde o primeiro domingo da quaresma, 13 de fevereiro. Conforme estava estabelecido, no dia seguinte vim apresentar meus cumprimentos a Vossa Eminência. Contudo, não estando o senhor aqui, fui recebido pelo procurador, Sr. Carlo Sincero, que me autorizou a permanecer na embaixada da Toscana, desde que não tivesse contato algum com o exterior e não recebesse visitas de absolutamente ninguém. E tenho observado escrupulosamente essa recomendação desde então.

– Mas, de acordo com a primeira convocação que recebeu, deveria ter se apresentado em outubro do ano passado.

– Estive doente, conforme demonstram os três atestados médicos que enviei a este Tribunal.

Por sua expressão, Maculano pareceu ter ficado satisfeito. Entrou, então, no tema do interrogatório propriamente dito.

– Diga-nos se sabe, ou imagina, as razões de ter sido chamado aqui.

Galileo esperava por aquela pergunta.

– Imagino que fui convocado a me apresentar ao Santo Ofício para prestar contas do meu livro recentemente publicado.

– Se lhe mostrássemos o livro, reconheceria que é seu?

– Sim, se me mostrassem, creio que o reconheceria.

Foi colocado diante de Galileo um exemplar do *Diálogo sobre os dois máximos sistemas do mundo*, impresso em Florença, em 1632. O cientista examinou-o atentamente.

– Sim, conheço este livro e reconheço que é meu. E reconheço também que todo o seu conteúdo foi escrito por mim.

– E por acaso se esqueceu de que, em 1616, foi advertido pelo cardeal Bellarmino contra as teorias de Copérnico? Não acha que violou as ordens do cardeal ao escrever este livro?

Aquela era uma pergunta delicada. A resposta devia ser extremamente cuidadosa.

– O sr. Cardeal Bellarmino me informou de que a teoria da estabilidade do Sol e do movimento da Terra era considerada repugnante pelas Escrituras Sagradas. Creio que o cardeal me notificou de que era possível sustentar a teoria como hipótese, da maneira que fez Copérnico.

– Pode explicar-nos, Galileo, se sabe o que há em seu livro para que tenha sido convocado a comparecer perante nós?

– Bem, quando estava escrevendo o *Diálogo...*, não o fiz acreditando que a doutrina de Copérnico era correta. Eu apenas buscava as razões astronômicas que pudessem esclarecer o debate e tentava demonstrar alguns dos argumentos geralmente usados a favor dessa teoria. Mas não digo que são falsos ou concludentes, não estou a favor nem contra. Eu não os apoio. Desde a determinação do cardeal Bellarmino, deixei de apoiar esta teoria condenada.

Maculano ficou em silêncio, parecia pensar. Depois, olhou para o réu:

– Galileo, pelo que pude notar, o argumento da sua defesa é o de que agiu de boa-fé e jamais violou o decreto de 1616. Por isso, para demonstrar a boa vontade da Igreja, seu livro será dado a ler a três teólogos, que emitirão um parecer. Será, então, chamado para prestar novo depoimento. Até lá, deve esperar aqui no Palácio do Santo Ofício.

Estava acabado. Galileo foi reconduzido às suas instalações. O primeiro interrogatório não fora de todo mau. Ainda tinha esperanças.

Quinze dias já se haviam passado. Quanto tempo ainda teria de esperar? Era bem tratado, e Giuseppe, o solícito criado que o servia, trazia-lhe diariamente comida da embaixada da Toscana, mandada por Catarina. Tinha certa liberdade de movimento e podia mesmo sair das três habitações que ocupava. Contudo, não deixava de estar confinado. O tratamento era privilegiado, por certo, mas era prisioneiro. Que crime cometera?

Giuseppe aproximou-se, aflito.

— Senhor, o comissário geral da Inquisição está aqui! E deseja vê-lo.

Galileo sobressaltou-se. Uma visita de Maculano era completamente inesperada. Ele deveria ter algo muito importante a comunicar.

— Então, mande-o entrar, Giuseppe.

O inquisidor cumprimentou-o de maneira respeitosa, mas formal. Convidado a sentar-se, disse ao que vinha.

— A comissão de teólogos que leu o seu livro foi unânime: ele defende o copernicanismo. Portanto, o Santo Ofício não pode mais aceitar a linha de argumentação que utilizou no interrogatório a que compareceu. Mesmo que o decreto de Bellarmino permitisse, como afirma, tratar a teoria copernicana hipoteticamente, ainda assim teria sido violado.

— Mas, senhor, o argumento vitorioso no final é o aristotélico, defendido por Simplicio. Como posso ter defendido o heliocentrismo, se dei a vitória ao modelo oposto?

— Galileo, deixemos de retórica. Esta "vitória final" de que fala é artificial, incluída no livro por expressa determinação do Papa. No resto da obra, contudo, lê-se o contrário, o que torna esse final irônico, para não dizer sarcástico. Até agora, tem recebido do Santo Ofício um tratamento excepcional, que jamais testemunhei ter sido dado a outra pessoa. Mas não será possível prosseguir assim se continuar se recusando a confessar seus erros.

— E o que devo fazer?

— No próximo interrogatório, deve reconhecer sua culpa.

— Se eu fizer isso, o que vai acontecer comigo?

— Receberá uma punição.

— Que tipo de punição?

— Não sei ainda, temos de deliberar. Todo culpado merece uma punição. No seu caso, estou seguro de que será a mais branda possível.

— E se eu não fizer isso?

— Então a sua situação ficará muito complicada, Galileo. Provavelmente, será acusado de heresia.

Ele entrou em pânico. O tratamento dado aos hereges era duro, podendo incluir tortura e morte na fogueira. Estava velho, não resistiria. Se se declarasse culpado, talvez recebesse uma punição simbólica.

— Preciso de algum tempo para pensar – tentou ainda.

— Infelizmente, não posso lhe dar esse tempo. No próximo sábado, será chamado a depor outra vez. Tenho de preparar as perguntas, o que farei de acordo com a sua resposta.

Estava sendo pressionado. A Igreja, claramente, desejava obrigá-lo a confessar-se culpado. Mas que saída tinha?

— Está bem – concordou, com um fio de voz. – Vou me declarar culpado.

No dia seguinte, Maculano enviou uma carta a Francesco Barberini, um dos juízes do processo, que estava com o Papa em Castel Gandolfo. Contou o resultado da conversa com Galileo e acrescentou que "assim, o Tribunal manterá sua reputação e será possível tratar o culpado de forma mais suave".

Já não havia esperança de sair ileso. A conversa que o inquisidor viera ter com ele não era usual. Era uma espécie de acerto extrajudicial, um acordo feito fora dos trâmites normais do processo. Seria punido, isso era certo, restando saber qual era a pena. E o pior era que devia confessar-se culpado de um crime que a consciência não o acusava de ter cometido.

Como costumava fazer em momentos difíceis, mais uma vez apelou para as cartas de Virginia. Para seu assombro, recebera uma carta dela nos últimos dias, depois de ter sido confinado no Palácio do Santo Ofício. Como podia essa notícia ter chegado ao convento de São Mateus? Não sabia, mas o fato é que chegara, e a filha lhe demonstrava mais uma vez seu amor incondicional. "Pai, este é o momento de usar a prudência que recebeu de Deus", dizia ela, preocupada.

Sentiu um forte desejo de escrever-lhe, contar as aflições por que passava. Mas depois mudou de ideia. Isso só serviria para deixá-la ainda mais angustiada. "Silenciar agora é uma prova de amor", pensou Galileo. "Ela acabará por saber de tudo. Só me resta esperar a sentença."

O Tribunal estava mais uma vez reunido. A única coisa que Galileo se perguntava era como o induziriam a confessar-se culpado. "Devem ter inventado um ardil, para que tudo pareça absolutamente natural." E a resposta não demoraria a chegar.

Depois das formalidades de praxe, Vincenzo Maculano procedeu à leitura do decreto publicado pela Congregação do Index em 5 de março de 1616, proibindo, condenando ou suspendendo diversos livros que defendiam a veracidade do modelo copernicano. Galileo conhecia bem os termos do decreto, pois possuía uma cópia, assinada pelo próprio cardeal Bellarmino, e foi com grande surpresa que ouviu o inquisidor pronunciar distintamente cinco palavras que não existiam na versão que lhe fora entregue na ocasião: "Seja da forma que for". Aparentemente, tratava-se de questão irrelevante, imperceptível para qualquer pessoa que não conhecesse a fundo este decreto. Contudo, adicionadas à proibição de "ensinar ou defender a teoria copernicana", as cinco palavras mudavam tudo: sem elas, Galileo podia escrever sobre o modelo de Copérnico, desde que o tratasse como mera hipótese; com elas, nem isso. Pela versão que tinha em casa, não havia violado a proibição da Igreja. De acordo com a versão que estava sendo lida, havia, sim, infringido o decreto, o que era falta gravíssima.

"Então é assim!", pensou Galileo, compreendendo tudo. "Meras cinco palavras destruíram por completo a minha defesa." Reconheceu a simplicidade e a eficácia daquele estratagema. Postas as coisas nestes termos, seria acusado de heresia, o pior crime contra a fé cristã. Não podia, contudo, dizer isso aos juízes. Eles contavam com um trunfo imbatível e sabiam disso: o cardeal Bellarmino, única pessoa que poderia esclarecer os fatos, estava morto desde

1621. Se protestasse, seria a palavra dele contra a da Igreja, e poderia ainda ser alvo de outras acusações.

Terminada a leitura, o inquisidor Maculano se dirigiu a ele:

– E agora, Galileo, o que tem a nos dizer? Violou ou não o decreto? Defendeu ou não o modelo de Copérnico?

Ele respirou fundo. As palavras seguintes saíram-lhe com dificuldade, mas precisava dizê-las. Simplesmente não tinha alternativa.

– Bem, com todo o respeito ao Tribunal, reli recentemente meu *Diálogo...*, depois de três anos, e livremente concedo que, em vários lugares, um leitor ignorante dos meus verdadeiros propósitos pode supor diversos argumentos capazes de sugerir uma autêntica convicção de minha parte. Meu erro, eu confesso, foi por ambição, pela natural inclinação de muitos homens para analisar as coisas, que outros não têm, para mostrar-se a si mesmos mais hábeis que outros homens, para expor argumentos a favor de proposições, ainda que sejam falsas. No que me diz respeito, embora a minha avidez pela glória seja superior ao razoável, se hoje tivesse de expor os mesmos argumentos, eu os modificaria para que parecessem uma ilusão. Por isso, eu confesso, minha falta foi por ignorância ou descuido. E, se parecer bem a este Tribunal, proponho-me reescrever o *Diálogo...*, acrescentar a ele uma ou duas jornadas e retificar os erros ali encontrados, a fim de que não reste nenhuma dúvida acerca das minhas reais intenções.

"Está dito", pensou, sentindo-se humilhado. Era degradante, mas acusar-se a si mesmo de ambicioso e ignorante foi a única forma que encontrou para tentar retirar dele as acusações de heresia e má-fé, cujas penas eram severas, e convertê-las em pecados menores, passíveis de perdão. Era arriscado, tinha consciência, porque os juízes poderiam não aceitar como defesa argumentos que a ele próprio soavam fracos. Contudo, era tarde demais para recuar. Por isso, continuou na mesma linha de defesa:

– Reconheço, para meu pesar, que posso perfeitamente ter violado este decreto, publicado há dezessete anos, e de cujos termos exatos já não me recordo.

Sentia-se cada vez pior à medida que falava. Ele, outrora tão altivo, humilhava-se mais e mais, a ponto de perder a dignidade. E, tentando desesperadamente livrar-se da condenação por heresia, disse ainda:

— Concluo rogando humildemente que sejam levadas em conta minha idade avançada e as dores de toda espécie que meu corpo vem suportando. Peço ainda que meus desvarios sejam imputados a um espírito atormentado por quase um ano de calúnias contra a minha honra e a minha reputação.

Não tinha mais nada a dizer. Agora, estava nas mãos da Igreja, que tinha o poder de fazer com ele o que bem quisesse. Teve de ser amparado ao sair do Tribunal. A Inquisição vencera. Tanto assim que, naquele mesmo dia, foi autorizado a voltar à embaixada da Toscana.

Galileo e o embaixador Niccolini estavam sentados no jardim da embaixada.

— Acho que as coisas ainda podem acabar bem — disse o anfitrião, tentando animar o hóspede. — Alguns amigos seus, como Castelli, são dessa opinião.

— Obrigado pela generosidade, mas já não tenho ilusões. Passo horas e horas pensando em qual poderá ser minha pena.

— Talvez não seja muito pesada, Galileo. Afinal, deixaram que voltasse para cá, o que é totalmente fora dos padrões. Os acusados sempre esperam a sentença presos.

— Eles me deixaram voltar porque minha saúde estava se deteriorando. Não consigo ver sinal de bondade nessa permissão.

— E como foi a apresentação da sua defesa, no dia 10 de maio?

— Mera formalidade. A única coisa que pude apresentar em minha defesa foi a carta do cardeal Bellarmino, na qual ele diz que, em 1616, não sofri qualquer sansão do Santo Ofício. Além disso, reafirmei o que havia dito no interrogatório anterior sobre ter errado sem intenção. Mas não creio que essa carta faça alguma diferença.

– O senhor está muito pessimista. Talvez nem tudo esteja perdido.

– Pode ser, mas a alteração dos termos do decreto proibindo o heliocentrismo foi um choque para mim. Nunca pensei que a Igreja chegasse a este ponto. Se a teoria de Copérnico não podia ser apresentada nem mesmo na forma de hipótese, conforme se pode deduzir do texto lido no meu interrogatório, por que, então, o Papa me autorizou a escrever o *Diálogo...*? Ele sabia de tudo, tinha conhecimento de que eu compararia os dois sistemas, sugeriu até mesmo a mudança do título. Se eu violei o decreto, o Papa também fez isso ao me autorizar a publicar o livro.

Niccolini fez um sinal de positivo com a cabeça.

– Realmente, não tenho nada a opor a esse argumento. E o pior é que o senhor não pode nem sonhar em mencionar isso no Tribunal.

– Não posso mesmo. Agora, só me resta aguardar a sentença.

A espera parecia interminável. Mais de um mês, mas finalmente o dia chegara. Seria o último interrogatório, aquele que definiria de uma vez por todas a sua situação. A demora era angustiante, tanto mais porque esperava o pior. Hoje saberia de tudo. "Ao menos isso."

O inquisidor já se preparava para começar.

– Galileo. Você teve tempo para refletir sobre a sua conduta relativamente ao decreto de 1616. O que tem a nos dizer hoje?

"Santo Deus!", pensou o acusado. "O que mais querem que eu diga?"

– Senhores, continuo afirmando que, se errei, foi por descuido ou ambição. Minhas intenções sempre foram retas. Em 1616, era-me indiferente qual das duas teorias estava correta, porque considerava ambas defensáveis. Contudo, depois da admoestação do cardeal Bellarmino, seguro da prudência dos superiores, passei a ter, como hoje ainda tenho, como verdadeiríssima e indubitável, a opinião de Aristóteles e de Ptolomeu, ou seja, a de que a Terra está parada e o Sol se move. No *Diálogo...*, expliquei as razões naturais e astronômicas que se podem empregar a favor de cada uma delas, tentando mostrar que nenhuma tinha força para permitir conclusões definitivas. Concluo por isso que, depois da admoestação, não voltei a ter a maldita opinião.

A expressão de Maculano revelou contrariedade. Era evidente que não ficara satisfeito com a resposta. Olhou firmemente para o acusado e, com voz solene, anunciou:

— Galileo, durante todo este processo, tem sido tratado com uma cortesia e amabilidade que não costumamos dispensar àqueles que profanam os ensinamentos da Santa Igreja. Não é necessário enumerar aqui os privilégios que lhe foram concedidos, sempre na esperança de que se retratasse de maneira total, sem fingimento. Contudo, insiste em nos encarar como tolos, tentando nos fazer acreditar que não defendeu conscientemente a teoria de Copérnico e que não violou o decreto que a proibiu. Diante da sua obstinação, vemo-nos forçados, muito a nosso pesar, a interrogá-lo sob tortura caso continue ocultando a verdade.

Galileo sentiu como que uma pancada na cabeça. Ameaçavam-no agora com tortura, como se fosse um criminoso. Começou a entrar em pânico. Imaginou braços e pernas sendo esticados até se romperem os tendões, ferros em brasa queimando-lhe o corpo alquebrado, as chamas de uma fogueira projetando-se sobre ele.

— O que devo fazer? — perguntou, com voz sumida.

— Abjurar, Galileo, renegar publicamente essa doutrina maldita e condenada pela Igreja. Se não o fizer, poderá ser condenado por heresia.

"É o auge da degradação. Em nome da verdade, terei de mentir, declarar falso aquilo que sei ser absolutamente verdadeiro. Não tenho a coragem dos mártires, por isso vou submeter-me a essa abjeção."

— Está certo — disse num tom quase inaudível. — Farei o que me pedem, vou abjurar.

O rosto do inquisidor pareceu demonstrar certo alívio. "Talvez ele não quisesse me torturar", pensou Galileo.

– Então – proferiu Maculano, ainda em tom solene – será reconduzido às habitações que ocupou aqui no Palácio do Santo Ofício na fase anterior do processo. Amanhã, no convento Santa Maria Sopra Minerva, ouvirá a sentença.

– Estou nas mãos de vocês – declarou Galileo, levantando-se com dificuldade. – Façam comigo o que lhes aprouver.

As horas passavam, e Galileo não podia dormir. Foi até o terraço, mas desta vez não levou o telescópio. Não estava em condições de apreciar o espetáculo dos astros. Nunca mais a sua vida seria a mesma. Muito em breve, receberia uma sentença, mas já desistira de tentar adivinhar qual seria.

Pensou em Giordano Bruno, acusado de heresia pela Inquisição e queimado vivo, em 17 de fevereiro de 1600, no Campo de Fiori, uma praça localizada no centro de Roma, a leste do Rio Tibre. Teria ele experimentado a mesma sensação de vazio antes de ouvir a sentença? "Provavelmente não", pensou, "porque Bruno era um contestador nato e recusou todas as oportunidades de retratar-se". Ao contrário de Galileo, não era um bom católico: rejeitava imagens de santos, aceitando apenas o crucifixo, e duvidava da Santíssima Trindade. Abandonou o Catolicismo e tornou-se um seguidor do Calvinismo, mas também essa religião não o satisfez, tendo sido obrigado a deixar Genebra por divergências com sucessores de João Calvino.

Este era o lado mais visível de Bruno, o provocador, mas havia outra questão que incomodava a Igreja Católica: os conceitos de Universo que ele defendia. "Neste ponto, ele foi mais longe do que eu." Em 1584, Bruno escreveu um diálogo intitulado *De l'infinito universo et mondi* (*Do infinito universo e mundos*), no qual havia uma passagem que impressionava Galileo. "Sou capaz de lembrá-la de cor, tantas vezes a li", murmurou o cientista. Fechando os olhos, fez um esforço de memória, e as palavras de Bruno voltaram-lhe à mente: "Uno, portanto, é o céu, o espaço imenso, o âmago, o continente universal, a eterna região onde tudo se move. Ali se encontram inumeráveis estrelas, astros, globos, sóis e terras, que, infinitos, argumentam racionalmente entre si. O Universo, imenso e infinito, é o composto resultante de tal espaço e de tantos corpos". Nessa mesma obra, o autor defende a pluralidade dos mundos habitados, ou seja, sustenta que há outros planetas no Universo onde existe vida. "Eu nunca considerei essa questão", pensou Galileo. "Nunca me detive na possibilidade de haver no Universo outros mundos em que a vida pulsa como aqui, mas, me pergunto agora, por que não?"

A mente de Galileo voltou para a sentença que estava prestes a receber. Não temia a morte na fogueira, em primeiro lugar porque, nas três últimas décadas, a fúria punitiva da Inquisição havia diminuído e, por outro lado, não permanecera obstinado em suas crenças, como fizera Bruno, tendo mesmo concordado em abjurar. Tampouco tinha grandes receios de ser torturado, devido à idade avançada e também porque, apesar de tudo, não acreditava que o Papa permitisse uma coisa dessas. Mas podia ser preso, passar o resto da vida numa masmorra. "Neste caso, os dias que me restam serão breves."

Sem saber como, lembrou-se de um episódio ocorrido mais de meio século antes. Quando ainda era adolescente e estava no mosteiro de Vallombrosa, onde realizou os primeiros estudos, esteve firmemente inclinado a se tornar monge. "Minha decisão já estava tomada, mas meu pai me tirou de lá." Em 1579, quando Galileo tinha quinze anos, Vincenzo, aproveitando a oportunidade fornecida por um pequeno problema ocular do filho, que teve de ser tratado em Florença, tirou-o definitivamente do mosteiro. Tinha outros planos para o jovem, não permitiria que fosse padre. "E pensar que quase entrei para a Igreja que agora vai me condenar."

Os oficiais do Santo Ofício vieram buscá-lo. Era uma quarta-feira, estava vestido com as roupas brancas dos penitentes e seria levado para o convento Santa Maria Sopra Minerva, local onde costumavam ser lidas as sentenças da Inquisição. O curto trajeto desde o Palácio do Santo Ofício foi realizado sob estrita formalidade. Antes de chegar à sala em que seria dado o veredito, Galileo passou pelo claustro, onde as paredes e o teto estavam repletos de figuras de hereges sendo castigados por seus crimes. Para a Inquisição, qualquer dor infligida ao corpo de um herege era insignificante se comparada à dor eterna que ele padeceria no inferno, caso morresse impenitente. Os afrescos representando tortura e dor tinham, pois, o propósito de transmitir coragem ao condenado, fazendo com que ele aceitasse o seu castigo e voltasse a estar em paz com a Santa Igreja, podendo a sua alma, caso Deus assim o quisesse, ainda ser salva.

Ao entrar na sala, Galileo olhou para todos os presentes. Daqueles homens dependeria o seu futuro, caso ainda houvesse algum. Ajoelhou-se, como era costume, para ouvir o veredito.

— Nós o declaramos, Galileo Galilei, em razão dos fatos expostos neste julgamento, apresentados por você mesmo ante este Tribunal do Santo Ofício, gravemente suspeito de heresia, sobretudo por haver apoiado e acreditado numa teoria falsa e contrária às Sagradas Escrituras: a de que o Sol é o centro do mundo e não se move, e a Terra não é o centro do mundo e se move. Apesar de ter sido advertido para que não voltasse a ensinar esta teoria, condenada por um decreto da Congregação do Index de 1616, você violou essa proibição ao publicar o *Diálogo sobre os dois máximos sistemas do mundo*. Por isso, Galileo Galilei, nós o condenamos à prisão.

"Então serão as masmorras. Lá terminarei meus dias."

O inquisidor continuava falando.

— Contudo, se abjurar e maldisser todos os seus erros e heresias, reservamo-nos a faculdade de moderar, alterar ou levantar, no todo ou em parte, esta sentença.

A esperança era diminuta, quase inexistente, mas era a única oportunidade que tinha. "A abjuração será apenas uma humilhação a mais."

– Sim, eu concordo – disse, procurando no rosto dos juízes algum sinal de compaixão.

Recebeu uma folha de papel com o texto que deveria ler, preparado pelo Santo Ofício. Passou os olhos rapidamente por ele e percebeu de imediato que era bem pior do que imaginara. Cada palavra era como que uma punhalada nas suas crenças, na própria consciência. "Eu, que a vida toda lutei pela verdade, sou obrigado agora a dizer um sem-número de mentiras. Mas não deixarei que percebam o quanto elas me ferem, o nível de degradação moral a que elas me reduzem."

Olhou mais uma vez para o papel, respirou fundo e, com a voz mais firme de que foi capaz, começou a ler:

"Eu, Galileo Galilei, filho do finado Vincenzo Galilei, florentino, de setenta anos de idade, presente neste Tribunal, ajoelhado perante vós, eminentíssimos e reverendíssimos cardeais, inquisidores gerais em toda a comunidade cristã contra a perversidade herética, tendo diante dos olhos os sacrossantos Evangelhos, que toco com minhas próprias mãos, juro que sempre acreditei, acredito agora e, com a ajuda de Deus, seguirei acreditando em tudo aquilo que a Santa Igreja Católica Apostólica Romana sustenta, prega e ensina como verdadeiro. Considerando que este Santo Ofício me havia comunicado juridicamente a ordem de abandonar a falsa crença segundo a qual o Sol, imóvel, ocupa o centro do mundo, enquanto a Terra, móvel, não seria o centro do Universo; considerando que eu não podia manter, defender ou ensinar de modo algum, nem oralmente nem por escrito, a citada falsa teoria, uma vez que me foi notificada como contrária às Sagradas Escrituras; considerando, de outra parte, que eu escrevi e dei a imprimir um livro em que trato dessa mesma doutrina já condenada, desenvolvendo nele poderosos argumentos em seu favor, fui julgado como gravemente suspeito de heresia, ou seja, de haver sustentado que o Sol está imóvel no centro do mundo, enquanto a Terra não ocupa este centro e se move. Por conseguinte, desejando afastar do espírito de

Vossas Eminências, e de todos os fiéis cristãos, esta veemente suspeita, corretamente concebida contra mim, com sinceridade de coração e fé não fingida, tenho por bem abjurar, maldizer e detestar os erros e heresias anteriormente mencionados, bem como qualquer outro erro, heresia ou seita contrária à Santa Igreja. E juro que, no futuro, nunca mais defenderei ou sustentarei, seja oralmente, seja por escrito, conceitos que possam me colocar sob suspeita. Caso venha a conhecer qualquer herege ou suspeito de heresia, eu o denunciarei ao Santo Ofício, ou ao inquisidor local, onde quer que eu me encontre. Eu, Galileo Galilei, abaixo assinado, abjurei, jurei, prometi e me comprometi de acordo com o que acabo de dizer. Como prova, de próprio punho e com minha letra, assinei esta declaração de abjuração, depois de tê-la recitado literalmente no convento Santa Maria Sopra Minerva, em Roma, em 22 de junho de 1633. Que Deus me ajude."[*]

Por alguns segundos, o silêncio foi completo. Depois, Vincenzo Maculano voltou a dirigir-se ao condenado:

– Como penitência, nós lhe impomos a obrigação de, durante os próximos três anos, recitar, uma vez por semana, os sete salmos penitenciais. Declaro encerrado este processo.

Galileo levantou-se com dificuldade. Foi reconduzido ao Palácio do Santo Ofício, onde deveria permanecer até segunda ordem. "O que posso esperar ainda? Meus inimigos venceram. Não conseguiram silenciar-me com argumentos, por isso usaram a força. Só me resta o consolo do amor de Virginia."

Ao chegar ao palácio, foi recebido com um longo e afetuoso abraço por Ascanio Piccolomini, arcebispo de Siena, cidade para a qual fora autorizado a transferir-se. Dois dias depois da abjuração, foi levado à Vila Medici, luxuosa residência que a família governante

---

[*] A abjuração de Galileo foi transcrita do livro *Yo, Galileo* (título original francês *Moi, Galilée*), de Yves Chéraqui. 2ª ed. Madri: Anaya, 1991, pp. 84-5.

da Toscana possuía em Roma. Uma semana mais tarde, obteve permissão para deixar os domínios pontifícios e hospedar-se na residência do antigo discípulo e velho amigo.

– É uma pena que as circunstâncias sejam essas, mas não pode imaginar a alegria que sinto por hospedá-lo aqui, Galileo – disse Piccolomini, com emoção na voz. – Farei tudo o que puder para tornar seus dias menos tristes.

Galileo sabia que era verdade. Mais de uma vez, o arcebispo o havia convidado a alojar-se no seu palácio. Era um dos amigos leais que ainda lhe restavam.

– É bom que fique aqui por algum tempo, Galileo. Em Florença, a peste ainda não acabou completamente. Aqui, graças a Deus, já estamos livres dela.

À noite, após o jantar, Galileo sentiu vontade de desabafar, dizer tudo o que sentia. Pela primeira vez depois da condenação, estava diante de alguém em quem confiava inteiramente.

– Ascanio, não sei quando acabarão os tormentos por que passo. Depois da humilhação de ter sido forçado a abjurar, eu soube que antigos amigos me deram as costas e queimaram cartas e outros papéis que pudessem relacioná-los comigo. Foram covardes e desleais. Além disso, sei que a sentença que me condenou e a minha abjuração foram enviadas a censores e inquisidores de toda a Itália e estão sendo lidas nas igrejas das principais cidades, geralmente na presença de professores de Matemática e Filosofia. A leitura já aconteceu em Florença. Por fim, como eu já esperava, o meu *Diálogo...* foi colocado no Index. O que acontecerá comigo agora?

– Sei que sua vida, desde o ano passado, tem sido um pesadelo. Mas você ainda pode dar contribuições valiosas à ciência. Já que não pode mais se dedicar à Astronomia, por que não retomar os estudos sobre os movimentos dos corpos? Se quiser, pode também estudar Filosofia. A situação é difícil, Galileo, mas você ainda tem alternativas.

– E a minha sentença de prisão? Por quanto tempo ficarei aqui? E para onde irei depois?

– O grão-duque Ferdinando e o embaixador Niccolini estão fazendo tudo o que podem para que seja autorizado a voltar para Arcetri. E acho que isso vai acabar acontecendo.

– Espero que você esteja certo, Ascanio. Lá é minha casa, e estarei outra vez perto de Virginia.

– Com certeza, Galileo, mas quero que saiba que pode ficar aqui todo o tempo que quiser. Tem em mim um amigo incondicional.

– Sei disso e fico profundamente grato.

Naquela noite, ao deitar-se, já se sentia um pouco melhor. Nos meses seguintes, foi tratado com tal solicitude e amabilidade por Piccolomini que chegou a comover-se. O arcebispo estava sempre disponível e pronto para lhe dirigir palavras de estímulo. "É um consolo saber que ainda tenho amigos tão dedicados."

E então chegaram notícias de Roma.

Quando a carruagem entrou em Il Gioiello, Galileo experimentou sensações contraditórias. Fora silenciado e privado da liberdade, mas estava em casa. Depois de onze meses de ausência, era reconfortante voltar àquela propriedade onde, por um breve período, havia sido feliz.

Em 1º de dezembro, o Papa concedera-lhe autorização para voltar a Florença, sob o regime de prisão domiciliar. Não lhe era permitido deixar sua casa sem autorização prévia do delegado do Santo Ofício e somente podia receber visitas aprovadas por ele. Nunca mais poderia viajar nem ensinar. Seria constantemente vigiado, teria todos os movimentos controlados. Mas ao menos estava em casa.

O ano de 1633 fora o mais difícil da vida de Galileo até então. Contudo, terminava melhor do que começara. Quando se recordava da difícil viagem a Roma, da detenção forçada na fronteira dos Estados pontifícios e, sobretudo, dos interrogatórios e da condenação, sentia-se satisfeito por passar o Natal em Il Gioiello e poder aquecer-se na sua lareira. Aos poucos, ia recobrando o ânimo. Como dissera Piccolomini, ainda tinha contribuições a dar à ciência.

Contudo, o sofrimento de Galileo estava longe de terminar. O ano seguinte lhe reservava outro pesadelo terrível.

XVIII
Capítulo

Florença, 1654

"*E pur si muove!*" ("E, no entanto, se move!")

Viviani largou a pena e mexeu os dedos, que começavam a ficar entorpecidos depois de várias horas de trabalho constante. Acabara de escrever mais um capítulo da *Vita de Galileo* (*Vida de Galileo*), dedicado a contar a condenação do seu antigo mestre pelo Santo Ofício. Faltava pouco agora. Restava descrever os oito anos de prisão domiciliar em Arcetri, e nesta parte da biografia ele estaria incluído. "Vai ser estranho escrever sobre mim mesmo", pensou, começando a guardar os materiais de escrita.

Enquanto descrevia os detalhes do processo movido pela Inquisição contra Galileo, ouvidos da boca do próprio condenado, começou a imaginar como tudo aquilo havia sido humilhante para ele. Parecia vê-lo vestido de branco, ajoelhado ante cardeais que se deleitavam em demonstrar o poder que tinham ao silenciar uma das mentes mais brilhantes não apenas da Itália, mas de toda a Europa.

A abjuração forçada pareceu a Viviani um absurdo, uma ignomínia. E então decidiu dar a Galileo, no seu livro, um pouco de dignidade, atribuindo-lhe uma frase que ele jamais pronunciou. "É uma licença poética, uma mentira insignificante se comparada àquelas que ele foi obrigado a dizer." Se as pessoas acreditassem, uma pequena e despretensiosa afirmação, "E, no entanto, se move", supostamente feita ao levantar-se, depois de ouvir a sentença, transformaria Galileo num homem corajoso, alguém que manteve suas convicções mesmo diante da Inquisição. "Sei que é pouco, mestre, mas é o que posso fazer por enquanto", disse em voz alta, felicitando a si mesmo pela inspiração.

O projeto da biografia de Galileo, concebido doze anos antes, fora finalmente retomado. Muita coisa havia acontecido ao longo desse tempo, acarretando transformações na Europa e na vida de Viviani. Castelli e Torricelli estavam mortos. O Papa agora era Inocêncio X, um octogenário cujo pontificado, certamente, terminaria em breve. Antonio, Francesco e Taddeo Barberini haviam fugido para a França, colocando-se sob a proteção do cardeal Masarino, sucessor do cardeal Richelieu. Antonio e Francesco estavam de volta, reconciliados com o Papa, mas Taddeo morrera em Paris. A sangrenta guerra que ocorrera na Europa durante três décadas havia terminado. E ele, Viviani, ocupava o posto de professor deixado por Torricelli na Academia das Artes do Desenho, de Florença, fundada por Cosimo I de Medici.

Ao dedicar-se agora ao projeto adiado por tanto tempo, as lembranças lhe vinham à mente. E os motivos iniciais que causaram a demora de doze anos não tinham nada a ver com política, religião ou trabalho. Eram de natureza completamente diversa.

Quanto mais se aproximava de Florença, mais satisfeito ficava. Estivera em Siena, conversando com o arcebispo Ascanio Piccolomini acerca dos meses que Galileo passara com ele depois do fim do processo inquisitorial. As anotações que vinha fazendo para redigir a biografia estavam chegando ao fim, e Piccolomini tivera um papel importante, embora breve, na vida de Galileo. Esperava ficar na cidade vários dias, pois imaginava que o arcebispo poderia estar ocupado ou demorar a recebê-lo, mas tudo foi bem mais fácil do que havia suposto. Ele fora amável, atencioso e fornecera todas as informações de que dispunha. Podia, pois, voltar antes do previsto.

Estava contente por isso. Sentia muita saudade de Bianca, apesar da curta ausência. Ela morava agora, juntamente com uma criada, numa pequena casa em Florença, que Viviani a ajudara a encontrar. E foi para lá que se dirigiu, antes mesmo de ir para casa. Sentia necessidade de tocá-la, beijá-la, ouvir-lhe a voz. A presença de Bianca era cada vez mais importante em sua vida. Sentia falta dela assim que a deixava, queria estar com ela sempre que possível. Apesar das enormes diferenças sociais e intelectuais entre eles, estava pensando seriamente em propor-lhe casamento. "Galileo e Marina Gamba também eram de níveis sociais muito diferentes, mas tiveram um relacionamento duradouro."

Quando chegou, a casa estava fechada. Bateu, mas ninguém veio abrir a porta. "Onde terá ela ido?", perguntou-se, sentando-se para esperar. Já estava ali havia bastante tempo, umas duas horas talvez, e começava a zangar-se, quando viu aproximar-se uma carruagem luxuosa. Ficou olhando, curioso, e notou com assombro que Bianca descia. Levantou-se e acercou-se depressa para recebê-la, esquecido já da raiva que sentira momentos antes. Ia abraçá-la, mas uma visão totalmente inesperada o deteve. Dentro da carruagem, sorrindo, estava Manfredo Strozzi.

O ciúme que sentira durante a festa a que levara Bianca no palácio do avô de Manfredo voltou a dominá-lo. Lembrou-se de como o rapaz tentara impressioná-la, dos olhares constantes que dirigira a ela.

– O que você está fazendo aqui? – perguntou, um gosto amargo na boca, tentando entrar na carruagem.

Manfredo o empurrou de volta, fazendo com que caísse, e desceu.

— Ora, Vincenzo, que pergunta imbecil! Eu vim trazer Bianca para casa, não está vendo?

Viviani, rubro de raiva e vergonha, levantou-se e encarou Manfredo.

— E onde vocês estavam?

O sorriso dele alargou-se ainda mais.

— Outra pergunta não muito inteligente, Vincenzo. Mas mesmo assim vou responder. Estávamos na minha cama.

A reação foi instintiva. Viviani atirou-se ao acompanhante de Bianca com uma fúria que jamais sentira. Manfredo, contudo, desviou-se agilmente, e ele foi imobilizado pelo corpulento cocheiro, que até então não havia visto. Debateu-se, mas o homem tinha muito mais força.

— É melhor você ir embora, antes que se machuque – disse Manfredo, num tom irônico. – Eu detestaria ter de lhe fazer mal.

A uma ordem do patrão, o cocheiro soltou-o, e Viviani olhou para Bianca, que até ali não dissera uma única palavra.

— E você, o que tem a dizer sobre tudo isso?

A jovem ficou em silêncio por alguns instantes, parecendo pensar. Depois, como se tivesse tomado uma resolução, olhou firme para ele e falou:

— Você ouviu o que Manfredo disse, Vincenzo. Vá embora.

Ele cambaleou, como se tivesse sido atingido por um golpe físico. Tudo aquilo parecia um pesadelo, do qual acordaria com Bianca nos braços. Depois de tudo o que viveram juntos e de todas as coisas que fizera por ela, não podia acreditar nos próprios ouvidos. A mulher que amava (sim, amava, apesar de relutar em admitir) dissera-lhe simplesmente "vá embora", com a frieza do gelo, a insensibilidade de uma rocha. E agora entrava em casa, afastando-se dele, sem pronunciar uma única palavra a mais. A carruagem também partia, e ele estava sozinho na rua estreita, em

Florença, no mundo. A vontade que tinha era de entrar na casa à força, obrigar Bianca a se explicar, mas entendia a inutilidade daquele gesto. Tudo já estava dito, a situação era clara: ela o trocara por dinheiro. Sonhava com o luxo, que ele jamais lhe poderia dar, e encontrara alguém muito rico disposto a divertir-se com ela e, quem sabe, realizar alguns de seus caprichos. "Ela não precisa mais de mim", pensou, indo buscar o cavalo.

E afastou-se, prometendo a si mesmo não voltar mais àquela parte da cidade.

Viviani foi admitido à presença do grão-duque. Pensara muito antes de pedir a audiência, sabendo que não devia misturar assuntos pessoais com questões políticas. Mas simplesmente não podia continuar em Florença. Ouvira rumores a seu respeito, estava sendo alvo de chacota, e precisava partir, ao menos por algum tempo. Se Ferdinando II não aceitasse sua proposta, iria embora de qualquer maneira, ofereceria seus serviços de professor de Matemática em outra parte.

— Senhor grão-duque, agradeço por ter me recebido. Sei que é uma pessoa ocupada, por isso vou direto ao assunto. Eu gostaria de tomar parte no exército que está enviando para lutar contra as tropas de Urbano VIII na Guerra de Castro.

Ferdinando II ficou surpreso. Nunca havia imaginado um pedido desses vindo de um ex-discípulo de Galileo, extremamente hábil com números, geometria e equações.

— Participar do meu exército? Viviani, não quero ser rude, mas tem alguma experiência militar? Sabe manejar armas?

— Para dizer a verdade, não, senhor. Mas não preciso participar diretamente de atividades bélicas. Posso tomar parte na logística, fazer desenhos para planejar batalhas. Sou um bom desenhista, como por certo sabe.

— Por que me faz esse pedido tão estranho? Você é um dos grandes talentos da Toscana, não posso desperdiçar a sua capacidade em coisas como as que acaba de descrever.

– Sei que não devo misturar problemas pessoais com questões de Estado, mas eu gostaria de me afastar por algum tempo de Florença. Pensei numa maneira de fazer isso e, ao mesmo tempo, ser útil ao meu governo.

– Por que quer partir, Viviani? O que aconteceu?

– As minhas razões são insignificantes demais para que se ocupe com elas. Peço apenas que me deixe ir.

– Não posso impedi-lo, você é um homem livre. Por outro lado, não consigo imaginar algo mais distante de você do que o exército.

– Então me indique para uma missão diplomática – propôs Viviani, seguindo uma inspiração que acabara de ter. – Posso negociar a participação na guerra com Pedro Lando, doge da República de Veneza, e com Francesco I, duque de Módena. Depois, quando vencermos, porque estou certo da vitória, posso participar das negociações de paz com a Santa Sé.

Ferdinando II ficou pensativo. Sabia os motivos que levavam Viviani a querer partir, mas, se o jovem não desejava falar sobre eles, não o forçaria a fazê-lo. "São coisas da juventude, que parecem insuperáveis, mas que sempre passam com o tempo." E uma missão diplomática era algo compatível com Viviani. Talvez ele pudesse, de fato, ser útil.

– Está certo. Vou fazer o que me pede. Eu lhe darei credenciais para negociar, em nome da Toscana, com meus aliados nesta campanha. E também informarei disso o duque Odoardo.

– Não tenho palavras para agradecer, senhor grão-duque. Farei o que puder para estar à altura da confiança que está depositando em mim.

Odoardo Farnese, o duque de Castro, estava furioso e planejava uma vingança à altura. Em 1642, após alguns meses de ocupação, por suas tropas, de parte dos domínios papais, um tratado de paz estava sendo preparado para ser assinado em Castel Giorgio. Confiando nas promessas da família Barberini, ele concordara em retirar seus homens, mas em 26 de outubro as negociações fracassaram, permitindo aos adversários reagrupar forças e reorganizar o exército. Depois de incursões militares sem sucesso, decidiu pedir ajuda ao cunhado Ferdinando II, grão-duque da Toscana, bem como à República de Veneza e ao Ducado de Módena, todos insatisfeitos com a política expansionista do papa Urbano VIII e seus sobrinhos.

Viviani passou todo o ano de 1643 viajando. Notava progressos importantes na preparação dos exércitos que enfrentariam a Santa Sé. "Desta vez o Papa terá trabalho", pensava às vezes, enquanto acordos sobre a participação de cada um dos aliados eram celebrados.

Urbano VIII pediu ajuda à Espanha. Contudo, aquele país estava profundamente envolvido na guerra com os protestantes e quase não prestou auxílio algum. O Vaticano propôs negociações de paz, mas desta vez Odoardo não estava disposto a transigir. A luta continuou até que, na batalha de Lagoscuro, travada em 1644, as tropas pontifícias foram completamente derrotadas e obrigadas a render-se. Pelo Tratado de Ferrara, assinado em 31 de março, Odoardo foi readmitido na Igreja Católica, teve os feudos que haviam sido confiscados devolvidos, recuperou o direito de vender cereais a Roma e comprometeu-se a retomar o pagamento de suas dívidas com credores romanos.

A derrota na guerra teve repercussões imediatas na capital da Santa Sé. Os enormes custos envolvidos no conflito tornaram o pontífice imensamente impopular, a ponto de uma multidão em fúria ter destruído o busto de Urbano VIII que se encontrava no Palácio dos Conservadores, na colina do Capitólio. O Papa, profundamente abatido, recolheu-se ao Vaticano, onde morreu poucos meses depois, em 29 de julho.

Viviani voltou a Florença, após mais de um ano de ausência. Estava satisfeito com o seu desempenho como diplomata. "Ao menos desta vez, fui bem-sucedido", pensou, com uma ponta de tristeza. Planejava retomar a vida, estabelecer-se como professor de Matemática. Contudo, outra surpresa desagradável o esperava.

A carruagem rodava tranquilamente, conforme as instruções de Bianca. A jovem não tinha pressa, queria apenas passear. Ao sair de Florença, ela pensou que a paisagem dos arredores, embora familiar, pudesse distraí-la. Sentia-se sozinha e desejava fazer algo para quebrar a monotonia. Pediu a Antonella, a criada que a acompanhava, que preparasse comida para passar o dia fora.

Gostaria de conversar, abrir-se com alguém, mas não confiava em Antonella. Ela fora contratada por Manfredo e, com toda a certeza, contaria a ele qualquer confissão que porventura fizesse. Portanto, podia apenas pensar.

Vivia agora numa casa luxuosa, como sempre sonhara. Naturalmente, pertencia a Manfredo, que a instalara com todo o conforto. Tinha vários criados e uma carruagem à disposição em tempo integral. Podia pedir joias e artigos caros de toda espécie, que era sempre atendida. Mas não tinha amigos, quase não saía. Que tipo de relações sociais poderia ter a amante de um rapaz rico e solteiro da rígida Florença?

Às vezes, pensava em Viviani. Ele gostara dela, estava absolutamente segura, embora não soubesse exatamente o que poderia esperar dele. Não era rico e, depois de ter vivido por mais de dois anos com Galileo, ainda não havia arranjado, até o momento em que haviam se encontrado pela última vez, qualquer posto na sociedade florentina. Falava-se muito bem dele, tinha excelente reputação como matemático, mas era tudo. Que tipo de segurança material poderia oferecer-lhe? "Provavelmente ainda consiga subir na vida, mas é apenas uma hipótese."

Perguntava-se se chegara a se apaixonar por ele. Achava que sim, embora o amor lhe parecesse algo completamente abstrato, idealizado. "Antes de amar, preciso sobreviver." Quando era prostituta em Roma, sonhava com a estabilidade que só o dinheiro era capaz de proporcionar. E agora tinha isso, pelo menos por enquanto. "Sei que Manfredo vai se cansar de mim, mas já estou tomando minhas providências." De fato, guardava dinheiro e pedras preciosas que recebia dele, para o caso de ter de sair do palacete onde morava. Via Manfredo como um negócio, que podia ser bastante rentável caso ela soubesse seduzi-lo adequadamente. Sabia que ele tinha várias outras mulheres, mas isso não a incomodava. Pensava no presente apenas como preparativo para o futuro, que ela tinha a esperança de saber construir. "Talvez eu me canse de Manfredo antes que ele me abandone."

Por mais de uma vez, chegara a considerar a possibilidade de procurar Viviani e pedir-lhe desculpas. Mas, mesmo que ele ainda gostasse dela, jamais poderiam viver em Florença, porque Vincenzo havia sido motivo de zombaria, principalmente entre os jovens florentinos. Dizia-se que ele levara uma tremenda surra de Manfredo, o que este obviamente confirmava com prazer. "As pessoas são iguais em toda parte. A maledicência é universal."

Por tudo isso, reconciliar-se com Viviani parecia fora de questão, a menos que ocorresse uma dessas reviravoltas que a vida às vezes proporciona. "Mas não posso contar com isso. Aliás, nem sei onde ele está."

Bianca sacudiu a cabeça, como se assim pudesse expulsar dela pensamentos que não queria ter. "Sou jovem ainda e tenho muito tempo." Prestou atenção na paisagem e começou a cantarolar. Havia feito uma escolha e lamentações não ajudariam em nada. Se quisesse ir a um lugar específico, bastaria dar uma ordem ao cocheiro, e ele a executaria fielmente. Se desejasse determinado prato, Antonella se apressaria em prepará-lo da melhor maneira que pudesse. "É delicioso dar ordens e ser obedecida."

A partir daí, concentrou-se no passeio. No final do dia, voltaria para casa, a sua luxuosa e confortável casa. Que mais podia desejar?

– Viviani, que bom vê-lo outra vez! – exclamou Torricelli, dando-lhe um abraço. – Como está, depois de tanto tempo?

— Bem e mal.

— Não entendi.

— Por um lado, estou satisfeito, porque minha missão diplomática foi um sucesso e recebi elogios do grão-duque. Ele fez muito por mim, Torricelli, e é bom poder retribuir de alguma forma. Mas tenho um problema. Talvez seja melhor dizer que continuo com um problema: Bianca.

— Deus do céu, Viviani, você ainda não esqueceu essa mulher?

— Não, e não suporto a ideia de ela estar vivendo num palacete de Manfredo. Talvez ela esteja certa, porque eu não poderia dar-lhe conforto semelhante. Tenho medo de encontrar Manfredo na rua e cometer alguma tolice. Por isso, preciso da sua ajuda.

— Com prazer, Viviani, mas o que posso fazer por você?

— Interceder por mim junto a Ferdinando II. Já pedi um favor a ele e não tenho coragem de pedir outro.

— E o que você quer dessa vez?

— Partir de novo.

— O quê? Pretende deixar Florença outra vez? Viviani, você não pode passar a vida fugindo.

— Sei disso, mas quero encarregar-me de outra missão importante. O papa Urbano VIII morreu, e agora o manuscrito de Galileo já pode ser publicado. Sei que Castelli queria que você fosse buscá-lo, mas gostaria que me delegasse essa tarefa.

Torricelli passou a mão pela testa.

— Para dizer a verdade, eu havia me esquecido do manuscrito. Estou ocupado aqui e não sei quando disporia de tempo para ir a Genebra. Lamento os motivos que o levaram a me pedir isso, Viviani, mas concordo.

— Então peço que fale com o grão-duque. Conte-lhe tudo, desde o roubo de Corsetti até a entrega a Aumont. Preciso de um patrocínio, de dinheiro para publicar o livro em Genebra.

— Procure-me daqui a dois dias. Quando souber de tudo, tenho certeza de que o grão-duque concordará.

No caminho para Genebra, Viviani decidiu passar alguns dias em Turim. Era a última cidade importante antes de chegar ao seu destino e decidiu prolongar a viagem. Visitou a Catedral de São João Batista e o novo Palácio Real, em fase final de construção. Sentou-se na margem do Rio Pó, o mais importante da região, que nasce nos Alpes e deságua no Mar Adriático, nas proximidades de Veneza. E visitou diversas tabernas.

Por alguns dias, contrariando a vida pacata que levava, consagrou-se a uma existência boêmia. Embriagou-se, assistiu a apresentações de bailarinas que tiravam a roupa ao som de violinos, dormiu com prostitutas e quase se envolveu num duelo. Depois desse episódio, achou que era tempo de prosseguir.

Ao chegar a Genebra, consultou as anotações de Torricelli para encontrar mais facilmente a casa de Renée Aumont. Pela descrição do amigo, constatou que a cidade não mudara muito nos dois últimos anos. Atravessou uma praça e, ao lado do estabelecimento de um fabricante de selas, havia uma casa verde, como descrevera o matemático do grão-duque. "Foi fácil", pensou, enquanto se aproximava. Bateu à porta e, instantes depois, uma mulher de meia-idade veio abrir.

– Bom-dia. Meu nome é Vincenzo Viviani e eu gostaria de falar com o senhor Renée Aumont.

O rosto da mulher demonstrou surpresa.

– O senhor não é daqui, estou certa?

– Não – respondeu Viviani, lembrando-se da relutância dos habitantes da cidade em dar informações a estrangeiros, conforme relatara Torricelli. – Sou de Florença e trouxe uma carta de apresentação.

Começou a tirar o envelope do bolso, mas a voz da mulher o interrompeu:

– Ele não mora mais aqui.

Viviani teve uma sensação desagradável, o pressentimento de que algo estava errado.

– E a senhora sabe me dizer onde posso encontrá-lo?

– Infelizmente, não. Ele está morto.

– Morto? – perguntou Viviani, o estômago contraindo-se.

– Sim, ele morreu ano passado. Meu marido comprou esta casa do filho dele.

Um raio de esperança voltou a brilhar.

– E onde mora o filho dele?

– Na França.

– Não é possível! – gritou Viviani, perdendo o controle. – Eu preciso encontrá-lo, recuperar um manuscrito!...

– Acalme-se, por favor.

– Queira desculpar-me – disse Viviani, voltando a si. – A senhora tem algum endereço, sabe em que cidade da França ele mora?

– Lamento, mas não sei. Quando o pai morreu, ele vendeu tudo o que tinha aqui e voltou para a terra natal.

– A senhora sabe ao menos o nome dele?

– Isso eu sei. É Jean-Pierre – disse ela, tentando ser prestativa.

"Pelo menos é alguma coisa." Decidiu explorar ainda outra hipótese.

– Se Renée Aumont teve um filho, provavelmente era casado. Sabe alguma coisa sobre a esposa dele?

Ela balançou a cabeça.

– Quando o conheci, ele já era viúvo.

Viviani ficou ali parado, olhar perdido, expressão desolada.

– Está se sentindo bem? – perguntou a mulher, solícita. – Aceita um copo de água?

Ele balançou negativamente a cabeça, mas não se mexeu. A dona da casa, sem saber o que fazer, observou:

– Disse que precisa encontrar um manuscrito. Deve ser importante, do contrário não teria vindo de Florença até aqui. Há alguma coisa que eu...

– Não, obrigado. Já não importa.

Sem dizer mais nada, Viviani deu as costas à mulher. Começou a caminhar a esmo, primeiro dentro da cidade, depois afastando-se dela. Horas e horas de cálculos, feitos e revistos sob a orientação de Galileo, o esforço e o risco da viagem a Roma, a tradução de Castelli, tudo isso fora completamente inútil. "Muitas obras-primas se perderam por incêndios ou saques. E esta? Desleixo? Fatalidade? Não sei o que pensar."

Sentia-se péssimo. Havia fracassado em tudo o que fizera para encontrar o manuscrito. "Falhei com Galileo, que apostou tudo em mim." E agora ainda havia Ferdinando II que, segundo Torricelli, ficara radiante com a possibilidade de patrocinar a publicação de um livro do cientista e amigo. "Terei de explicar isso a ele também."

Permaneceu mais alguns dias em Genebra, hospedado na excelente estalagem que encontrara. Dava longos passeios, mas a mente estava sempre focada na mesma coisa. A ociosidade inútil transformou-se em tédio, e ele decidiu partir. "Não adianta mais ficar aqui. Preciso voltar a Florença."

– O quê? Na França? – perguntou Torricelli, abalado.

– Exatamente, e a mulher não sabe nem mesmo a cidade para onde ele foi.

– Essa é uma perda irreparável, Viviani. A ciência vai levar muitos anos, talvez décadas ou séculos, para se refazer.

O recém-chegado ficou um longo tempo em silêncio. Depois, disse o que vinha pensando ao longo de todo o percurso para casa.

– Nós falhamos terrivelmente, Torricelli. Eu, você, Castelli. Por que não fizemos uma cópia desse manuscrito? Como corremos o risco de deixar um livro tão importante aos desígnios do acaso e da fatalidade?

– Talvez você tenha razão, mas peço que considere o seguinte. Se você tivesse feito mais cópias enquanto estava em Arcetri, provavelmente as teria colocado no mesmo lugar do original, e também teriam sido roubadas por Corsetti. Eu poderia ter feito uma cópia, mas Castelli tinha pressa. Havia jurado ao Papa tirar o manuscrito da Itália e queria fazê-lo o mais cedo possível. Quanto a Castelli, é o menos culpado de todos. Estava doente, e a tradução para latim deve ter lhe custado um esforço imenso. Ele morreu poucos meses depois, em 1643. Foi todo um conjunto de circunstâncias desfavoráveis, Viviani.

— Pode ser, mas falhamos com Galileo. Não conseguimos dar a ele a derradeira oportunidade de se reabilitar. E ele merecia isso.

— Você não se sente em condições de fazer uma versão resumida do manuscrito? Não poderia colocar no papel as ideias principais?

— Receio que não, Torricelli. Galileo tinha um estilo próprio, inconfundível de escrever que eu não sei imitar. Além disso, eu não saberia reproduzir os raciocínios dele da forma brilhante como estavam no livro. Mas, acima de tudo, ninguém me daria crédito. Quem levaria a sério um texto sobre a inércia e a gravidade escrito por Vincenzo Viviani? Provavelmente, eu seria acusado de usar o nome de Galileo para tentar me promover.

Torricelli balançou a cabeça, concordando.

Viviani fez ainda uma última tentativa.

— E o grão-duque? Com os contatos que tem, será que não haveria a possibilidade de ele encontrar o filho de Renée Aumont na França?

— A possibilidade existe, mas é remotíssima. Vou falar com o grão-duque, mas pense em quantos homens chamados Jean-Pierre vivem na França. Vou tentar, mas não conte com isso.

— De qualquer forma, tente. Sei que é difícil, mas é uma esperança. Quem sabe?

Era o primeiro dia de aula na Academia das Artes do Desenho. Viviani devia sentir-se satisfeito. Obtivera um posto estável, próximo de Ferdinando II, que por certo lhe traria prestígio. A partir dali, deixaria a vida errante e se dedicaria ao trabalho. Contudo, obtivera o cargo de professor em decorrência da morte de Torricelli, aos 39 anos de idade. Perdera um amigo, alguém com quem podia abrir-se.

Olhou para os alunos. Esperavam que fosse competente e tivesse habilidade para ensinar. "E eu não vou decepcioná-los", pensou, subitamente consciente da importância do momento. Estava tendo uma oportunidade, a reputação que poderia alcançar dependia exclusivamente dele. E resolveu colocar todo o seu esforço naquele trabalho. Estava mesmo precisando ocupar-se, corpo e mente. "Estarei à sua altura, Torricelli. Eu lhe prometo isso."

Quando a notícia chegou a Florença, houve celebrações e festas. Estava acabado o conflito entre católicos e protestantes iniciado em 1618. Dois tratados, assinados em 15 de maio e 24 de outubro de 1648, respectivamente nas cidades de Osnabrück e Münsten, ambas pertencentes à região alemã da Vestfália, celebravam a paz. Espanha e França continuavam em guerra, mas era o fim de uma longa série de assassinatos, saques e humilhações. Os distúrbios duraram exatamente três décadas, razão por que passaram a ser conhecidos como Guerra dos Trinta Anos.

As informações acerca dos termos dos tratados eram desencontradas. Cada um queria contar algo novo, demonstrar conhecimento superior ao dos outros. No fundo, porém, ninguém se importava muito com detalhes. O mais importante era o fim das hostilidades, a volta dos soldados sobreviventes para suas casas e famílias, a retomada da produção e do comércio, a possibilidade de viajar com maior segurança. A população com menos de trinta anos não sabia como era viver num mundo sem guerra, numa Europa com paz entre as nações. As igrejas lotaram, fiéis por toda parte diziam orações, formulavam agradecimentos e pedidos. A esperança voltava a ressurgir em muitos corações descrentes.

Só mais tarde os detalhes da chamada Paz de Vestfália chegaram até Viviani. Ele pertencia, sabia disso, a uma pequena minoria capaz de compreendê-los. O Papa saiu bastante enfraquecido, deixando de exercer um poder temporal significativo na política europeia. O Sacro Império Romano Germânico também perdeu poder, em virtude da maior soberania concedida aos diversos Estados que o compunham e da liberdade de religião que adquiriram. A Espanha estava em franca decadência: perdera Portugal em 1640 e teve pouca influência nas negociações de paz. As Províncias Unidas dos Países Baixos e a Confederação Suíça consolidaram a independência. A Suécia obteve diversos territórios e uma grande influência nas regiões em torno do Mar Báltico. Mas a grande beneficiada foi a França, que passava a ser a principal potência da Europa, tirando esse status da Espanha. Além de alargar suas fronteiras, os franceses obtiveram grandes vitórias diplomáticas e conseguiram, contrariando o desejo da Santa Sé e dos seus aliados, que os Estados, e não mais as entidades religiosas, fossem reconhecidos como a principal autoridade nas relações internacionais. O mais importante de tudo, porém, era que os tratados de paz terminavam com os conflitos militares decorrentes da Reforma e da Contrarreforma. "Espero que todas as cláusulas sejam cumpridas", pensou Viviani. "Se forem, talvez a Europa viva tempos de prosperidade."

O trabalho de redação estava quase no fim. Dentro de pouco tempo, a *Vita di Galileo* estaria pronta para ser entregue ao editor. Viviani já descrevera a morte de Virginia, a aparição do *Diálogo...* na França, a perda da visão, a publicação dos *Discursos...* e a própria chegada a Arcetri. A narrativa estava agora em 1641, ano crucial para o cientista, por causa do agravamento progressivo do seu estado de saúde e, principalmente, devido à elaboração de *Sulla gravità*. Lembrava-se com pormenores da tarde de fevereiro em que o mestre lhe dissera que pretendia ditar um manuscrito cientificamente revolucionário. Recordava-se também do entusiasmo que sentira quando Galileo lhe explicou do que se tratava e ao compreender as dimensões que aquele livro teria para a ciência. Sentiu-se orgulhoso por colaborar, mesmo como simples transcritor.

Molhou a pena na tinta para começar a narrar os acontecimentos daquela tarde, mas a mão ficou suspensa no ar. Hesitou, pensando nas consequências que a inclusão deste fato acarretaria para a biografia que estava escrevendo e para ele próprio.

Durante anos, alimentara a esperança de que o grão-duque conseguisse encontrar Jean-Pierre Aumont. Agora, porém, passada uma década, já não acreditava mais nessa possibilidade. Portanto, o manuscrito estava perdido. Além disso, mencioná-lo significava confessar os sucessivos fracassos pessoais na busca pelo livro, depois de ele ter sido roubado. Ocupava agora uma posição de prestígio na sociedade florentina, e a sua reputação como matemático de grande talento era cada vez maior. Não desejava declarar-se incompetente, incapaz de cumprir a promessa que fizera a Galileo. Quantas pessoas ainda se lembravam do manuscrito? Quase todos os que se envolveram na busca estavam mortos, e era bem provável que os que ainda viviam, como Antonio Barberini e Ferdinando II, já o tivessem esquecido.

Viviani fechou os olhos. Era uma decisão da maior importância, precisava refletir com cuidado. Ficou assim por um longo tempo, rosto entre as mãos, quase imóvel. Depois, dirigiu um pensamento a Galileo e murmurou: "Perdão, mestre. Sei que é vaidade pessoal, mas não falarei nesta biografia sobre a sua obra-prima."

Com um suspiro, retomou a narrativa, descrevendo os últimos meses de vida do cientista. Horas mais tarde, a tarefa estava concluída. No dia seguinte, entregaria o livro para imprimir e esperaria pela repercussão. Acreditava no sucesso, já que ninguém ainda havia contado a vida de um homem tão importante, cuja obra abalara até os alicerces e a credibilidade de um modelo cosmológico ensinado e tido como inquestionável ao longo de muitos séculos. "O mundo nunca mais será o mesmo depois de Galileo", disse Viviani em voz alta.

E então nasceu outro projeto, também ambicioso, que ele prometeu a si mesmo pôr em prática imediatamente: reeditar e publicar todas as obras disponíveis de Galileo. "Posso fazer mais pelo senhor, mestre, e esteja absolutamente certo de que o farei." Sim, reuniria tudo o que o cientista escrevera e organizaria uma edição de luxo, encadernada com todo o esmero, à altura do talento do autor. E essas obras reeditadas circulariam pela Itália, pela Europa, pelo mundo. O nome de Galileo seria definitivamente preservado e ocuparia na História o lugar que merece.

Viviani entusiasmou-se. Imaginou o escândalo dos conservadores e a alegria dos progressistas. Nada poderia deter a divulgação do pensamento do homem que mais admirava. E a abjuração forçada de 1633 se tornaria absolutamente insignificante perante a grandiosidade da obra concebida por um cérebro de inteligência singular. "Mestre, prepare-se para a imortalidade", disse em voz alta, levantando-se e começando a caminhar de um lado para o outro. "Vou publicar de novo todas as suas obras." Uma expressão sombria se formou no rosto de Viviani. "Todas, com exceção de *Sulla gravità*. Este livro, infelizmente, está perdido para sempre."

Isaac Newton era uma criança enfermiça e solitária. Quando tinha três anos, a mãe casou-se com Barnabas Smith, um reverendo sexagenário, e mudou-se para a aldeia de North Witham, situada a aproximadamente 2 quilômetros de Woolsthorpe-by-Colsterworth. O menino odiou o padrasto a tal ponto que Hannah o levou de volta para a casa dos avós, James e Margery, com quem passou a viver.

Sentia-se abandonado pela mãe, de quem guardava rancor. Sem amigos de sua idade para brincar, cresceu tímido e retraído, passando muito tempo sozinho.

Viúva pela segunda vez, a mãe de Newton voltara recentemente a Woolsthorpe-by-Colsterworth, trazendo os três filhos: Mary, Benjamin e Hannah. Os meio-irmãos eram como estranhos para o garoto, e a existência isolada que levava não mudou com a chegada deles.

Contudo, a vida lhe reservara uma alegria nos últimos meses: fora matriculado na King's School, da localidade vizinha de Grantham, onde o diretor, Henry Stokes, revelara-se um incentivador. A escola representava uma oportunidade de aprender, ampliar sua noção de mundo, mas também lhe permitia passar algum tempo fora da fazenda dos avós. Desejava permanecer na escola, instruir-se. Talvez pudesse ultrapassar as nada atraentes perspectivas de dirigir um dia uma pequena fazenda situada numa aldeia remota do condado de Lincolnshire.

Newton ainda não sabia, mas começavam a nascer nele uma curiosidade e uma sede de saber que o levariam ao topo da intelectualidade mundial, a uma glória jamais alcançada por nenhum cientista antes dele.

XIX

Capítulo

Arcetri, 24 de dezembro de 1641

Fortemente apoiado a uma bengala, Galileo caminhava pelo pátio de Il Gioiello. Movia-se lentamente, cada passo representando um avanço mínimo naquele simples passeio, que as dores pelo corpo tornavam tão difícil. Mas queria exercitar-se, reagir àquela espécie de ferrugem nos ossos que o dominava. Precisava lutar ainda, ao menos até concretizar o último grande projeto que tinha. Contava com Viviani para executá-lo e movia-o a certeza de que o momento estava próximo, possivelmente no dia seguinte.

Sabia exatamente onde estava. Não precisava dos olhos para ter certeza da sua localização exata no pátio em forma de "u", que lhe era tão familiar. Apenas para ter certeza disso, estendeu a mão direita e, como esperava, encostou a ponta dos dedos numa das colunas toscanas sem arcos sobre as quais se apoiava a galeria. Morava ali havia uma década e aprendera, nos últimos três anos, a deslocar-se de forma independente pela residência. "Para caminhar por aqui, o reumatismo atrapalha bem mais que a cegueira", pensou, continuando vagarosamente o seu caminho.

Desde que voltara definitivamente para Arcetri, no final de 1633, muita coisa acontecera. O primeiro fato marcante havia sido a visita do grão-duque Ferdinando II. Sentira-se satisfeito e honrado: o governante máximo da Toscana deslocara-se até Il Gioiello para saber como ele estava, ver com os próprios olhos o estado físico e psicológico do amigo. Não o abandonara, não lhe dera as costas. Ao contrário, havia reiterado os sentimentos de estima e admiração, colocando-se à disposição para qualquer coisa de que precisasse.

Quando Ferdinando II saiu, ele se sentiu verdadeiramente alegre depois de muitos meses. Mas logo outro fato marcante, este sim, inesquecível, atingiu-o como uma avalanche, soterrando para sempre a alegria que ainda lhe restava.

A notícia chegou na segunda metade de março: Virginia estava seriamente doente. Galileo, aflito, obteve autorização do delegado da Inquisição para visitá-la. Com o coração apertado, subiu a colina até São Mateus, torcendo para que a situação não fosse tão grave como lhe haviam descrito. Após uma breve caminhada, foi recebido pela prioresa, cujo olhar desfez aquela tênue ilusão.

A superiora do convento designou uma freira para acompanhar Galileo até a cela da filha. Enquanto andavam pelos corredores, não disse nada, não fez perguntas: tinha medo das respostas. Ao assomar à porta, viu um quadro desolador. Virginia, deitada num catre, estava pálida e magra, quase esquelética. "Deve ser a fome", pensou, enquanto se aproximava.

Ajoelhou-se ao lado do catre e tomou uma das mãos dela entre as suas. Estava muito quente, indicando febre alta.

– Virginia, minha filha – murmurou, a voz entrecortada.

Ela abriu os olhos, e um sorriso formou-se naquele rosto marcado pelo sofrimento.

— Pai! O senhor está aqui! – exclamou ela, erguendo com dificuldade a outra mão para acariciar-lhe a face. A mão parecia ainda mais quente, tomada pela febre.

Galileo inclinou-se, encostando o rosto no dela. "Minha filha, minha querida filha", murmurou em pensamento, incapaz de falar.

— Agradeço a Deus pelo senhor ter vindo – ouviu Virginia dizer, a mão ainda deslizando-lhe pelo rosto. – Estou tão feliz agora que nada mais importa.

Ela contorceu-se, esforçando-se para abafar um gemido.

— O que você tem, filha?

— São cólicas intestinais, cólicas terríveis, mas não quero falar sobre elas agora. Quero saber do senhor. Como está?

Uma onda de culpa invadiu Galileo. Sentiu-se negligente, egoísta. Apertou ainda mais o rosto contra o dela e disse, com voz embargada:

— Perdão, filha, perdão! Durante todo o processo da Inquisição, pensei tanto em mim mesmo, deixei-me dominar de tal maneira pelo meu padecimento que não percebi o quanto você estava precisando de cuidados. Eu só pensei em mim, não dei a você a atenção que devia. Por favor, filha, diga que me perdoa!

Os dedos de Virginia pousaram suavemente nos lábios de Galileo.

— Perdoar? Não há o que perdoar, pai. Amo o senhor acima de tudo no mundo, à exceção de Deus. Aliás, depois de tudo o que aconteceu, ainda acredita em Deus?

— Claro que acredito. Deus não tem culpa do que meus inimigos fizeram comigo. Nem mesmo a Igreja Católica é culpada. Alguns membros influentes do clero usaram a Igreja para me punir. Continuo sendo tão católico como antes e vou rezar com fervor para que Deus a ajude, filha.

— É tão bom ouvir isso! – disse Virginia, sorrindo. – É maravilhoso saber que ainda existe amor em seu coração.

365

Conversaram ainda por algum tempo, mas Virginia estava visivelmente cansada. Teve um acesso de tosse, e então a irmã que o havia acompanhado pediu gentilmente que ele se retirasse.

– Ela precisa descansar agora.

Galileo apertou uma vez mais a mão da filha entre as dele e disse:

– Eu voltarei amanhã. Você há de ficar boa.

Ela concordou, com um sorriso. Assim que o pai saiu, porém, levou a mão ao baixo-ventre. As cólicas eram quase insuportáveis. Mais tarde, quando lhe trouxeram comida, apesar de não ter apetite algum, pensou em Galileo e forçou-se a comer. Tudo inútil, porém. Vomitou quase que imediatamente o que havia ingerido e teve um violento acesso de tosse, acompanhada de sangue e muco. Quando a noite chegou, sentia-se absolutamente fraca.

Galileo ia diariamente ver a filha. A princípio, tinha esperanças de que ela se recuperasse. Contudo, o quadro clínico agravava-se rapidamente, e ele via, impotente, a filha cada vez mais debilitada. "É uma ironia cruel", disse, em voz alta, enquanto voltava de uma daquelas visitas. "Ela, que era boticária do convento, que mandou remédios para mim durante a epidemia de peste e ajudou a curar diversas freiras ao longo de todos esses anos, agora não pode fazer nada por si mesma."

Durante dez dias, ele esteve ao lado dela, procurando transmitir-lhe ânimo. Contudo, em 2 de abril de 1634, o inevitável aconteceu.

Galileo estava de cama. As lembranças eram vagas, descontínuas. Alguém o conduzia pelo braço, músicas tristes na Basílica da Santa Cruz, um abraço emocionado de Ferdinando II. Não sabia como chegara até o local do sepultamento, quem providenciara os funerais e quem o trouxera para casa. Mergulhara no vazio absoluto, total. Perdera uma filha que representava para ele apoio, conforto, estímulo, esperança. E agora, como seria o mundo sem as constantes e carinhosas cartas de Virginia? "Preciso levantar-me, fazer alguma coisa", murmurou. "Do contrário, vou acabar enlouquecendo."

Com esforço, dirigiu-se ao gabinete de trabalho. Se pudesse, faria uma viagem, visitaria os amigos que se conservavam fiéis, mas nem isso podia fazer. Resolveu, então, desabafar por escrito, pôr no papel o que sentia. E o escolhido para receber a carta foi Benedetto Castelli, um dos grandes amigos que a vida lhe dera.

"Sinto uma grande melancolia e tristeza. Odeio a mim mesmo e ouço continuamente a voz da minha amada filha, que me chama. Virginia ficou doente na minha ausência e não se cuidou em absoluto. E agora me deixou, aos 33 anos de idade! Era uma mulher de mente extraordinária, bondade singular e ligada a mim de uma maneira especialmente terna. O estado dela era de tal debilidade que sucumbiu a uma doença comum, a disenteria, que não deveria ter sido fatal, mas que, nas condições em que se encontrava, não pôde suportar.

Quanto a mim, não faz muitos anos, era recebido com frequência por cardeais e príncipes, que queriam ver, por um momento, algumas das coisas que eu havia observado. Às vezes, frases em latim eram citadas em minha homenagem. Eu era o grande matemático, o descobridor de novos planetas, a testemunha ocular de maravilhas desconhecidas pelos filósofos antigos. Mas agora meus dias são infrutíferos. Tornam-se longos pela inatividade, mas breves se comparados com os anos que vivi. Minha única alegria são as lembranças das amizades antigas, das quais ainda conservo algumas.

E agora, Castelli, vou dedicar todas as energias que ainda me restam ao trabalho. É tudo o que posso fazer na vida."

Galileo recostou-se a uma coluna do pátio. Relembrar a morte de Virginia ainda lhe causava imensa dor. "E será assim enquanto eu viver." Sentiu-se cansado, já não queria caminhar. Entrou em casa e pediu a Pietra que acendesse a lareira. Embora o crepitar da madeira lhe trouxesse a desagradável lembrança de hereges queimando nas fogueiras inquisitoriais, fazia frio lá fora, e temia que isso agravasse o reumatismo.

Instalou-se confortavelmente, disposto a retomar suas lembranças. De uma forma delicada, disse a Pietra e Viviani que não queria conversar. "Tenho uma decisão importante a tomar e preciso refletir."

Mais de um ano já se havia passado desde a morte da filha. Sonhava frequentemente com Virginia e rezava por ela. Para distrair-se, voltou a estudar os movimentos dos corpos e estava escrevendo um novo livro. Não sabia se conseguiria publicá-lo, nem mesmo tinha a certeza de que o terminaria, mas precisava ocupar de alguma forma o enorme tempo de que dispunha.

E então recebeu uma notícia animadora. A carta vinha de Marin Mersenne, um padre e matemático francês, o mais importante divulgador científico da Europa, que se correspondia com os principais cientistas do continente e, por vezes, promovia encontros entre eles.

"Galileo,

Tenho a satisfação de informá-lo de que seu *Diálogo...* foi traduzido para latim, pelo filólogo germânico Matthias Bernegger, com o título *Systema cosmicum*. Cerca de 350 exemplares já chegaram a Paris. Agora, ninguém mais poderá deter a divulgação do livro."

O risco que correra havia valido a pena. Mesmo com a severa vigilância da Inquisição, conseguira enviar a Estrasburgo uma cópia do *Diálogo...*, justamente para ser traduzido. "Quero ver a cara dos que me condenaram quando souberem disso", disse para si mesmo. "Minha obra ganhará o mundo, e a Igreja Católica já não pode impedir. Eu estou confinado em Arcetri, mas o *Diálogo...*, que carrega minha voz e minhas opiniões, está livre como um pássaro, livre para voar aos quatro cantos da Terra. O homem foi silenciado, mas a obra falará por ele."

Animado por essa notícia, entregou-se com mais afinco ao trabalho. "Ainda vou publicar outro livro, e a Inquisição não vai me deter."

– Pietra! Venha aqui, depressa!

– O que aconteceu? – perguntou ela, aflita, entrando às pressas no quarto.

– Não enxergo mais. Não vejo nada, absolutamente nada. Estou completamente cego!

Ela ficou imóvel, sem saber o que dizer ou fazer. Na verdade, temia isso, embora jamais houvesse revelado seus receios a Galileo. "Ele também sabia que isso ia acabar acontecendo", pensou ela, tristemente. O olho direito já estava perdido havia algum tempo. E o esquerdo, inflamado, lacrimejava e doía, segundo lhe dissera várias vezes o cientista.

Ele continuava falando:

– Ao acordar, pensei que ainda era noite. Fiquei um bom tempo rolando na cama, esperando que o dia chegasse. Quando ouvi passarinhos cantando, compreendi tudo.

– E agora, o que vamos fazer? – perguntou Pietra ingenuamente, para quebrar o silêncio.

– Nada – respondeu ele, laconicamente. – Não podemos fazer nada.

Levantou para ela os olhos agora mortos e continuou:

– Esta é mais uma provação que a vida me impõe. Depois do silêncio, a escuridão.

Pietra estava angustiada. Queria desesperadamente ajudar, embora soubesse que não podia.

– Quer que eu chame um médico, senhor Galilei?

– Não é preciso. Provavelmente esta cegueira é o resultado de noites em claro olhando para o céu ou, mais provavelmente ainda, consequência das observações que fiz do Sol. A luz do Sol é muito forte, Pietra, e acho que acabo de descobrir que pode cegar.

A pedido dele, ela ajudou-o a levantar-se. Depois, conduziu-o até a sala, onde ele se sentou numa poltrona de couro. Ela ficou ali de pé, solícita, pronta para fazer o que ele pedisse.

— Tenho de me adaptar a esta realidade, Pietra. Não há outro remédio.

A mulher sentiu-se ainda mais ligada àquele homem, por quem sentia tanta admiração. "Vou ajudá-lo até o fim, custe o que custar, seja pelo tempo que for."

— Tenho uma novidade agradável para você — disse Vincentio Reinieri, sentado diante de Galileo. — Seu livro *Discorsi e dimostrazioni matematiche intorno a due nuove scienze* (*Discursos e demonstrações matemáticas sobre duas novas ciências*) foi publicado em Leiden, pela família Elzevir.

— Obrigado, Vincentio, por esta notícia. Sempre existe algum alívio em meio aos tormentos.

— Não tive acesso ao livro — disse Reinieri, um amigo e discípulo que Galileo conhecera em Siena, enquanto era hóspede de Ascanio Piccolomini, e que agora estava revisando as tabelas dos movimentos dos satélites de Júpiter, na tentativa de determinar suas posições a qualquer momento. — Apenas soube da publicação. De que trata a obra?

— Bem, é uma discussão entre os mesmos personagens do *Diálogo...*: Simplicio, Sagredo e Salviati.

— Os mesmos personagens? E você não tem medo?

— Não, Vincentio. Em primeiro lugar, a Inquisição me proibiu de publicar qualquer livro. Então, já de início, violei essa proibição. Além disso, Simplicio já não é o aristotélico inflexível e obstinado. Na verdade, ele defende os pontos de vista que eu tinha nos anos iniciais de estudo. Sagredo usa os argumentos do período intermediário, enquanto Salviati expõe as coisas como as vejo agora.

— E quais são as duas novas ciências?

— A Física e a Mecânica. Neste livro, eu argumento que a natureza sempre se manifesta da forma mais simples possível. Também descrevo matematicamente os movimentos dos projéteis e dos corpos em queda livre.

— E o que pretende com esta obra, Galileo?

— Demonstrar que os movimentos seguem leis muito bem definidas. Uma vez conhecidas, essas leis nos permitirão determinar as trajetórias de quaisquer corpos em movimento, o que pode ter aplicação nos mais diversos campos, desde o militar até o dos transportes. Os animais são uma excelente fonte de estudos. Descrever os movimentos com fórmulas matemáticas, aplicáveis em qualquer situação, poderá um dia alterar substancialmente, para melhor, a qualidade da vida humana.

— Tem certeza disso? Se for mesmo verdade, essa compreensão pode produzir uma revolução na ciência.

— Sim, Vincentio, tenho certeza. Estou velho, e já não me resta muito tempo para provar o que afirmo, mas outros virão depois de mim e completarão este estudo. A partir daí, o mundo já não será o mesmo.

— Há um jovem aqui querendo falar com o senhor – anunciou Pietra. – Diz que foi enviado pelo grão-duque.

— Então, traga-o aqui.

Um rapaz de dezessete anos aproximou-se timidamente e tocou de leve no ombro do cientista.

— É uma honra indescritível para mim conhecê-lo, senhor Galilei. Meu nome é Vincenzo Viviani e fui enviado pelo grão-duque para ajudá-lo em tudo o que for preciso e, principalmente, para aprender. Tenho conhecimentos de matemática e acho que posso ser-lhe útil. O senhor Ferdinando II é meu benfeitor, ajudou-me a comprar livros quando eu não tinha dinheiro. Se me aceitar, posso morar aqui e auxiliá-lo em qualquer projeto que porventura tenha.

Galileo simpatizou com ele. Sentiu-se de imediato ligado àquele jovem: ambos tinham a proteção de Ferdinando II.

– Se o grão-duque o ajudou e agora o envia a mim, pode ficar. Assim como você, tenho uma dívida de gratidão para com ele.

Dias mais tarde, Viviani instalou-se definitivamente em Il Gioiello. A princípio, Galileo pensou que seria mais um discípulo, um dos tantos que já tivera. Aos poucos, porém, foi se afeiçoando ao rapaz, que possuía maturidade superior ao que seria de esperar de alguém da sua idade. E o afeto era recíproco, pois Viviani, tal como Pietra, fazia todo o possível para tornar-lhe os dias mais amenos. "Isso está bem acima das obrigações de um mero estudante."

A proximidade entre ambos foi crescendo e, dois anos e meio depois, transformara-se em amizade. "Ele é meu segundo filho", pensava o cientista às vezes, "e, por coincidência, também se chama Vincenzo."

E agora estava prestes a confiar-lhe uma missão importante, talvez a mais importante que já delegara a alguém. "Só mesmo um amigo aceitaria fazer o que vou pedir. E sei que ele aceitará."

Pietra interrompeu esses pensamentos para informar que a ceia de Natal estava na mesa. Torricelli, que desde outubro também morava em Il Gioiello, havia ido para Florença. Mas Viviani estava presente, como sempre, e juntou-se a eles para a refeição. Galileo comeu frugalmente, mantendo o hábito dos últimos tempos. "Do contrário, não vou conseguir dormir."

– Quer ir para o terraço? – perguntou Viviani, depois do jantar.

Galileo gostava de ir para lá à noite. Ali, relembrava a época em que podia observar o céu com seus telescópios e contava ao amigo histórias de tempos felizes, quando ele era o centro das atenções em toda parte. Naquele momento, porém, não estava disposto a conversar. Precisava refletir ainda.

– Sim, mas preciso estar sozinho. E amanhã vamos à missa, certo?

– Sim – concordou Viviani. – Eu mesmo vou dirigir a carruagem.

Como Galileo já esperava, o sono não veio. Quando Pietra anunciou o jantar, estava pensando na amizade que agora tinha com Viviani. E este sentimento se tornara ainda mais forte quando, dez meses antes, Galileo começou a ditar ao jovem o manuscrito. "A partir de então, passamos a ser sócios e cúmplices neste projeto, a maior de todas as minhas realizações."

Lembrava-se com detalhes daquela tarde de inverno. Estavam no terraço, e Galileo explicou ao jovem o que queria. "Ele ficou entusiasmado, acho que compreendeu as verdadeiras dimensões do que iríamos fazer." Ele foi buscar papel, pena e tinta.

– Antes de começarmos, Vincenzo, preciso dizer uma coisa importante. Não escolhi esta data por acaso. Hoje faz exatamente nove anos que meu *Diálogo...* terminou de ser impresso. Fui condenado por tê-lo escrito, mas o trabalho que iniciaremos agora vai infinitamente além.

– Compreendo e sinto orgulho de estar participando desse momento. Quando o senhor quiser, estou a postos.

Nos últimos dias, o cientista vinha pensando em como começar. Pretendia causar algum impacto, ser irônico. "Será a ironia do triunfo." Ficou algum tempo em silêncio, respirou fundo e começou a ditar a introdução.

"Eu, Galileo Galilei, impossibilitado de escrever de próprio punho devido à cegueira que me acometeu há três anos, passo a ditar ao meu discípulo e amigo Vincenzo Viviani, em 21 de fevereiro de 1641, as conclusões acerca da verdadeira estrutura do Universo a que cheguei após vários anos de reflexão.

"Depois de ter sido condenado pela Inquisição à prisão domiciliar, passei a dispor de muito tempo livre, o que por certo não teria acontecido se continuasse lecionando e escrevendo livros. Proibido de fazer quase tudo, passei a dedicar-me a uma atividade que não está sujeita ao controle eclesiástico: pensar. E agora, depois de inúmeros cálculos, experiências e reflexões, passo a apresentar os resultados do meu trabalho, que não teria sido possível sem a ajuda involuntária do Santo Ofício. Ao aprisionar meu corpo, a Inquisição libertou minha mente, a qual vagou longamente pelo espaço sideral, que outrora eu observava pelo telescópio, e de lá me trouxe informações de suma importância, que agora compartilho com o mundo. Meus inimigos me proporcionaram o tempo de que eu precisava para realizar a obra que eles tentaram, a todo custo, evitar. Eis os caminhos tortuosos da vida."

Galileo fez uma pausa. Terminada a introdução, chegou um momento difícil para quem, como ele, sempre defendeu apaixonadamente os seus pontos de vista, alguns dos quais, sabia agora, estavam errados. E admitiria publicamente estes erros, em nome do amor à verdade e à ciência.

"Quando li a obra de Copérnico, fiquei tão fascinado que acreditei incondicionalmente em todos os seus postulados, sem me preocupar em verificar se eram ou não verdadeiros. Hoje, passado quase meio século da primeira leitura, estou convencido de que apenas três dos cinco pontos fundamentais da teoria copernicana estão corretos: o centro da Terra não é o centro do Universo; é a Terra, e não a esfera das estrelas fixas, que gira em torno de seu eixo a cada 24 horas; a distância Terra-Sol é muito menor do que a distância Sol-estrelas fixas.

"Dos dois pontos equivocados, um não tem maior importância: é aquele que diz que o centro do mundo está próximo do Sol. Na verdade, o Universo é infinitamente maior do que qualquer estrutura que o cérebro humano, mesmo o mais privilegiado, é capaz de conceber. Sendo assim, é impossível fixar onde fica o centro do Universo, e Copérnico, ao formular este princípio, foi influenciado pelo egocentrismo humano e, sobretudo, pelas teorias aristotélicas."

O cientista parou outra vez de ditar. Esperava algum comentário de Viviani, mas ele não veio. O jovem estava absorto, concentrado por completo na tarefa de transcrever. Não ousava interromper, para não perturbar o raciocínio do mestre. Galileo preparava-se para confessar o maior dos seus erros científicos, que influenciou negativamente toda a sua obra.

"Há, porém, um ponto de capital importância em que Copérnico se enganou totalmente, tendo eu, na condição de seguidor incondicional do seu modelo cosmológico, feito o mesmo. Trata-se do princípio da perfeição do movimento circular, segundo o qual todo corpo celeste girando em torno de outro descreve, obrigatoriamente, um círculo. Introduzida na ciência pelos gregos antigos, essa ideia foi aceita por Aristóteles e se transformou em mais um dos incontáveis erros teóricos daquele filósofo. Neste caso, porém, nem Copérnico nem eu fomos capazes de compreender isso, e ambos defendemos esse conceito totalmente falso. Por causa dele, não fui capaz de compreender a grandiosidade das leis do movimento planetário enunciadas por Kepler, conforme explicarei adiante. Além disso, por acreditar na obrigatoriedade das órbitas circulares, devo admitir, com profundo pesar, que eu estava errado na polêmica que mantive com Orazio Grassi acerca da natureza dos cometas. Eles não são, como argumentei, fenômenos atmosféricos, mas sim corpos celestes que giram em torno do Sol em órbitas elípticas, conforme sustentava aquele jesuíta."

Galileo se mexeu na cama. Precisava parar de pensar no manuscrito. Era necessário dormir, pois o dia seguinte seria decisivo na sua vida. Depois da missa, em que se entregaria à oração com todo o fervor de um católico convicto, possivelmente pediria a Viviani que levasse o manuscrito a Leiden. Se o jovem fosse bem-sucedido e conseguisse, apesar dos riscos da viagem, extraordinariamente multiplicados pela guerra que se travava na Europa, entregar o livro à família Elzevir, estaria assegurado o seu triunfo. De um só golpe, derrotaria todos os seus inimigos, de dentro ou de fora da Igreja. A teoria aristotélica cairia como um arbusto atingido pela tramontana. E então ele, um único homem, armado apenas com a verdade, destruiria todo um exército defensor de mentiras milenares.

Ele se deitou de lado e fechou os olhos. Animado com as perspectivas que tinha pela frente, pôs-se a esperar ansiosamente pelo sono. Antes de adormecer, as últimas palavras que lhe vieram à mente foram aquelas que escrevera, anos antes, na cópia do *Diálogo...* que conservava em casa: "Tomem nota, teólogos. Correm o risco de que algum dia sejam condenados como hereges aqueles que, como vocês, declararem que a Terra está imóvel."

Capítulo XX

Cambridge, 13 de julho de 1687

Isaac Newton entrou em seu laboratório e fechou cuidadosamente a porta. Apesar do intenso calor do verão inglês, as janelas também permaneceriam fechadas. Não queria ser importunado em absoluto. Era solitário por natureza, mas naquele dia, em especial, qualquer companhia humana seria completamente intolerável. Não podia haver testemunhas do que estava prestes a fazer. Quando a noite chegasse, teria assegurada a glória suprema e estaria definitivamente livre de um segredo que o atormentava havia mais de duas décadas.

Queria agir com calma, desfrutar cada momento. Por isso escolhera um domingo[*] dia em que grande parte das pessoas se recolhia às próprias casas. Acabava de chegar da igreja, onde fazia questão de ser visto. Publicamente, precisava conservar-se fiel ao

---

[*] Todas as datas indicadas neste livro correspondem ao calendário gregoriano. Adotado pela Inglaterra em 1752, este calendário é hoje oficial em todos os países ocidentais e utilizado mundialmente.

Anglicanismo, religião em que fora educado. Se fosse descoberta a sua simpatia por outras crenças, como o arianismo, com certeza teria problemas na Universidade de Cambridge e até mesmo a reputação como cientista seria abalada. "Considerar Cristo como um ser divino é uma idolatria, e a crença na Santíssima Trindade não tem qualquer fundamento", pensou, enquanto acendia o fogo.

Foi até um cofre próximo à parede e retirou de lá um caderno de anotações. "Hoje vou me dedicar às minhas três grandes paixões: agora, alquimia e ciência; à noite, a principal delas: os estudos bíblicos." Começou a folhear o caderno, todo escrito em código. A alquimia estava terminantemente proibida na Inglaterra, podendo ser punida com a morte na forca. A razão oficial eram os charlatães, que tiravam dinheiro dos ingênuos, prometendo-lhes riquezas que jamais teriam. A verdade, porém, era outra, e Newton sabia: se fosse encontrada a pedra filosofal, o ouro sofreria uma enorme desvalorização, acarretando prejuízos incalculáveis para o governo.

A pedra filosofal, eis o que ele e tantos outros procuravam. Com ela, seria possível transformar metais inferiores em ouro, bem como produzir o elixir da longa vida, capaz de assegurar a imortalidade a quem o utilizasse. Essa descoberta traria um poder quase ilimitado ao seu autor, o que fascinava Newton. Segundo a tradição, o francês Nicolas Flamel havia obtido a pedra filosofal no século XIV, mas esta se perdeu depois de sua morte. "Se ele foi capaz de fabricá-la, eu também serei", pensou, enquanto consultava os últimos apontamentos que fizera no caderno.

Pôs bastante lenha para queimar. Queria ter logo uma chama suficientemente grande para começar as experiências do dia. Numa caldeira imensa, colocou mercúrio, enxofre e sal. Depois, destapando um pequeno frasco, deixou cair na mistura algumas gotas de orvalho. Estes eram os ingredientes essenciais da alquimia, sendo o sal o dissolvente universal, a substância por meio da qual, acreditavam os alquimistas, poderia ser possível a transmutação de um elemento em outro. O orvalho, vindo do céu, era um componente sobretudo simbólico, representando a água em seu estado máximo de pureza.

Mas Newton não se limitava à alquimia tradicional. Há muito havia acrescentado outros metais aos experimentos que fazia, tais como cobre, chumbo, estanho e ferro. O processo era altamente complexo, envolvendo destilação, aquecimento, combustão e evaporação. Tudo era meticulosamente anotado em linguagem cifrada, numa busca constante pelo sucesso final.

A mistura fervia agora. Newton tirou o relógio do bolso para dar início à cronometragem. Também o tempo que duravam as experiências era de capital importância. Colocou o relógio sobre uma mesa, lembrando-se do dia em que, distraído, em vez de recolocá-lo no bolso, atirou-o à caldeira, estragando a mistura que estava elaborando. Após olhar com atenção para a caldeira por algum tempo, deu-se por satisfeito. Enquanto observava as transformações nos elementos sob a influência do fogo, podia dedicar-se à grande tarefa do dia, dar fim a um segredo ameaçador.

Olhou para uma grande estante encostada a uma parede no outro lado do laboratório. Estava repleta de livros, um dos quais era a sua obra-prima. Com passos largos, aproximou-se da estante. Olhar não bastava: era preciso tocar, constatar que já não se tratava de um sonho. Com reverência, passou os dedos pelos três volumes, nos quais trabalhara arduamente por mais de dois anos, publicados havia uma semana. *Philosophiae naturalis principia mathematica* (*Princípios matemáticos da filosofia natural*), era este o título. O pouco tempo transcorrido desde a publicação ainda não permitira maiores repercussões no meio científico (à exceção da Royal Society, de Londres), mas Newton estava completamente seguro de que esta obra lhe daria projeção internacional, talvez uma fama sem precedentes na história da ciência. "E imaginar que todo este trabalho foi inspirado por outra pessoa, de outro país", pensou Newton, não ousando sequer pronunciar o nome em voz alta.

Deu as costas à estante e dirigiu-se novamente ao cofre. Bem no fundo, escondido por dezenas de cadernos e inúmeros papéis de toda espécie, encontrou o que procurava. Pegou o livro com as pontas dos dedos, como se queimasse, e o jogou em cima da mesa, ao lado do relógio. Ele representava incontáveis momentos de incerteza, angústia e medo. Em breve, porém, restaria apenas a glória.

Newton fechou os olhos. Tudo havia começado 22 anos antes, pouco antes de a Universidade de Cambridge interromper as atividades devido à epidemia de peste que assolou Londres e arredores.

— Ei, Isaac, espere aí! — disse uma voz no corredor.

Quando Newton se virou, viu Robert Cavendish, um estudante rico de Londres, que se aproximava a passos largos.

— Eu estava à sua procura. Preciso de ajuda.

Newton não gostava de Robert. Considerava-o esnobe, sempre pronto a esbanjar dinheiro. Por isso, sentia-se desconfortável na presença dele.

— Que tipo de ajuda? — perguntou, de má vontade.

— Apostei com Thomas Fairfax que seria capaz de resolver uma equação que ele me mostrou. Mas meu prazo termina esta tarde e sei que não vou conseguir.

— E o que tenho eu com isso? — retrucou secamente Newton, virando-se e começando a afastar-se.

— Calma, Isaac! Tenho algo muito interessante a lhe oferecer em troca.

Newton parou e encarou fixamente o interlocutor. "Se ele me oferecer dinheiro, parto a cara dele", prometeu a si mesmo. Mas Robert o conhecia melhor do que ele pensava. Por isso, ofereceu ao jovem algo que, sabia, ele jamais recusaria.

– Tenho aqui um livro de Galileo Galilei – disse, mostrando uma encadernação em couro.

– Que tolice! Já li todos os livros de Galileo. Portanto, nada feito.

– Este você não leu, é um manuscrito.

– Um manuscrito de Galileo? Robert, por acaso acha que sou idiota? Acha mesmo que vou acreditar numa bobagem dessas? É uma falsificação!

– Talvez você tenha razão, Isaac, mas peço que ao menos olhe. Se não quiser o livro, vou embora e o deixo em paz.

Ele estendeu a mão. Não havia mesmo nada a perder e seria um prazer apontar a Robert indícios da falsificação. Todos conheciam o seu gosto por livros, mas não se deixaria enganar por qualquer charlatão que lhe aparecesse pela frente.

Na capa, havia um desenho do Sol rodeado pelos planetas. Acima da ilustração, podia-se ler:

Sulla gravità

Por Galileo Galilei.

Na parte inferior da capa, Isaac leu:

De gravitas

"Tradução e prefácio de Benedetto Castelli"

"Edição bilíngue – italiano-latim."

O primeiro sentimento que experimentou foi o de curiosidade. Já lera sobre Castelli, um eminente matemático de Bréscia que o papa Urbano VIII chamara a Roma, e um dos maiores amigos de Galileo. Quem teria escrito aquele livro? Leu o prefácio e a introdução, que apenas o deixaram ainda mais curioso. Era um manuscrito estranho, que prometia revolucionar a ciência. "Pretensioso, por certo, mas merece um exame mais detalhado." Começou a ler a primeira parte, em que o autor descrevia o que considerava erros da teoria de Copérnico, e sentiu-se fascinado.

Só então se deu conta da presença de Robert, que o olhava atentamente. Fechou o livro da forma mais displicente que pôde e o devolveu.

— É, talvez seja interessante — disse, esforçando-se para dar à voz um tom de naturalidade. — Mostre-me a equação que devo resolver.

Robert tirou um papel do bolso e o estendeu a Newton. Este concluiu que não levaria mais de quinze minutos para resolvê-la. "Como são ignorantes os estudantes dessa universidade!", veio-lhe o desdém em voz muda.

— Volte daqui a três horas. Vai dar um pouco de trabalho.

Newton entrou numa sala de estudos, sentou-se a uma mesa e, em menos tempo ainda do que imaginara, guardou o papel no bolso, a equação solucionada. "A espera vai ser longa."

Quando Robert voltou e lhe entregou o manuscrito, resistiu ao impulso de abri-lo imediatamente. Em vez disso, perguntou ao estudante aquilo em que vinha pensando.

— Onde conseguiu esse livro, Robert?

— Tirei da biblioteca do meu pai. Como deve saber, ele tem milhares de livros. Nem vai sentir falta deste.

— E por que o tirou de lá?

— Para dizer a verdade, nem sei. Um dia, entrei na biblioteca, vi uma caixa cheia de livros no chão e peguei mais ou menos uma dúzia deles.

— E prestou atenção nos títulos?

— Claro que não! Seria uma perda de tempo. Simplesmente peguei uma pilha de livros e saí.

— E por acaso sabe de onde vieram os livros que estavam na caixa?

— Não tenho certeza, mas acho que vieram da França. Meu pai costuma comprar livros de um francês. Mas por que está me perguntando tudo isso? Por acaso esse manuscrito tem algum valor especial?

— Não — replicou Newton, recompondo-se. — Provavelmente seja uma falsificação, mas tão estranha que me deixou intrigado.

— Então divirta-se, Isaac — disse Robert, afastando-se. — E não fale com Thomas sobre a nossa troca. Quero ver a cara dele quando descobrir que ganhei a aposta.

Newton praguejou em voz baixa. "Tenho mais o que fazer, imbecil", murmurou, levando o manuscrito para o dormitório.

Ele se sentou à sombra de uma macieira, no silêncio e na paz da fazenda dos avós, em Woolsthorpe-by-Colsterworth. Parecia um paradoxo, mas aquele ano de 1666 estava sendo o mais produtivo da sua vida, apesar de não estar frequentando a universidade, que continuava fechada. "Talvez seja exatamente por isso", pensou. "Sem os deveres acadêmicos, disponho de muito mais tempo para estudar."

Progredia extraordinariamente em matemática, estudava a decomposição da luz branca nas sete cores do arco-íris e, acima de tudo, pensava na força da gravidade. Havia perdido a conta de quantas vezes lera o manuscrito de Galileo, e o fascínio que sentia apenas aumentava. Já não pensava mais que se tratava de uma falsificação. "Não conheço um cérebro suficientemente brilhante para inventar uma coisa dessas. Este livro só pode ser o resultado de longos e exaustivos estudos."

Mais uma vez, abriu o manuscrito, que trouxera para ler na quietude do campo.

"Como demonstrei quando descobri montanhas na Lua e estrelas errantes que circundam Júpiter, a imutabilidade do céu descrita na cosmologia de Aristóteles é uma tolice. A Terra não ocupa no universo uma posição privilegiada. É apenas mais um planeta, girando ao redor de uma das tantas estrelas existentes no espaço. Portanto, nosso planeta não tem *status* especial. Ao girar em torno do Sol e de si mesma, a Terra simplesmente obedece a leis da Física, as quais são válidas em qualquer parte do espaço sideral, desde o Sistema Solar até as estrelas mais longínquas, situadas muito além do alcance do mais potente telescópio já construído."

Newton fez uma pausa na leitura. A noção de que as leis da Física são as mesmas em todo o Universo tinha implicações enormes, que afetavam as crenças de grande parte da humanidade. Sendo a Terra um planeta igual a muitos outros, não fazia sentido acreditar que Deus enviou seu único filho para morrer aqui e libertar os homens de seus pecados. "Isso me parece fruto da ilimitada vaidade humana", pensou Newton. "Por que seríamos nós, ínfimas criaturas perdidas num pequeno planeta, os eleitos de Deus?"

Até ali, as consequências religiosas das afirmações de Galileo. Mas ele ia muito além, abordando a questão do ponto de vista científico. Newton olhou outra vez para o texto.

"Se as leis da Física são universais, então é necessário supor a existência de uma grande força, um elemento que as torna possíveis. E essa força é a gravidade, que liga os corpos celestes entre si, fazendo com que sejam atraídos uns para os outros. Graças à força da gravidade, a Terra gira em torno do Sol sempre no mesmo intervalo de tempo, o que mantém regular o ciclo das estações e a passagem dos anos. A fim de que a Terra não se aproxime ou se afaste demais do Sol, é necessário que a intensidade da atração gravitacional que ela sofre seja constante. Assim, pode-se concluir que essa intensidade não é casual, mas obedece a padrões bem específicos.

Para encontrá-la, é preciso considerar a terceira lei do movimento planetário de Kepler, enunciada em 1619 no livro *Harmonices mundi* (*Harmonias do mundo*). Segundo essa lei, cuja importância só agora compreendo, os quadrados dos períodos de revolução são proporcionais aos cubos das distâncias médias do Sol aos planetas. Isso significa que, quanto mais afastado um planeta está da estrela em torno da qual gira, menor é sua velocidade de translação. Ademais, essa lei kepleriana permite, conhecendo-se o período de translação, estabelecer a distância a que um planeta orbita uma estrela. A partir daí, duas deduções de capital importância podem ser feitas. Em primeiro lugar, quanto mais afastado um planeta está do Sol, mais lentamente ele gira, ou seja, a força da gravidade solar vai enfraquecendo com o aumento da distância. Além disso, se o Sol é o centro do nosso sistema planetário, ao redor do qual todos os planetas giram, isso se deve ao fato de a sua força gravitacional ser maior. E a razão é simples: a massa do Sol, ou seja, a quantidade de matéria que o forma, é muito superior à de qualquer planeta do Sistema Solar. Feitas essas considerações, não é difícil compreender que a força com que os corpos celestes se atraem reciprocamente depende de dois fatores: da massa desses corpos e da distância entre eles.

Até aqui, estou plenamente convencido de tudo o que afirmei. Agora me permito fazer uma especulação. Se a força da gravidade depende da massa dos corpos e da distância entre eles, então é possível determinar sua intensidade. Como tudo na natureza obedece a leis bem definidas, também aqui deve haver uma lei que permita dizer, uma vez conhecidos os valores dos parâmetros que indiquei acima, qual é a intensidade dessa força de atração. Fiz uma série de cálculos e experimentos a esse respeito. Minha idade avançada e debilidade física não me permitem prosseguir com esses estudos, mas registro aqui as conclusões a que cheguei, embora não possa prová-las. Acredito que a força de atração entre dois corpos é proporcional às suas massas e inversamente proporcional ao quadrado da distância entre eles. E mais: uma vez que as leis da Física valem para todo o Universo, o mesmo se aplica à gravidade. Portanto, se o que acabo de dizer estiver correto, então podemos chamar essa descoberta de Lei da Gravitação universal."

Newton fechou o livro e permitiu que a mente divagasse. Precisava encontrar uma maneira de confirmar os cálculos de Galileo. Havia no manuscrito algumas fórmulas matemáticas que davam pistas, e decidiu que um dos grandes objetivos de sua vida seria tentar comprová-las. Outra questão o preocupava; a existência daquelas observações e teses devia permanecer ignorada por todos. Elas podiam ser a chave para a glória científica com que sonhava. Imaginou-se admirado e celebrado por todos, respondendo a perguntas sobre a gravitação universal. "Uma das primeiras coisas que vão me perguntar é como surgiu essa ideia", pensou, levantando os olhos. E a resposta chegou quase que instantaneamente, numa inspiração repentina. "As maçãs!", exclamou em voz alta. "Se alguém me fizer essa pergunta, vou dizer que vi uma maçã cair e resolvi investigar por que os corpos são atraídos para o solo. Uma explicação simples e convincente", disse a si mesmo, sorrindo.

Newton sobressaltou-se. Estava tão concentrado nas recordações do passado que se esqueceu de observar as substâncias que ferviam na caldeira do laboratório. Consultou o relógio, fez anotações em seu caderno e acrescentou mais sal, medindo escrupulosamente a quantidade. "Acho que preciso dissolver melhor essa mistura." A seguir, adicionou um pouco de chumbo, examinando atentamente a mistura à procura de algum efeito visual. Não viu nenhum, mas o cheiro do enxofre começou a incomodá-lo. Foi até a janela e a abriu o suficiente para deixar entrar um pouco de ar. Instantes depois, voltou a fechá-la. Precisava tomar todo o cuidado. "Ninguém pode saber o que estou fazendo aqui."

Abriu outra vez o volume e o folheou rapidamente. Conhecia-o tão bem que podia encontrar facilmente qualquer passagem. Em breve estaria livre do medo, mas queria dar uma última olhada em outro efeito previsto por Galileo.

"Em 1604, no meu livro *De moto acceleratu* (*Sobre o movimento acelerado*), eu já afirmava que a gravidade não produz movimento, somente o altera, uma vez que um corpo, livre da ação dessa força, desloca-se com trajetória retilínea e velocidade uniforme. Quando atiramos uma pedra, damos a ela um impulso, que a projeta para a frente. Num primeiro momento, a força do impulso é superior à da gravidade, fazendo com que a pedra siga em linha reta. Com o tempo, porém, esta última, que é contínua, começa a sobrepor-se à força do impulso inicial, e a trajetória da pedra torna-se curva, até que ela acaba por cair. No espaço, entretanto, onde a força da gravidade é quase nula ou não existe, o movimento da pedra não seria alterado. Assim, se estivéssemos numa região do espaço sideral e atirássemos uma pedra, esta continuaria indefinidamente sua trajetória em linha reta, até que, em algum lugar, alguma outra força alterasse esse movimento. Teoricamente, a pedra poderia prosseguir seu caminho por séculos ou milênios. A isso eu chamo de inércia, ou seja, os corpos têm a tendência de se manter em repouso até que alguma força interfira nessa condição.

Contudo, não é preciso ir ao espaço para constatar os efeitos da inércia. Quando andamos a cavalo, nosso organismo está imóvel em relação ao animal, mas se movimenta para a frente com ele. Se o cavalo parar bruscamente, a tendência de permanecer em repouso projeta nosso corpo para diante. O contrário acontece se o animal começar a galopar. Embora o efeito da inércia possa parecer de pouca importância, esse quadro mudará radicalmente se algum dia, num futuro remoto, o homem conseguir construir um veículo capaz de atingir o espaço. Neste caso, uma vez livre da atração gravitacional da Terra, o veículo poderá aproveitar o impulso inicial e prosseguir a viagem indefinidamente, graças ao princípio da inércia.

Depois de várias décadas estudando os movimentos e seus efeitos sobre os corpos, concluo que todos os deslocamentos, quer sejam de uma bala de canhão ou de uma mera gota de chuva, quer sejam dos astros situados nos confins do universo, podem ser explicados e previstos pela matemática, que é, como escrevi em *O ensaiador*, a linguagem de Deus. A matemática nos permite compreender o mundo como nenhum outro ramo do saber, e o homem poderá tirar proveito inimaginável se souber ler e interpretar corretamente essa linguagem divina. O céu deixou de ser inatingível e imperscrutável. Agora, não apenas podemos apreciá-lo com o telescópio, mas somos capazes de entender as leis que o governam. Se Deus é único e onipotente, é natural que as leis por ele criadas sejam universais. É a coerência divina destruindo a megalomania humana."

Newton fechou o livro de Galileo com raiva. Via-o agora como um inimigo, a única ameaça séria à glória e à imortalidade científica a que almejava. Quando voltou a Cambridge, em 1667, o seu primeiro desejo foi publicar o manuscrito. Contudo, havia dois obstáculos. Em primeiro lugar, era perfeccionista ao extremo e não podia arriscar-se a tornar públicos conceitos tão revolucionários sem proceder antes a uma revisão minuciosa e atenta. Por outro lado, tinha medo de que houvesse cópias e, neste caso, seria acusado de plágio se alguma aparecesse em qualquer parte da Europa. Queria a todo custo evitar a possibilidade de manchar a reputação que já começava a construir.

Nos anos seguintes, tornou-se um dos cientistas mais respeitados de seu tempo. Inventou o telescópio refrator, o que possibilitou seu ingresso na Royal Society, uma das principais instituições científicas da Europa, e continuava fazendo inovações em matemática, obtendo um prestígio cada vez maior. Contudo, sabia que o auge ainda não chegara. Este viria com a publicação da *Lei da gravitação universal*, que dividiria a história da ciência, estava seguro disso, em antes e depois de Newton. Mas não se animava a publicá-la. Excesso de zelo? Medo da glória? Nem ele saberia dizer. Essa indecisão poderia ter se prolongado por muito tempo ainda, se um fato totalmente inesperado não viesse alterar tudo.

Era o ano de 1684, e Edmond Halley, também membro da Royal Society, viera a Cambridge fazer-lhe uma visita. O fato era incomum, e Newton se perguntava o que levara Halley a procurá-lo.

– Vim aqui porque preciso da sua ajuda para resolver um problema de Física – disse o visitante, depois de conversarem por algum tempo sobre coisas do cotidiano. – Robert Hooke, Christopher Wren e eu estamos convencidos de que, para manter os planetas orbitando ao seu redor, o Sol deve exercer sobre eles uma força inversamente proporcional à distância em que se encontram. Acreditamos que a terceira lei de Kepler pode ajudar a solucionar o enigma, mas até agora não encontramos a resposta. Por acaso alguma vez já pensou sobre isso?

Foi um choque para Newton. De um momento para outro, o seu maior segredo estava seriamente comprometido. Havia pessoas chegando perto do raciocínio de Galileo. Para piorar, Hooke era um desafeto, com quem trocara cartas amargas. Teriam eles uma cópia do manuscrito? Era improvável, pois do contrário não estariam pedindo ajuda. Precisava ganhar tempo, refletir melhor. Por isso, disse:

– Sim, já andei trabalhando nesta questão. Fiz inclusive diversas anotações.

– Sério? – espantou-se Halley. – E a que conclusões chegou?

– Bem, a ciência exige exatidão extrema. Faz muitos anos que escrevi sobre isso e não gostaria de falar sem antes consultar meus apontamentos. Espere um pouco, por favor. Vou procurá-los.

Newton pôs-se a vasculhar armários e gavetas. Não tinha a menor intenção de mostrar a Halley qualquer coisa que se relacionasse com o manuscrito, mas precisava passar a impressão de que queria colaborar. Remexeu toda a enorme quantidade de papéis que possuía, exceto aqueles guardados no cofre do laboratório.

– Sinto muito, mas não sei onde pus essas notas – disse por fim, tentando dar ao rosto uma expressão de desapontamento. – Mas prometo fazer outra busca e, se não encontrar nada, vou refazer todo o trabalho. Em breve, mandarei à Royal Society algum material sobre o assunto.

Halley agradeceu e despediu-se. Newton compreendeu que havia chegado a hora. Não podia mais adiar a publicação, sob pena de permitir que outro lhe arrebatasse o maior dos triunfos.

Três meses mais tarde, Halley recebeu um pequeno texto intitulado *De motu corporum in gyrum* (*Sobre o movimento de objetos em órbita*), no qual o professor de Cambridge não apenas respondia à questão formulada, como também demonstrava matematicamente as três leis de Kepler.

E então Newton decidiu pôr em prática o projeto de escrever uma obra monumental, na qual incluiria a maior parte dos estudos científicos realizados nas duas décadas anteriores. Trabalhara febrilmente por mais de dois anos e, por fim, com o financiamento de Halley, os *Principia...* haviam sido publicados.

Newton foi outra vez até a estante. Pegou cuidadosamente os três volumes e levou-os até a mesa, pondo-os ao lado do manuscrito de Galileo. Abriu o primeiro deles e cheirou-o. Era um odor agradável, de papel novo, que lhe deu uma sensação de bem-estar. Virou vagarosamente as páginas até chegar às três leis formuladas para descrever o comportamento de corpos em movimento. A primeira delas dizia: "Todo corpo continua em seu estado de repouso ou de movimento uniforme em uma linha reta, a menos que seja forçado a mudar aquele estado por forças aplicadas sobre ele". Era o princípio da inércia, de Galileo.

A seguir, ele abriu o terceiro volume dos *Principia...*, talvez o mais importante deles, aquele onde toda a Física descrita nos dois primeiros tomos era aplicada à gravidade. E ali, depois de virar algumas páginas, encontrou a lei maior, o suprassumo da sua obra: "A força de atração entre dois corpos é proporcional ao produto de suas massas e inversamente proporcional à distância que os separa". A partir de agora, passava a ser a Lei da Gravitação Universal, formulada por Isaac Newton.

Ele devolveu os livros à estante. Na mesa, naquele instante, além do relógio, apenas o manuscrito. Chegara a hora da grande tarefa.

Newton pegou mais lenha. Precisava produzir fogo intenso, grandioso, capaz de engolir papéis e medos. Desde que começara a redação dos *Principia...*, sonhava com esse momento, o grande final de uma peça de terror. Perdera noites de sono, imaginando que alguém descobrisse tudo. Mas saíra vitorioso, triunfara espetacularmente. Poucos minutos e centímetros o separavam da libertação.

Pegou o antigo texto encadernado. Olhou uma última vez a capa. "Deve ter sido desenhada por Viviani ou por Castelli." Pensou em Galileo, condenado pela Igreja quando defendia um modelo cosmológico correto do mundo. Teve uma pontada de remorso, mas durou apenas breves instantes. "Fui escolhido por Deus para revelar essas verdades ao mundo", concluiu. "Do contrário, este manuscrito não teria vindo parar nas minhas mãos de uma maneira tão original. É a vontade de Deus. Ele destinou a mim a divulgação, e não posso sentir-me culpado por isso."

Olhava agora para a primeira folha, onde se podiam ler outra vez título e nome do autor. "Vou começar por esta", murmurou, pegando-a com dois dedos e puxando-a cada vez com mais força. Ouviu o barulho familiar de papel sendo rasgado, e pareceu-lhe que também suas inseguranças se desfaziam. A folha se desprendeu por completo, balançando no ar, sustentada apenas pela frágil pressão dos dedos de Newton.

Era um momento solene, uma ocasião para lembrar pelo resto da vida. Queria desfrutar cada ação, cada gesto, por menor que fosse. Pegou um pedaço de madeira do chão e empurrou a lenha mais para o meio das chamas. Em seguida, aproximou a folha do fogo lentamente, centímetro a centímetro. A ponta do pedaço de papel entrou em combustão, produzindo um ruído quase inaudível. Para Newton, porém, eram acordes de uma música suave e harmoniosa. Empurrou mais a folha, deixando que as chamas a devorassem com uma lentidão igual à da evolução humana.

Tomou então da segunda folha, rasgando-a com um único puxão. Não seguiu o meticuloso ritual de antes. Simplesmente a atirou ao fogo, deleitando-se com o seu desaparecimento irrevogável. No movimento seguinte, duas páginas foram arrancadas do manuscrito com violência, quase com brutalidade. Em poucos segundos, já eram cinza.

E então veio a grande euforia. Livre do segredo torturante de tantos anos, sabendo que já nada nem ninguém tinha o poder de ameaçá-lo, Newton soltou um grito a plenos pulmões, a voz atravessando porta e janelas, ecoando nas ruas vazias de Cambridge. Levantou-se bruscamente, erguendo para o ar as mãos com o que restava do texto. Deu pulos de alegria, abandonando momentaneamente a sua personalidade excêntrica e reservada. Num impulso, esticou o braço direito e, projetando-o para a frente, com toda a força que tinha, atirou o manuscrito ao fogo com a impiedosa fúria de quem lança uma gazela para um leão faminto.

Fagulhas espalharam-se pelo chão de pedra do laboratório, enquanto uma labareda se formava em torno das páginas. E o som agora já não era o de uma música suave, mas sim o de uma sinfonia celestial, tocando para Newton a inebriante canção da vitória.

Pela primeira vez em sua vida, deixou de se importar com a mistura de substâncias que fervia na caldeira. Era um alquimista, o maior dentre eles, aquele que obtivera a transmutação mais fantástica de todos os tempos. Ao transmutar papel em cinza, encontrara a pedra filosofal, transformando sorte em triunfo, inteligência em glória. Acabara de fabricar o elixir da longa vida, tornando seu nome indestrutível e imortal. "Enquanto houver ciência, haverá Isaac Newton."

Ele olhava para a labareda, fascinado. Ela brilhava forte, o fogo purificando o seu futuro. Uma fumaça intensa projetava-se pela chaminé, subindo rumo ao espaço sideral, ao infinito, ao céu. O céu de Isaac Newton, o céu de Galileo.

A Reabilitação

1718 – Todas as obras de Galileu Galilei, com exceção do *Diálogo sobre os dois máximos sistemas do mundo*, são publicadas em Florença, com autorização do Santo Ofício.

1737 – Os restos mortais de Galileu são transferidos para um lugar de destaque na Basílica da Santa Cruz, em Florença, depois de um monumento em homenagem a ele ter sido inaugurado nesta igreja.

1741 – O papa Bento XIV autoriza a publicação de todas as obras científicas de Galileu, incluindo uma versão levemente censurada do *Diálogo...*

1758 – A censura à publicação de livros defendendo o heliocentrismo é retirada do *Índice de Livros Proibidos*, à exceção do

Diálogo..., de Galileu, e de *Sobre as revoluções dos orbes celestes*, de Copérnico.

1835 – *O Diálogo...* e o livro de Copérnico são retirados do *Índice*. Com isso, desaparece toda a oposição oficial da Igreja ao heliocentrismo.

1939 – Num discurso proferido na Pontifícia Academia das Ciências (antiga Academia dos Linces), poucos meses depois de sua eleição, o papa Pio XII descreve Galileu como estando entre "os mais audazes heróis da investigação [...], sem medo do preestabelecido e dos riscos em seu caminho".

1981 – O papa João Paulo II nomeia uma comissão para estudar, "de forma honrada e sem preconceitos", a controvérsia que envolveu a Igreja Católica e Galileu no século XVII.

1989 (18 de outubro) – A NASA lança a sonda espacial Galileu, com a finalidade de estudar Júpiter e seus satélites. Em 7 de dezembro de 1995, esta espaçonave torna-se o primeiro artefato humano (e até agora, o único) a entrar em órbita ao redor daquele planeta. Durante oito anos, transmite à Terra grande quantidade de dados e de imagens.

1992 (31 de outubro) – Durante um discurso na Pontifícia Academia das Ciências, por ocasião dos 350 anos da morte de Galileu Galilei, João Paulo II afirma que foram cometidos erros na forma como o processo contra o cientista foi conduzido e reconhece "oficialmente" que a Terra não está imóvel. Dizendo que a fé não deve entrar nunca em conflito com a razão, o Papa utiliza as palavras que o próprio Galileo empregou em sua defesa: "As Escrituras nunca erram, mas os teólogos podem errar em sua interpretação". João Paulo II diz também que a Igreja lamenta que o caso de Galileu tenha contribuído para um trágico e mútuo mal-entendido entre a religião e a ciência. Além disso, qualifica o cientista de "físico genial" e "crente sincero".

2007 (20 de dezembro) – Acolhendo uma proposição da Itália, a ONU declara 2009 Ano Internacional da Astronomia, em comemoração aos 400 anos do primeiro uso astronômico de um telescópio, por Galileu Galilei.

2008 (março) – O Vaticano propõe a construção de uma estátua de Galileo, a ser colocada dentro dos muros da Santa Sé.

2008 (dezembro) – Durante eventos prévios à abertura do Ano Internacional da Astronomia, o papa Bento XVI exalta as contribuições de Galileu para esta ciência.

2009 (15 de fevereiro) – Ocorre, no Vaticano, uma missa em homenagem a Galileu, celebrada pelo arcebispo Gianfranco Ravasi, presidente do Pontifício Conselho para a Cultura. Com isso, a Santa Sé torna pública a aceitação do legado do cientista dentro da doutrina católica.

2009 (26 de fevereiro) – É realizado, na Pontifícia Universidade Lateranense, em Roma, o seminário "1609-2009 – 400 Anos de *Sidereus nuncius*, de Galileu".

2009 (março) – Dom Gianfranco Ravasi apresenta o livro *Galileu e o Vaticano*, que oferece, segundo suas palavras, "um julgamento objetivo por parte dos historiadores" para compreender a relação entre este astrônomo e a Igreja.

2009 (13 de março a 30 de agosto) – Ocorre no Museu de História da Ciência, em Florença, a exposição "Galileu – Imagens do Universo da Antiguidade do Telescópio". A principal atração é uma das lunetas utilizadas pelo cientista em 1609, e o público pode ver imagens que recriam as configurações celestes vistas a partir das lentes do antigo instrumento.

2009 (26 a 30 de maio) – É realizado, em Florença, o congresso internacional de estudos "O Caso Galileu. Uma releitura histórica, filosófica e teológica", organizado pelo Instituto Stensen dos Jesuítas. A cerimônia de inauguração é realizada na Basílica da Santa Cruz, onde está o túmulo do cientista, e o evento de encerramento tem lugar em Il Gioiello, sua última residência.

2009 (julho) – O Vaticano reedita as atas do processo contra Galileu, num volume intitulado *I ducomenti vaticani del processo di Galileo Galilei* (*Os documentos vaticanos do processo de Galileu Galilei*). Um dos objetivos dessa reedição é lembrar que o papa Urbano VIII nunca assinou a sentença de condenação de Galileu pela Inquisição.

2009 (outubro) – Ocorre, no Vaticano, a exposição "Galileu 2009, Fascinação e Fadiga de um novo olhar sobre o mundo. Há 400 anos da primeira observação com telescópio".

15 de outubro de 2009 a 05 de janeiro de 2010 – É exibida, no Vaticano, a exposição "Astrum 2009: o patrimônio histórico da astronomia italiana de Galileu até hoje", incluindo livros, arquivos e instrumentos que compõem o acervo do Observatório do Vaticano e dos Museus da Santa Sé. Da exposição faz parte ainda o manuscrito *Sidereus nuncius*, de Galileu, conservado na Biblioteca Nacional Central de Florença.

Impresso em São Paulo, SP, em maio de 2010,
com miolo em off-set 75 g/m^2,
nas oficinas da Gráfica Edições Loyola.
Composto em AGaramond, corpo 12 pt.

Não encontrando esta obra nas livrarias,
solicite-a diretamente à editora.

Manuela Editorial Ltda. (A Girafa)
Rua Caravelas, 187
Vila Mariana – São Paulo, SP – 04012-060
Telefone: (11) 5085-8080
livraria@artepaubrasil.com.br
www.artepaubrasil.com.br